»Sabine Deitmers ›Perfekte Pläne‹ gehört zu den spannenden und bewegenden Krimis, die hängen bleiben, in humorvoller Ruhrgebiets-Mundart erzählt und mitten aus dem Leben gegriffen.« Krimi-Couch.de

Kommissarin Beate Stein findet den Toten an einem seltsamen Ort: Erstochen sitzt er auf einer Kirchenbank. Er war ein 73jähriger Rentner, dem offensichtlich die eigenen Kinder egal waren, seit er sich per Inserat eine neue Familie gesucht hatte. Beate Stein ermittelt im alten und neuen Umfeld des Toten. Menschen, die ihr Leben im Alter noch einmal völlig neu ordnen wollen, haben nicht nur Freunde.

Ein alter Mann, voller Hoffnung auf einen Neubeginn, und eine Kommissarin, die an ihrem Beruf zu zweifeln beginnt, treffen aufeinander, ohne sich im Leben je begegnet zu sein.

Sabine Deitmer studierte Anglistik und Romanistik. Ihre Storys und Romane wurden in mehrere Sprachen übersetzt und verfilmt. Sie wurde mehrfach für den Glauser nominiert, 1995 erhielt sie für ›Dominante Damen‹ den Deutschen Krimipreis. Für den Roman ›Scharfe Stiche‹ wurde sie 2005 mit der ›Agathe‹, dem Frauenkrimipreis der Stadt Wiesbaden, ausgezeichnet. Im Jahr 2008 erhielt die Autorin den Ehrenglauser für ihr Lebenswerk.

Im Fischer Taschenbuch Verlag sind lieferbar: »Bye-Bye, Bruno« (Bd. 16203), »Auch brave Mädchen tun's. Mordgeschichten« (Bd. 10507), »Kalte Küsse« (Bd. 11449), »Dominante Damen« (Bd. 12094), »NeonNächte« (12761), »Die schönsten Männer der Stadt. Balzgeschichten« (Bd. 13620) und »Scharf Stiche« (Bd.15784).

Unsere Adresse im Internet: www.fischerverlage.de

Sabine Deitmer

Perfekte Pläne

Roman

Fischer Taschenbuch Verlag

Veröffentlicht im Fischer Taschenbuch Verlag,
einem Unternehmen der S. Fischer Verlag GmbH,
Frankfurt am Main, September 2008

Druck und Bindung: Nørhaven Paperback AIS, Viborg
Printed in Denmark
ISBN 978-3-596-15785-3

Perfekte Pläne

Prolog

Die Türen glitten lautlos vor ihm auseinander. Er betrat die weiße Zelle. Der Boden federte unter seinem Gewicht. Neonlicht flackerte auf, leuchtete auf kahle weiße Wände, Metallstangen, den Toilettentopf. Die Türen schlossen sich. Endlich. Endlich allein. Er sah sich um. Alles war sauber, makellos. Die Krone der Zivilisation. Eine Melodie setzte ein. Wie im Supermarkt. Er stellte das Hörgerät ab. Warum hatte er das nicht schon früher gemacht? Er lehnte den Stock an die Wand, zog den Mantel aus, hängte ihn an einen silbernen Haken, griff nach einer silbernen Stange, hielt sich daran fest. Seine Knie zitterten. Er atmete tief durch. Luft, die süßlich roch, drang in seine Lungen. Von einem Reinigungsmittel, vielleicht.

In der Klinik hatten sie ihm beigebracht, was er tun konnte, wenn die Angst kam. Er konzentrierte sich auf seinen Atem. Tief einatmen: eins, zwei, drei – und ausatmen: vier, fünf, sechs. Und wieder: einatmen und ausatmen. Eins, zwei, drei – seine Brust füllte sich mit Luft –, vier, fünf, sechs. Und wieder: einatmen und ausatmen. Und anschließend alles noch einmal. Den Brustkorb aufpumpen und ihn wieder in sich zusammenfallen lassen. Danach das Gleiche noch einmal von vorn. Er machte alles genau so, wie er es gelernt hatte.

Heute nutzte es nichts. Das Zittern in seinen Knien hörte nicht auf. Seine Finger, die fest um das Metall gelegt waren, hörten nicht auf zu zittern. Die Angst war stärker als jede Angst, die er kannte. Stärker als die Angst auf der Intensivstation, die Angst in der Klinik. Die Angst ließ seine Knie zittern, seine Finger, sie quetschte ihm das Herz, wühlte in seinen Gedärmen. Rumorte in seinem Bauch.

Er suchte nach einem Apparat an der Wand, aus dem er eine Schutzfolie für den Toilettensitz ziehen konnte. Nichts. Dies war ein WC der neuesten Generation. Er erinnerte sich, dass auf dem Schild neben dem Münzeinwurf gestanden hatte, dass die Toilette sich innerhalb von dreißig Sekunden nach jeder Benutzung automatisch selbst reinigte. Da brauchte man keine Schutzfolie mehr für den Toilettensitz. Er suchte die Wände nach Düsen ab, aus denen die Reinigungsmittel kommen könnten. Aber er sah keine feinen Löcher, nichts.

›Sie können den Aufenthalt in unserer City-Toilette bis auf maximal vierzig Minuten verlängern‹, las er an der Wand. ›Drücken Sie dazu auf diesen Knopf.‹ Er würde nicht so lange brauchen. Sein Darm rebellierte. Das war die Aufregung. Mit den Hosen in den Kniekehlen setzte er sich auf die weiße Toilette.

Er hätte misstrauischer sein sollen, nicht so vertrauensselig. Der Gedanke deprimierte ihn. Er erinnerte ihn an alles, was sich unangenehm und schmerzhaft anfühlte. Warum war er nicht vorsichtiger gewesen? Er hätte sich absichern können, Vorkehrungen treffen. Für den Fall, dass sich die Dinge anders entwickelten, als er es erwartete. Sein alter Fehler. Zu schnelles Handeln. Ohne die Dinge sorgfältig zu prüfen. Es war deprimierend zu wissen, dass man sich selbst nicht entkam. Nicht dem, was man einmal gewesen war. Dass man die alten Fehler machte. Er drückte den Knopf, und das Wasser kam laut in das Becken gespritzt. Am liebsten würde er hier sitzen bleiben, die ganze Nacht. ›Sie können den Aufenthalt in unserer City-Toilette bis auf maximal vierzig Minuten verlängern.‹ Maximal! Was machten die mit einem, wenn man die Toilette in der Zeit nicht räumte? Setzten sie Sprinkler ein, aus denen Wasser von der Decke regnete, um ihn zu vertreiben? Oder fiel von der Decke ein feiner Nebel aus Tränengas, der in die Augen drang, in die Nase, bis man es nicht mehr aushielt und nach draußen flüchtete?

Er kam sich hilflos und ausgeliefert vor. In dieser weißen Zelle mit ihren runden Wänden. Den feinen Düsen, die in diesen Wänden sitzen mussten, unter der Decke, auch wenn er sie nicht sah. Er wanderte mit den Augen weiter. Ein roter Knopf in Griffweite. ›Notruf.‹ Warum drückte er nicht darauf? Irgendetwas würde passieren, irgendwo würde eine Alarmglocke läuten, irgendwer würde aufspringen, in ein Fahrzeug steigen, hier erscheinen. Die Türen würden sich öffnen, jemand würde zu ihm kommen, und er wäre nicht mehr allein. Nicht mehr ohne Beistand dem ausgeliefert, was draußen vor dem Eingang auf ihn wartete. ›Der Notruf funktioniert nur, wenn Sie den Schlüssel für Behinderte besitzen.‹

Panik überflutete ihn. Ein Raubtier, das ihn in seinen Klauen hielt. Er zwang sich, dagegen anzugehen.

Tief einatmen: eins, zwei, drei – langsam ausatmen: vier, fünf, sechs. Die Brust aufpumpen. Und die Luft ablassen. Und wieder: ein und aus und ein und aus und ein und aus. Die Panik flaute ab.

Er hatte diesen Knöpfen immer schon misstraut. Was für eine Farce. Er konnte nicht einfach auf den roten Knopf drücken. Er brauchte dazu einen besonderen Schlüssel. Den Notruf konnte er vergessen. Vielleicht war es besser so. Vielleicht hätte er den Notruf auch nicht gedrückt, wenn er den Schlüssel in der Tasche gehabt hätte. Hilferufe waren etwas für Feiglinge. Er war kein Feigling. Er war noch nie ein Feigling gewesen. Werner Krieger ist vieles, aber nicht feige, machte er sich Mut. Ich werde die Sache durchstehen, alles in Ordnung bringen. Ein für alle Mal klären. Eine Trennungslinie ziehen. Egal, wie schmerzhaft das sein wird.

Er zog das Toilettenpapier aus dem silbernen Halter, putzte sich ab. Er verzichtete darauf, das Toilettenpapier nach Spuren von Blut zu überprüfen. Auch so eine Angewohnheit, die er seit zwei Jahren angenommen hatte. Eine Angewohnheit, die ihm Angst machte. Weil sie fern jeder Vernunft war. Jeder wusste, dass die Spuren von blutenden Organen kaum vom menschlichen Auge wahrnehmbar waren.

An Krankheiten zu denken, die ihm Angst machten, war weniger schlimm, als daran zu denken, wer vor der Tür auf ihn wartete. Warum waren sie nicht zufrieden mit dem, was er ihnen gegeben hatte? Warum wollten sie mehr? Warum waren sie so gierig? Beunruhigende Fragen. Ging es ihnen nur um das, was sie gefordert hatten? Sie waren gewissenlos und ohne Moral. Was waren das nur für Menschen?

Seine Därme waren leer, sie hatten alles, was in ihnen lag, entlassen, nein, nicht alles. Seine Angst war noch da. Das spürte er genau. Die Angst saß mitten in seinem Bauch. Sie hatte sich fest darin eingenistet.

Er zog die Hosen hoch und betrachtete sich im Spiegel. Weiße Haare und Falten. Ein alter Mann. Aber einer, der nicht aufgab. Er hatte alles gemacht. Hatte Fehler, Lieblosigkeiten, Grausamkeiten begangen. Er hatte nichts ausgelassen. Aber er hatte nie aufgegeben. Darauf war er stolz. Mit neu erwachtem Selbstvertrauen blickte er in sein Gesicht. Nichts hatte ihn zum Aufgeben bringen können. Nicht der Tod von Edith, nicht der Hirnschlag, nicht die Tage, die er auf der Intensivstation gelegen hatte, nicht die Wochen in der Klinik. Noch nicht einmal die Zeit, als er nur stammeln konnte wie ein Sechsjähriger und sein linker Arm und das linke Bein ihm die Gefolgschaft aufgekündigt hatten.

Er hatte sich wieder hochgekämpft, und er hatte die Kraft gefunden zu einem neuen Anfang, einem neuen Leben. Das sollte ihm, Werner Krieger, erst einmal einer nachmachen. So etwas schaffte nur einer, der wusste, was er wollte. Einer, der einen Plan hatte. Eine genaue Vorstellung von dem, was kommen sollte, und der alles daransetzte, aus seinem Plan Wirklichkeit werden zu lassen. Und genau das hatte er geschafft.

Auch wenn er jeden Morgen und jeden Abend diese dummen Pillen schlucken musste. Damit sein Blut dünnflüssig blieb und kein Pfropf ihm die Adern verstopfte. Damit er keinen zweiten Schlaganfall bekam. Den ersten hatte er gut überstanden. Sein linker Arm und das linke Bein gehorchten wieder seinen Befehlen. Er sprach wie früher. Sprach so, dass ihn alle verstanden. Und er konnte sich alleine versorgen, war klar im Kopf. Er konnte mit Jonas in den Zoo gehen, auf den Spielplatz. Auch wenn er sich dabei auf einen Stock mit Entenkopf stützte. Er konnte Jonas auf das Schaukelpferd setzen, ihn zum Juchzen bringen.

Er hielt seine Hände unter den Trockner, spürte die Wärme, die die Tropfen von seinen Händen pustete. Es gab keinen

Grund, sich noch länger hier in dieser weißen Zelle zu verstecken. Er nahm seinen Mantel vom Haken, knöpfte ihn sorgfältig zu.

Er würde mit ihnen schon fertig werden. Er hatte schon ganz andere Sachen in seinem Leben überstanden. Er würde nicht klein beigeben, sich nicht erpressen lassen. Was hatte er zu verlieren, wenn es zum Schlimmsten kam? Das Zittern in seinen Knien ließ nach. Er sah Edith. Edith. Wie sie lächelnd und ungläubig den Kopf schüttelte. ›Werner Krieger, du bist verrückt. Und weil du verrückt bist, liebe ich dich.‹ Unter Ediths Lächeln verabschiedete sich die Angst. Was hatte er zu verlieren? Er würde nicht feige kneifen. Er drückte auf einen silbern glänzenden Metallknopf. Lautlos glitten die Türen vor ihm auf.

1

Ich knallte den Stapel Akten, den ich aus dem Keller hochgeschleppt hatte, vor mir auf die Schreibtischplatte. Eine Staubwolke flog auf, breitete sich aus. Ich hustete, flüchtete ans Fenster und riss es weit auf. Kalte Luft strömte herein. Ich atmete tief durch. In der Dachrinne des gegenüberliegenden Hauses saßen Drosseln und schimpften. Mit ihren Schnäbeln hackten sie in der Rinne herum. Das Telefon schrillte. Ich schloss das Fenster. Die Drosseln tobten jetzt lautlos hinter der Scheibe. Das Telefon schellte weiter. Mit drei Schritten lief ich zu meinem Schreibtisch zurück.

»Beate Stein, erstes Kommissariat«, meldete ich mich.

»Endlich«, stöhnte eine Frauenstimme erleichtert auf. »Ich dachte schon, du wärst nicht da.«

»Einer muss die Stellung halten.« Ich sah auf den leeren Schreibtisch, der gegenüber meinem stand. Auf den Drehstuhl davor. Ein Stuhl, auf dem normalerweise mein Kollege saß. »Wie geht's Weber?« Wenn jemand meine Frage beantworten konnte, dann Inga: als Ärztin und als Ehefrau meines Kollegen, der seit drei Wochen nicht mehr im Büro gesichtet worden war.

Sie seufzte. »Unverändert. Es ist grauenhaft.«

Ich überlegte, was ich ihr Tröstliches sagen könnte. Mir fiel nichts ein.

»Kannst du nicht mal versuchen, mit ihm zu sprechen, Bea?«, fragte sie. »Vielleicht redet er ja mit dir.«

»Er sagt immer noch nichts?«

»Kein Wort«, stöhnte sie. »Es ist grauenhaft.«

»Und die Zwillinge?«

»Er will sie nicht sehen.«

»Das glaub ich nicht.« Ich ließ mich in meinen Schreibtischstuhl fallen.

»Kannst du nicht kommen?«, drängte Inga.

»Wenn er mit seinen Mädels nicht spricht, redet er mit mir erst recht nicht.«

»Du kannst es wenigstens versuchen«, beschwor sie mich. »Du kennst ihn. Du arbeitest Tag für Tag mit ihm zusammen.«

»Du kennst ihn doch viel besser als ich, Inga«, seufzte ich.

»Willst du, dass ich auf Knien vor deinem Schreibtisch rumrutsche und dich darum bitte? Bea, ich bin fertig, ich weiß nicht mehr weiter. Ich brauche Hilfe.«

»In einer halben Stunde bin ich da«, sagte ich.

Mein Blick wanderte über Webers Schreibtisch. Gab es irgendetwas, das ich ihm mitbringen konnte? Etwas, das meinen Kollegen wieder zurück in die Welt führte, von der er sich eine Auszeit nahm?

Halbherzig wühlte ich zwischen Büroklammern und Stiften in einer grünen Schale, zog eine Schreibtischschublade auf, beguckte mir die Vorräte an farbigem Papier, die er da gehortet hatte. Ich warf die Schublade wieder zu, ich war verrückt. Wenn Inga und die Zwillinge ihn nicht zurückbringen konnten, wie sollte das irgendein Gegenstand schaffen, der hier im Büro herumlag?

Oder suchte ich etwa nur, weil ich ein paar Minuten gewinnen wollte? Weil ich Angst davor hatte, was mit meinem Kollegen geschehen war? Weil ich nicht wusste, was ich gleich zu sehen bekommen würde? Weil die große, starke Bea im Grunde nichts als ein kleiner Schisshase war. Schnell verscheuchte ich den Gedanken. Eine Übung, in der ich Weltmeister war. Ich griff mir meine Daunenjacke, warf die Tasche über die Schulter und lief zur Tür. Die Akten auf meinem Schreibtisch hatten zwei Jahrzehnte im Keller geruht, da konnten sie ruhig noch ein paar Stunden länger auf mich warten.

Auf dem Gang kam mir ein Mann entgegen, dem ich jetzt lieber nicht begegnet wäre, Froböse. Ausgerechnet. Mit etwas Glück war er auf dem Weg zu einer Besprechung und sah mich nicht. Dieses Glück hatte ich nicht.

»Frau Stein.« Er stoppte vor mir und rückte die silberne Brille auf seiner Nase zurecht. »Gut, dass ich Sie noch erwische.«

»Ich bin eigentlich schon gar nicht mehr da.«

Das stoppte ihn nicht. »Sie haben hoffentlich schon angefangen mit den unaufgeklärten Fällen?«

»Befinden sich auf meinem Schreibtisch.«

»Ich brauche heute noch Ihre Einschätzung.«

»Heute?«, fragte ich ungläubig.

»Morgen habe ich eine Sitzung in Düsseldorf. Beim Innenminister, der will wissen, welche Verbesserungspotenziale wir als Nächstes angehen, wie wir uns da aufstellen, positionieren und welche Strategien wir entwickeln.«

»Sie wollen ihm die ungelösten Fälle servieren«, staunte ich. »Als Verbesserungspotenzial?«

»Wir haben heute kriminaltechnische Möglichkeiten, die wir damals nicht hatten.«

»Wissen Sie, wie lange ich das letzte Mal auf die Auswertung eines genetischen Fingerabdrucks gewartet habe?«

»Frau Stein«, rügte er mich. »Es geht um Visionen, Strategie. Die Zukunft der Polizei. Da zählen solche Petitessen nicht.«

»Die Praxis als Petitesse. Nett.«

»So habe ich das nicht gesagt«, empörte er sich.

»Wie lange sind Sie heute noch im Hause?«, erkundigte ich mich.

»Bis um sechs.«

»Bis dahin haben Sie meine Einschätzung auf dem Tisch.«

Ohne ein weiteres Wort stürmte er von dannen. Er hatte, was er wollte. Wozu noch weitere Energien in die Kommunikation mit einer Untergebenen stecken? Ein kleiner schwarzer Punkt auf seiner Agenda war erfolgreich abgehakt. Dieses kleine schwarze Nichts in seinem Kalender, das war ich.

Während ich in den ächzenden Paternoster stieg und mich von ihm nach unten schaukeln ließ, fragte ich mich, ob Webers Zustand etwas mit dem Klima im Amt zu tun hatte, mit dem seelenlosen Jargon von Unternehmensberatung und Marketing, die Menschen zu Zahlen in frisierten Bilanzen degradierten.

Mit beiden Armen stieß ich die Eingangstür auf. Die Luft

schlug mir feucht und frisch entgegen. Es roch herbstlich, nach Nebel und nach vermoderten Blättern.

Ich stieg in meinen Wagen. Bald tauchten in den Geschäften die ersten Nikolause auf. Bildete ich mir das ein, oder verging das Jahr wirklich immer schneller?

Würde ich es diesmal schaffen, mir früher als sonst Gedanken über meine Weihnachtsgeschenke zu machen und nicht erst am Heiligen Abend durch die City zu hetzen? Jetzt brauchte ich kein Weihnachtsgeschenk, sondern ein passendes Mitbringsel für einen kranken Kollegen. Was brachte man jemandem mit, der sich von einem Tag auf den anderen ohne Vorwarnung ins Bett gelegt hatte und seitdem nichts mehr sagte?

An der Kreuzung lag ein Supermarkt. Ich stellte den Wagen auf den Parkplatz. Neben dem Eingang standen Palmen mit zarten Wedeln. In großen Eimern rote und gelbe Tulpen. Ich griff mir einen roten Tulpenstrauß. Nix für Weber, aber Inga würde sich freuen. Wie sie sich am Telefon angehört hatte, konnte sie ein bisschen Aufmunterung gut gebrauchen.

An der Obsttheke blieb ich stehen, Vitamine waren die klassische Beigabe für jeden Krankenbesuch. Warum auch nicht? Ich griff mir eine dicke dunkelblaue Traubendolde. Jetzt brauchte ich nur noch ein paar Pralinen. Damit war ich auf der sicheren Seite. Feine Schokolade war etwas, das die Laune meines Kollegen bisher in jedem Fall verbessert hatte.

Was wohl auf Webers Krankmeldung stand, fragte ich mich, als ich wieder im Wagen saß. Dyslexie? Vegetative Dystonie? Chronisches Erschöpfungssyndrom? Depression? In irgendeine Schublade würden sie ihn schon packen, meinen empfindsamen Kollegen.

Wenige Minuten später stieg ich mit meinem Strauß Tulpen, den Pralinen und den Trauben die Treppe zu Webers und Ingas Wohnung hoch. Ich schellte an der Wohnungstür, an der zwei Gänse den Schriftzug ›Willkommen‹ zwischen ihren Schnäbeln schaukelten.

Inga öffnete sofort die Tür. Als ob sie dort schon eine Weile gestanden und auf mich gewartet hatte. Ich erschrak. Inga, die rosige, patente Inga sah bleich und kraftlos aus, der hellrote Lippenstift, den sie aufgetragen hatte, wirkte deplatziert wie in einem Clownsgesicht.

»Die sind für dich.« Mit einem Rascheln entfernte ich das Papier von den Blumen.

»Rote Tulpen.« Für einen Augenblick leuchtete ihr Gesicht in einem Lächeln auf. »Sind die schön! Danke, Bea.« Das Gesicht der alten Inga. Der Inga, die ich kannte. »Komm rein.« Das Lächeln fiel schnell wieder ab, und sie sah ausgelaugt und müde aus. Eine fremde Frau.

Auf dem Esstisch stand noch das Frühstücksgeschirr. Mittags um zwölf. In diesem Augenblick, als ich auf drei Teller voller Krümel blickte, drei Tassen, an deren Rand eine Milchhaut hing, und ein Stück Butter, das schwitzte, auf dem kleine Tröpfchen Feuchtigkeit saßen, in diesem Moment, als ich ein offenes Marmeladenglas sah, den Deckel achtlos daneben, ein Glas, das niemand verschlossen und in den Kühlschrank gestellt hatte – in diesem Moment wurde mir klar, dass das, was hier geschah, ein Ausmaß besaß, auf das ich nicht vorbereitet war.

Inga stellte die roten Tulpen neben die Cornflakes-Packung auf den Tisch. Ich legte die Tüten mit den Trauben und die Packung Pralinen daneben. »Isst er wenigstens ordentlich?«, erkundigte ich mich.

Sie schüttelte den Kopf. »Er isst nicht. Er trinkt. Eigelb mit Rotwein, immerhin. Und heiße Milch mit Honig. Das hat ihm seine Mutter früher immer gemacht, wenn er krank war.«

»Zurück in die Kindheit«, vermutete ich.

Inga nickte. »Die letzte Fluchtburg. Das warme Bett.« Sie zog ein Taschentuch aus einer Packung, faltete es auseinander und schnäuzte sich. »Stell dir vor, manchmal beneide ich ihn. Im nächsten Augenblick könnte ich ihn würgen, weil er mich allein mit allem lässt.«

»Drei Wochen sind lang«, sagte ich.

»Ihm scheint's zu gefallen.« Sie tupfte sich mit dem Ende des Taschentuchs eine Träne aus dem Augenwinkel. »Aber ich pack das nicht länger.«

»Wie stecken die Mädels das weg?«, fragte ich.

»Du weißt ja, wie sie sind. Teenies. Die haben mit sich selbst genug zu tun. Schule, Freunde, Sport …«

»Ist ja gut, dass es so ist«, sagte ich.

»Ich versuche, sie da rauszuhalten.« Inga schnäuzte sich. »Er fragt nicht nach ihnen. Er will sie nicht sehen.«

Sie sah auf die Wand über dem Esstisch, wo die frühen Werke der Mädels sorgfältig gerahmt hingen. Fröhliche Striche in klaren Farben.

»Er liebt seine Mädels«, sagte ich.

»Das weiß ich doch auch.« Inga warf ein Papiertaschentuch durch die silberne Klappe des Abfallkübels. »Aber er weiß es nicht, er ist völlig durch den Wind.«

»Er wird sich schon wieder einkriegen«, versuchte ich Inga zu trösten.

»Klar wird er das. Aber wann?« Die Tränen liefen ihr übers Gesicht, sie bemerkte es nicht. »In einem Monat, in einem Jahr. Und die Mädchen? Und ich?«

»Kann er nicht weg zur Kur, in eine Klinik?«

»Klar kann er.« Ingas Stimme klang bitter. »Aber er will nicht. Das sagt er laut und deutlich. Ansonsten hält er sich zurück.«

»Was erhoffst du dir von mir?«, fragte ich.

Inga wischte sich mit einem Taschentuch über die Augen. »Das weiß ich ja auch nicht. Dass er wieder zu sich kommt. Raus aus der Lethargie. Irgend so was …«

Ich sah auf den Käse, der auf seinem Teller die Form verloren hatte, zerflossen war.

»Ich arbeite zwar mit ihm«, ich sah mich an der Rinde einer Salamischeibe fest, die schwitzend über einem weißen Tellerrand hing, »aber ich kenne ihn nicht wirklich.«

»Meinst du, mir geht das anders?« Inga sah mich ernst an. »Ich lebe seit zwanzig Jahren mit ihm zusammen, wir haben zwei Kinder, und jetzt merke ich, ich weiß gar nicht, wer er ist.« Sie schnäuzte in ein neues Taschentuch. »Völlig verrückt.«

Ich schnappte mir die Trauben und die Packung mit den Pralinen vom Tisch. »Dann versuche ich mal mein Glück.«

»Hab ich nie behauptet«, verteidigte ich mich. »Also, worum geht es in deinem Experiment?« Ich setzte ihm die Pralinenschachtel auf die Bettdecke. »Greif zu.«

Er hob den Deckel von der Packung und hielt sie mir hin. »Bedien dich.«

Jeder von uns mampfte eine Praline und blieb für eine Weile stumm.

»Also warum?«, fragte ich, als keine Schokolade mehr auf meiner Zunge klebte.

»Weil alles für'n Arsch ist.«

»Kannst du mir das erklären?«

»Ist doch ganz klar«, sagte er und schob die Bettdecke von seinem Kinn weg. »Immer wenn ich was mache, krieg ich Probleme. Am besten, ich mach gar nichts. Dann gibt's auch keine Probleme.«

»Wie meinst du das?«, fragte ich.

Er stöhnte laut auf. »Ich dachte, du hättest Phantasie.«

»Jetzt sag schon«, forderte ich.

»Nimm mal die Arbeit.«

»Roger«, bestätigte ich.

»Also da machst du was, reißt dir den Arsch auf. Und was ist der Lohn?«

Ich sah ihn neugierig an.

»Du arbeitest zweieinhalb Stunden mehr pro Woche, kriegst aber keinen Pfennig mehr, im Gegenteil, sie streichen dir noch das Urlaubs- und Weihnachtsgeld zusammen.«

»Daran änderst du nichts, wenn du hier im Bett rumliegst.«

»Richtig«, freute Weber sich. »Hundertprozentig. Aber weißt du, was der Unterschied ist?«

Ich schüttelte hilflos den Kopf.

»Ich fühle mich weniger verarscht, weil ich seit drei Wochen nicht arbeiten gehe und unter der Bettdecke entspanne.«

»Hmmm.« Ich brauchte ein bisschen, um zu verarbeiten, was er gesagt hatte.

»Endlich mal ausschlafen, nichts tun«, schwärmte er. »Du glaubst gar nicht, wie geil das sein kann.«

»Was hat der Arzt auf deine Krankmeldung geschrieben?«, erkundigte ich mich.

»Irgendwas halt. Darum kümmert Inga sich.«

»Der ganze Scheiß hängt jetzt an Inga«, stellte ich fest.

»Ihre Schuld.« Weber schob sich eine Praline zwischen die Lippen. »Sie hat die Mädels zu sehr verwöhnt. Die könnten ihr ja helfen.«

Mein Kollege sah fast schon wieder so fröhlich wie in alten Tagen aus.

»Wie lange willst du das Experiment noch laufen lassen?«

Er zuckte die Achseln. »Solange es Spaß macht. So lange, bis ich richtig ausgeschlafen bin.«

»Und was meinst du, wie lange du dazu noch brauchst?«, wollte ich wissen.

»Keine Ahnung.« Er griff nach der nächsten Praline. »Im Moment halte ich das Experiment noch gut aus.«

»Du fehlst mir«, sagte ich. »Bei diesem Schwachsinn von Qualitätsmanagement und Verbesserungspotenzialen braucht man 'n Partner. Sonst klinkt man völlig aus.«

»Da siehst du, wie klasse das ist, sich einfach mal drei Wochen 'ne Auszeit zu nehmen«, strahlte mein Kollege.

»Wie meinst du das?«, fragte ich.

»Man wird einfach wieder ganz anders geschätzt.«

»Und wie lange willst du noch in diesem Wonnegefühl baden?«

»Bis es genug ist.«

»Und wann ist es genug?«

»Bis ich es sage.«

»Könntest du dir vorstellen, morgen wieder ins Büro zu kommen?«

»Morgen?« Er verzog angeekelt das Gesicht. »Frühestens in einer Woche. Und das auch nur, wenn du meine Eltern morgen zum Bahnhof bringst.«

»Wieso ich?«

»Weil Inga platt ist«, erklärte er mir. »Die kann nicht mehr. Wenn meine Eltern Inga so sehen, machen die sich nur Sorgen. Und die Mädels sind noch für nichts ernsthaft zu gebrauchen.«

»Und was steht, verdammt nochmal, für deine komischen Eltern morgen an?«

»Routine.« Er grinste mich an. »Nichts Großes. Die müssen nur zum Bahnhof gebracht werden, weil sie in die Eifel wollen. Sag ihnen bloß nicht, dass ihr Sohn im Bett liegt und über den Sinn des Lebens nachdenkt. Sag ihnen, ich hab einen Virus gefangen, liege flach. Das ist unverfänglich. Das kennen sie. Das können sie verkraften.«

»Ich soll sie in den Zug setzen? Mehr nicht? Ist das wirklich alles?«

»Das ist alles«, bekräftigte er. »Sobald du die in den Zug gesetzt hast, breche ich das Experiment innerhalb der nächsten acht Tage ab.«

»Dann steigst du aus dem Bett und kommst wieder ins Präsidium?«

Er nickte. »Innerhalb von acht Tagen. Darauf gebe ich dir mein Wort.« Er streckte mir seine Hand entgegen.

Ich schlug ein.

»Und?«, fragte Inga, als ich zurück in die Küche kam.

»Er hat geredet.«

»Er hat was?« Sie sah mich mit großen Augen an.

»Geredet. Nicht ganz freiwillig, aber immerhin.«

»Gott sei Dank.« Sie seufzte tief. »Du kannst dir nicht vorstellen, was für Sorgen ich mir gemacht habe.«

»Er ist ganz in Ordnung«, sagte ich. »Eine kleine Auszeit. Mehr braucht er nicht.«

»Eine kleine Auszeit? Die könnte ich auch gebrauchen.«

»Wer könnte das nicht?«, stöhnte ich. »Und? Warum nehmen wir sie uns nicht?«

2

Liebe Edith,

wenn ich die Gardine zur Seite schiebe – und das tue ich jeden Morgen als Erstes –, gucke ich hinunter in den Park, auf eine weiße Winterlandschaft. Die Äste der Tannen sind dick mit Schnee beladen, sie biegen sich unter seinem Gewicht. Manchmal rieselt der Schnee von einem Ast wie feiner weißer Staub. Ich denke daran, wie sehr Du den Winter gemocht hast. Wie oft Du zu mir im Winter gesagt hast: ›Komm, Werner, lass uns raus in den Schnee, spazieren gehen.‹ Wie oft habe ich Dich allein nach draußen gehen lassen. Du hast versucht, Dir Deine Enttäuschung nicht anmerken zu lassen. Aber ich wusste, dass Du lieber mit mir durch den Schnee gestapft wärst. Heute gucke ich hinaus in den Schnee, und ich wünschte, die Tür ginge auf, Du stündest da in Deinem Mantel mit Schal und Handschuhen, voll Vorfreude in Deinen funkelnden Augen, und Du würdest zu mir sagen: ›Komm, Werner, raus in den Schnee, spazieren gehen.‹ Was würde ich heute dafür geben, noch einmal mit Dir zusammen da draußen im Schnee umherzugehen. Dein Arm fest unter meinem verhakt. Du neben mir. Wir beide Seite an Seite.

Zu Hause kann ich jeden Tag zu Dir auf den Friedhof gehen, zu Deinem Grab. Du liegst da unter einer großen Kastanie.

Manchmal bringe ich Dir Blumen mit, stelle sie in eine Vase. Ich erinnere mich daran, wie viele Vasen voll Blumen Du im Laufe der Jahre im Haus aufgestellt hast. Das sind schöne Erinnerungen. Ich sehe Dich dann, wie Du summst und mit einem Arm voll Flieder aus dem Garten ins Haus kommst. Wie Du die Zweige mit den blauen und weißen Blüten im Wohnzimmer verteilst. Manchmal kommt sogar der Duft zurück. Dann kann ich den Flieder riechen. Ein schwerer süßer Duft. Er erinnert mich an Sonne, an Frühling und an Dich.

Der tägliche Weg auf den Friedhof fehlt mir hier. Ich sitze fest in einer Klinik, sechshundert Kilometer von zu Hause entfernt, und ich kann nicht zu Dir ans Grab gehen. Deshalb schreibe ich Dir. Auch wenn meine Buchstaben noch schief und krumm aussehen. Und auch wenn ich die Briefe in keinen Umschlag ste-

cken werde, in keinen Briefkasten werfe. Es ist eine Möglichkeit, Dir nah zu sein. Hier in dieser fremden Umgebung, wo es nur weißgekleidete Menschen gibt, Ärzte und Schwestern und Krankenpfleger und Therapeuten. Und sonst natürlich Menschen wie mich. Du müsstest mich sehen. In meinem Bademantel mit den Schlappen. Es ist nicht viel übrig geblieben von dem strahlenden Helden, der Dich im weißen Kleid über die Türschwelle getragen hat. Ein komischer alter Mann in einem dunkelblauen Bademantel mit gelben und grünen Streifen. So wie ich laufen hier alle Patienten herum, in Bademänteln mit Plastikschlappen und in Trainingsanzügen mit Turnschuhen. Kranke, die alles tun, um wieder auf die Beine zu kommen. Sich massieren lassen, auf dem Standfahrrad strampeln, in der Gymnastikhalle im Kreis laufen, an einer Stange Klimmzüge machen und im warmen Wasser nach Anweisungen aus dem Lautsprecher die Glieder strecken. Ich gebe mir Mühe. Du kennst mich. Du weißt, dass ich so schnell nicht aufgebe.

Ich habe immer gedacht, dass ich vor Dir gehen werde. Es ist anders gekommen. Vielleicht ist es besser so. Heute tröstet es mich, dass Du so friedlich eingeschlafen bist. Dich abends ins Bett gelegt hast neben mir, ›Schlaf gut, Werner‹ zu mir gesagt hast und meine Hand gedrückt wie jeden Abend. Du bist einfach nicht mehr aufgewacht.

Sobald ich kräftig genug bin, werde ich versuchen, mit meiner Gehhilfe raus in den Schnee zu gehen. Ob die Räder im Schnee stecken bleiben? Welche komischen Fragen man sich heute stellt, stellen muss. Es ist ein gutes Zeichen, wenn das Denken noch funktioniert. Nicht mehr sprechen zu können war schlimm für mich. Als ich im Krankenhaus aufgewacht bin, habe ich kein Wort über die Lippen gebracht. Kannst Du Dir das vorstellen, Edith? Du denkst etwas, aber du bringst es nicht über die Lippen? Das war ein Schock. Meine größte Angst dabei war, nicht mehr denken zu können. So weit ist es Gott sei Dank nicht gekommen. Das Denken hat von Anfang an wieder geklappt. Ohne Worte denken, ich weiß gar nicht, wie ich das hingekriegt habe. Irgendwie hat es funktioniert. Die Worte sind mit den

Kreuzworträtseln zurückgekommen. Du weißt ja, ich kann kein Rätsel in der Zeitung ungelöst lassen. Jetzt hat es mir geholfen. Engl. Anrede mit drei Buchstaben: S-i-r. Nebenfluss des Rheins: M-a-i-n. So sind die Buchstaben zurückgekommen. Plötzlich konnte ich wieder reden.

Ich hatte Glück, dass ich schnell ins Krankenhaus gekommen bin. Bei einem Schlaganfall zählt jede Sekunde, sagen die Ärzte. Frau Heimer hat mich gefunden, auf dem Teppich neben dem Fernsehsessel. Was für ein Zufall, dass es ein Mittwoch war, der Tag, wo sie zum Putzen kommt. Sie hat sofort den Notarzt gerufen. Und mir Waschzeug und einen Bademantel ins Krankenhaus gebracht. Ich glaube, sie hat auch den Kindern Bescheid gesagt.

3

Zurück an meinem Schreibtisch, erwartete mich ein Gruß von Froböse, verpackt in einer rosa Umlaufmappe. Dutzende von Kürzeln verrieten mir, dass sie schon über mehr als einen Schreibtisch gewandert war. Fettige Kleckse und Spritzer, Daumenabdrücke und verschmierte Schokoladenreste legten Zeugnis davon ab, dass es in den Amtsstuben der Polizei nur halb so dröge zuging, wie manche sich das vorstellten.

Ich schob das Gummiband hoch und öffnete die Mappe. Mit spitzen Fingern nahm ich das mehrseitige Papier zur Hand.

›Leitfaden‹, las ich. ›Zur Beschreibung von herausragenden Qualitätsprojekten. A) Projektname: Stellen Sie sicher, dass die Bezeichnung des Verbesserungsprojekts für Ihr Team und die externen Validatoren klar und verständlich ist.‹ Was für ein Team, fragte ich mich. Hier in diesem Raum gab's nur mich. ›B) Projektverantwortlicher.‹ Dreimal durfte ich raten, wer für diese wunderbare Aufgabe in Frage kam. ›C) Termin für die vollständige Umsetzung.‹ Auch das noch: Zeitdruck. ›D) Rang/Priorität, Position innerhalb der Rangfolge der Projekte, die aus der Priorisierung aller Verbesserungsprojekte und -maßnahmen resultiert. Stellen Sie Leuchttürme auf.‹ Das wurde ja immer toller. ›G) Vorgehen, Beschreiben des Vorgehens zur Verbesserung. Nennen Sie die Gründe, warum diese Vorgehensweise ausgewählt wurde, und legen Sie dar, welcher Nutzen für die Organisation erwartet wird, z. B.: Bezug zum Businessplan klären; Leistungsfaktoren anführen, deren Verbesserung zu erwarten ist; Interessengruppen benennen, die profitieren werden.‹

Ich schnappte mir das Papier und stürmte los. Wenn Froböse dachte, ich würde das faule Ei, das er mir auf den Tisch gelegt hatte, einfach so schlucken, hatte er sich geschnitten.

Ohne anzuklopfen, riss ich seine Bürotür auf. Ich erwischte ihn an seinem Schreibtisch bei seiner Lieblingslektüre. Dem Studium der Wirtschaftsseiten der Zeitung, hinter der sich laut Werbung ein kluger Kopf verbarg. Froböse vergaß, die Seite mit den Aktienkursen zuzuschlagen, und blickte mich ungläubig an.

Ich ließ mich vor ihm auf den Besucherstuhl fallen und wedelte mit dem Papier in meiner Hand. »›Projektverantwortlicher‹«, schnaubte ich. »Ich erinnere mich nicht, dass ich von irgendwem, geschweige denn von Ihnen mit der Projektleitung von irgendwas betraut wurde.«

Er musterte mich über den Rand seiner Brille wie ein lästiges Insekt. »Ich habe Sie darum gebeten, die nicht aufgeklärten Fälle der letzten zehn Jahre herauszusuchen, und Sie auf die Verbesserungspotenziale hingewiesen, die darin liegen. Oder irre ich mich?«

»Sie wollten meine persönliche Einschätzung«, erinnerte ich ihn. »Von der Leitung eines Projektes bis zur Umsetzung war nie die Rede, geschweige denn der zu dokumentierenden Vorgehensweise mit der Aufstellung von ›Leuchttürmen‹. ›Leuchttürme.‹ So was können sich nur Jungens ausdenken, die einmal zu oft mit ihrer Familie an die See gefahren sind.«

»Worüber möchten Sie sich unterhalten«, er spreizte seinen schmalen Mund zu einem süffisanten Lächeln, »über Ferienplanung von Familien, Geschlechtergerechtigkeit oder Ihr Verbesserungsprojekt?«

»Das ist nicht ›mein‹ Verbesserungsprojekt«, schäumte ich.

»Aber ja, Frau Stein, es ist Ihr Projekt. Spätestens in diesem Moment ist es Ihnen offiziell übertragen.« Er schlug mit einer Handbewegung die Zeitungsseiten zusammen und faltete sie. Papier raschelte. »Das Formblatt im Anhang geben Sie mir bitte heute noch zurück. Vergessen Sie nicht die Begründungen, warum Sie wie vorgehen, beschreiben Sie den Nutzen für die Gesamtorganisation und machen Sie sich Gedanken über die Messgrößen, anhand deren Sie die Fortschrittsmessung vornehmen werden.« Er beförderte die gefaltete Zeitung in den Papierkorb. »Haben wir uns verstanden?«

In diesem Moment dachte ich an ein Foto von Froböse, das mir von einer Frau, die im Milieu arbeitete, verehrt worden war. Es zeigte meinen Vorgesetzten, wie er nackt mit einer Schweinemaske vorm Maul über den Boden kroch. Ein kleines Dankeschön dafür, dass ich der Gerechtigkeit und nicht dem Gesetz zum Sieg verholfen hatte. Dass sie nicht im Gefängnis saß, obwohl sie einen Mord begangen hatte.

War dies der Moment, das Foto sinnvoll zu nutzen? Die Versuchung war mächtig. Aber ich hielt mich zurück. Das hier würde ich auch so geregelt bekommen. Für so einen läppischen Auftrag verbrannte ich meinen Joker nicht.

»Wenn ich Papierchen für Sie tippe, wird die Aufklärungsquote in unserem Verein nicht automatisch steigen«, sagte ich.

»Meine liebe Frau Stein«, hob er leutselig an. »Sie werden dafür bezahlt, das zu tun, was man Ihnen sagt. Das Nachdenken über die geschäftspolitischen Ziele unserer Behörde dürfen Sie ruhig den Führungskräften überlassen.«

»Verstehe. Aufklärung war gestern. Heute vertreiben wir uns die Zeit mit Arbeitsgruppen und dem Fertigen von Papierchen für die große Rundablage.« Ich zeigte auf den Papierkorb, den seine Zeitung verstopfte. »Verstehe ich das richtig?«

»Die Exzellenz einer Einrichtung«, dozierte er mit Nachdruck, »lässt sich anhand konkreter Daten erfassen. Und das stetige Bemühen einer Einrichtung, besser zu werden, lässt sich durch die Aufstellung und Durchführung herausragender Projekte dokumentieren.«

»Warum habe ich bei Ihnen immer das Gefühl, dass Sie von einem Waschmittelkonzern reden oder einem Zulieferer für die Autoindustrie und nicht von der Polizei?«

»Weil es da keinen Unterschied gibt.« Er lächelte überlegen. »Wir bieten genauso Produkte an. Nur eben keine Autos oder Waschpulver, sondern Dienstleistungen.«

»Haben Sie noch nie daran gedacht, dass Sie auf diese Art und Weise die Polizei überflüssig machen?«

»Überflüssig?« Er sah mich neugierig an.

»Wenn wir unsere Arbeit immer schlechter machen, weil wir nur noch mit uns selbst beschäftigt sind, werden die Bürger zwangsläufig immer unzufriedener mit uns. Das leuchtet doch ein, oder?«

»Die Zufriedenheit der Bürger. Wenn das alles ist, was Sie umtreibt.« Er lehnte sich in seinem Chefsessel zurück. »Dafür haben wir Profis. Das Bild der Polizei in der Öffentlichkeit lässt sich steuern. So etwas überlässt heute niemand mehr der Phantasie von Lieschen Müller – oder Heribert Meier«, setzte er fein lächelnd nach.

»Wir sind die Polizei«, flötete ich. »Frage dich nicht, was die Polizei für dich tun kann, frag dich, was du für die Polizei tust.«

»Sie haben es erfasst«, lobte er mich.

»Wenn Zahlen vorliegen, wie teuer wir sind. Wie tief der Bürger für immer weniger Leistung in die Tasche greifen muss.« Ich holte Luft. »Dann kommt mit Sicherheit als Nächstes der Vorschlag aus der Politik, dass private Sicherheitsfirmen unsere Arbeit übernehmen. Hessen hat das bei den Gefängnissen ja schon vorgemacht.«

»Ich verfolge die Entwicklungen in Hessen mit Interesse«, verriet er mir. »Private Dienstleister im öffentlichen Raum sind für mich kein Tabu.«

Steckte hinter dem Ganzen etwa System? War Froböse als U-

Boot in unseren Verein eingeschleust worden, um Sabotage zu betreiben? Den Weg für private Sicherheitsfirmen frei zu machen? Begann ich langsam paranoid zu werden, oder bekam er die Dienstleistungen im Bordell, die er so schätzte, tatsächlich, ohne dafür zu zahlen? War sein Weinkeller, mit dem er so gern prahlte, von Gönnern gesponsert? Hatten die ihm gratis im Kellerraum nebenan ein Andreaskreuz an die Wand gedübelt, wo er nach Feierabend hing und entspannte? Hütete er in seinem privaten Safe schon die Vereinbarung mit einer Sicherheitsfirma, die ihm einen Platz in der Geschäftsleitung versprach? Für Ausverkäufer des öffentlichen Tafelsilbers, egal welcher politischen Couleur, sprang immer etwas heraus, mindestens ein fettes Aufsichtsratspöstchen. In den Statistiken der von Korruption befallenen Länder kletterte Deutschland nicht umsonst Jahr für Jahr höher, den Spitzenplätzen entgegen.

»Frau Stein«, rief Froböse mir nach, als ich den Raum verließ. »Ich brauche die Projektbeschreibung heute noch. Denken Sie bitte daran.«

4

Liebe Edith,

heute habe ich von Ruth eine Karte bekommen, aus München. Die Adresse der Klinik kann sie nur von Frau Heimer haben. Sie hat mir alles Gute gewünscht, eine gute Besserung. Gekommen ist sie nicht. Dabei bin ich hier nur einen Katzensprung von München entfernt. Johannes hat sich gar nicht gemeldet bisher. Auch Franka nicht. Bei Franka verstehe ich das, sie ist beruflich voll eingespannt. Alles, was sie macht, macht sie hundertfünfzigprozentig. Aber Johannes? Mit seiner Musik? Der ist in keinen festen Zeitplan eingeklemmt. Kann sich alles so einrichten, wie es ihm passt. Mit meinem monatlichen Geld. Da sollte man doch glauben, dass er sich mal meldet. Vielleicht bin ich zu ungeduldig. Vielleicht kommt das ja noch. Vielleicht wollen sie mich überraschen. Und kommen einfach so am Wo-

chenende vorbei. Um ihrem kranken Vater eine Freude zu machen.

Du hast den Kindern immer näher gestanden als ich. Das ist normal, denke ich. Du hast sie neun Monate lang in Deinem Bauch mit Dir herumgetragen. Ich habe sie das erste Mal nach der Geburt erlebt. So verschrumpelt und winzig waren sie, dass ich mich kaum getraut habe, sie mit meinen großen Händen anzufassen. Bestimmt habe ich sie oft auch zu grob angefasst. Wenn ich ehrlich bin – dann waren die Kinder für mich nie so wichtig. Sie liefen immer irgendwie mit, neben dem Geschäft. Das war das Wichtigste für mich.

Du hast das gewusst. Und Du hast es verstanden. Deine Unterstützung war immer selbstverständlich für mich.

Nichts ist mehr selbstverständlich, wenn man in einem Krankenhausbett aufwacht und einem die Wörter fehlen. Dann merkt man erst einmal, wie gut es einem vorher gegangen ist. Dabei geht es schon wieder. Die Ärzte sind zufrieden mit mir. Die linke Seite macht sich. Ich kann mit der linken Hand wieder zupacken. Das Bein schleift noch. Aber es wird besser. Die Gymnastik tut mir gut, das spüre ich.

Manchmal denke ich, ich will wieder gesund werden, damit ich alles besser machen kann. Ich habe so viel falsch gemacht in meinem Leben. Die Spaziergänge im Schnee. Lach nicht. Aber es sind nicht nur die Spaziergänge. Es ist so viel, was ich nicht gemacht habe. Wir wollten mit dem Wohnmobil nach Kanada, erinnerst Du Dich?

Hier in der Klinik habe ich Zeit zum Nachdenken. Viel zu viel Zeit. Heute kommt es mir eigenartig vor, dass ich für jeden Kunden Zeit gefunden habe, aber nicht für Dich. Mit Dir an meiner Seite ist mir alles geglückt. Das Geschäft hätte sich gar nicht entwickeln können, wenn Du mir nicht die Bücher geführt hättest, den Haushalt gemanagt, die Kinder. Ich wünschte, ich könnte mich daran erinnern, ich hätte Dir einmal gesagt, dass ich Dich liebe. Dass es ein schönes Leben mit Dir an meiner Seite ist. Wie dankbar ich Dir für Deine Unterstützung bin. Aber wie kann man über etwas sprechen, das einem ganz selbstver-

ständlich ist. Heute würde ich Dir meine Zeit geben, nicht den Kunden. Heute gebe ich Dir mehr Zeit. Heute rede ich mit Dir. Wenn auch nur in diesen Briefen.

Draußen hat es angefangen zu schneien. Eine Drossel sitzt unter einem Busch und plustert die Federn auf. Du hast jeden Winter für die Vögel Futter ausgelegt, Meisenringe aufgehängt, Apfelscheiben auf Drähte gesteckt. Ich habe das immer belächelt. Nie für wichtig gehalten. Wie dumm kann ein Mensch nur sein?

Ob ich noch eine Chance bekomme? Hier, in diesem Leben? Was meinst Du, Edith? Kann aus einem dummen alten Mann wie mir noch etwas werden? Lohnt es sich für mich noch, Pläne zu machen? Mit dreiundsiebzig davon zu träumen, alles in meinem Leben noch einmal ganz anders, besser zu machen?

5

Petra saß an ihrem Schreibtisch und ging ihrer liebsten Beschäftigung nach, Feldforschung, per Telefon. Erkunden und Sammeln von Informationen jeglicher Art, die die kleinsten Veränderungen innerhalb unserer Behörde betrafen und erfassten. Es überraschte mich immer wieder, was meine Kollegin alles in ihrem Kopf, unter den blonden Locken, speicherte. Unvorstellbare Datenmengen, nichts ging verloren. Jedes Detail auf Wunsch abrufbereit.

»Das darf nicht wahr sein«, stöhnte sie lustvoll und spielte mit der Telefonschnur in ihrer Hand. »Ausgerechnet die.«

Sie zeigte mit der wippenden Schuhspitze auf den freien Stuhl neben ihrem Schreibtisch. Ich verstand, was sie meinte, und setzte mich.

Während Petra den Gesprächsfluss am Telefon durch mitfühlende Laute wie »Ts, ts – Ha, ha – Ui, ui« begleitete, betrachtete ich ihre Schuhe. Petra war in Modedingen topfit und jedem Trend einen Fußbreit voraus.

Ich staunte, wie man Pumps mit hauchdünnen Absätzen designen konnte, die von vorne wie ein Stiefel aussahen. Mit Goldschnalle, gerüschtem Leder und einem Loch über dem Spann, durch das man Petras hellen, seidig glänzenden Fuß bewundern konnte.

Das Klacken, mit dem der Telefonhörer auf die Gabel fiel, ließ meinen Blick wieder nach oben wandern.

»Stell dir vor.« Petra beugte sich verschwörerisch zu mir über den Schreibtisch. »Diese Tussi vom Diebstahl mit den Schlabberröcken hat sich an den Haimann von der Organisierten Kriminalität rangemacht.«

»Wo die Liebe hinfällt«, kommentierte ich.

»Der Haimann sieht aus wie 'n Zuhälter und sie wie 'ne Sozialtante von der Bahnhofsmission. Wie soll das denn gehen?« Sie sah mich kopfschüttelnd an.

»Gegensätze. Wie wär's damit?«

»Gegensätze funktionieren nicht.« Sie zog mit der Spitze ihrer Pumps-Stiefelette die unterste Schreibtischschublade auf. Ich sah auf einen Stapel bunter Blätter. »Warte mal.« Sie bückte sich und wühlte in dem Stapel.

»Hier.« Sie schlug eine Seite auf und knallte die Zeitschrift vor mir auf den Schreibtisch. »Stephanie und ihr Schweizer Zoodirektor.« Ich blickte auf einen gut gekleideten älteren Herrn, der seriös in die Kamera blickte, und eine junge Frau im Bikini, die Grimassen schnitt. »Das ging nicht lange gut. Gegensätze führen immer in die Katastrophe.« Sie nahm mir die Zeitschrift wieder weg und warf sie nach unten zu den anderen, dann schob sie mit dem Fuß die Schublade wieder zu. »Seid ihr auch Gegensätze, du und dein Beckmann?«

»Kleidungsmäßig schon.« Ich überlegte. »Sonst eigentlich weniger. Er ist genau so ein Chaot wie ich.«

»Dann habt ihr Chancen«, klärte sie mich auf. »Paare, die sich ähnlich sind, werden zusammen steinalt. Nur so um die sechzig wird's kritisch, da lassen sich viele wieder scheiden. Guck dir Meier drei an. Der hat sich kurz vor der Pensionierung von seiner Ulla getrennt, nach dreißig Jahren, obwohl sie beide Trekkies sind und Motorrad fahren. Was wolltest du bei Froböse? Oder hat der dich bestellt?«

»Er hat mir ein faules Ei gelegt«, schnaubte ich.

»Das ist ein ganz Linker«, stöhnte Petra mitfühlend. »Jedes Mal, wenn ich ihm den Rücken zudrehe, habe ich ein ungutes Gefühl. So ein Kribbeln an den Schulterblättern, als hätte ich Angst, dass er mich von hinten erwischt.«

»Erst hat er so rumgeschleimt«, berichtete ich. »›Jetzt, wo Ihr Kollege unpässlich ist‹, du weißt ja, wie er sülzt, ›könnten Sie sich doch mal die ungelösten Fälle der letzten Jahre vorknöpfen.‹ Das hab ich auch brav gemacht – und dann finde ich auf einmal Anweisungen von ihm auf meinem Schreibtisch, wie ich daraus ein Qualitätsprojekt zu stricken habe.«

»Wundert mich nicht.« Petra nickte. »Die sitzen alle nur noch in diesen komischen Qualitätszirkeln rum. Und in der Zeit bimmelt ihr Telefon, und keiner kann wen erreichen, weil nicht einer von denen sein Telefon umgestellt hat. Und die wollen mir was von Qualität bei der Arbeit erzählen. Wenn ich das schon höre, ›Qualität‹.«

Petra legte den ganzen Abscheu, dessen sie fähig war, in dieses eine Wort.

»Und jetzt hab ich an der Backe, so einen Scheißbericht zu schreiben. Heute noch«, stöhnte ich. »Der interessiert niemanden. Der ist so überflüssig wie ein Kropf.«

Petra schwieg mitfühlend.

»Verdammte Korinthenkacke«, fluchte ich. »Rechtsgedrehte Kacke, dunkelbraune, unappetitliche, klebrige.«

»Ich besorg dir einen Cappuccino«, bot sie sich an. »Mit Sahne. Fett ist gut für die Nerven.«

Ein echter Liebesdienst, den nächsten Cappuccino gab's zweihundert Meter vom Präsidium entfernt in einer Pizzeria, und draußen regnete es.

»Petra, willst du das wirklich für mich tun?« Allein die Nennung dieses Suchtmittels besserte meine Stimmung. »Das wär total lieb.«

Mit Schwung erhob ich mich von meinem Sitz.

Petra zog einen glänzenden schwarzen Plastikmantel an und holte einen Schirm aus dem Schrank. »Wie geht's Weber? Hast du was gehört?«

»Inga hat mich angerufen. Ich bin heute mal kurz vorbei. Sieht so aus, als ginge es ihm langsam wieder besser.«

»Was hat er überhaupt?«, fragte sie mich.

»Sag mir nicht, dass du nicht weißt, was auf der Krankmeldung steht. Bei deinen Beziehungen.«

Mit der Kollegin, auf deren Schreibtisch unsere Krankmeldungen landeten, ging Petra jeden Freitagmittag in der Kantine Fisch essen.

»Na ja …« Sie legte ihre hübsche Stirn in Falten. »So was sollte man nicht rumtratschen. Da hört der Spaß auf.«

»Ich tratsche nicht.«

»Also angeblich … aber behalt das bitte für dich«, warnte sie mich, »irgendein ›vegetatives Dingsbums‹, da kann man sich alles und nichts drunter vorstellen.«

»Mir hat er erzählt, dass alles mit einer Erkältung anfing, die er sich gefangen hat«, schwindelte ich, um den Tratsch im Kollegenkreis in die richtigen Bahnen zu lenken. »Ist ja kein Wunder bei unserem Job. Wer von unseren Kunden hält sich schon ein Taschentuch vor den Mund, wenn er hustet …«

»Das wäre doch mal was«, kicherte Petra. »Mundschutz für jeden Kunden an der Pforte.«

»Erst die Erkältung, und danach hat es ihn umgehauen, und er lag auf der Bleiche.«

»Das ist immer so.« Petra schloss ihren Schreibtisch ab. »Es erwischt einen immer gerade dann, wenn man sich sowieso schlapp fühlt. Total ungerecht, findest du nicht?«

6

Liebe Edith,

heute bin ich in der Sonne zwei Stunden lang mit der Gehhilfe durch den Park spaziert. Zum ersten Mal habe ich es so lange geschafft. Es ist ein komisches Gefühl, auf so ein Ding angewiesen zu sein. Rollator sagen die Schwestern dazu. Ein komisches Wort. Noch nicht einmal in den Kreuzworträtseln findest du das. Ich kann mich schlecht daran gewöhnen. Früher haben wir den alten Leuten nachgeguckt, die mit so einem Ding über die Straße geschoben sind. Jetzt bin ich selbst ein Alter, der mit so einer Karre durch die Gegend fährt, ich halte mich an ihr fest, und ich bin froh, dass es sie gibt.

Trotz der Sonne war es bitterkalt draußen. Es ist ein ganz anderer Schnee als noch vor ein paar Tagen. Er ist nicht mehr weich wie Watte, sondern hart und kalt. Die Farbe ist auch ganz anders, nicht weiß, eher farblos, durchsichtig. Wie das zerstoßene Eis, das unser Kühlschrank zu Hause zubereitet. Die Sonne glitzert und funkelt, wenn sie auf den gefrorenen Schnee trifft. Ich denke jedes Mal, der Schnee müsste schmelzen. Aber das tut er nicht. Das schafft die Sonne nicht. Die Luft ist zu kalt.

Ich schiebe mit meiner Gehhilfe über die freigeschaufelten Wege. Da streuen sie noch Salz, zusätzlich. Die Räder knirschen, aber es geht, ich komme gut vorwärts. Nur wenige hier trauen sich bei dem Wetter nach draußen. Obwohl die Wege freigeräumt sind, haben sie Angst. Beim Frühstück und beim Mittagessen hörst du unglaubliche Geschichten. Über die Gefahren von Schnee und Eis und das Splittern von morschen Knochen. Man traut sich kaum noch, die Hand nach der Teetasse auszustrecken, aus Angst, mit einem Finger am Henkel anzuecken, ihn sich zu brechen. Ich versuche das alles mit Humor zu nehmen. Aber es ist nicht lustig, wenn du hörst, dass alte Knochen wie Glas splittern. Ich muss den Tisch wechseln oder die gemeinsamen Mahlzeiten ausfallen lassen und auf dem Zimmer essen. Dieses Gerede tut mir nicht gut. Ich habe schon daran gedacht, das Hörgerät auszuschalten. Aber das tut man dann doch nicht.

Wenn Du bei mir wärst, wäre alles ganz anders. Zu zweit

würden wir uns die Seiten halten vor Lachen und jede Menge Spaß an den Horrorgeschichten haben. Wir würden aus vollem Hals über die Menschen lachen, die immer den falschen Fuß in den Schnee setzen, auf eine mattglänzende Eisfläche treffen, ausrutschen, hinfallen, die Beine in den Himmel recken. Wir würden darüber lachen, dass sich Hundeleinen um die Beine von Menschen schlingen, sie zu Fall bringen. Aber auch zu zweit würden wir es nicht schaffen, die Folgen der Stürze wegzulachen, die komplizierten Brüche, die genagelten Knochen, die falsch zusammenwachsen, die Gipsverbände, unter denen die Haut juckt, die langwierigen Aufenthalte in Krankenhäusern und Rehakliniken.

Jetzt sitzen sie wieder unten in der Halle und gucken nach draußen. Der Schnee fällt, hört gar nicht mehr auf zu fallen. Ob sie die Schneeflocken überhaupt sehen? Ich meine, richtig? Sie erzählen sich, wie Tante Erika – oder Onkel Heinrich – im Winter vor fünf Jahren auf dem Eis ausgerutscht ist, sie zählen Knochenbrüche. Kein Wunder, dass sie sich nicht nach draußen trauen. Warum erzählen sie sich keine fröhlichen Geschichten, die gibt es doch auch? Vielleicht erzählen sie sich all diese trübseligen Sachen auch nur, weil sie faul und träge sind und ängstlich. Nicht nach draußen wollen in die Kälte, in Ruhe gelassen werden. Das würde mir einleuchten. Dass diese Geschichten für sie das sind, was für mich immer die Zeitung war. Ein Alibi, um mich auf dem Sofa zu strecken und gar nichts zu tun. Das wäre eine Erklärung.

Mit Verstand betrachtet, ist das natürlich widersinnig. In einer Klinik zu sitzen, wo es darum geht, dass du neue Kräfte gewinnst, und immer nur von den Katastrophen zu erzählen, die über einen Menschen hereinbrechen können. Wie willst du da neue Kräfte schöpfen? Wenn du immer nur daran denkst, was alles passieren könnte, gehst du gar nicht mehr vor die Tür. Dann sitzt du nur noch herum und erzählst irgendwelche schaurigen Sachen. Oder du schaust, als Zuschauer, nach draußen. Lebst selber nicht mehr, schaust nur noch zu.

7

Ich saß im Schein der Schreibtischlampe und bastelte an meiner Projektbeschreibung. Neben mir das, was von Petras Cappuccino noch übrig war. Eine kleine Pfütze auf dem Boden eines Pappbechers, die ich nicht verkommen lassen wollte. Ich kippte den Rest herunter. Mein Kopf schwirrte. Begrifflichkeiten, gegen die ich mich gewehrt hatte, nahmen ihn in Besitz. Man sollte Gedichte schreiben, dachte ich. Diese blöden Begriffe aufspießen. Aneinanderreihen, sie den Leuten um die Ohren hauen, damit sie merken, was hier geschieht.

Projektplan, Leistungsplan, Kostenplan, Umsetzung, Maßnahmenplan, Zielerreichung, Verbesserungspotenziale, Verbesserungsprojekte, Kriterien, Positionen, Priorisierungen, Relevanz, Schalthebel, Strategie, Validierungen, Selbstbewertung, Fremdbewertung, Rangfolgen, Termine, Leistungsindikatoren, Unternehmensziele, Unternehmensleistungen, Effektivität.

Woher kam mein Widerstand gegen diese blutarmen Wörter, dieses technokratische Vokabular, das vorgab, die Wirklichkeit abzubilden? Eine Wirklichkeit, die sie kalt wie chirurgische Instrumente zerschnitten und verstümmelten. In den Wirtschaftsunternehmen waren die Bergers und McKinseys längst verjagt, warum verschwendete man für sie jetzt Millionen und Milliarden an Steuergeldern, statt sie in die Ausbildung oder die Sicherheit der Bürger und Bürgerinnen zu stecken?

Was mir wirklich unter die Haut geht, was mir wieder unter die Haut gefahren ist, als ich die ungeklärten Fälle der letzten Jahre überflogen habe, ist das Gleiche, das mich dazu gebracht hat, diesen Beruf zu ergreifen. Staunen darüber, wozu Menschen fähig sind.

Zwei Tage vor Weihnachten hatte jemand ein Baby auf der Toilette einer Szenekneipe in den Mülleimer gesteckt; dort war es erstickt. Eine Frau war im Keller eines Hochhauses wie ein Stück Vieh abgeschlachtet worden, ein alter Mann totgeschlagen und anschließend im Waldboden verscharrt. Hunde hatten ihn erschnüffelt und ans Tageslicht gezerrt.

Wie Menschen sterben, wie Menschen leben, was sie aus ihrem Leben machen. Das ist es, was mich interessiert. Mich von jeher interessiert hat. Ich kenne unzählige Spielarten, wie Menschen sich selbst und anderen das Leben schwer machen. Weiß, wie unfähig und unwissend und hilflos erwachsene Menschen sein können. Eingezwängt in ein Korsett aus schlechten Gewohnheiten und falschen Überzeugungen.

In der letzten Zeit ertappte ich mich manchmal bei dem Gedanken: Es ist genug. Du hast genug gesehen. Du hast genug gelernt über die Menschen. Du musst nicht noch einem begegnen, dem die Gase den Bauch aufblähen, nicht noch einen Toten begutachten, durch dessen Fleisch die Maden kriechen. Du musst dich nicht noch einmal dem Geruch von Tod und Verwesung aussetzen. Den Geschmack von Magensäure in deinem Mund schmecken.

Wenn ich mich bei so einem Gedanken ertappe, schiebe ich ihn schnell beiseite. Ich will meine Neugierde nicht verlieren. Auf die Menschen. Auf das, wozu sie fähig sind im Guten wie im Schlechten.

Meiner Neugier verdanke ich alles. Meine Neugier hat mich gerettet. Heute weiß ich das. Wenn ich meine Familie als Maß der Dinge genommen hätte, wäre ich nicht älter als acht geworden. Am gleichen Tag, als mein Vater mich und meine Mutter verlassen hat, wäre ich aus dem Fenster gesprungen. Dorthin, wo meine Mutter die Geschenke meines Vaters zu befördern pflegte, um ihn zu verletzen. Mit welcher Inbrunst die beiden sich gegenseitig zermürbt haben. Schon früh brannte ich darauf, herauszubekommen, was in den Wohnungen anderer Familien geschah. Ich guckte auf die Fenster mit den weißen Stores, wenn ich durch die Straßen lief, auf die ordentlich in Reih und Glied gelegten Falten, und ich fragte mich, ob es in diesen Wohnungen auch Türen gab, die mit Absätzen eingetreten waren, die Löcher mit Hansaplast verklebt. Als wäre die Tür ein Patient, der mit einem Pflaster geheilt werden könnte.

Für die Verletzungen der Menschen, die sich so etwas gegenseitig antun, habe ich mein Leben lang kein Verbandzeug gefunden. Das Einzige, was ich herausgefunden habe, ist, dass es hilft, andere Muster kennenzulernen, andere Arten, miteinander umzugehen. Nie haben mir Theorien geholfen, immer nur die Praxis, reale Situationen, positive Beispiele, echte Menschen.

Ich seufzte. Und jetzt saß ich an meinem Schreibtisch und musste Papierchen produzieren, die mit der Praxis der Polizeiarbeit so viel zu tun hatten wie das Raumschiff Enterprise mit dem wahren Leben.

Ich überflog mein Machwerk. Der Form war Genüge getan, eine Projektverantwortliche benannt, ich, ein Starttermin des Projekts, ein Projektende. Meine Leuchttürme hatte ich aufgestellt. Der erste: die Auflistung sämtlicher Tatorte und Tathergänge. Der zweite: das Sammeln noch vorhandener Beweismittel zur gentechnischen Analyse. Wenn ich mich nach der Praxis richten würde, läge das Projektende in jahrelanger Ferne – so überlastet waren die Labore, die wir mit der Analyse der Spuren betrauten, so eng die Mittel, die uns dafür zur Verfügung standen, dass sie schon Ende Januar für das ganze Jahr ausgeschöpft waren.

Wie müde einen so eine überflüssige Arbeit machte. Als ob man stundenlang Steine geschleppt hätte. Ich gähnte und räumte den Taschenrechner in die Schublade. Mit so einem Teil ließen sich leicht Arbeitsstunden zusammenzählen, multiplizieren. In der Praxis sah das etwas anders aus. Da hieß es den Mangel verwalten. Damit klarzukommen, dass von niemandem zusätzliche Arbeitsstunden bereitgestellt wurden. Dass es für neue Aufgaben keine Neueinstellungen gab. Dass jedes neue Projekt bedeutete, dass die Kollegen, die jetzt schon Hunderte von Überstunden vor sich herschoben, noch mehr machen mussten.

Ich sah auf das Formular vor mir. ›Verbesserungsprojekt, Verbesserungsprojekt-Nummer‹. Damit hatte ich nichts zu tun. Das würden andere für mich ausfüllen. Aber das Feld neben dem ›Projektnamen‹ war noch unschuldig weiß. Das war mein Ding, den Namen musste ich mir noch einfallen lassen. ›Ungelöste Fälle‹. War das zu prosaisch? Ja, schon. Andererseits wusste dann jeder, was gemeint war. ›Projekt Hades‹ oder ›Projekt Prometheus‹ machte mehr her. Alte Angeberin, stoppte ich mich. Mit einem schwarzen Filzstift schrieb ich ›Ungeklärte Fälle‹ in den freien weißen Kasten.

8

Liebe Edith,

gleich werde ich noch einmal um die Klinik laufen. Bevor es dunkel wird. Mich raus in die Kälte wagen, mir den Schnee ins Gesicht pusten lassen. Dem Körper tut es gut, wenn er gefordert wird. Wenn ich Besuch von den Kindern bekomme, will ich mit ihnen laufen, auch wenn ich mich dazu an einem Karren mit Rädern festhalten muss. Ich will ihnen zeigen, dass ihr alter Vater noch Ehrgeiz hat, sich anstrengt, um wieder auf die Beine zu kommen, gesund zu werden. Ich werde mit ihnen um die Klinik laufen, Edith, mit ihnen sprechen. Ich will all das Versäumte nachholen. Ich werde ihnen sagen, dass ich sie liebe. Dass es ein Wunder ist, so kleine Wesen heranwachsen zu sehen. Dass ich stolz darauf bin, ihr Vater zu sein. Dass ich oft keine Zeit für sie hatte, zu streng zu ihnen war. Sie mit meinen groben Händen, die Speis und Fliesen gewohnt sind, zu hart angefasst habe. Aber dass ich sie liebe. Das habe ich den Kindern nie gesagt. Genauso wenig, wie ich es Dir gesagt habe. Wenn ich darüber nachdenke, wird mir ganz anders, Edith. So viel Versäumtes. So viel Liebe, die verkümmert ist. Wie können wir Menschen nur so blind vor uns hin leben, wo das Leben so kurz und mit einem Ende versehen ist?

Du bist nicht mehr bei mir. Aber die Kinder sind es, auch wenn Ruth in München und Johannes in Hamburg lebt und Franka in Berlin. Ich muss mit den Kindern reden. Stell Dir vor, mir passiert etwas. Ich rutsche auf dem Eis aus … Lachst Du jetzt vielleicht? Das würde mich freuen, denn ein bisschen kichere ich mit … Also lass uns lieber den Blumentopf nehmen, der mir auf den Kopf fällt. Aber wem will ich etwas vormachen? Dir doch nicht. Deshalb will ich ehrlich sein. Ich bin alt, dreiundsiebzig. Mir kann jederzeit etwas passieren.

Eine Vorwarnung gibt es nicht. Rums, von einer Minute auf die andere bin ich umgekippt. Und ich erinnere mich an nichts. An keinen Schwindel im Kopf, keinen Knall, mit dem ich hingeschlagen bin, nichts. Ich erinnere mich nur daran, dass ich auf der Intensivstation wach geworden bin.

Frau Heimer hat mir erzählt, wie sie mich am Morgen gefunden hat. Ein Schlaganfall. Das geht so schnell. Eine verstopfte Straße auf dem Weg zu deinem Gehirn. Eine geplatzte Ader, eine Umleitung. Dein Blut bringt den Sauerstoff ein paar Sekunden zu spät dahin, wo du ihn brauchst. Schon ist es passiert. Es kann jederzeit wieder passieren. Wenn du einmal so etwas erlebst, verlierst du jede Sicherheit. Du weißt, dass es jeden Augenblick wieder geschehen kann, dass dir nicht unbegrenzt Zeit auf unserem schönen Planeten bleibt.

Vielleicht lächelst Du darüber, wie dumm ich bin, dass ich erst einen Schlaganfall überstehen musste, um zu fühlen, was ich heute fühle. Und wenn Du über Deinen dummen Mann lächelst, hast Du völlig recht. Aber ich kann lernen. Menschen können lernen. Auch wenn sie erst lernen, wenn das Schicksal sie mit der Nase darauf stößt. Ich werde den Kindern, wenn ich sie das nächste Mal sehe, sagen, dass ich sie liebe, immer geliebt habe. Auch wenn ich es ihnen nicht zeigen konnte und mir andere Dinge so oft wichtiger waren. Wenn sie mich besuchen kommen hier, werde ich sie nicht eher gehen lassen, bis ich es ihnen gesagt habe, Edith. Das verspreche ich Dir. Es wird Zeit. Die Eieruhr läuft. Viel Sand ist da nicht mehr. Es ist nicht nur Zeit, es ist allerhöchste Zeit. Vielleicht die letzte Gelegenheit.

9

Ich lief mit meinem Raumschiff Enterprise unter dem Arm über einen leeren Flur, der um diese Uhrzeit nur noch sparsam beleuchtet war, klopfte an Froböses Tür. Fehlanzeige. Das war mal wieder typisch. Mir machte er Druck mit seinen dummen Verbesserungspotenzialen, ich bastelte stundenlang an der Projektbeschreibung ›Ungeklärte Fälle‹, und er hatte sich längst Richtung Freizeit abgesetzt. In diesem Moment hielt er vermutlich einen Tennisschläger in der Hand und prügelte damit einen Ball über das Netz, oder er kroch zur Entspannung nackt über kühle Fliesen. Nur ich war so blöd und arbeitete. Hielt um diese Uhrzeit noch die Stellung, lief über einen schummrig beleuchteten Flur zum Postzimmer. Ich packte mein Papier in das Holzfach, auf dem ›Dr. Froböse‹ stand. Es war nicht das einzige Papierchen in seinem Fach, aber es war das oberste. Dort würde es ihn morgen früh erwarten.

Da ich schon einmal hier war, räumte ich gleich noch die beiden Fächer von Weber und mir aus. Meine Schritte hallten laut, als ich über den leeren Gang in mein Büro zurücklief. Das wäre doch mal ein nettes kleines Verbesserungsprojekt. Ein neuer Bodenbelag anstelle des Uralt-Linoleums. Einer, der die Schritte dämpft und nicht verstärkt. Dazu noch die Wände frisch streichen und ein paar freundliche Bilder aufhängen. Aber solche banalen Dinge interessierten niemanden hier. Von einem Qualitätsprojekt ›Verbesserungen im Arbeitsumfeld der Mitarbeiter‹ hatte ich noch nichts gehört.

Ich klatschte erst Webers, dann meine Post auf meine Schreibtischplatte. Viertel vor sieben. Ich war tatsächlich heute noch fertig geworden mit diesem Qualitätsscheiß. Fürs Erste. Bis Froböse mir neuen Druck mit den alten Fällen machte. Mit den Terminen, die ich selbst aufgestellt hatte. Ich kam mir vor wie mein eigener Folterknecht. Gab es einen Trick, wie ich aus dem engen Zeitkorsett wieder herauskam? Ich warf einen Blick auf die staubigen Akten vor mir auf dem Tisch. Vielleicht könnte ich …

Die Idee war so einfach, dass ich sie fast schon wieder genial fand. Ich warf den Computer an. Wozu arbeitete ich in einer Behörde? Wo alles seinen ordentlichen, beamtenmäßigen Gang zu gehen hatte? Wenn ich für jeden einzelnen der alten Fälle eine offizielle Anfrage an die Kriminaltechnik startete mit der Bitte um Sichtung der noch vorhandenen Spuren und einer Einschätzung, ob die DNA-Analyse im vorliegenden Fall Erfolg haben könnte, dann lud mich zwar die nächsten Monate keiner der Kollegen und Kolleginnen zum Geburtstag ein, aber damit konnte ich leben. Im Gegenzug hatten die den Schwarzen Peter und nicht ich. Bestechend an dieser Vorgehensweise war zudem, dass Froböse mir nichts vorwerfen konnte, formal verhielt ich mich völlig korrekt. Außerdem brauchte ich mich nicht selbst durch den Berg staubiger Akten zu wühlen. Ich konnte für Petra eine Vorlage aufsetzen, einen Fall durchspielen, und Petra brauchte die Fälle nur noch anhand des Beispiels zu verarzten, das Aktenzeichen einzutragen und all den anderen Kram und mir das Ganze anschließend ausgefüllt zur Unterschrift vorzulegen. Das war nicht fast genial, es war genial. Zufrieden bastelte ich an meinem Vordruck herum. Ich druckte eine erste Version in zweifacher Ausfertigung aus.

Das Telefon schellte. Froböse? Der war nicht mehr im Haus. Genoss auf dem Tennisplatz oder im Puff seinen Feierabend. Schwenkte den Tennisschläger oder schwitzte unter einer Latexmaske. Drückte er dabei etwa mit der freien Hand meine Nummer in die Tasten des Handys? Wollte er auf Nummer sicher gehen, mich daran erinnern, dass er seine Projektbeschreibung bis morgen früh vorliegen haben wollte? Ich ließ es bimmeln. Nach dem vierten Mal nahm ich den Hörer ab. »Stein, KK 1.«

»Weißt du eigentlich, wie spät es ist?«

»Beckmann.« Verdammt. Ich sah auf meine Uhr. Schon Viertel vor sieben.

»Hast du wenigstens 'ne schöne frische Leiche?«

»Keine Witze über Leichen«, stoppte ich ihn.

»Wie wär's mit Kommissarinnen? Kommt 'ne Kommissarin nach Hause … ha, ha.«

»Lustig«, gab ich zu. »Aber ich wollte gerade los.«

»Und ich dachte, du schläfst jetzt im Büro.«

»Was du so denkst«, grummelte ich. Auf einen Witz über Männer und Denken verzichtete ich.

»Fändest du es denn nett, von einem tollen Typen abgeholt zu werden?«

»Das wäre nicht nur nett, Beckmann«, raspelte ich Süßholz. »Das wäre das Beste, das einer hart arbeitenden Frau passieren könnte. Ein toller Typ, der ihr den Feierabend versüßt.«

10

Liebe Edith,

heute beim Abendbrot ging es in den Gesprächen am Tisch einmal nicht darum, wie leicht man sich auf den vereisten Wegen die Knochen bricht. Was für eine Erholung. Du kannst Dir nicht vorstellen, wie erleichtert ich war. Die Unterhaltungen kreisten um angenehme alltägliche Dinge, zum Beispiel darum, in welchem Café der Umgebung man den besten Kuchen kriegt. Gegen solche Unterhaltungen habe ich nichts. Im Gegenteil, ich habe die Ohren gespitzt. Jetzt weiß ich, wohin ich Johannes und Ruth und Franka einladen kann, wenn sie mich hier besuchen. Sie haben ja alle drei immer gern Süßes gegessen. Du hast ihnen zu jedem Geburtstag ein Päckchen mit Süßem geschickt. All die Jahre. Weihnachtsplätzchen, Pralinen, Ostereier, Glückskäfer. Einmal habe ich Dir zugesehen, wie Du die Päckchen für unsere drei fertig gemacht hast. Der ganze Esstisch lag voll von süßem Kram. Voll von bunten, glitzernden Papierchen. Jedes der Kinder hat dreimal im Jahr ein süßes Päckchen von Dir bekommen. Zur Adventzeit, zu Ostern und zum Geburtstag. Bis Du es nicht mehr konntest. Bis Du neben mir eingeschlafen bist.

Von mir haben sie noch nie ein Päckchen bekommen. Aber ich habe von ihnen auch noch kein Päckchen gekriegt. Wenn sie herkommen, werde ich sie in das Café ›Karamboli‹ einladen, von der Eierlikörtorte und der Himbeersahne schwärmen alle hier. Und ich werde ihnen ein Päckchen mit Trüffeln fertig machen lassen, die sollen noch besser als die Torten sein. Es ist ein gutes Gefühl, daran zu denken, wie man anderen eine Freude machen kann. Das ist ja noch neu für mich. Für diese Abteilung warst Du ein Leben lang zuständig, nicht ich.

Was die Unterhaltungen am Abendbrottisch anging, hatte ich mich zu früh gefreut. Beim Nachtisch – Grießpudding mit Backpflaumen zur Förderung der Verdauung – landeten die Gespräche dann doch wieder bei den üblichen Katastrophen. Als Beilage zum Pudding haben sie mir verkohlte Leichen serviert. Es ging um den Brand in einem Mietshaus. Die Zeitungen hier haben ausführlich darüber berichtet, alle Mieter sind in den Flammen umgekommen. Nicht einer wurde gerettet. Stell Dir vor, Edith, ein Mann hat sofort den Löffel in den erst halb gegessenen Pudding gesteckt und den Tisch verlassen. Er müsse dringend seinen Sohn anrufen, hat er sich entschuldigt. Als er zurückkam, hat er uns verraten, was ihn so dringlich ans Telefon getrieben hat. Er hat seinem Sohn den Auftrag erteilt, acht Rauchmelder zu kaufen und in seiner Wohnung zu installieren. Nicht einen Rauchmelder, Edith, acht. Wenn er aus der Klinik nach Hause kommt, sollen die Rauchmelder eingebaut sein. Acht Rauchmelder für eine Wohnung. Einen für die Diele, einen für das Bad, einen für die Küche, einen für das Wohnzimmer, das Esszimmer, das Schlafzimmer und die Kinderzimmer, obwohl die leer stehen, weil die Kinder längst erwachsen und ausgezogen sind. Das hat er alles haarklein aufgezählt. Denk nur mal, wie viele Rauchmelder wir für unser großes Haus brauchen würden!

Ich habe hier noch keine Mahlzeit erlebt, bei der nicht Katastrophen wiedergekäut wurden. Aber es belastet mich nicht mehr. Wahrscheinlich bin ich schon abgestumpft von den ganzen Dramen.

Ich glaube, ich habe herausgefunden, warum sie sich diese Sachen erzählen. Der Mann mit den Brandmeldern hat mich darauf gebracht. Sie erzählen sich die Geschichten als warnen-

des Beispiel dafür, was einem alles passieren kann. Man sollte ja glauben, sie wissen, dass einem jederzeit alles passieren kann. Sonst säßen sie ja nicht hier in der Klinik. Sie wissen es, aber sie wollen es nicht wissen. Der Schock über das, was ihnen passiert ist, was sie hier in die Klinik gebracht hat, sitzt zu tief. Sie denken, wenn sie nur vernünftig sind, vorsichtig, Brandmelder kaufen, bei Glatteis nicht vor die Tür gehen, dann passiert ihnen nichts. Daran halten sie sich fest. Sie verbringen ihre Zeit damit, alle Risiken in ihrem Leben auszuschalten. Als ob das möglich ist. Das wäre so, als würde ich mich in kein Bett mehr legen, nur weil Du in einem Bett gestorben bist. Manchmal denke ich, sie wollen ewig leben. Sie klammern sich verzweifelt an ihr Leben, weil sie die Erfahrung gemacht haben, dass es nichts Selbstverständliches ist. Und sie hoffen, wenn sie alles richtig machen, wird es für sie ewig so weitergehen. Sie würden alles mit sich machen lassen, wenn es ihr Leben verlängern könnte. Sie würden sich freiwillig in ein Bett hier legen und an Schläuche anschließen lassen, wenn man ihnen nur verspricht, dass sie damit ein paar Jahre, ein paar Monate, ein paar Tage länger leben könnten. Ob das überhaupt noch Leben ist, fragen sie sich nicht.

Die Menschen tun so geschäftig und vernünftig, Edith, aber sie sind es nicht.

11

Ich trat vor die Tür. Es war dunkel geworden. Feiner Nieselregen wehte mir ins Gesicht. Ich schlug den Kragen hoch und schaute mich um. War hier irgendwo ein Mann mit Regenschirm unterwegs? Beckmann hasste alles Feuchte und Nasse. Ohne ein schützendes Dach über dem Kopf würde er sich bei dem Wetter nicht auf den Weg machen.

Ich konnte keinen Menschen mit Regenschirm entdecken. Auch keinen ohne Regenschirm. Der Vorplatz des Präsidiums war menschenleer. Die Lampen des Parkplatzes leuchteten auf abgestellte Wagen. Ihr Licht brach sich in den Wassertropfen, die fett und glänzend auf den Blechdächern saßen.

Ich lief an den parkenden Autos vorbei zu dem Platz, wo ich meinen alten Golf abgestellt hatte. Ein Wagen mit aufgeblendeten Scheinwerfern kam mir entgegen, ich trat zur Seite, damit er vorbeifahren konnte. Ein flacher Sportwagen bremste auf meiner Höhe. Dann blieb er stehen. Ein Fenster surrte herunter. Ich machte mich darauf gefasst, auch nach Feierabend noch eine dienstliche Auskunft zu geben.

»Bea, komm, steig ein.«

Beckmann? Wie kam Beckmann an ein Auto? Er war pleite. Er hatte Schulden. Vor drei Monaten hatte er seinen Porsche an eine Betriebswirtin auf dem Karrieretrip vertickt.

»Bea, jetzt mach schon. Worauf wartest du?«

Es war seine Stimme, ohne jeden Zweifel. Wie war er an das Auto gekommen? Ich lief um den Wagen herum. Auch das noch. Ein Porsche. Der dritte Porsche, seit ich ihn kannte.

Ich quetschte mich neben ihn auf den Beifahrersitz.

»Hallo, Süße.« Er empfing mich mit einem Kuss.

»Wo hast du den Wagen her?«, fragte ich.

»Das liebe ich so an dir. Du sagst nie, was alle sagen. ›Guten Abend, mein Liebster‹, zum Beispiel.«

»Guten Abend, mein Liebster«, sagte ich. »Woher hast du diesen Wagen?«

Hinter uns hupte jemand. Wir verstopften die Zufahrt.

»Einverstanden, dass wir erst mal vom Parkplatz fahren?«

Ich nickte stumm. Er fuhr los.

»Ist meine kleine Frage bei dir angekommen?«, hakte ich nach.

»Geklaut habe ich ihn nicht. Das beruhigt dich doch hoffentlich.«

»Als Nächstes erzählst du mir, dass du ihn für fünf Euro bei E-Bay ersteigert hast.«

»Klasse Idee.« Er pfiff anerkennend durch die Zähne. »Das wär's gewesen. Aber dafür kriegst du ihn selbst bei E-Bay nicht.«

»Wo fahren wir eigentlich hin?« Er war die Hohe Straße nicht Richtung Stadt, sondern Richtung Westfalenhallen hochgefahren.

»Ich dachte, zur Feier des Tages gönnen wir uns mal was. Zur Hohensyburg, wenn's recht ist.«

Zum Casino? Bei der Nennung des Fahrziels saß ich wie elektrisiert aufrecht neben ihm im Wagen.

»Spielst du jetzt, Beckmann? Bist du so an das Geld für den Porsche gekommen?«

Er sah mich an und grinste. Mir war nach nichts weniger als nach Grinsen zumute. Spielen passte hundertprozentig. Mit Spielen an der Börse hatte er ja mal richtig Geld gemacht, bis die Blase platzte und das Geld weg war und er nur noch auf einem Schuldenberg saß.

»Ich habe nicht im Casino gespielt«, erlöste er mich.

»Gott sei Dank!« Ich fiel erleichtert in den Sitz zurück.

»Freu dich nicht zu früh«, warnte er mich. »Ich habe gesagt, ich habe nicht im Casino gespielt. Das ist alles.«

Sofort war meine Anspannung wieder da.

»Nicht im Casino? Wo dann?«

»Nicht im Casino.« Er sah in den Seitenspiegel, um zum Überholen anzusetzen. »Und auch nicht in irgendeinem illegalen Wettklub. Ich zocke ganz legal.«

Wir fuhren die Schleife zum Casino hoch. Er hielt am Schlagbaum und zog den Parkzettel aus dem Automaten.

»Das läuft dann wohl wieder auf Börsenspiele raus«, vermutete ich. »Woher hast du dafür das Geld?«

Er parkte den Wagen, stieg aus, lief auf meine Seite und öffnete für mich die Tür. »Darf ich bitten?«

»Ich hasse diese unbequemen, überteuerten Zweisitzer, für die sich Menschen ruinieren«, schimpfte ich, als ich mich aus den Tiefen des Porsches hochschraubte.

Er nahm mich in den Arm. »Es ist alles in Ordnung. Du brauchst dir keine Sorgen zu machen.«

Hand in Hand liefen wir zu dem beleuchteten Gebäude, das hell durch den trüben Abend strahlte. Aus einem Taxi stiegen ein Mann im Smoking und eine Frau im Abendkleid mit einem weißen Fell über den Schultern.

Ich machte eine kleine Übung in positivem Denken. ›Da, wo ich bin, ist es schön. Meine Kleidung ist schön. Auch wenn es heute eine Hose mit Tigermuster ist und ein quietschgelber Pullover. Meine Kleidung ist schön, ich bin dankbar dafür, sie schützt mich vor dem Erfrieren, sie wärmt mich.‹

»Hast du wenigstens Hunger?«, erkundigte sich Beckmann.

»Wie ein Wolf«, antwortete ich.

Wir gaben unsere Mäntel an der Garderobe ab. Ich zupfte ein bisschen an meinen kurzen blonden Haarstoppeln herum und legte frischen Lippenstift auf. Ein Hoch dem positiven Denken und dem schmeichelhaften Licht. Ich fand mich spitzenmäßig. Und modisch voll auf der Höhe. Das Gelb meines Pullovers wirkte frech und frisch.

Beckmann hatte sich in einen Anzug aus seiner Yuppie-Phase geworfen, italienisch und cool wool. Er liebt alles, was gut und teuer ist. Ich schmeichle mir, dass er auch bei mir seinen exquisiten Geschmack spielen lässt.

Er führte mich die Treppen hoch in einen Saal, den riesige Palmen beherrschten, die von Lichtern, die im Fußboden saßen, dezent angestrahlt wurden. Holztische mit brennenden Kerzen standen wie zufällig im Raum. Es wirkte angenehm unaufdringlich. Die Kleidung der Menschen an den Tischen war eher festlich. Die Männer in Anzügen mit Krawatte. Die Frauen zeigten viel Haut. Manche konnten das tragen, andere nicht.

Es war warm. Die Damen hatten nicht ohne Grund auf ihre Pelzjäckchen verzichtet. Ich begann, unter meinem Pullover zu schwitzen. Sollte ich es wagen, ihn auszuziehen und mich im Unterhemd zu zeigen? Weiß, Baumwolle, Feinripp. Ich hielt mich zurück und schwitzte weiter.

Der Kellner führte uns zu einem reservierten Tisch. Heute Abend hatte Beckmann nichts dem Zufall überlassen. Meine Anspannung kehrte zurück.

»Verrätst du mir jetzt endlich, woher du das Geld für den

Wagen hast?«, fragte ich, nachdem der Kellner den Sekt in die Gläser gefüllt hatte.

»Von einer ordentlichen deutschen Bank.« Er stieß mit mir an. »Auf die Menschen, die ihr Geld deutschen Banken anvertrauen, damit die es für sie vermehren.«

Ich setzte das Glas abrupt auf den Tisch.

»Willst du mir sagen, eine Bank hätte dir Geld geliehen, obwohl du dreihunderttausend Euro Schulden hast?«

Er stöhnte auf. »Das sind für die Peanuts, mehr nicht.«

»Ich habe noch nicht gehört, dass Banken auf ihr Geld verzichten. Vor kurzem habe ich die verkohlten Leichen einer ordentlichen deutschen Familie gesehen. Der hatten sie vorgerechnet, wie locker sich das Häuschen finanzieren lässt, dann wurde er arbeitslos. Peng, und die kannten kein Pardon. Der Mann hat das Haus angezündet und seine Familie gleich mit, weil die Bank ihn in die Zwangsversteigerung getrieben hat. Und der Schätzwert des Hauses lag unter dreihunderttausend.«

»Das passiert nur Leuten, die nicht wissen, wie Banken ticken.«

»Ach«, staunte ich. »und du weißt das natürlich.«

Der Kellner stellte die Vorspeise auf den Tisch. Für mich ein bluttriefendes Carpaccio mit Parmesan. Für Beckmann ein heißes Kartoffelsüppchen.

»Zu heiß.« Beckmann legte den Löffel wieder an die Seite. »Es ist wie beim Pokern. Sie müssen glauben, du hättest ein tolles Blatt in der Hand. Die besten Karten überhaupt, dann zahlen sie jeden Preis.«

»Und wo ist der Haken?« Ich stach mit der Spitze meiner Gabel in das rote Fleisch. »Banken sind Blutsauger.«

Beckmann pustete über seine Suppe und griff zum Löffel. »Du bist zu misstrauisch.« Er führte den Löffel zum Mund, aß. »Hmm, ist das lecker.«

»Blutsauger«, brachte ich ihn zum Thema zurück.

»Ich würde das Wort nicht benutzen. Aber das Prinzip stimmt, an ihrer Gier kann man sie packen.«

»Jetzt spann mich nicht auf die Folter.« Ich redete mit vollen Backen.

»Ich habe ihnen ein Projekt vorgestellt, dem sie nicht widerstehen konnten.«

Bei dem Wort Projekt verzog ich das Gesicht. Beckmann schabte mit dem Löffel die letzten Reste der Suppe aus der Tasse. »Ein Projekt mit null Risiko und mit einer Traumrendite.«

»Und was ist das für ein Projekt?«, fragte ich.

Der Kellner räumte die Vorspeisen ab und brachte den Wein. Beckmann hatte den Wein bestellt, den ich am liebsten mochte. Riesling. Ich probierte. Er schmeckte. Schön sauer, fruchtig und frisch.

»Was für ein Projekt?«, blieb ich am Ball.

Er spielte mit den Fingern am Stiel seines Weinglases herum. Ein Zeichen, dass ihm nicht ganz wohl war.

»Es ist noch geheim.«

»Die Bankfuzzis kennen es.«

»Nur die Allerobersten. Und die haben ja kein Interesse dran, dass es nicht klappt, also halten sie dicht.«

»Den Bankfuzzis vertraust du, mir nicht.«

Er griff nach meiner Hand. Ich entzog sie ihm und hielt ihn fest im Blick. Beckmann wand sich.

»Es hat mit Import-Export zu tun. Im weitesten Sinne. Die haben in Japan eine interessante Serie von Produkten entwickelt, die auch auf dem europäischen Markt eine Chance haben. Eine Riesenchance. Ich fliege morgen nach Japan, um zu klären, ob ich eine Konzession kriegen kann, wie das mit den Produktrechten ist und wie teuer das ist.«

»Und was haben die so Tolles entwickelt in Japan, dass der Markt hier danach schreit?«

Der Kellner rettete ihn und stellte den nächsten Gang auf den Tisch. Steinpilze mit Gorgonzola für mich und ein Gemüsegratin mit Lamm für Beckmann.

»Wir haben strikte Geheimhaltung über das Projekt vereinbart.« Er sah mich beschwörend an. »Mensch, Bea, die haben meine Schulden übernommen und mir schon vorab viel Geld gegeben. Verstehst du das nicht? Das ist eine Riesenchance, die will ich mir nicht durch Indiskretion vermasseln.«

»Indiskretion?«, fauchte ich. »Wenn die Frau, die schon seit drei Monaten erträgt, dass ihr mittelloser Freund bei ihr in der Wohnung wohnt und das Waschbecken mit Barthaaren verstopft, wissen will, was Sache ist ... Indiskretion, ich fasse es nicht.«

»Bea, bitte. Glaub mir, ich würde es dir gern sagen. Aber laut Vertrag darf ich es nicht.«

»Womit hast du die Haie angelockt?«, schäumte ich. »Mit frischem Menschenfleisch? Wer wird betrogen oder beklaut? Damit die Rendite stimmt. Erzähl mir nicht, dass das normale Geschäfte sind.«

»Normal, anormal. Weißt du eigentlich, wie scheißselbstgerecht du bist?«

Schweigend widmeten wir uns dem, was unsere Teller zu bieten hatten. Kauten einen Bissen nach dem anderen. Stumm jeder für sich.

»Freust du dich denn gar nicht für mich, dass ich die Scheißschulden los bin und dass es wieder aufwärts geht?«

»Ich weiß es nicht, Beckmann«, sagte ich nachdenklich. »Wirklich nicht.«

»Der Porsche ist auf jeden Fall ordentlich bezahlt. Cash.«

»Vielleicht bin ich ja nur sauer, dass ich wieder in so eine enge Kiste klettern muss«, lenkte ich ein.

Ein dankbares Grinsen zeigte sich auf seinem Gesicht.

»Laufen wir gleich nochmal um den See, zur Verdauung?«, fragte er mich. »Ich hab auch 'ne Taschenlampe mit.«

Ich kann es drehen und wenden, wie ich will, auch wenn ich Banken hasse und Porsches und nicht weiß, wie die Designer geschrieben werden, für deren Klamotten Beckmann Hunderte über den Tisch schiebt. Auch wenn ich ihn manchmal auf den Mond schicken könnte. Mit einer Taschenlampe, die er für einen romantischen Abendspaziergang in seinem Kaschmirmantel versteckt, entwaffnet er mich.

12

Liebe Edith,

wie leicht es ist, andere zu beobachten, zu hören, was sie beim Frühstück und beim Mittag- und Abendessen erzählen, sich darüber lustig zu machen, was sie alles falsch machen. Dabei habe ich selbst so vieles falsch gemacht.

Gestern bin ich mit einem jungen Mann ins Gespräch gekommen, dem eine Straßenbahn beide Beine abgefahren hat. Er wartete neben mir in seinem Rollstuhl auf den Masseur. Freundlich und gutgelaunt und voller Optimismus erzählte er mir, wie viel er seinem Vater verdankt, wie wichtig für ihn nach dem Unfall sein Vater war. Stell Dir vor, Edith, der Vater des jungen Mannes hat nächtelang am Krankenbett des Sohns gesessen. Um für ihn da zu sein, sobald er aufwacht. Damit er nicht alleine ist mit seinen Schmerzen und seinen Ängsten in der Nacht. Nächte, in denen man keinen Schlaf finden kann, sind das Schlimmste im Krankenhaus. Die kenne ich auch. Wenn neben Dir im Krankenbett einer stöhnt vor Schmerzen. Wenn düstere Gedanken durch deinen Kopf ziehen, die du nicht abstellen kannst. Du hättest mich in den Nächten nicht alleine gelassen. Du hättest an meinem Bett gesessen, so wie dieser Vater am Bett seines Sohnes gesessen hat. Der junge Mann hat mir gesagt, sein Vater hätte ihm das Leben gerettet. Jedes Mal, wenn er nachts aufgewacht sei, wäre der Vater da gewesen, und er hätte mit ihm geredet. ›In der Zeit, in der jemand mit dir redet, kannst du nicht grübeln‹, hat er zu mir gesagt. ›Du kannst dir nicht ausmalen, wie schlimm das Leben im Rollstuhl sein wird, du kannst deinen Selbstmord nicht planen.‹

Was der junge Mann mir erzählt hat, ist mir nahegegangen. Ich lag im Bett und konnte nicht einschlafen, so aufgewühlt war ich. Der junge Mann hat mir gezeigt, was ein Vater vermag, wie ein Vater sein kann, wie ein Vater sein sollte. So ein Vater war ich nicht, bin ich nie gewesen.

Ich habe keine Nacht am Bett von Ruth oder Franka oder Johannes verbracht. Das warst immer Du. Heute habe ich selbst die Namen der Krankheiten, die unsere Kinder durchgemacht haben, vergessen. Scharlach, Mumps, Röteln. Das sind die Kinderkrankheiten, die ich aus dem Kreuzworträtsel kenne. Aber ob Ruth und Franka und Johannes alle drei durchgemacht haben oder nur zwei oder eine, habe ich längst vergessen. Du hast die Ärzte bestellt, bist ins Krankenhaus gegangen.

An einen einzigen Besuch im Krankenhaus erinnere ich mich. Da ging es für unsere jüngste Tochter um Leben und Tod. Es bestand der Verdacht auf Hirnhautentzündung. Was für eine schlimme Zeit das damals für Dich gewesen sein muss. Ich war Dir bestimmt keine Hilfe. Zu der Zeit sind wir mit der Firma in die Dülmener Straße gezogen, und ich habe die ersten Schauräume gemauert mit Alfons. Das Modell von jeder Toilette, jedem Waschbecken, jeder Wanne, jeder Dusche könnte ich Dir heute noch nennen – ich sehe sie vor mir in den Farben, die damals Mode waren, Dunkelbraun und ein schmutziges Grün. Aber wenn ich an meinen Besuch bei Ruth im Krankenhaus denke, weiß ich nur noch, dass Ruth rote Wangen vom Fieber hatte und Du traurige Augen von der Sorge um unser Kind. Und ich weiß vor allem, wie lästig mir damals der Besuch war. Ich wollte nicht mit ins Krankenhaus, ich wollte lieber die Wand in meinem Schauraum zu Ende kacheln. Heute noch sehe ich die Fliesen vor mir mit ihrer glänzenden dunkelblauen Glasur. Aber Du hast nicht lockergelassen. Du, die mir sonst alles Unangenehme ferngehalten hat. Du hast darauf bestanden, dass ich die Kelle an die Seite lege und Alfons allein weiterfliesen lasse. In meinem Arbeitszeug hast Du mich ans Krankenbett von Ruth geschleppt. Im Interesse unserer Tochter bist Du hart geblieben. Vielleicht auch in meinem. Vielleicht wolltest Du nicht, dass ich mir Vorwürfe mache, falls unsere Tochter es nicht schafft. Gott sei Dank ist Ruth ja dann schnell wieder gesund geworden.

Stell Dir vor, Edith, irgendwo auf einer Wolke sitzt ein Engel mit einem großen Rechnungsbuch, so wie Du es früher für das Geschäft geführt hast, bevor die Computerprogramme kamen, und trägt Soll und Haben ein. Für jeden Einzelnen von uns. Du brauchst nichts zu befürchten, aber für mich wäre die Bilanz wenig schmeichelhaft. Ich kann nur hoffen, dass das große Rech-

nungsbuch noch offen ist, dass ich dafür sorgen kann, dass die Bilanz besser wird. Dass ich noch einmal die Chance bekomme, da zu sein, wenn die Kinder mich brauchen. Dass ich die Fehler der Vergangenheit wiedergutmachen kann.

Was meinst Du, ist das naiv? Zu denken, dafür bliebe mir noch die Zeit? Ich alter Mann könnte das Versäumte nachholen, meinen Kindern sagen, dass ich sie liebe, sie darum bitten, dass sie mir vergeben?

13

Ich stand hinter einer Glasscheibe und sah dem Flieger nach, der im trüben Morgenlicht in einen grauen Himmel startete. Darin saß Beckmann und flog nach Frankfurt. Von dort würde er weiter nach Tokio jetten. Um neue Geschäfte anzukurbeln, Import-Export. Schwammiger ging es ja wohl nicht. Sollte ich ihm dafür die Daumen drücken oder lieber nicht? Ich wusste es nicht.

Mir fiel ein, dass ich vergessen hatte, Petra Bescheid zu geben, dass ich heute später ins Büro kommen würde. Ich drückte Petras Nummer. Der Flieger am Himmel wurde immer kleiner, bis der winzige Punkt ganz verschwand. Nach dem fünften Klingeln meldete sich die Stütze unserer Abteilung.

»Ich bin am Flughafen, Petra. In einer halben Stunde bin ich im Präsidium.«

»Lass dir Zeit«, riet sie mir. »Als du heute Morgen nicht da warst, ist Froböse im Dreieck getickt, aber jetzt ist er los, nach Düsseldorf. Mit dem Chauffeur.«

In der Cafeteria des Flughafens trank ich einen Kaffee und aß ein Croissant, während an mir vorbei Menschen ihre Metallkarren mit den gepackten Koffern für den Urlaub schoben. Wann hatte ich eigentlich das letzte Mal Urlaub gehabt? Einmal mehr nahm ich mir vor, sobald es irgendwie ging, die Überstunden, die ich vor mir herschob, in Freizeit abzufeiern.

Sobald Weber wieder an Bord war, würde ich das ernsthaft ins Auge fassen.

Weber, siedend heiß fiel mir ein, dass er mir für heute einen kleinen Auftrag gegeben hatte. Eine heiße Nacht mit dem Liebsten, und schon vergaß ich die einfachsten Sachen. Erst Petra, jetzt das. Verdammt, wo hatte ich das aufgeschrieben? Ich kramte in meiner Handtasche nach meinem kleinen roten Kalender. Da war es, Mittwoch, der 12. Oktober, 11 Uhr, Kirschbaumweg 17. Ich guckte auf meine Uhr, 10 Uhr 15. Mit ein bisschen Glück war das zu schaffen.

Während ich über den Hellweg Richtung Kirschbaumweg fuhr, überlegte ich, was ich Webers Eltern sagen sollte, wenn sie sich nach ihrem Sohn erkundigten. Sie fragten mich bestimmt, warum ich – und nicht er – sie zum Bahnhof fuhr. ›Sag Ihnen, ich habe einen Virus gefangen, ich liege flach. Das ist schön unverfänglich.‹ Der Originalton meines Kollegen. Warum rief er sie nicht einfach an und erzählte ihnen, was er mir erzählt hatte? Dass er die Nase voll hatte von allem, sich auf der ganzen Linie verschaukelt fühlte, von seinen Vorgesetzten, den Politikern, dass er sich zu Hause nicht gewürdigt fühlte. Dass er sich deshalb eine Auszeit nahm.

Warum ist es so schwer, den eigenen Eltern die Wahrheit zu sagen? Weil die Eltern die Wahrheit ihrer Kinder gar nicht hören wollen? Weil die Wahrheit ihnen Angst macht, ein schlechtes Gewissen bereitet? Weil nur glückliche Kinder beweisen, dass sie als Eltern ordentliche Arbeit geleistet haben? Oder ist das vielleicht gar kein Problem der Eltern? Sondern das der Kinder?

Mit schlechtem Gewissen dachte ich an die unzähligen Anrufe meiner Mutter, die auf meinem Anrufbeantworter landeten, weil ich entweder nicht zu Hause war oder nicht in der Stimmung, mit ihr zu sprechen. Dachte an den Druck, den meine Mutter mir machte. Den sie mir heute noch machen konnte. Nach vierzig Jahren. Mit ihren gutgemeinten Vorschlägen, mich ordentlicher zu kleiden, diplomatischer zu sein. Die nur dazu führen, dass ich das genaue Gegenteil von dem, was sie vorschlägt, mache. Natürlich verstand ich, warum Weber seinen

Eltern nichts von seiner Auszeit erzählte. Viren waren allemal besser, als den Eltern die eigene Verletzlichkeit zu gestehen.

Webers Eltern, wie auch meine Mutter, richteten sich tapfer und ohne Murren auf die Mucken ihrer Kinder ein. Erwarteten nicht, dass wir ihnen immer und jederzeit zur Verfügung standen. Beanspruchten unsere Hilfe und Präsenz nur in ganz besonderen Fällen. Ich nahm mir vor, meine Mutter so bald wie möglich anzurufen und zu Webers Eltern freundlich und zuvorkommend zu sein – und nichts von der Stimmungslage ihres Sohnes durchsickern zu lassen. Das hatte ich ihm schließlich versprochen.

Ich sah auf meine Uhr, als ich vom Hellweg in den Kirschbaumweg abbog. Drei Minuten vor elf. Eine punktgenaue Landung, ich war mit mir zufrieden.

Auf der einen Seite des Kirschbaumwegs lagen Reihenhäuser, auf der anderen zweigeschossige Mietshäuser einer Genossenschaft mit viel Grün und Balkonen und mit Bäumen, deren Blätter herbstlich gelb, braun und rot gefärbt waren. Ich brauchte nicht nach der Nummer 17, in der Webers Eltern wohnten, zu suchen. Neben dem Hauseingang stand ein älteres Ehepaar mit Koffern und wartete. Die alte Schule. Drei Minuten vor der Zeit ist des Soldaten Höflichkeit. Woher hatte ich diesen dummen Spruch? Von meiner Oma vermutlich.

Webers Eltern sahen fit und fröhlich und gut organisiert aus, wie sie da neben drei großen Koffern standen und warteten. Er mit dunkelbraunem Lederriemen über der Schulter, an dessen Ende sich eine gute alte Kamera im Schutzgehäuse verbarg. Sie mit einem Stoffbeutel, aus dem ein paar Bananen und eine Flasche Mineralwasser ragten. Sie würden die Reise überstehen, ohne zu verhungern oder zu verdursten, so viel war klar. Und sie würden das Ganze angemessen dokumentieren. Um eine Erinnerung an diese Reise zu haben.

Ich stoppte den Golf am Bordstein und lief zu ihnen.

Sie sahen mich etwas verunsichert an. Mit einem freundlichen Lächeln lief ich auf sie zu. Einem Lächeln, das sie hoffentlich beruhigen würde.

»Frau Weber? Herr Weber?« Ich schüttelte den beiden die Hand.

»Wer sind Sie?«, fragte Frau Weber misstrauisch und presste einen braunen Filzhut an ihre Brust, als hätte sie Angst, ich würde ihn ihr entreißen.

Herr Weber stützte sich auf einen Spazierstock und lächelte. So hatte er vermutlich die letzten dreißig Jahre allen Widrigkeiten des Schicksals getrotzt. Mit einem Lächeln und mit einem Stock.

»Ich bin Beate Stein«, begrüßte ich sie. »Eine Kollegin Ihres Sohns. Wir arbeiten zusammen.«

Die beiden sahen sich hilfesuchend an.

»Kriminalhauptkommissarin Beate Stein«, setzte ich nach. Ältere Menschen lieben Titel und Verlässlichkeiten.

»Warum ist Andreas denn nicht selbst da?« Frau Weber setzte sich vor Schreck auf einen Koffer. Sie wusste, was sie tat. Der Koffer verkraftete ihr Gewicht, brach nicht zusammen.

»Das ist schon in Ordnung so«, versuchte Herr Weber seine Frau zu beruhigen.

»Andreas hat uns doch immer zur Bahn gebracht.« Frau Weber schien etwas überfordert angesichts der Änderung der Routine. Hier bestand Erklärungsbedarf.

»Liebe Frau Weber«, begann ich mit Schwung, »Ihr Sohn hätte sie liebend gern zum Bahnhof gebracht, aber es geht ihm nicht gut.«

»Warum hat er uns das nicht gesagt, Dieter? Sag was!«, forderte Frau Weber.

»Er wird seine Gründe haben, Inge, bestimmt. Er ist ein guter Junge.«

»Frau Weber. Es geht ihm wirklich nicht gut. Ich war gestern bei ihm. Er liegt mit einer Erkältung im Bett.«

»Wissen Sie, ich war nie dafür, dass Andreas zur Polizei geht«, erzählte Frau Weber leutselig. »Für so eine Arbeit ist er viel zu sensibel.«

»Inge«, versuchte Herr Weber den Gesprächsfluss seiner Frau zu stoppen.

»Aber es stimmt doch, Dieter. Unser Sohn ist sensibel. Er hat drei Tage geweint, als Frido gestorben ist.«

»Frido ist … äh, war ein Irish Setter«, erklärte Herr Weber, »aber das ist dreißig Jahre her.«

»Wir sollten jetzt vielleicht«, regte ich an, »wenn wir pünktlich am Bahnhof sein wollen.«

Ich klappte die Tür zum Kofferraum auf. Er kam mir verdammt klein dimensioniert vor in Anbetracht der großen Koffer.

»Warten Sie, ich helfe Ihnen.« Herr Weber lächelte dankbar, als ich die Koffer in den Kofferraum hievte. Sie passten tatsächlich hinein. Die Koffer waren verstaut. Genial. Ich öffnete die Beifahrertür und machte alles für einen problemlosen Einstieg auf die hintere Sitzbank klar, klappte den Beifahrersitz zurück, schob ihn noch ein wenig nach vorne.

»Ich gehe nach hinten«, bot Frau Weber an. Behände, wie ich es ihr nicht zugetraut hatte, kletterte sie auf den Rücksitz. Ich fuhr den Beifahrersitz wieder an seinen alten Platz zurück. Herr Weber stellte seinen Stock geschickt in die Mitte zwischen unseren Sitzen, hangelte nach dem Griff über der Tür und ließ sich mit Hilfe der Unterstützung auf den Beifahrersitz fallen. Ich schloss seine Tür.

»Alles in Ordnung«, erstattete er Bericht.

Das ist es wohl, dachte ich, als ich den Gurt anlegte und den Wagen startete. Die Ordnung. Alles muss seine Ordnung haben. Alles soll seine Ordnung haben. Webers Vater hielt den Haltegriff über der Tür mit seiner Hand fest umklammert. Die Menschen sehnten sich nach Verlässlichem, das sie stützte. Hielten sich an Vertrautem fest, den Erinnerungen zum Beispiel.

»Was hat Andreas denn?«, fragte Frau Weber, als ich Richtung Hellweg chauffierte. »Der Junge war immer schon so anfällig. Mumps und Röteln. Keine Krankheit hat er ausgelassen. Und andauernd Mandelentzündung, bis wir ihm die Mandeln haben rausnehmen lassen. Was ist es denn diesmal? Uns hat er nichts gesagt. Uns sagt er ja nie was.«

»Inge«, knurrte Herr Weber. »Das interessiert Frau Stein sicher nicht.«

»Aber ja«, flunkerte ich. »Mit Mandeln habe ich auch immer Last.«

»Sie müssen mit Salbeitee gurgeln«, riet Frau Weber mir. »Haben Sie das schon einmal versucht?«

Ich schüttelte den Kopf. Mit ein bisschen Glück blieben mir bohrende Fragen nach Webers aktuellem Gesundheitszustand erspart.

»Wenn ich das damals gewusst hätte, wie gut Salbei hilft, hätte der Junge seine Mandeln heute vielleicht noch.«

»Hier.« Frau Weber kramte in ihrer Handtasche. »Lutschen sie die, Salbei-Bonbons. Die helfen auch.«

Sie hielt mir eine Schachtel hin.

»Stör Frau Stein nicht beim Fahren«, rügte ihr Mann sie.

Ich bog auf den Ring ab und nahm, sobald ich geradeaus Richtung Bahnhof fahren konnte, eine Hand vom Lenkrad.

»Danke«, sagte ich. »Das ist wirklich nett.« Ich verstaute die Packung im Handschuhfach.

»Die nimmt Andreas heute noch, wenn eine Erkältung im Anzug ist. Er ist jetzt noch genauso anfällig wie früher. Wenn es nur diesmal nichts Ernstes ist«, sorgte sie sich.

»Er hat mir gesagt, dass er in acht Tagen spätestens wieder einsatzfähig ist«, beruhigte ich sie.

»Da bin ich aber froh.« Sie seufzte erleichtert. »Es ist ja nicht schön, wenn man in die Ferien fährt und sich Sorgen um den Sohn machen muss.«

»Ich glaube, es wird ihm bald wieder besser gehen«, verbreitete ich Zuversicht. »Ganz schnell. Bestimmt.«

»Dürfte ich Sie vielleicht einmal anrufen, Frau Stein? Mich erkundigen, wie es Andreas geht?« Frau Weber legte von hinten die Hand auf meine Schulter. »Sie sind doch jeden Tag mit ihm zusammen?«

»Äh … Hmm«, stotterte ich verblüfft.

»Inge. Du kannst die Frau Kriminalkommissarin doch nicht mit so etwas belasten.«

»Den Jungen können wir nicht fragen, der mag das nicht. Aber vielleicht stört es ja Frau Stein gar nicht, wenn wir ab und zu mal bei ihr anrufen.« Frau Weber ließ sich von ihrem Mann nicht zurückpfeifen. »Sind Sie verheiratet, Frau Stein? Haben Sie Familie?«

»Ich bin nicht verheiratet.«

»Da siehst du 's, Dieter. Frau Stein ist ledig. Da dürfen wir Sie ja vielleicht mal ab und zu anrufen, oder?«

»Ich bin oft unterwegs«, wehrte ich mich. »Auch abends. Sie wissen ja von ihrem Sohn, wie das in unserem Beruf ist.«

»Aber Sie haben doch sicher ein Handy?«

»Ich habe ein Handy«, gab ich mich geschlagen.

»Siehst du, Dieter.« Frau Weber war obenauf. »Jeder hat heute ein Handy. Wir haben ja auch eins.«

»Frau Stein ist eine vielbeschäftigte Frau«, unternahm Herr Weber einen zweiten Anlauf, seine Frau zu stoppen.

»Frau Stein«, wandte sich Frau Weber jetzt direkt an mich. »Würden Sie mir gestatten, Sie aus dem Urlaub anzurufen? Auf Ihrem Handy? Ich verspreche Ihnen, dass ich das nicht ausnutze. Es wäre so schön zu wissen, wie es dem Jungen geht.«

Ich kann gut nein sagen. Aber so viel Mutterliebe schaffte mich. Ich griff in meine Jackentasche.

»Unter einer der Nummern, die da stehen, erwischen Sie mich bestimmt.« Ich reichte ihr die Karte nach hinten.

»Gott segne Sie, mein Kind.« Frau Weber griff nach ihrer Beute. »Das ist sehr liebenswürdig.«

»Fahren Sie zum ersten Mal in die Eifel?«, wagte ich mich auf neutrales Terrain.

»Zum ersten Mal?« Frau Weber wandte sich an ihren Mann. »Es ist jetzt das zehnte Mal, dass wir nach Mechernich fahren, oder irre ich mich?«

»Ich hab nicht gezählt, Inge.«

Zehnmal an den gleichen Ort zu fahren, schien mir mehr als abenteuerlich. »Was gefällt Ihnen da so gut?«, fragte ich.

»Alles«, tönten Mama und Papa Weber zweistimmig.

»Die schöne Landschaft, die Wanderwege«, zählte Inge Weber

auf. »Die frische Luft. Dass es von hier so schnell zu erreichen ist.«

»Das gute Essen«, ergänzte ihr Mann. »Und vor allem eine wunderbare Pensionswirtin, die alles tut, damit man sich bei ihr wohlfühlen kann.«

»Es ist auch sehr günstig«, berichtete Frau Weber.

»Und man wird völlig in Ruhe gelassen. Gemeinsames Essen gibt es nicht. Jeder Gast isst für sich.«

»Das ist ungewöhnlich«, staunte ich.

»Man braucht nicht mit wildfremden Leuten zusammen an einem Tisch zu sitzen, das mögen wir nicht.«

»Wissen Sie, Frau Stein«, Frau Weber beugte sich leutselig zu mir nach vorne, »in unserem Alter erzählen die meisten Leute nur noch von Krankheiten. Das mögen wir nicht. Mein Mann und ich.«

»Man kann dort für sich sein«, fuhr Herr Weber fort. »Und die Ruhe. Das kann man sich in der Stadt gar nicht mehr vorstellen, dass es so etwas gibt. Man öffnet das Fenster und hört nichts.«

»Ich nutze auch gern das Schwimmbad, jeden Morgen«, verriet mir Frau Weber. »Das ist so praktisch. Ich kann im Bademantel dahin gehen. Man muss sich ja fit halten. Man darf sich nicht gehenlassen im Alter. Das ist ganz wichtig.«

»Und Frau Thal ist richtig nett. Seit dem Tod ihres Mannes muss sie ja alles so ziemlich alleine machen, aber sie schafft das. Eine wunderbare Pensionswirtin.«

»Wir erholen uns da immer sehr gut«, setzte Frau Weber nach. »Es ist da so friedlich. Als wäre man in einer anderen Zeit.«

»Gibt es so etwas heute überhaupt noch?«, fragte ich skeptisch.

»Nur bei Frau Thal. Probieren Sie es selbst in Ihrem nächsten Urlaub. Nirgendwo erholt man sich so gut wie in der Pension Regina in Mechernich.«

14

Liebe Edith,

der Schnee ist geschmolzen. Die Wege sind übersät mit kleinen Steinen und voller Pfützen. Die Kinder sind noch nicht gekommen, um mich zu besuchen. Es ist drei Wochen her, seit ich Ruths Karte bekommen habe. Seitdem habe ich nichts mehr von ihr gehört. Von Ruth nicht und auch nicht von Franka und Johannes.

Ich bin alt, aber ich bin kein Trottel. Ruth weiß, wie nah ich dem Tod gekommen bin. Frau Heimer hat ihr erzählt, wo und wie sie mich gefunden hat. Dass es eine Rettung in letzter Minute war. Alles, was sie für mich übrig hat, ist eine Karte mit einem Wasserfall, auf dem, mit silbernem Glitzer verziert, ›Gute Besserung‹ steht. Und dazu schreibt sie mir einen Satz, in dem sie mir genau das wünscht, was auf der Vorderseite der Karte schon zu lesen ist: eine gute Besserung. Sie fragt mich nicht, wie es mir geht. Sie erzählt mir nicht, wie es ihr geht.

Drei Wochen in der Klinik liegen jetzt hinter mir. Drei Wochen liegen noch vor mir. Viel Zeit bleibt Ruth und Johannes und Franka nicht mehr, um mich hier zu besuchen. Ich muss mich darauf einrichten, dass es einen neuen Anfang mit den Kindern vielleicht nicht gibt. Es sieht nicht so aus, als wollten sie mir eine zweite Chance geben. Sie kommen nicht zu mir. Ich interessiere sie nicht.

Es wäre zu schön, wenn ich mit ihnen ins Café ›Karamboli‹ gehen und ihnen ein Stück Eierlikörtorte oder Himbeersahne spendieren könnte. Ihnen ein Päckchen mit Trüffeln für die Rückreise mitgeben könnte. Aber ich muss den Tatsachen ins Auge sehen. Meine Kinder haben mich bisher nicht besucht. Eine Tochter hat mir eine Nullachtfünfzehn-Karte geschrieben, und mein Sohn hat sich gar nicht gemeldet. Mit jedem Tag, der vergeht, sinken die Chancen, dass sie zu mir kommen.

15

Erleichtert blickte ich dem Zug nach, der Webers Eltern Richtung Köln entführte. Da mussten sie umsteigen. Ob sie das wohl packten? Fünf Minuten für das Wechseln von Bahnsteig zu Bahnsteig. Treppen runter, Treppen rauf. Sie hatten sich schon ordentlich Sorgen gemacht. Und mich angesteckt damit. Wie um alles in der Welt wollten das die zwei mit ihren drei großen Koffern schaffen?

Sie waren alt. Aber nicht auf den Kopf gefallen, stoppte ich mich. Nein, Beate, du gehst nicht zur Bahnhofsmission und regelst das für sie. Es sind nicht deine Eltern. Sie haben dich nicht darum gebeten. Es reicht völlig, dass du dich hast breitschlagen lassen, ihnen deine sämtlichen Telefonnummern zu verraten. ›Würden Sie mir gestatten, Sie aus dem Urlaub anzurufen? Im Büro? Oder auf Ihrem Handy? Ich verspreche Ihnen, dass ich das nicht ausnutze. Es wäre so schön zu wissen, wie es dem Jungen geht.‹

Ich musste verrückt gewesen sein. Oder Webers Mama war eine Hexe und verfügte über geheime Kräfte. Zaubersprüche, die selbst aufgeklärte Kommissarinnen dazu verlockten, sorgsam gehütete Geheimnummern preiszugeben.

Mein Handy begann in der Manteltasche zu hüpfen. Zartfühlend, wie ich selten bin, hatte ich es umgeschaltet. Ich wollte die älteren Herrschaften nicht durch den Krawall meiner Klingeltöne erschrecken. Beckmann hatte mir eine Polizeisirene aufgespielt, und ich war noch nicht dazu gekommen, sie durch etwas Dezenteres zu ersetzen.

Die Einsatzzentrale. Ein toter Mann. In der Barbarakirche. Ich legte einen Schritt zu. Hier vom Hauptbahnhof waren es nur ein paar Meter. Während ich durch die Eingangshalle des Bahnhofs lief – vorbei an Ständen, die heiße Würstchen, Fischbrötchen, Zeitungen und Blumen feilboten, vorbei an unzähligen Menschen, die an Automaten Fahrscheine zogen, sich vor dem Informationsschalter drängten, vorbei an Obdachlosen, die auf Drahtstühlen saßen und ihre Habe in Plastiktüten um sich sammelten, vorbei an den Strichjungen, die vor dem Eingang des Bahnhofs Kunden warben –, fragte ich mich einmal mehr, ob sich alle hier dessen bewusst waren, wie schnell ein Leben zu Ende war. Dass das Ende oft ohne Vorankündigung kam.

Ich stieg die Treppen zum Bahnhofsvorplatz hoch. Vor mir ragte der schlanke Turm der Barbarakirche in einen grauen Himmel. Dort wartete ein Toter auf mich. Eine Leiche in einer Kirche. Was für ein eigenartiger Ort, um zu sterben. Aber vielleicht stimmte das ja gar nicht. Vielleicht wartete da drinnen niemand auf mich, der durch Gewalt ums Leben gekommen war. Niemand, der erschossen, erstochen, erschlagen worden war. Ausnahmsweise einmal. Vielleicht lag in der Kirche jemand, der ganz natürlich gestorben war. Ein Mann, der beim Beten einfach umgekippt war. In Sekundenschnelle einem Herzschlag erlegen. Ein schneller, gnädiger Tod. So würde ich es mir wünschen. Vielleicht war alles nur ein Irrtum. Vielleicht hatte ein junger Arzt oder ein junger Kollege kein Risiko eingehen wollen, aus Angst, bei der Leiche einen Hinweis auf Fremdtötung zu übersehen.

Die Wagen der Kollegen leuchteten grün-weiß, sie waren durch die Fußgängerzone bis direkt vor den Eingang gefahren. Ein Pulk von Neugierigen hatte sich davor gesammelt. Die Leute, die zum Einkaufen hierher gekommen waren, vergaßen die Plastiktüten in ihren Händen und reckten die Hälse.

Der Bereich vor der Kirchentür war mit dem rot-weißen Band abgesperrt, das ich so gut kannte. Zwei Kollegen in Uniform standen vor der mächtigen Holztür.

Wie hatte ich nur hoffen können, dass es ausgerechnet diesmal anders sein würde? Da drinnen würde mich eine Leiche erwarten. Ihr Geruch würde meinen Magen in Aufruhr versetzen. Und wenn ich mich nicht in den Griff bekam, würde ich vor versammelter Mannschaft reihern. Wie beim letzten Mal.

Alles, nur das nicht. Ich atmete noch einmal Frischluft, sog sie tief ein. Verdammt, ich hatte kein Pfefferminz. Was hatte ich heute früh gegessen? Ein Croissant. ›Denk an das, was sie dir in der Fortbildung beigebracht haben.‹ Autosuggestion, positives Denken. Dies war der Ernstfall, für den ich mich mit dem ganzen Kram seit ein paar Wochen beschäftigt hatte. Ich wollte mich nie mehr beim Anblick einer Leiche übergeben. Die Erfahrung vom letzten Mal reichte mir völlig.

›Ich fühle mich wohl. Alles riecht gut‹, sagte ich mir stumm auf, während ich dem Kollegen an der Kirchentür meinen Ausweis hinhielt. Er hielt mir die Tür auf. ›Alles riecht gut. Auch der Tod‹, leierte ich stumm.

Ich kniff die Augen zusammen, als ich das Kirchenschiff betrat. Wo waren die Kollegen? Es dauerte, bis sich meine Augen vom Tageslicht auf das dämmerige Licht umstellten, das im Inneren der Kirche herrschte. Ein kräftiger, angenehmer Duft stieg mir in die Nase. Sandelholz vielleicht. Die Kirche wirkte seltsam kahl und weiß und leer. Jetzt wusste ich, woran das lag. Vorne gab es keinen Altar. Oder doch? Der Altar war durch eine Wand vom Kirchenschiff getrennt. Eine Wand, in die große Fenster eingesetzt waren. Fenster, hinter denen der Altar lag, von Lampen angestrahlt. Eigenartig.

Fleischer hockte im Seitenschiff neben einer Trage. Umringt von zwei Sanitätern. Sie verdeckten die Sicht auf das, was sich auf der Trage befand. ›Alles riecht gut‹, betete ich stumm. ›Alles wird gut.‹ Ein Kollege von der Spurensicherung malte mit Kreide Zahlen und Linien auf den Steinboden. Ein anderer Kollege schleppte Scheinwerfer heran. Der Staatsanwalt saß mit offenem Trenchcoat und gefalteten Händen auf der Kirchenbank. Betete er etwa?

Ich lief zur Trage, auf der der Tote lag. ›Alles ist gut. Alles riecht gut‹, wiederholte ich stumm in meinem Kopf.

»Ah, Frau Stein.« Fleischer verließ die Kniebeuge und richtete sich auf. »Das wurde ja auch Zeit.« Er sah richtig freundlich aus. »Gucken Sie ihn sich ruhig an. Treten Sie näher.«

Er war nicht freundlich. Er war ein Sadist. Die Stein einmal kotzen zu sehen, reichte ihm nicht. Er hatte Blut geleckt. ›Alles ist gut, alles riecht gut‹, versuchte ich mich zu wappnen für das, was jetzt auf mich zukam.

»Sie müssen näher kommen. Sonst sehen Sie ja nichts.«

Ein Vampir war nichts im Vergleich zu Fleischer mit seinem lüsternen Blick.

Ich folgte seiner Aufforderung und sah den Mann an, der auf der Bahre lag. Graue Haare, registrierte ich, gepflegt, gut gekleidet. Ein grauer Lodenmantel, blutgetränkt, zur Seite geklappt, ein Hemd, das mit Blut beschmiert war.

»Sie müssen schon näher ran«, Fleischer deutete auf das blutige Hemd, »wenn Sie sehen wollen, wie er umgekommen ist.« Ich nahm seine Herausforderung an, trat näher an die Bahre. Fleischers Blick klebte an meinem Gesicht. Er wollte keine Reaktion verpassen. Fleischer, der Vampir. Der darauf lauerte, seine Zähne in sensibles, schwaches Menschenfleisch zu schlagen.

Ich machte ihm nicht die Freude, eine Angriffsfläche zu bieten. ›Alles ist gut, alles riecht gut‹, betete ich vor mich hin und bückte mich. Es war ein Wunder. Meine Nase übermittelte mir weiterhin einen angenehmen Duft: Sandelholz. Mit diesem Duft in der Nase ließ es sich so nah an der Leiche locker aushalten.

»Ein paar Handschuhe«, forderte ich.

Fleischer zuckte zusammen. Meine Reaktion überraschte ihn. Er reichte mir eine Packung mit Latexhandschuhen aus seinem Koffer. Ich riss sie auf und stülpte die Handschuhe über. Täuschte ich mich, oder las ich Verwunderung in Fleischers Blick? Staunen, dass ich es so lange, so nah bei der Leiche aushielt?

»Da haben Sie doch endlich mal, was Sie wollen«, frotzelte ich. »Eine ordentliche Leiche. Ganz und nicht in Teilen.«

Vorsichtig hob ich den blutig durchtränkten Stoff. Getrocknetes Blut stockte auf bleicher Haut.

»Auch wenn es nicht der eine glatte Messerstich ist, von dem der Herr Doktor träumt, sondern …« Ich sah mir die Brust des Toten näher an und zählte: »Vier, fünf, vielleicht sechs.«

»Gucken Sie sich mal die Ohren an«, forderte Fleischer mich auf.

Noch gab er sich nicht geschlagen. Er lauerte darauf, dass meine Selbstbeherrschung innerhalb der nächsten Sekunden zusammenbrach. Er tat alles, um mich in der Nähe der Leiche zu halten. Mich weiterhin dem Geruch auszusetzen.

Der Vampir kämpfte um sein Blut.

»Die Ohren sind hübsch«, verkündete ich. »Denken Sie mal an unseren letzten Fall.«

Zum ersten Mal zog ein Hauch des Geruchs, der so starke Gefühle in mir freisetzte, in meine Nase. Wundersamerweise beunruhigte das meinen Magen nicht. Ich konnte mir tatsächlich in aller Ruhe die Ohren des Toten ansehen. Die Muschel, das Ohrläppchen, ein Wunderwerk der Natur. Halt. Was war das da? Ich klappte das linke Ohr zurück. »Er war schwerhörig.« Fleischer staunte.

»Haben Sie das Hörgerät etwa übersehen?«, fragte ich mit einem gewinnenden Lächeln. »Sie überraschen mich.«

In diesem Augenblick blendete mich ein gleißendes Licht. Die Kollegen richteten die Scheinwerfer ein.

Ich ging mit meinem Kopf ganz nah an den Kopf des Toten heran. Bekam den Duft, den er ausströmte, voll in die Nase. Nahm das rechte Ohr in die Hand, zog es nach vorne.

»Und was haben wir hier?« Mein Magen blieb stumm. »Kein Hörgerät. Wenn das keine Überraschung ist.«

Ein Hochgefühl schwappte über mich. Jetzt kam eine kleine Einlage. Das musste einfach sein.

Mein Kopf blieb nahe am rechten Ohr des Toten. Ich sah zu Fleischer hoch. Konnte mich nicht sattsehen am Staunen in seinen Augen. An seiner Überraschung. Und ich las Enttäuschung, wie bei einem Kind, dem man das liebste Spielzeug aus der Hand genommen hat.

»Was sagt die Medizin dazu?« Ich ließ meinen Kopf am Ohr des Toten. »Hörgeschwächt nur auf dem linken Ohr?«

»Wollen Sie ewig da unten knien?« Sein Gesicht verzog sich säuerlich. Ein Vampir, dem das Blut ausgegangen war.

In Zeitlupe erhob ich mich. Ich streifte die Handschuhe ab und reichte sie ihm. »Sie wollten doch, dass ich ihn mir näher ansehe. Das hab ich getan.«

Er wich meinem Blick aus. Es war klar, dass ich wusste, was

für ein Spiel wir da gerade gespielt hatten. Es war klar, dass er wusste, wer die Gewinnerin war. Der Kampf war beendet. Und es war kein Sieg nach Punkten. Es war ein K. o. Manch ein Boxer stieg nach so einer Niederlage nie wieder in den Ring.

»Wie lange ist er schon tot? Was schätzen Sie?«, fragte ich.

Er wiegte den Kopf. »Verbindlich kann ich das natürlich erst sagen, wenn er obduziert worden ist.«

»Natürlich. Anders kenne ich Sie ja nicht. Und unverbindlich?«

»Zwölf Stunden? Plusminus.« Er zuckte die Schultern. »Frühstücken konnte er heute Morgen bestimmt nicht mehr.«

»Da hatte ich heute mehr Glück. Ohne Eier mit Speck schafft man so was ...«, ich deutete auf die Leiche, »gar nicht.«

»Sie haben heute Eier mit Speck gegessen?« Seine Neugier diktierte ihm die Frage.

»Am Flughafen«, log ich. »Köstlich.«

Die Kollegen trugen den Toten aus der Kirche. Ein Kollege trat zu mir und zeigte mir einen Plastikbeutel. »Viel haben wir nicht. Ein paar Hausschlüssel, ein Portemonnaie, eine Uhr, einen Ehering.«

»Kein Ausweis? Nichts, was auf die Identität hinweist?«

Der Kollege schüttelte den Kopf. »Das Glück haben wir nicht.«

»Wie habt ihr ihn gefunden?«, fragte ich.

»Aufrecht in der Kirchenbank sitzend, den Kopf nach vorne geneigt, als würde er beten.«

»Krieg ich die Fotos? Heute noch?«

»Du kennst uns«, grinste er. »Unmögliches schaffen wir sofort. Wunder brauchen vierundzwanzig Stunden.«

»Unangenehme Geschichte, Frau Stein.« Der Staatsanwalt. Er hatte die Kirchenbank verlassen und sich zu mir gesellt.

»Nicht unangenehmer als sonst«, antwortete ich. »Wir haben Tote schon in einem ganz anderen Zustand zu sehen gekriegt.«

»Ja, ja«, winkte er ungeduldig ab. »Aber das hier ist ein alter Mensch. Denken Sie an die Morde in den Pflegeheimen. Was die Presse da für einen Wirbel macht.«

»Das sind Serienmorde. Und der Mörder spielt Gott. Dies hier ist völlig anders gelagert. Er wurde nicht in den Tod gespritzt, er wurde erstochen.«

»Ich weiß, ich weiß …«, stoppte er mich. »Sie wissen ja, wie die von der Presse sind. Wenn die nichts haben, bauschen sie alles auf. Tod auf der Kirchenbank. Ich sehe schon die Überschriften. Und die Kirchen prügeln uns, weil noch weniger Besucher zu ihnen kommen.«

»Es sieht nicht so aus, als ob er hier getötet worden wäre.«

»Ein kleiner Lichtblick«, gab er zu. »Immerhin. Und wir laden die Presse nicht ein, geben nur eine Meldung heraus.«

»Es könnte sein, dass wir für die Ermittlungen die Hilfe der Presse brauchen.«

»Ja, ja, ja«, antwortete er zerstreut.

Ich fragte mich, wohin seine Gedanken abschweiften.

»Man hätte so einem älteren Herrn natürlich einen friedlichen Tod gewünscht.«

Wie alt war er selbst? Sechzig, zweiundsechzig. Kein Wunder, dass der Tote ihn beschäftigte.

»Ein friedlicher Tod?« Ich dachte über seine Wortwahl nach. »Gibt es den überhaupt?«

Eine Frau in einem schwarzen Gewand mit weißem Kragen trat zu uns. »Ich bin Pastorin hier«, stellte sie sich vor. »Hedwig Bieneck. Ich habe die Polizei angerufen, als ich ihn heute Mittag hier gefunden habe.«

»Kennen Sie den Toten?«, fragte ich.

Sie schüttelte den Kopf. »Heute Morgen habe ich ihn das erste Mal dort in der Bank sitzen gesehen.«

»Heute Morgen? Warum haben Sie uns dann erst heute Mittag gerufen?«

»Wir machen das erst seit ein paar Tagen, die Kirche ab morgens früh zu öffnen. Die offene Kirche, das ist ein Projekt.«

Ich sah sie verständnislos an.

»Da wollen wir natürlich die Menschen, die kommen, nicht durch Fragereien verscheuchen. Wir warten, bis sie uns ansprechen. Oder signalisieren, dass sie das Gespräch suchen.«

»Deshalb haben Sie den Mann nicht angesprochen, als er stundenlang stumm in der Kirchenbank saß?«

»Es ist nicht ungewöhnlich, dass alte Menschen zu uns kommen und ein paar Stunden in der Kirche bleiben.«

»Menschen bleiben hier über mehrere Stunden?« Ich sah mich in dem kühlen weißen Kirchenschiff um.

Sie nickte. »Viele schätzen die Ruhe, und sie haben ja auch viel Zeit, um Zwiesprache mit dem Herrn zu halten.«

»Aber den Toten haben Sie vorher noch nicht in der Kirche gesehen.«

»Nein«, sie schüttelte ihren hellbraunen Pagenkopf, »er war noch nie hier, ich kenne ihn nicht.«

Ich ließ meinen Blick über die Stuhlreihen schweifen. Dann sah ich nach oben. Stoffbahnen in Rot zogen sich an langen Leinen durch das Kirchenschiff. Als ob die Kirche zu Ehren des Toten rot geflaggt hätte.

Sie lief mit mir zum Ausgang. »Brauchen Sie mich heute noch?«, fragte sie. »Ich bin für die Nachmittagsandacht eingeteilt.«

»Es reicht, wenn Sie morgen ins Präsidium kommen können für Ihre Aussage. Noch eine Frage hätte ich. Oder, besser, zwei, drei.«

»Ja?«

»Warum ist der Altar hinter der Wand da versteckt?«

»Um ihn zu schützen. Er ist sehr wertvoll.«

»Vor Dieben?«, fragte ich.

»Nein, vor den ganz normalen Umwelteinflüssen, wir wollen ihn restaurieren lassen, aber dafür ist momentan kein Geld da. Wir sind auf Spenden angewiesen.« Sie zeigte auf eine kupferne Säule, über der ›Spenden für St. Barbara‹ stand.

»Die roten Tücher da oben. Sind die immer hier?«

»Nein«, sie lächelte. »Wir nutzen die Kirche für Kulturveranstaltungen. Dafür schmücken wir.«

»Für was für eine Veranstaltung sind die roten Tücher?«

»Tango«, erläuterte sie bereitwillig. »Am Freitag wird hier Tango getanzt. Zur Freude des Herrn.« Sie lächelte. »Die Kirche soll das Leben feiern, dafür setzen wir Pastorinnen uns ein.«

»Und der Geruch hier?«, fragte ich. »Was ist das?«

»Welcher Geruch?« Ihre Nasenflügel öffneten sich. »Ich rieche nichts.«

»Doch«, beharrte ich. »So ähnlich wie Weihrauch. Nur schwächer.«

»Weihrauch?« Sie schüttelte den Kopf. »Den gibt es hier mit Sicherheit nicht. Die Katholiken nutzen ihn. An allen hohen Festtagen. Wir nicht. Sind Sie katholisch?«

»In meiner Kindheit war ich es.«

»Sehen Sie.« Sie lächelte. »Da haben wir die Erklärung. Sie sind in einer Kirche, und da kommen Ihre Erinnerungen zurück. In Form von einem Geruch.«

»Und Sie haben auch keine Duftkerzen aufgestellt oder irgendwo Räucherstäbchen angezündet?«, vergewisserte ich mich.

»Nein.« Sie schüttelte den Kopf. »Das haben wir früher ab und zu gemacht. Bei Meditationen in der Kirche habe ich zu speziellen Themen spezielle Düfte eingesetzt. Aber heute nicht.«

»Jetzt setzen Sie auf Farbe.«

»Ja.« Sie hob den Kopf und betrachtete stolz die roten Stoffbahnen, die das Kirchenschiff durchzogen. »Wir wollen die Menschen ja mit allen Sinnen ansprechen. Im Rahmen unserer Projekte probieren wir viel aus. Jeder Tag ist ein Festtag.«

»Auch ein Tag, an dem in Ihrer Kirche ein toter Mensch gefunden wird?«

»Vielleicht ist er glücklicher da, wo er jetzt ist.«

»Ich beneide Sie um diesen Glauben«, sagte ich.

16

Liebe Edith,

bei Deiner Beerdigung habe ich die Kinder das letzte Mal gesehen. Zwei Jahre ist das her. Mir kommt es wie eine Ewigkeit vor. Ruth und Johannes und Franka haben gemeinsam an Deinem Grab gestanden. Franka hat ihren Arm um Johannes gelegt. Ganz die große Schwester, die ihren Bruder beschützt. Ruth stand etwas verloren neben den beiden. Alle drei sahen sie hilflos aus, bleich, vom Schock gelähmt. Wie erfroren. Bis die Tränen ihnen die Wangen heruntergelaufen sind, allen dreien. Selbst Franka, die sich so gut unter Kontrolle hat, sind die Tränen geflossen. Und ich war irgendwie froh, dass sie geweint haben. Frag mich nicht, wieso. Ich weiß es nicht. Ehe ihnen die Tränen kamen, sahen sie wie versteinert aus. Wie schockgefroren. Das hat mich in Schrecken versetzt.

Sie sind nicht zu mir gekommen damals, haben mich nicht in den Arm genommen. Alfons haben sie umarmt, aber mich nicht. Du hast sie oft spontan umarmt, früher. Keine weiß besser als Du, Edith, wie schwer es mir fällt, Zärtlichkeiten auszuteilen. Vor allem in der Öffentlichkeit. Mit Dir allein war das etwas anderes. Dir habe ich vertraut. Bei Dir hatte ich keine Angst, mich lächerlich zu machen. Mit meinen unbeholfenen Händen, deren Haut hart und kratzig ist von den scharfen Kanten der Fliesen, die ich stapelweise geschleppt habe. Wenn ich an Deine zarten Hände denke, so fein und glatt, und wie Du damit über meine rauen Pranken gestreichelt hast.

Wir standen zu viert da am Rande Deines Grabs, einer neben dem anderen. Wie die Salzsäulen. Wie die engsten Anverwandten halt da so aufgereiht stehen, um die Mitleidbekundungen entgegenzunehmen. Alle kamen sie zu uns, schüttelten uns die Hände, nahmen uns in den Arm. Alfons packte mich mit seinen Armen, als wollte er mich erdrücken. Und klopfte mir auf den Rücken, als wollte er einen Toten zurück ins Leben prügeln.

Was für eine lange Schlange von Leuten. Wer Dich alles kannte. Wer sich alles von Dir verabschieden wollte. Und alle reichten sie uns die Hand, sprachen uns ihr Beileid aus. Die Nachbarn, Frau Heimer, Alfons, Deine Schwester, die Leute, die bei uns im Betrieb gearbeitet haben.

Nur wir vier, die Kinder und ich, wir konnten uns nicht die Hand reichen, uns keinen Trost aussprechen. Wir konnten uns nicht in den Arm nehmen. Ich bin nicht zu den Kindern gegangen und habe sie in den Arm genommen. Und auch sie sind nicht *zu mir gekommen. Sie haben nicht mit mir gesprochen. Nicht richtig jedenfalls. Nur das Nötigste. Als ob sie mir die Schuld dafür geben, dass Du nicht mehr da bist. Als ob ich Dich ihnen weggenommen hätte. Vielleicht ist das normal. Sie sind jung. Es ist leichter, den Tod zu ertragen, wenn man dafür jemandem die Schuld geben kann. Aber vielleicht bilde ich mir das auch ein. Vielleicht geben sie mir gar keine Schuld an Deinem Tod. Vielleicht sind sie nicht zu mir gekommen, weil sie die Erfahrung gemacht haben, dass sie bei mir nicht willkommen sind. Weil ich mir nie Zeit für sie genommen habe, wenn sie etwas wollten. Weil mir alles wichtiger war als sie. Ein Kunde, eine Rechnung, eine Bestellung, ein neuer Fliesenkatalog, die Zeitung, das Kreuzworträtsel. Was bin ich nur für ein Trottel gewesen, Edith.*

17

Eine freie Schreibtischplatte ist genial. Sie gibt einem das Gefühl, alles im Griff zu haben. Die Arbeit, das Leben, sich selbst und überhaupt. Mit einem Küchentuch und einem Spritzer Spiritus attackierte ich den Dreck, den staubige Akten auf meinem Schreibtisch hinterlassen hatten. Traumhaft, wenn wir den ganzen Dreck, den wir täglich zu sehen kriegten, so einfach mit einem Papiertuch und einem Reinigungsmittel entsorgen könnten.

Ich verteilte vorsichtig die Bilder, die ich von den Kollegen bekommen hatte, über die freie Fläche. Darauf bedacht, keine Fingerabdrücke auf dem Fotopapier zu hinterlassen. Ich hatte einen neuen Fall. Und der forderte jetzt meine volle Aufmerksamkeit, auch wenn das meine Vorgesetzten vielleicht anders sahen.

Die alten Fälle hatte ich entsorgt. Fürs Erste. Auf den Aktenbock am Fenster. Inklusive der Vordrucke, die ich für Petra angefertigt hatte. Das musste ich ihr noch verklickern. Die Verbesserungspotenziale. Ob ich mit meiner Guerillataktik durchkam? Es würde sich zeigen. Jetzt hatte die Praxis Vorfahrt.

Ich ließ die Fotos des Toten auf mich wirken, sah sie mir konzentriert an. Ein älterer Herr mit schlohweißem Haar, einem runden Gesicht, mit einer kräftigen Nase, einem sinnlichen Mund, geschlossenen Augen. Mit den unzähligen kleinen braunen Flecken im Gesicht sah er freundlich aus. Als ob die Sonne sie ihm über das Gesicht geworfen hätte. Aber es waren keine Sommersprossen. Es waren Altersflecken, Zeichen gelebter Zeit. Sie sahen irgendwie anrührend aus. Die Gesichtshaut war leicht gebräunt, als hätte er sich zu Lebzeiten häufig im Freien aufgehalten. Vielleicht war er aber auch nur so eitel gewesen, regelmäßig ein Sonnenstudio zu besuchen oder eine Selbsttönungscreme aufzutragen. Warum schloss ich das aus? Dachte ich, dass Menschen in seinem Alter nicht mehr so eitel waren, ihre Haut künstlich zu bräunen?

Ich wählte ein Foto aus und legte es an die Seite für die Presse. Ein zweites für die Vermisstenabteilung. Fleischer hatte die Tatzeit auf irgendwann gestern Abend, gestern Nacht geschätzt. Das hieß, der alte Mann war abends nicht nach Hause gekommen. Hatte nicht in seinem Bett geschlafen. Vielleicht hatte ihn schon jemand vermisst und war zur nächsten Polizeiwache gelaufen, um eine Vermisstenanzeige aufzugeben.

Seine Kleidung war sauber gewesen, gepflegt. Das bedeutete, dass er noch fit genug gewesen war, um auf sich selbst zu achten. Oder dass er in Gemeinschaft mit Menschen gelebt hatte, die sich um ihn kümmerten. Es bedeutete, dass er am Leben teilnahm. Gute Chancen also, mit Hilfe der Presse oder der Vermisstenstelle herauszufinden, wer er war. Wir hatten seine Kleidung, seine Uhr, seinen Ehering, in dem ein Frauenname eingraviert war, ›Edith‹. Ob Edith sich jetzt fragte, warum ihr Mann nicht nach Hause gekommen war? Ob sie sich Sorgen machte?

Wenn es eine Edith gab und sie sich bei uns meldete, musste ich ihr eine traurige Mitteilung machen. Das war der Teil des Jobs, um den sich keiner der Kollegen riss. Ich machte da keine

Ausnahme. Am liebsten würde ich mich davor drücken. Noch hatte ich Aufschub. Bis die Gnadenfrist zerrann. Sobald wir wussten, wer er war, war ich dran. Ich tippte darauf, dass diese ungeliebte Aufgabe schon bald auf mich zukommen würde. Innerhalb der nächsten Tage. Wenn nicht schon innerhalb der nächsten Stunden.

Aber selbst wenn ich den Namen des Toten nie erfahren würde, weil er aus Kapstadt oder Moskau stammte oder Anchorage in Alaska und aus einem Grund, den ich nie herausfinden würde, bei uns entsorgt worden war …, selbst dann würde ich den weißhaarigen Herrn nicht mehr vergessen.

Er war der erste Tote, den ich in Augenschein nahm, der meine Magenwände nicht in Aufruhr versetzt hatte. Bei seinem Anblick war mir nicht die Magensäure die Speiseröhre hochgekrochen. Er hatte bei mir nicht diesen bitteren Geschmack im Mund hinterlassen.

Dafür würde ich ihm immer dankbar sein. Auch wenn ich seinen Namen nie erfahren sollte, würde ich den weißhaarigen Herrn nicht vergessen: der erste Tote, der gut roch, als ich ihn in Augenschein nahm.

Für einen Augenblick stieg mir dieser Duft wieder in die Nase. Der Duft, der mich gerettet hatte. Sandelholz? Weihrauch? Die Pfarrerin hatte nichts gerochen. Und versichert, dass sie weder Duftkerzen aufgestellt noch Räucherstäbchen entzündet hatte. Weihrauch hatte sie kategorisch ausgeschlossen. Kein Katholenduft in einer evangelischen Kirche. Hatte ich den Duft in der Nase einer katholischen Kindheit zu verdanken? Dufterlebnissen mit Weihrauch, die so stark in meiner Erinnerung verankert waren, dass sie mich beim Betreten einer Kirche sofort wieder überfluteten? Oder waren es die Früchte erfolgreicher Selbsthypnose? ›Da, wo ich bin, riecht es gut.‹

Fleischer hatte ich das Vergnügen vermasselt. Wie er danach gegiert hatte, mich reihern zu sehen. Vor spektakulärer Kulisse. Im Hintergrund der Altar der alten Meister. Zeugnis jahrhundertealter Könnerschaft und Genialität. Durch Glasscheiben vor dem Verwittern geschützt. Im Raum verteilt die mächtigen Säulen, die das ehrwürdige Gewölbe trugen, seit Hunderten von Jahren. Errichtet von berühmten Baumeistern und Steinmetzen, Helden des Abendlands. Und dann ich, Inbild weiblicher Schwäche, auf den Kirchenboden kotzend vor den Kollegen.

Ich hatte ihm einen Strich durch die Rechnung gemacht. Schlimmer noch. Ich war cool geblieben und hatte ihm gezeigt, dass ich mitbekam, worauf er aus war.

Ob er mir je verzeihen würde, dass ich ihm sein Vergnügen zerstört hatte? Und, noch schlimmer, dass ich aus dem von ihm angezettelten Kampf als Siegerin hervorgegangen war? Würde er die Niederlage akzeptieren? Oder würde er auf Revanche sinnen und seine Aktivitäten jetzt auf andere Felder lenken, um zu versuchen, den Kampf dort neu zu eröffnen, mich auf neuem Terrain ins Trudeln zu bringen? Ich musste wachsam sein, die nächsten Tage und Wochen.

Hatte der Tote vielleicht wirklich gut gerochen? Wohl kaum. Auch wenn es eine frische Leiche war. Wem verdankte ich den Wohlgeruch in meiner Nase? Dem Besuch von katholischen Gottesdiensten an kirchlichen Feiertagen, wo die Gemeinde üppig mit Duftstoffen eingenebelt wurde? Wie mächtig waren die Erlebnisse der Kindheit? Konnten sie von einer Sekunde zur anderen wieder aufbrechen, wenn es den passenden Auslöser gab? In dieser Richtung drehten sich die Gedanken in meinem Kopf.

Warum? Warum wollte ich nicht glauben, dass es mir aus eigener Kraft gelungen war, mich zu besiegen? Mit Hilfe der Sprüche, die ich mir in der Fortbildung angeeignet hatte. Was ließ mich schwanken, ob ich wirklich mit meinem Willen diesen Duft erzeugt hatte, der alles andere übertünchte? Nach Sandelholz, Weihrauch, Myrrhe. Einen so mächtigen Duft, dass er den Ausdünstungen des Todes trotzte. Traute ich mir nicht zu, so viel Macht zu entwickeln?

Wer immer er gewesen war, ich war dem alten Mann dankbar. Seine Leiche hatte mir keine Probleme gemacht. Ich war nicht zum Gespött der Kollegen geworden. ›Die Stein kotzt‹, das Spektakel hatte ich meinen Kollegen im letzten Fall geboten. Ich hatte hart daran gearbeitet, damit es kein zweites Mal vorkam.

Egal, wie es mir gelungen war. Dieser ältere Herr hatte es möglich gemacht. Wenn ich mir die Fotos des Toten jetzt ansah, spürte ich Dankbarkeit und Erleichterung. Ich würde alles tun, um seinen Mörder zu fassen, gelobte ich feierlich.

Das ist wieder einmal typisch, stoppte eine innere Stimme mich. Der zweite Schritt vorm ersten. Erst einmal geht es nicht um den Mörder. Was du als Nächstes herausfinden musst, ist, wer dieser ältere Herr war, wie er hieß, wo er lebte, wie er lebte. Wen er so wütend gemacht hat, dass er ihn mit sechs Messerstichen tötete.

›Weber‹, dachte ich. Ich brauchte die Unterstützung meines Kollegen. Zusammen mit ihm hatte ich noch jede Mordermittlung erfolgreich zu ihrem Ende geführt. Das Streiten mit ihm hatte mich oft von einem Irrpfad auf die richtige Piste geführt. Und er teilte mit mir eine Schwäche. Die Verliebtheit in die Gerechtigkeit. Die ganz große, einzige, wahre. Jenseits von kleinkarierten Interessen und Paragraphen. Auch wenn die Hüter von Recht und Gesetz uns gerne als hirnamputierte Handlanger hätten. Gemeinsam hatten wir eine Mörderin laufenlassen. Eine Frau, die sich als Göttin der Gerechtigkeit aufgespielt hatte. Und die mir zum Dank für ihre Freiheit ein Foto von meinem Vorgesetzten verehrt hatte.

Weber hatte damals genau gewusst, was ich tat, als ich die Akte schloss und nicht weiter ermittelte. Er hatte kein Wort darüber verloren und die Sache mit mir durchgezogen.

Ein Partner, auf den man sich verlassen konnte. Den gab es nicht an der nächsten Straßenecke. Es war Zeit, dass Weber zurück an Bord kam.

Wenn Weber sich nicht schnell wieder gesundmeldete, würde mir Froböse wer weiß wen als Ersatz für ihn unterjubeln. Mit Sicherheit niemanden, der sich durch Charme und Cleverness auszeichnete. Froböse würde nicht einmal mitbekommen, wenn eine andere Abteilung jemanden an ihn abdrücken wollte. Das war das Letzte, was ich jetzt brauchte, irgendeine Lusche, die sie bei mir abstellten. Ich wollte meinen alten Partner.

Weber sollte sich verdammt nochmal aus seinem Bett erheben und seinen Hintern wieder auf den Stuhl am Schreibtisch gegenüber hieven. Ich griff zum Telefon.

Inga meldete sich, und ich fiel sofort mit der Tür ins Haus.

»Wie geht's ihm?«

»Er redet wieder, seit du bei uns warst.«

»Na, das ist doch was«, sagte ich betont munter. »Kannst du ihn mir mal geben?«

Ich war mir bewusst, dass es unhöflich war, jetzt nicht näher mit Inga von Frau zu Frau über die schwierige Situation zu plauschen.

»Ich trag das Telefon rein zu ihm«, sagte sie. »Es dauert nur ein wenig.«

»Wir haben einen neuen Fall, Inga«, versuchte ich zu erklären, warum ich zu Small Talk nicht aufgelegt war. Keine Reaktion. Inga blieb stumm. Dafür hörte ich die Geräusche von Schritten.

»Was willst du?« Die Stimme meines Kollegen. »Ich habe gesagt, frühestens in acht Tagen bin ich wieder an Bord«, wetterte er los. »Erinnerst du dich? Frü-hes-tens, habe ich gesagt. Und das habe ich genauso gemeint.«

Ich freute mich, dass er sich schon wieder aufregen konnte. Ein gutes Zeichen. Mit ein bisschen Glück kehrte mein Kollege bald unter die Lebenden zurück.

»Okay, okay«, gab ich ihm recht. »Aber vielleicht interessierst du dich ja dafür, was mit deinen Eltern ist …«, begann ich hinterhältig.

»Sag mir nicht, dass es Probleme gibt«, jaulte er auf.

»Keine Probleme«, beruhigte ich ihn. »Sie sind brav abgedüst nach Mechernich. Mit ihren drei Koffern und Fahrkarten und Kamera und Picknick für die Fahrt.«

»Ich danke dir, Bea«, sagte er kleinlaut. »Du bist ein echter Kumpel.«

»Bedank dich nicht. Komm wieder an Bord. Ich brauche dich.«

»Nein«, rief er zornig in den Hörer, »ich will nicht gebraucht werden. Ich will meine Ruhe. Sonst nichts.«

Seine Stimmungen waren noch etwas schwankend. Ich wollte ihn trotzdem zurück.

»Weber, wir haben einen neuen Fall. Den will ich nicht mit irgendwem lösen, sondern mit dir.«

»Mich interessiert der ganze Dreck nicht.«

»Ich verstehe dich«, flötete ich. »Manchmal habe ich auch die Nase gestrichen voll, aber hier geht es nicht um irgendwelchen Dreck. Hier geht es um mich.«

Am anderen Ende der Leitung blieb es still. Ich redete weiter. »Ehrlich, ich brauch dich jetzt. Ich will nicht mit irgend so einem dämlichen Schnösel zusammenarbeiten, dem ich die Welt erklären muss. Oder mit einer Tussi, die auf dem ›Friede-Freude-Eierkuchen-Trip‹ ist.«

Ich lauschte in den Hörer. Mein Kollege blieb stumm. Womit konnte ich ihn packen?

»Ein älterer Herr. Könnte dein Papa sein. Den haben wir mit sechs Stichen in der Brust in einer Kirche gefunden.«

Ich lauschte auf eine Reaktion. Nichts.

»Stell dir vor, da sticht jemand einen alten Mann ab und setzt ihn auf eine Kirchenbank, einfach so.«

»›Einfach so‹ ist nicht.«

Mein Kollege reagierte tatsächlich, jubilierte ich. »Messerstiche sprechen immer für Wut.«

»Das glaube ich auch«, stimmte ich ihm zu. »Mensch, Weber, lass uns herausfinden, wer der alte Mann ist, wer ihn erstochen hat und warum. Mit einem Partner wie dir macht die Arbeit mehr Spaß.«

»Ich arbeite auch gern mit dir. Wenn es nur das wär und nicht die ganzen Ätzsachen drum herum, die Papiere und Berichte und Konferenzen und Arbeitsgruppen und das Reden mit so einem Arsch wie Froböse, der von allem null Ahnung hat.«

»Das ist grauenhaft«, seufzte ich. »Ich weiß. Aber allein ist das noch schlimmer als mit dir.«

»Sag mir einen Grund, Bea, warum ich mein schönes, warmes Bett verlassen und da mitmischen soll.«

»Mir zuliebe. Im Moment packe ich einen neuen Partner nicht. Ich brauche dich.«

»Was ist, wenn ich komme, wieder einsteige, aber das nicht packe und einfach ausflippe?«, fragte er. »Froböse an seinen Knöcheln aus dem Fenster hängen lasse. Ich halte seine Füße, und er hängt aus dem siebten Stock und winselt um Gnade. Von so was träume ich nämlich.«

»Was immer du machst, ich bin dein Partner«, gelobte ich.

»Auch wenn ich Froböse aus dem Fenster werfe?«

»Na dann brauchst du mich doch erst recht«, triumphierte ich, »als Zeugin, dass er dich bis aufs Blut beleidigt, provoziert und bedroht hat.«

»Das meinst du nicht wirklich, Beate.«

»Doch«, versicherte ich ihm. »Probier's aus. Komm zurück.«

Ich legte den Hörer auf. Ob mein Anruf gefruchtet hatte, würde ich morgen früh sehen. Oder am Tag danach. Vielleicht sollte ich hier und jetzt ein Räucherstäbchen anzünden und darauf hoffen, dass der aufsteigende Duft die Götter gnädig stimmte. Dass sie mir in einer Aufwallung von Großzügigkeit meinen Partner zur Unterstützung schickten. Weil sie so weise und klug waren einzusehen, dass ich den Irrsinn des täglichen Ermittlungskleinkrams nicht ohne die Unterstützung einer gleichgesinnten Guerillaseele stemmen konnte.

18

Liebe Edith,

die Tage verstreichen, ohne dass ich von den Kindern höre. Sie können mir nicht verzeihen, was ich mit meinen groben Händen angerichtet habe. Ich bin nicht stolz, dass ich Johannes mehr als einmal eine Ohrfeige gegeben habe. Ich dachte damals, das muss so sein, das ist meine Aufgabe als Vater, damit der Junge lernt.

Es hat mich nervös gemacht, dass ich ihm alles dreimal erklären musste und er es selbst dann noch nicht verstanden hat. Ich weiß noch genau, wie ich ihm vor einem wichtigen Fußballspiel mit seiner Jugendmannschaft gesagt habe: Du musst trainieren, Junge, es fehlt dir noch an Ballgefühl. Aber er hat nicht auf mich gehört. Johannes hat lieber auf seinem Zimmer gesessen, Löcher in die Luft geschaut und Musik gehört. Wenn man das Gekreische, für das er sich interessiert hat, überhaupt Musik nennen kann – er hat saumäßig gespielt, natürlich, und das Fußballspiel ist voll in die Hose gegangen. Ich bin anschließend auf den Platz gelaufen und habe ihm eine geschmiert. Es hat mir keinen Spaß gemacht, meinem Sohn eine Ohrfeige zu verpassen. Ich dachte, ich müsste das tun, damit er so etwas nie wieder macht. Damit er lernt. Das habe ich doch nur zu seinem Besten getan.

Franka ist für ihn in die Bresche gesprungen damals. Ihre Stimme hat sich überschlagen, sie hat mich laut beschimpft, was ich für ein Sadist wäre, ihrem Bruder so etwas anzutun. Vor der versammelten Mannschaft. Johannes hat mich nicht beschimpft, er konnte mir nicht in die Augen sehen. Wie so oft. Das hat mich jedes Mal noch wütender gemacht. Ich wollte einen Mann aus ihm machen. Deshalb habe ich darauf bestanden, dass er in den Ferien in der Firma arbeitet, alles von der Pike auf lernt. Ich habe immer gedacht, das macht er extra, so dumm kann kein Junge sein. Und da ist mir halt die Hand ausgerutscht. Mehr als einmal. Du hast immer gesagt, dass ich zu streng zu dem Jungen bin, Edith. Bestimmt hattest Du recht. Aber ich habe es doch nur gut gemeint. Ich wollte ihn hart machen. Ich wollte, dass er das Geschäft übernimmt. Wie sollte er denn den Angestellten sagen, wo's langgeht, wenn er nicht stark und sicher und ein Vorbild war?

Heute weiß ich, dass Du recht hattest, Edith, und nicht ich. Dass ich den Jungen falsch angefasst habe. Ich habe ihm nicht genügend vertraut. Ich habe zu früh zu viel von ihm verlangt. Ein anderer hätte es mir vielleicht gezeigt, mir zeigen wollen, dass er es trotzdem schafft. Dazu war unser Junge nicht stark genug. Franka hat es mir im Streit oft an den Kopf geworfen. ›Johannes ist sensibel. Er ist begabt. Er hat Phantasie. Brich ihm nicht das Genick.‹ Vielleicht hätte der Junge ein ganz anderes Selbstbewusstsein entwickelt, wenn ich ihm vertraut, mich voll und ganz hinter ihn gestellt hätte. Das konnte ich nicht damals. Ich habe dieses schüchterne Kerlchen, das mir nicht in die Augen sehen konnte, nicht ausgehalten. Vielleicht weil ich selber mal so ein schüchternes Kerlchen war, sein Blick hat mich daran erinnert. Mit dreiundsiebzig kann ich mir das eingestehen, aber damals, als Johannes in der kritischen Phase war, konnte ich das nicht. Und jetzt kann ich die Zeit nicht mehr zurückdrehen. Damals, bei Deiner Beerdigung, hätte ich ihm die Hand reichen können. Mich bei ihm entschuldigen für alles, was ich falsch gemacht habe. Und bei Ruth und Franka. Das habe ich versäumt. Jetzt könnten sie mir die Hand reichen, hier in der Klinik. Bisher haben sie es nicht getan.

Es sind noch zwei Wochen Zeit. Zwei Wochen, das sind vierzehn Tage, in denen sie sich melden können oder auch nicht. Der Gedanke beunruhigt mich. Was soll ich tun, wenn sie nicht kommen? Was kann ich schon tun?

Wenn sie nicht zu mir kommen in diesen zwei Wochen, Edith, dann lasse ich sie los. Dann akzeptiere ich, dass meine Kinder mich als Vater abgeschrieben haben. Ich sehe das ganz nüchtern. Ich bin nicht umsonst ein erfolgreicher Geschäftsmann gewesen. Man muss eine Situation realistisch einschätzen. Wenn sie nicht kommen und ich sie nicht rufe … Und das werde ich nicht, Du kennst mich, das kann ich nicht. Dazu bin ich zu stolz. Was sind das denn für Kinder, die gerufen werden müssen, wenn ihr Vater gerade dem Tod von der Schippe gesprungen ist? Wenn sie also nicht kommen, dann werde ich das akzeptieren, daraus meine Schlüsse ziehen. Ich werde sie abschreiben und mich neu orientieren. Es bringt nichts, alte Leitungen hier und da zu flicken.

Manchmal muss das ganze alte Leitungssystem herausgerissen und erneuert werden. Wer wüsste das besser als ein gelernter Installateur, ein Sanitätsmeister. Aber für so eine grundsätzliche Sanierung braucht es Kraft. Hilf mir, Edith, dass ich die Kraft dazu finde. Mit dreiundsiebzig noch einmal ganz von vorne anzufangen. Neue Pläne zu machen.

19

Ein Gutes hat es, dachte ich, als ich die Straße zum Ruhrtal hinunterfuhr. Wenn dein Liebster nicht zu Hause auf dich wartet, kannst du Dinge tun, die sonst der trauten Zweisamkeit zum Opfer fallen. Raus ins Grüne fahren zum Beispiel, um deine Freundin zu besuchen. Bei der du seit Wochen nicht mehr vorbeigeschaut hast. Wie schafften das die anderen nur, zu zweit zu leben und trotzdem die eigenen Freunde zu pflegen, die eigenen Wünsche nicht zu vergessen?

Ich genoss den freien Blick über den Fluss, das satte Grün der Wiesen, auf denen Kühe weideten, die Baumkronen, die sich rot und gelb zu färben begannen. Wie gut es einem tut, auf Bäume zu schauen, auf Ackerfurchen, durch die Vögel spazieren, auf Hecken, die wild wuchern. Auf einen Himmel, der keinen Anfang und kein Ende hat.

Mit jedem Baum, den ich betrachtete, jeder einzelnen Krähe, die auf dem Seil einer Hochspannungsleitung saß, fiel die Anspannung des Arbeitstages von mir ab. Rieselte der Staub sämtlicher Akten, die ich je in die Hand genommen hatte, von mir. Vergaß ich die Wut und den Hass und die Hilflosigkeit, die Menschen dazu brachten, sich gegenseitig umzubringen, das Leben von sich und von anderen zu zerstören. Vergaß ich die alten Fälle, die auf dem Holzbock in meinem Büro auf ihre Bearbeitung warteten. Den alten Mann, der mir tot in einer Kirche begegnet war.

Während ich über die Ruhrbrücke fuhr, in die Straße bog, die sich durch Tannenwälder hoch zu meiner Freundin zog, fiel mir ein, was ich ihr bei unserem letzten Treffen alles versprochen hatte. Nichts, aber auch gar nichts davon hatte ich gehalten. Ich seufzte. Das sollte das Wichtigste in deinem Leben sein, Beate, die Menschen, die dich lieben, die Menschen, die du liebst, und nicht irgendwelche Leichen, irgendwelche Dramen, die nicht deine sind. Anna forderte nichts von mir. Sie verstand alles. Gerade deshalb hätte sie es verdient, dass ich hielt, was ich ihr versprach, ohne dass sie mich darum bitten musste.

Du hast es geschafft, heute Abend zu ihr zu fahren, baute ich mich auf. Das ist besser als nichts. Besser als alles, was du in den letzten Wochen auf die Beine gestellt hast, wo du noch nicht mal die Zeit zu einem langen Telefonat mit ihr gefunden hast.

Die Tannen wurden durch Laubbäume abgelöst, ich fuhr auf der Höhenstraße, von der ich auf den Bauernhof abbiegen konnte. Auch das war typisch Anna. Sie war auf dem Bauernhof geblieben. Allein. Mitten in einem Naturschutzgebiet. Weit weg von jedem Supermarkt. Selbst als sie ihr Augenlicht verlor, war sie nicht der Vernunft gefolgt und in die Stadt gezogen. In die Nähe der Menschen, die ihr helfen konnten. Sie war hier geblieben. Und zum Erstaunen aller kam sie hier in der Einöde auch als Blinde allein klar.

Als ich den Wagen vor dem alten Scheunentor abstellte, ließ das Tageslicht nach. An der Scheunentür brannte eine Lampe. Anna, die selbst kein Licht mehr sah, machte immer bei Einbruch der Dunkelheit das Scheunenlicht an. Damit die Sehenden, die bei Einbruch der Nacht die Gehandikapten waren, den Weg zu ihr fanden.

Ich lief am Freigehege mit den Pfauen vorbei. Wie immer legten sie sich mächtig ins Zeug, randalierten und spreizten die Federn zu eindrucksvollen Rädern. Die Pfauen sind Annas Wachhunde. Ihr Lärm kündet die Besucher an.

Anna stand auf der Schwelle der Eingangstür und lauschte mit schräg gestelltem Kopf in die Nacht. »Bea, bist du das?«

Woran erkannte sie mich? Am Motorengeräusch meines Wagens? Am Schreien der Pfauen? Am Klang der Schritte, mit denen ich zu ihr über den Schotter des Hofs gelaufen kam?

»Schön, dass du mich mal wieder besuchst.« Sie breitete die Arme aus und drückte mich.

»Du riechst sooo gut«, seufzte ich. Anna riecht immer gleich. Unter Hunderten von Menschen würde ich sie erkennen. Nur an diesem Geruch: Steinstaub und Kernseife, begleitet von einem Hauch Apfelduft.

»Komm rein«, forderte sie mich auf und tastete mit ihrer Hand nach dem Lichtschalter. Ich sah die Kisten mit Äpfeln, die in der Diele gestapelt standen. Und roch ihren Duft. Süß wie ein Sommer voll Sonne. Mit einem winzigen Hauch Fäulnis, der ahnen ließ, dass kein Sommer ewig war.

»Woran arbeitest du?«, fragte ich.

Wir standen in der großen Diele, die sie als Atelier nutzte. Ein riesiges Fabeltier stand auf einem Podest. Eine Hälfte war noch ein unförmiger grauer Steinblock. Die andere Hälfte besaß Flügel, die fein ausgearbeitet waren. Anna formt steinerne Tiere, die allesamt Flügel haben. Phantasietiere, die anstelle der Augen nur leere Höhlen besitzen. Es schockiert mich jedes Mal, wenn ich diese starken Tiere sehe, die kräftigen Flügel und diese Höhlen, in denen die Augen fehlen.

»Magst du einen Tee? Oder lieber einen Wein?« Zielsicher, ohne anzuecken, lief sie zu der Küchenzeile am Ende des Ateliers.

»Wein«, entschied ich. »Ein Glas darf ich.«

Ich setzte mich an den Holztisch, der aus einer Baumscheibe bestand, die Anna mit ihren Händen abgebeizt und mit einem feinen Lack zu neuem Leben erweckt hatte.

Mit sicheren Griffen nahm sie eine Flasche Wein aus dem Kühlschrank, zog eine Schublade auf, fuhr mit der Hand hinein, suchte, nahm einen Dosenöffner in die Hand, erfühlte ihn, legte ihn wieder zurück, bis sie einen Korkenzieher in der Hand hatte.

»Ich wollte schon viel eher kommen«, begann ich.

Sie tastete mit ihren Fingern den Flaschenhals ab, bevor sie den Korkenzieher ansetzte. »Du bist hier«, stoppte sie mich. »Alles andere ist unwichtig.«

Ich spürte, wie mir die Tränen in die Augen stiegen. Womit hatte ich ihre Großzügigkeit verdient?

»Wie geht es dir?«

»Ach, Anna«, seufzte ich auf. »Was für eine Frage.«

Sie stellte die Flasche ab, tastete sich mit den Händen die Tischkante entlang, bis sie neben mir stand. Sie legte erst eine Hand in meinen Nacken, dann die zweite, trat hinter mich und massierte meinen Nacken.

»Wann lernst du endlich?« Ihr Mund war dicht an meinem Ohr. »Du bist hart. Viel zu hart.« Ihr Atem strich mir ins Gesicht.

»Entspann dich.« Ich spürte ihre Finger in meinem Nacken, schloss die Augen, gab mich dem Streicheln ihrer Hände hin.

»Na, siehst du«, freute sie sich. »Es geht doch.«

»Nur bei dir kann ich mich gehenlassen«, verriet ich ihr.

Ihre Hände streichelten weiter.

»Vor mir hast du keine Angst. Ich bin ein Krüppel, bei mir hast du nichts zu fürchten.«

Ich griff nach hinten, packte ihre Hände.

»Das ist es nicht, Anna. Du bist meine Freundin. Dir kann ich trauen.«

Sie fasste meine Hände, hielt sie fest.

»Warum bist du so misstrauisch?«, fragte sie mich.

»Menschen sind unberechenbar«, seufzte ich. »Sie stechen einander ab, wenn sie Probleme haben. Sie sind einfach nicht zivilisiert.«

»Ein neuer Fall?« Sie legte meine Hände zur Seite und massierte weiter meinen Nacken.

»Ein alter Mann«, erzählte ich. »Wir haben ihn in einer Kirchenbank gefunden. Erstochen.«

»Es gibt viele unglückliche Menschen.« Anna strich mit ihrem Daumen meine Halswirbelsäule entlang. »Unglück bringt Gewalt.«

»Du hast für alles Verständnis«, brummte ich. »So was wie dich gibt's nicht nochmal. Du würdest den Mann, der dir die Säure ins Gesicht gespritzt hat, noch mit Blümchen im Gefängnis besuchen.«

Sie hörte mit dem Streicheln auf, tastete sich am Tischrand zur Küchenzeile zurück, öffnete einen Schrank, holte zwei Gläser heraus, stellte sie auf den Tisch.

»Was gefällt dir nicht daran?«

Mit einer Hand den Rand des Glases abtastend, goss sie mit der andern zielsicher in die Öffnung, die sie erkundet hatte. Kein Tropfen ging daneben.

»Ich könnte dem Typen, der bei dir eingebrochen ist und dir die Säure ins Gesicht geschüttet hat, nie verzeihen«, sagte ich grimmig.

»Er hatte Angst, er wollte nicht ins Gefängnis. Er wusste sich nicht anders zu helfen.«

Konzentriert goss sie das zweite Glas voll.

»Woher willst du das wissen?«, fragte ich.

»Ich habe ihn besucht. Im Gefängnis. Komm, lass uns anstoßen.« Sie hielt ihr Glas in die Luft und sah mich mit diesen leeren Augen an.

»Du hast was?«, fluchte ich. »Diesen Scheißkerl noch mit einem Besuch aufgebaut?«

»Er ist kein Scheißkerl, du hast nicht das Recht, über einen Menschen zu urteilen, den du nicht kennst. Und jetzt stoß mit mir an!«

Ich hob mein Glas und stieß es an ihres. Es klirrte hell.

»Wie hast du ihn gefunden?«, fragte ich.

»Dein Kollege hat mir geholfen.«

»Weber?« Ich runzelte die Stirn.

»Du hattest mir versprochen, dich darum zu kümmern. Aber dann hast du es vergessen, oder du hattest keine Zeit. Und dann hab ich mal mit deinem Kollegen telefoniert, und er war sehr nett, und du warst nicht da …«

»Und da hast du Weber eingespannt?«, schäumte ich. »Jemanden, den du gar nicht kennst.«

»Ich habe schon oft mit ihm telefoniert«, verteidigte sie sich, »und er war immer sehr nett. Sonst hätte ich das nicht getan.«

»Weber hat dir also die Adresse besorgt, wo der Typ einsitzt.«

Sie nickte. »Und dann habe ich Kontakt mit ihm aufgenommen in der Haftanstalt und gefragt, ob er mit mir reden will.«

»Ich fasse es nicht«, rief ich wütend. »Meine Freundin und mein Kollege verbünden sich hinter meinem Rücken und sagen mir nichts.«

Sie fuhr mit einem Finger über den Rand ihres Weinglases. Als wollte sie sich vergewissern, dass die Dinge so waren, wie sie sich für sie anfühlten.

»Der Typ ist gefährlich«, schäumte ich weiter. »Hat er dir nicht genug angetan?«

»Nein.« Sie bearbeitete den Rand ihres Weinglases weiter mit dem Zeigefinger, als ob das Kreisen ihr Kraft verlieh. »Er hatte Angst. Deshalb hat er das getan. Wie ein Tier, das in die Enge getrieben wird.«

»Und?«, empörte ich mich. »Was hat dir das gebracht, den Typen im Gefängnis zu besuchen und mit ihm zu plaudern? Kannst du jetzt wieder sehen?«

»Wieso bist du so grausam?« Ihre Stimme klang verletzt.

»Ach, Anna«, seufzte ich. »Ich könnte den Typen teeren und federn, der dir das angetan hat. Das ist alles.«

Sie hielt das Weinglas an die Lippen, benetzte sie mit dem Wein, ohne zu trinken.

»Erklär es mir«, forderte ich. »Wenn es etwas gebracht hat, dann sag mir, was.«

Eine Weile hockten wir stumm da. Anna, die Lippen von dem Wein umspült, ohne zu trinken. Ich, meine Freundin anschauend, wie sie dasaß in ihrem Overall, der voll von weißem Steinstaub war, ihr Gesicht über dem Weinglas.

»Ich versuche das Positive daran zu sehen.« Sie stellte das Glas auf den Holztisch zurück.

»Was ist positiv daran, nicht mehr zu sehen?«, fragte ich.

»Vielleicht verstehst du das nicht, Bea …«, begann sie vorsichtig.

»Probier's«, forderte ich sie auf.

»Als ich sehen konnte, war ich eine andere Frau.«

»Eine Frau, der das Leben offenstand. Eine Künstlerin, die ihre ersten Ausstellungen hatte.«

»Ich war viel unglücklicher als heute, Bea.« Sie trank einen kleinen Schluck. »Das musst du doch wissen, gespürt haben, dass ich seit dem Unfall viel intensiver lebe, glücklicher lebe.«

Ich sah meine Freundin aufmerksam an. Hatte mich jemals interessiert, wie glücklich sie war? Hatte ich sie nicht immer als eine Konstante vorausgesetzt, die für mich da war? Egal, ob sehend oder blind. Hatte ich ihre Seelenlage überhaupt wahrgenommen?

»Heute ist jeder Moment kostbar.« Sie hob den Kopf in meine Richtung. »Ich lebe gern, weil es nicht selbstverständlich ist. Das verdanke ich ihm.«

»Oh, Anna«, seufzte ich.

»Du brauchst das nicht zu verstehen. Du musst das nur akzeptieren. Er kommt mich besuchen, wenn er Hafturlaub bekommt. Wir sind sehr glücklich.«

Ihre Worte erwischten mich wie eine Abrissbirne. Hart und ungeschützt.

»Du hast eine Beziehung zu ihm«, flüsterte ich ungläubig.

»Bea, alles Leben ist Verzeihen. Ohne Verzeihen funktioniert das Leben nicht.«

»Und das sagst du?«, stöhnte ich.

»Ja, ich habe das Recht dazu.«

»Ich weiß nicht, was ich davon halten soll.« Es schnürte mir den Hals zu.

»Du musst nichts davon halten. Du musst mich nur akzeptieren, so wie ich bin. Wie ich lebe, was ich mache.«

»Liebst du ihn?«, fragte ich sie.

»Liebe ist ein großes Wort.« Ihre Stimme klang brüchig. »Das interessiert mich erst einmal nicht.«

»Was interessiert dich dann?«

»Verstehen. Verzeihen. Annehmen. Wie man ist. Wie andere sind. Reden, sich austauschen. Brücken schlagen.«

»Vielleicht ist er gefährlich, Anna. Hast du daran schon einmal gedacht?«

»Ach, weißt du, Bea.« Sie lächelte mich mit ihren leeren Augen an. »Das Leben ist gefährlich. Jeden Tag räume ich tote Vögel weg. Ich bin keine Romantikerin. Das Leben birgt ein tödliches Risiko, so ist es nun einmal.«

»Anna, Anna«, seufzte ich. »Du bist verrückt. Du bist meine beste Freundin, aber verrückt.«

»Stoß nochmal mit mir an. Du bist doch genauso verrückt wie ich. Zwei verrückte Freundinnen.« Sie verzog das Gesicht zu einem Lächeln und hielt ihr Glas in die Höhe.

Ich balancierte meins daneben, bis es klirrte.

»Anna, du warst immer die Vernünftige für mich. Wie soll das nur enden, wenn wir jetzt beide verrückt sind?«

Mein Satz schwebte über uns im Raum. Anna trank und Anna lächelte. Ich nahm einen Schluck und freute mich an meiner Freundin, die lächelte. Und die mit ihren rosigen Wangen so lebendig und glücklich aussah.

»Anna, du kannst machen, was du willst«, sagte ich feierlich. »Du bist meine Freundin. Ich mache alles mit.«

20

Liebe Edith,

ich schreibe Dir, und ich freue mich, dass ich nach der Pause – den Tagen, an denen ich mich kraftlos fühlte, alt und krank – die Buchstaben jetzt mit neuer Zuversicht male. Hübsch sehen sie aus auf dem weißen Papier. Rund und fett. Ein paar Mal habe ich angesetzt, Dir zu schreiben, jedes Mal habe ich das Papier wieder zerrissen, so zittrig sahen die Buchstaben aus, so trübsinnig. Genauso wie ich mich fühlte. Da habe ich es wieder gelassen. Als ob Du sehen könntest, wie die Buchstaben aussehen. Vielleicht siehst Du sie ja auch. Vielleicht schwebst Du über mir in der Luft, in einer Wolke.

Die dunklen Tage liegen jetzt hinter mir. Tage, in denen ich voll von Trauer war. Trauer darüber, dass die Kinder nicht zu mir gekommen sind. Dass sie mir nicht die Hand zu einem Neuanfang reichen. Tage, in denen es mir schwer ums Herz war. Tage, in denen ich die Unterhaltungen an den Esstischen nicht ausgehalten, mich auf das Zimmer zurückgezogen habe. Mich zwingen musste, die Brotscheiben zu essen, die auf meinem Teller lagen. Ich habe diese Tage gebraucht, um mit mir ins Reine zu kommen. Tage, in denen ich Dich nicht immer gespürt habe, aber die ich ohne Deine Hilfe, Deine Unterstützung, Deine Liebe nicht durchgestanden hätte.

Auch jetzt, wo ich meine Buchstaben einen nach dem anderen auf das Papier setze, kommt es mir so vor, als wärst Du ganz nah bei mir. Ich höre ein Rascheln wie von einem Kleid mit einem weiten Rock. Ein Rascheln, das Dich begleitet, wenn Du Dich in einen Sessel setzt. Aber der kleine blaue Sessel neben meinem ist leer. Ich sehe Dich nicht. Es gibt nur dieses Rascheln und mein Gefühl, dass Du bei mir bist.

Zwei, drei schwarze Tage lang hatte ich Dich verloren. Das war fürchterlich. Aber dann bist Du wieder zu mir gekommen, morgens im Bett. ›Aufstehen, Werner‹, hast Du mir zugelächelt. ›Lebe dein Leben. Lebe es für mich mit.‹

Du glaubst nicht, wie viel Kraft Du mir mit Deinem Lächeln gegeben hast. Kraft und Zuversicht. Ich habe die Bettdecke zurückgeschlagen und bin wie ein junger Spund aus dem Bett gehüpft. Wie viel Kraft in so einem Lächeln liegt. Das habe ich vorher nicht gewusst.

Den ganzen Morgen bist Du bei mir geblieben und hast mir gute Ratschläge gegeben. ›Das Leben ist schön, Werner‹, hast Du mir mit diesem Lächeln im Gesicht zugeflüstert. ›Jeder Tag ist neu. Nütze ihn. Für dich und für mich.‹

Wie leicht es einem da fällt, aufzustehen, sich zu waschen, sich zu rasieren, einen frischen Trainingsanzug anzuziehen und zu den Anwendungen zu gehen. ›Guten Morgen, Frau Lutter‹ zu der Frau im weißen Kittel zu sagen, die mit einem die gymnastischen Übungen macht. ›Ich wünsche Ihnen einen wunderschönen Tag.‹ Und plötzlich lächelt die Frau, die sonst immer so streng dreinblickt, und bestimmt lächele auch ich. Und ich denke, dass Dich das freut, dass Du mich mit Deinem Lächeln angesteckt hast und ich Frau Lutter. Dass Dein Lächeln auf Wanderschaft gegangen ist.

Heute Morgen bin ich ganz früh aufgestanden. Um fünf Uhr habe ich mich ans Fenster gesetzt, die Gardine zur Seite geschoben und nach draußen geblickt. Ich wollte sehen, wie der neue Tag beginnt. Wie das Licht durch die Wolken bricht. Wie dunkle Schatten erwachen. Wie sie zu Bäumen werden, zu Büschen, zu Zweigen, wie das Licht plötzlich voll da ist und den Farben einen ganz anderen Glanz gibt. Wie der Rasen nicht mehr ein-

fach nur grün, sondern satt und fett grün wird. Obwohl es kalt draußen ist, habe ich das Fenster aufgemacht. Die Fenster sind beschlagen von Feuchtigkeit. Ich habe die frische, feuchte Luft auf der Zunge geschmeckt. Was für ein Wunder so ein neu anbrechender Tag ist. Ein Wunder, das alle vierundzwanzig Stunden neu beginnt.

Heute Morgen habe ich dagesessen, die ersten Sonnenstrahlen beobachtet, die durch die Wolken hervorbrachen, und ich habe gefühlt, dass Du ganz in meiner Nähe bist, dass Du mir den neuen Tag schickst. Dass Du mir sagen willst: Quäl Dich nicht mit dem, was war, schau, was ist. Und meine Schuldgefühle, weil ich alles, was wichtig ist, im Leben in den Sand gesetzt habe, waren wie weggewischt.

Es kommt mir plötzlich so unnütz vor, an dem zu kleben, was war. Ich kann nicht mehr ändern, was in der Vergangenheit geschehen ist. Ich darf mir von dem, was vergangen ist, nicht den Blick auf das verstellen lassen, was ist. Auf den Tag, der neu anbricht. Ich denke, dass das die Botschaft ist, die Du mir schickst. Ich habe Deine Stimme gehört heute Morgen am Fenster. Ganz deutlich in meinem Ohr. ›Quäl dich nicht. Das Leben wartet auf dich.‹

Mit Deiner Stimme im Ohr und mit dem Licht, das durch die Wolken brach, ist eine eigenartige Zuversicht über mich gekommen. Sie erfüllt mich jetzt, wo ich Dir schreibe. Ich fühle, dass sie von nun an immer bei mir sein wird, dass es auch für so einen dummen alten Mann wie mich eine Zukunft gibt. Auch wenn es für mich und die Kinder keine Aussöhnung mehr geben wird. Ich fühle, dass das Leben mir jeden Morgen eine neue Zukunft schenkt, dass ich nur zuzugreifen brauche. Mich nicht länger mit Altem, Versäumtem quälen muss. Dass an jedem Morgen ein neuer Tag anbricht. Für alle Lebewesen. Auch für mich.

21

Ich warf die drei Tageszeitungen, die ich am Kiosk neben dem Präsidium gekauft hatte, auf meinen Schreibtisch. Mit ein bisschen Glück war das Bild des Toten heute drin. Ich hängte meine Daunenjacke an den Haken, fuhr mir vor dem Spiegel mit fünf Fingern durch meine blonden Haarstoppeln und trug einen Becher mit Kaffee zu meinem Schreibtisch. Petra hatte mich mit ihrem Cappuccino angefixt. Wer wollte schon die dünne Plörre der Kantine trinken, wenn es nur ein paar Meter vom Präsidium entfernt einen Italiener gab, der wusste, wie man ordentlichen Kaffee herstellte.

Ich zog vorsichtig den Plastikdeckel vom Becher. Allein schon der Geruch. Ich blies in den Becher. Nichts ist schlimmer, als sich aus Gier an einem heißen Kaffee den Mund zu verbrennen.

Ich durchforstete die Tageszeitungen nach dem Lokalteil, zog ihn heraus, sortierte die drei Zeitungsteile nach der Höhe ihrer Auflagen in der Stadt. Die meisten Leser erreichten die Emscher Nachrichten, danach kam der Westfälische Anzeiger und anschließend die EAZ.

Ich nippte vorsichtig an meinem Kaffee. Immer noch heiß, aber trinkbar. Mit der freien Hand blätterte ich. Das Papier raschelte. Ich schlug die Seiten der Emscher Nachrichten um. Blaue Schrifttypen und ein neues Layout. Gegen den Schwund der Abonnenten. Angeblich überparteilich. Jeder wusste, dass sie das Sprachrohr der Christlich-Konservativen war. Auf der ersten Seite der Lokalnachrichten ging es um den Bahnhof. Ein Dauerbrenner. Trotz portugiesischem Investor und Willensbekundungen der Deutschen Bahn ging es seit Jahren nicht vorwärts mit dem aus Steuergeldern unterstützten Prestigeprojekt. Noch nicht einmal die Fußballweltmeisterschaft hatte es gebracht. Alle Bahnhöfe wurden renoviert, nur unserer nicht. Ich blätterte weiter. Seite zwei. Was war das denn? Ich sah ein zweites Mal hin. Wer lachte mich denn da auf dem Foto an? Unser Präsident und gleich daneben Froböse, im Bild vereint. Na, wenn das für ihn kein Grund zur Freude war. ›Der Präsident und ich‹. Unser Vorturner brachte sich karrieremäßig in Position. Wie bei der Formel eins. Proberennen für die beste Startposition.

Ich las die Überschrift: ›Mehr Qualität bei der Polizei‹. Untertitel: ›Wir wollen nicht nur gut – wir wollen die Besten sein.‹ Das war weder von Froböse noch von unserem Präsidenten. Das hatte der Pressesprecher verbrochen. Und der hatte es auch nicht selber gedichtet, sondern irgendwo abgeschrieben. Die Zeitungen hatten es dankbar übernommen. Wer nahm sich heute noch die Zeit zum selber Denken und Dichten?

Ich überflog, was meine Vorgesetzten gegenüber der Presse abgelassen hatten. Die üblichen Leerformeln. ›Auch eine Institution wie die Polizei muss sich den Herausforderungen der Zukunft stellen.‹ ›Die Leistungen müssen gestrafft und effektiviert werden. Dafür setzen wir uns ein. Unermüdlich.‹ ›Das neue Qualitätsmanagement bei der Polizei‹.

Von mir aus konnten die Schmierpinsel von der Presse abschreiben, von wem sie wollten. Das war mir egal. Ich hatte mich längst daran gewöhnt, dass die redaktionellen Seiten den Verlautbarungen von Lobbyisten zu verdanken waren. Wort für Wort wurde übernommen. Aber was heute Morgen meinen Blutdruck in Höhen schnellen ließ, die ich lieber nicht messen wollte, besaß eine neue Qualität. Diese Art der Manipulation war eine Dreistigkeit hoch drei. So einen Schmonzes druckten sie. Aber meine Pressemitteilung hatten sie nicht gebracht. Sie hatten sie einfach unterschlagen. Weil die Werbebotschaft wichtiger war. Anstelle einer Nachricht, die für polizeiliche Ermittlungen von entscheidender Bedeutung war, servierten sie den Bürgern institutionelle Lobhudelei. Kein Bild des Toten, keine Bitte um Mithilfe beim Lösen eines Mordfalls. So weit war es in diesem Land schon gekommen. Nachrichten mit Informationsgehalt wurden unterdrückt oder in die zweite Reihe geschoben. Vorfahrt hatten Nachrichten, die der Imagewerbung dienten. Weil sie politisch einen ganz anderen Stellenwert besaßen.

Ich habe die Arroganz der westdeutschen Medien nach der Wende nie verstanden. Als ob Parteibücher und Parteiinteressen, von den Interessen der Wirtschaft ganz zu schweigen, nicht auch in unserem schönen Land schon längst die Pressefreiheit fraßen.

Aber vielleicht waren das ja nur die Christlich-Konservativen, versuchte ich mich zu trösten. Ich nahm einen Schluck Kaffee und griff mir das Blatt, das vorgab, näher an den Interessen der Arbeitnehmer zu sein. Sozial und demokratisch, mit dem Ohr an der Basis.

Das gleiche Foto. Der Präsident und Froböse, Papierchen in die Kamera haltend. Die gleiche naive Botschaft für naive Bürger. ›Qualitätsoffensive bei der Polizei. Wir wollen nicht nur gute, wir wollen exzellente Dienstleistungen anbieten.‹

Ich konnte nachvollziehen, dass die Presse der Polizei an einem Tag nicht zweimal im Lokalteil Raum geben wollte. Aber dass eine Polizei-Imagewerbung eine Meldung mit echtem polizeilichem Nachrichtenwert verdrängte, brachte mein Blut in Wallung.

Wenigstens hatte ich keins dieser Schmierblättchen abonniert. Ich hatte überhaupt keine Zeitung abonniert. Die Vorhersehbarkeit, mit der jeden Tag, jede Woche in allen Zeitungen die gleichen Säue durchs Dorf getrieben wurden, als hätte man sich abgesprochen, langweilte mich. Auf mich konnten sie als Kundin nicht zählen. Egal, mit welchen Geschenken sie mich für ein Abo ködern wollten. Ich fiel nicht darauf herein. Der Gedanke hatte etwas Aufbauendes an sich.

Ohne mir groß Hoffnung zu machen, schlug ich den Lokalteil der dritten Zeitung auf. Es geschahen noch Zeichen und Wunder. Auf der ersten Seite fand ich das Foto des Toten, das ich für die Presse rausgesucht hatte, samt der Bitte an die Bevölkerung um freundliche Mitarbeit. Sie hatten sogar die Telefonnummer unserer Abteilung fehlerfrei übernommen. Für den Fall, dass Menschen uns im Zusammenhang mit dem Foto des Toten eine Mitteilung machen wollten. Falls sie ihn schon einmal gesehen hatten. Ihn vielleicht sogar kannten. Immerhin.

Ein wenig getröstet, schlürfte ich den inzwischen lauwarmen Kaffee. Eine Zeitung hatte berichtet, hatte das Foto gebracht. Besser als nichts.

Tatütata. Ich zuckte zusammen. Eine Polizeisirene schrillte durch den Raum. Ich blickte zum Fenster. Es war geschlossen. Von draußen konnte der Lärm nicht kommen. Ich brauchte eine Weile, bis mir einfiel, dass dies der Klingelton meines Handys war. Wo war es denn nur, verdammt. Ich wanderte um meinen Schreibtisch, von schrillen Tönen geleitet. Ah. Ich fischte es aus der Tasche des Trenchcoats, den ich auf einen Kleiderbügel gehängt hatte. Ob Beckmann sich aus Japan meldete? Mein Herz schlug höher.

»Beate Stein«, säuselte ich mit meiner verführerischsten Stimme.

»Frau Stein, sind Sie das?« Was für eine merkwürdige Frage. »Ich bin es. Inge Weber.«

Webers Mutter. Der Fluch der guten Tat.

»Wie geht es Ihnen, Frau Weber?« Etwas Besseres fiel mir nicht ein.

»Wir sind gut in Mechernich angekommen und ganz pünktlich.«

Wo nur war Mechernich, verdammt nochmal? Ich zermarterte mein Hirn. Endlich hatte ich es. Mechernich, das Tor zur Eifel. Das Traumparadies, in dem Webers Eltern Ferien machten.

»Schön, dass Sie heil in Mechernich angekommen sind. Ich hatte mir schon Sorgen wegen des Umsteigens gemacht.«

»Das ging gut«, berichtete sie mir. »Ein junger Mann hat uns in Köln mit den Koffern geholfen. Er war sehr nett.«

»Das freut mich. Das freut mich wirklich«, versicherte ich.

»Die Sonne scheint, und es ist herrlich hier.«

»Wie schön für Sie.« Ich gratulierte mir zu der Variation.

»Meinem Mann geht es auch gut. Er lässt Sie grüßen.«

»Grüßen Sie ihn bitte von mir zurück.«

Damit war ich definitiv am Ende meines Lateins angelangt.

»Und wie geht es Ihnen?«

»Gut, mir geht es gut«, versicherte ich.

»Wie geht es Andreas?«

»Gut«, sagte ich automatisch. »Besser«, berichtigte ich mich. »Ich habe mit ihm telefoniert. Es geht ihm wieder besser.«

»Sind es immer noch die Viren, die ihm zu schaffen machen?«, versuchte sie mich auszuquetschen.

»Jede Krankheit braucht ihre Zeit.« Ich übte mich in Diplomatie.

»Wann kommt er wieder ins Büro, wissen Sie das schon?«

»Bald, hat er mir versprochen«, log ich tapfer. »Ich erwarte ihn stündlich.«

»Grüßen Sie ihn von uns, bitte. Und sagen Sie ihm, wir verstehen gut, dass er uns nicht zum Bahnhof bringen konnte.«

Oje, dachte ich, mit diesem Versagen ihres Sohns hatten sie noch nicht abgeschlossen. »Wenn er gekonnt hätte, wäre er gekommen. Das wissen Sie doch, hoffe ich.«

»Wenn er gekommen wär, hätten wir Sie nicht kennengelernt. Das wäre schade gewesen.«

»Freut mich, dass Sie das so sehen«, flötete ich.

»Es war schön, Sie kennenzulernen, Frau Stein, wirklich.«

»Ich habe mich auch gefreut, Sie kennenzulernen, Frau Weber«, sagte ich artig. »Ich hatte schon so viel von Ihnen gehört, über Andreas.«

»Es ist schön, mit einem Menschen reden zu können. Wir machen uns solche Sorgen. Andreas ist unser einziger Sohn.«

»Sie brauchen sich keine Sorgen zu machen. Jeden erwischt es mal. Das ist ganz normal. Er befindet sich auf dem Wege der Besserung.«

»Wenn Sie das sagen, Frau Stein.«

»Genießen Sie Ihre Ferien, Frau Weber. Andreas ist bestimmt bald wieder auf dem Damm.«

»Grüßen Sie ihn von uns, wenn Sie ihn sehen.«

»Mach ich. Sie können sich auf mich verlassen.«

»Ja, dann wünsche ich Ihnen noch einen schönen Tag.«

»Den wünsche ich Ihnen auch. Ihnen und Ihrem Mann.«

»Sie sind doch nicht böse, wenn ich anrufe, Frau Stein?«

»Aber nein«, säuselte ich.

»Ja dann bis zum nächsten Anruf«, verabschiedete sie sich.

Das hatte ich passabel über die Bühne gebracht, lobte ich mich. Vielleicht zu passabel. Und Webers Mama würde mich von nun an mit einem Anruf einmal täglich beehren. Reizende Aussichten.

Ich warf die Zeitungen allesamt bis auf die Lokalseiten der EAZ in die große Rundablage. Mit einer gewissen Befriedigung besah ich mir die zusammengerollten Zeitungen, die ich im Papierkorb entsorgt hatte. Müll zu Müll. So eine Art von Berichterstattung war Müll und gehörte genau dahin, wo sie jetzt war.

»Hast du mal 'n Moment?« Petra steckte ihren Kopf durch die Tür.

»Was gibt's?«

Sie stöckelte quer durch den Raum zu meinem Schreibtisch. Wie sie es schaffte, auf ihren hohen Absätzen das Gleichgewicht zu halten, würde auf immer und ewig ein Geheimnis für mich bleiben. Wo lernte man das? Oder lernte man das gar nicht? Gab es ein Gen fürs Balancieren?

»Ich hatte gerade einen Typ am Telefon, der hat gesagt, er hätte eine Mitteilung zu machen bezüglich eines Bildes, das in der Zeitung veröffentlicht wurde. Was für ein Bild? Warum sagt mir eigentlich keiner was?«

»Die EAZ hat heute ein Foto des Toten gebracht«, erklärte ich. »Und? Hatte er was Brauchbares für uns?«

»Er hat gesagt, er hätte den Mann öfter gesehen. Bei ihm in der Straße. Das wär ein komischer Vogel, der würde in einem Wohnmobil leben und sich ab und zu zu den Nachbarn schleichen.«

»Schleichen? Hat er das wirklich so gesagt?«

»Genau so. Und das Wohnmobil stünde direkt vor seinem Fenster, und er hätte sich schon mal auf der Polizeiwache erkundigt, ob der das darf, unter seinem Fenster so einen Riesenwagen abstellen, der ihm die Aussicht nimmt. Ob man nicht das Recht auf einen freien Blick aus dem Fenster hätte. Der einem nicht von einem Wohnmobil genommen werden konnte. Weißt du, was ...« Die Stimme von Petra glitt ins Persönlich-Vertrauliche ab. »Ich glaube, er wollte, dass die Kollegen das Wohnmobil kassieren, es abschleppen. Jedenfalls haben die Kollegen ihm gesagt, dass sie nichts machen können, weil es keine rechtliche

Grundlage dafür gibt, wenn der Halter den Wagen innerhalb von vierzehn Tagen einmal bewegt.«

»Reizender Nachbar«, seufzte ich.

»Würdest du gern so einen Wagen bei dir vor dem Fenster stehen haben?«, verteidigte Petra ihn.

»Ich wohne im zweiten Stock. Mir ist das egal. Wusste er noch mehr über den Toten zu berichten, außer dass sein Wagen ihm die Sicht versperrt hat?«

»Er hat mir das Kfz-Kennzeichen durchgegeben, eine Bonner Nummer. Und die Adresse, wo das Auto steht, und die Adresse der Leute, die der Halter besuchen ging.«

»Klasse. Namen und Adresse des Anrufers?«

Petra reichte mir eine Karteikarte. »Steht alles drauf. Der Typ, der sich gemeldet hat, heißt Schultze, mit tz, Gartenstadt.«

»Weißt du auch, um welche Familie es geht, zu der der Typ mit dem Wohnmobil angeblich hingeschlichen ist?«

»Wenn du liest, was ich für dich aufgeschrieben habe«, bemerkte sie spitz, »findest du zwei Namen und zwei Adressen. Die des Anrufers und auch die der Familie, zu der der Halter des Wohnmobils Kontakt hielt. Die heißt Sonntag und wohnt gleich nebenan.«

»Super, Petra«, lobte ich und kippte den Rest meines inzwischen kalt gewordenen Kaffees herunter. »Ich schau mal vorbei. Jetzt gleich. Langsam kommt Bewegung in die Sache.« Ich schnappte mir meine Tasche. »Kümmerst du dich in der Zwischenzeit um das Wohnmobil? Ob du was über den Halter rauskriegst?«

Es kam nicht darauf an, wie viele Zeitungen etwas druckten. Eine Zeitung reichte, wenn es etwas brachte. Und es sah ganz so aus, als ob wir einen Treffer gelandet hätten. Endlich kam ich raus aus dem Büro. Hinaus in die freie Wildbahn. Dahin, wo das Leben tobte. Endlich einmal kein langweiliger Papierkram. Und eine klare Aufgabenstellung. Mit erkennbarem Nutzwert. Herausfinden, ob dies eine ordentliche Spur oder ein Rohrkrepierer war.

22

Liebe Edith,

heute bin ich das erste Mal ohne Gehhilfe nach draußen, Du wärst stolz auf mich. Ich versuche, das Grübeln abzustellen, ob die Kinder noch kommen oder nicht. Lieber gehe ich an die frische Luft und bewege mich. Ich schiebe jetzt nicht mehr mit so einer komischen Karre über die Wege, ich laufe. Auf wackligen Beinen noch und mit einem Stock, aber immerhin. Den Rollator brauche ich nicht mehr. Ich habe mir den Stock im Souvenirladen der Klinik gekauft, er ist aus Holz, mit dem Kopf einer Ente als Knauf. Der Knauf ist aus Messing. Ich nehme ihn gern in meine Hand. Erst ist er kalt und hart, aber nach einer Weile wärmt das Metall sich auf. Ich spüre ihn warm und unterstützend in meinem Handballen.

Ich bin durch den Park gegangen, vorsichtig, Schritt für Schritt. Nach jedem zweiten Schritt bin ich stehen geblieben, um mich auszuruhen. Aber ich habe die Pausen auch genutzt, um mich umzuschauen. Es gibt einen Baum vor dem Eingang der Klinik, da endet jeder Zweig in einer Knospe. Eine Knospe, die von Stunde zu Stunde, von Tag zu Tag praller wird. Seitdem der Schnee geschmolzen ist, sehe ich überall Knospen und neues Leben. Ich bin überwältigt von dieser Kraft, die in der Kälte schläft und jetzt auf die wärmenden Sonnenstrahlen wartet, um sich zu entwickeln. Der Frühling liegt überall in Lauerstellung.

Ich erkenne die Büsche und Bäume, die wir auch bei uns im Garten haben. Du hast sie mir so oft gezeigt, mir so oft ihren Namen gesagt. Sodass selbst ich Ignorant mir die Namen gemerkt habe. Und andere Worte als Abrieb und Fugenkleber und Nutzungsklasse gelernt habe. Die länglichen Knospen der Magnolien, die als Erstes aufbrechen. Die rosa Blüten der Zaubernuss, die dem Schnee und der Kälte zum Trotz schon aufgegangen sind. Die Knospen der Azaleen, die noch auf mehr Sonne warten, die der Rhododendren, denen der Frost nichts anhaben konnte. Die Knospen an den Fliederbäumen. Und das alles sehe ich nur, weil Du mir das Sehen beigebracht hast. Mit

Deiner Begeisterung und mit Deinem Lächeln. Nur weil Du mir die Pflanzen gezeigt, mir ihre Namen verraten, mich jedes Frühjahr auf das beginnende Blühwunder vorbereitet hast, gehe ich nicht blind an diesen Knospen vorbei, nehme sie wahr und freue mich. Diese Kraft, dieses neue Leben, das jedes Frühjahr losbricht, erfasst diesmal auch mich. Weil Du mir dafür die Augen öffnest. Alles, was sich wirklich zu sehen lohnt, sehe ich durch Dich.

Ich weiß, es ist keine Einbildung, Du bist bei mir, Du lenkst meinen Blick. Es ist ein Wunder. Du bist nicht mehr da, und doch beschützt Du mich. Die Ärzte sind mit mir zufrieden. Mit den Fortschritten, die ich mache. Dass meine linke Körperhälfte wieder alles tut, was ich ihr sage. Dass ich das Bein nicht mehr nachziehe, die Wörter wieder aussprechen kann, die Wörter schreiben.

Die Ärzte denken, meine Fortschritte kommen von den Pillen, die sie mir verschrieben haben. Jeden Morgen kommt eine Krankenschwester mit einem Kasten, und sie mahnt mich, wie wichtig es ist, die Pillen dreimal täglich zu nehmen. Sie bleibt, um zu gucken, bis ich die ersten Tabletten vor ihren Augen mit einem Glas Wasser herunterspüle. Ich habe Pillen in allen Größen und allen Farben. Weiße, grüne, blaue, rote, dicke und schmale. Pillen, die mein Blut dünner fließen lassen, Pillen, die meine Nerven ruhiger werden lassen, Pillen, die meine Verdauung ankurbeln, Pillen, die Schadstoffe ausspülen. Einen Abend lang habe ich die Beipackzettel gelesen, da ist mir ganz flau geworden. Ich habe die Beipackzettel in einem Aschenbecher verbrannt. Die Ärzte wollen, dass ich die Pillen den Rest meines Lebens nehme. Es macht mir Angst, jeden Tag meines Lebens Pillen zu nehmen, aber ich füge mich. Bisher bin ich gut gefahren mit dem, was die Ärzte für mich getan haben. Ich habe niemanden, den ich dazu befragen kann. Du bist bei mir und gibst mir Ratschläge, aber was die Pillen angeht, hältst Du Dich bedeckt. Pillen interessieren Dich nicht. Haben Dich nie interessiert, denke ich.

Heute bin ich froh, dass Du einfach so eingeschlafen bist. So viele Pillen hättest Du nie heruntergekriegt, das weiß ich.

In einer Woche wollen die Ärzte mich wieder entlassen. Der Termin ängstigt mich. In das große Haus zurückzukehren, wo Du nicht mehr bist. Wo ich gestorben wäre, wenn mich Frau Heimer nicht gefunden hätte. Wie ein Grab kommt mir das Haus jetzt manchmal vor. Ein Grab, dem ich gerade noch einmal entkommen bin. Wer will schon in ein Grab zurück?

23

Das Wohnmobil war nicht zu übersehen. Es stand am Straßenrand unter einer großen Kastanie. Mit feuchten gelben und braunen Blättern, die auf seinem Dach klebten – und mit einer Bonner Nummer. Vor einer Häuserzeile, die in den dreißiger Jahren errichtet worden war. Vorgezogene Erker und Verzierungen auf der Fassade erzählten von einer Zeit, in der nicht alles praktisch quadratisch war. Auch wenn der Geist der Neuzeit Einzug gehalten hatte: Fenster mit Plastikrahmen, Alutüren und Vordächer aus Holz und Glas über dem Eingang.

Ich warf die Autotür zu und sah auf die Fassade des Hauses, wo der Mann wohnte, der uns auf die Meldung in der Zeitung hin angerufen hatte. Das einzige Haus in der Zeile, das trübe und grau aussah. Täuschte ich mich, oder bewegte sich da eine Gardine? Herr Schultze hätte sich nicht gemeldet, wenn der Ausblick aus seinem Fenster nicht ein wesentlicher Teil seines Lebens wäre. In der Nordstadt richteten sich Männer mit einem Kissen auf der Fensterbank ihren Ausguck ein. Saßen da im Unterhemd, eine Flasche Bier in Reichweite, die Unterarme auf dem Kissen abgelegt, und sahen nach draußen. So machte man das hier nicht. Dies war eine bessere Gegend, da stand man hinter der Gardine.

Ich drückte auf die Klingel. Es dauerte eine Weile, aber dann hörte ich Schritte. Die Tür öffnete sich. Ein Mann in einem dunkelblauen Trainingsanzug mit teigigem Teint stand vor mir.

Seine Haare sahen aus, als könnten sie eine Wäsche gebrauchen, mittelbraun und fettig. Seine Augen wurden erdrückt von schweren Lidern. Sein Alter war schwierig zu schätzen, Mitte vierzig, Mitte fünfzig, Mitte sechzig? Wie relativ das Alter war. Manche Menschen sahen schon mit zwanzig aus, als ob sie sechzig wären.

»Beate Stein.« Ich zückte meinen Ausweis. »Sie haben sich bei uns gemeldet. Auf das Foto hin, das in der EAZ veröffentlicht wurde.«

»Kommen Sie herein«, forderte er mich auf.

Er führte mich in eine Wohnküche. Ein Tisch, auf dem eine Plastikdecke lag, eine Eckbank mit Stühlen. Eine Vitrine aus poliertem Holz, in der Sammeltassen ausgestellt waren. Der Fernseher am Fenster. Hinter ihm Topfpflanzen auf der Fensterbank.

»Setzen Sie sich«, forderte er mich auf.

Ich nahm den Stuhl. Er setzte sich auf die Eckbank mir gegenüber. Durch einen Durchbruch sah ich in die Küche, wo eine Frau mit einer Schürze vor einem Waschbecken stand, in das Wasser lief.

»Ilse«, rief er laut. Wegen des Rauschens des Wassers hörte Ilse ihn nicht. Er gab nicht auf: »Ilse.« Jetzt hörte das Rauschen auf. »Ilse.«

Sie kam an den Tisch. Ilses Schürze sah aus, als wäre ihr erstes Leben ein Badetuch gewesen. Frottee mit bunten Streifen.

»Das ist die Frau von der Polizei, Ilse.«

»Das ist ja alles so aufregend.« Ilse lächelte leicht verunsichert.

Herr Schultze klopfte mit einer Hand auf das Polster der Eckbank. Frau Schultze lächelte und setzte sich.

Die beiden saßen vor mir. An der Wand hinter ihnen hing ein silbernes Kunstwerk mit seltsamen Strukturen. Auf einer verblichenen Tapete mit kleinen Blümchen. Dieses Objekt hatte ich so oft gesehen, dass ich wusste, was es war. Stahl. Der erste Abstich aus dem Hochofen. Eine Erinnerung an die Zeit, als Stolz und Arbeit in der Region blühten.

Ich legte das Foto auf den Tisch.

»Sind Sie sicher, dass das der Mann ist, den Sie hier in der Straße gesehen haben?«

Er öffnete eine Brillenschachtel, die auf dem Tisch lag, setzte die Brille auf, nahm das Foto in die Hand.

»Das ist er.«

»Sind Sie sich wirklich sicher? Ohne jeden Zweifel?«

»Hundertprozentig.« Er nahm die Brille ab und legte sie in die Schachtel zurück.

»Und Sie, Frau Schultze?«, fragte ich. »Erkennen Sie ihn auch?« Ich schob das Foto zu ihr.

Sie beugte sich vor, um es besser zu sehen.

»Ich glaube, das ist er«, lächelte sie.

»Glauben ist nicht wissen«, belehrte ihr Gatte sie.

Für einen Augenblick gefror ihr Lächeln, und sie sah unglücklich aus.

»Das ist er. Todsicher«, bekräftigte Herr Schultze.

»Das Wohnmobil«, ließ ich ein Reizwort fallen. Wie ein Stein, den man ins Wasser wirft, in der Hoffnung, er werde etwas bewirken, kreisförmige Wellen über die Oberfläche des Wassers schicken.

»Eine Frechheit ist das«, legte Herr Schultze sofort los. »In diesem Land gibt es keine Ordnung mehr. Seit sechs Wochen steht der Wagen bei uns vor der Tür. Was sehe ich, wenn ich aus meinem Fenster gucke? Nichts. Nur dieses Wohnmobil.« Er haute mit der flachen Hand auf den Tisch. »Und Ihre Kollegen tun nichts. So was muss man sich heute bieten lassen.«

Frau Schultze lächelte wieder tapfer.

»Ich habe ihn angesprochen, diesen Verrückten. Können Sie nicht woanders parken, habe ich ihn freundlich gefragt, wo Sie niemandem die Sicht versperren? Und wissen Sie, was der Kerl mir gesagt hat?«

Ich schüttelte den Kopf.

»Es ist nur vorübergehend für ein paar Wochen. Was sind schon ein paar Wochen in einem Leben.« Er sah mich triumphierend an. »Hatte der wohl einen an der Klatsche?«

»Was haben Sie ihm geantwortet?«

»Was wohl? Ich habe ihm gesagt, dass ich sein Scheißauto nicht vor meinem Fenster sehen will. Dass er es gefälligst woanders hinstellen soll. Nicht vor mein Fenster.«

»Und?«, fragte ich. »Was hat er geantwortet?«

»Ein hochnäsiger Pinsel war das. Worauf hat der sich was eingebildet? Kam kaum hoch in seine Karre. Hampelte da rum mit seinem Stock. Aber sone Klappe.« Er breitete die Arme weit aus. »Stimmt doch, Ilse, was ich sage?«

»Wenn du das sagst, ich habe ja nicht mit ihm geredet.«

»›Lieber Herr Nachbar‹, hat er zu mir gesagt. Dabei waren wir gar keine Nachbarn, das allein zeigt, dass er nicht ganz dicht war. ›Die Straße vor Ihrem Haus gehört Ihnen nicht. Die gehört der Allgemeinheit. Da kann jeder parken.‹ Ist das wohl eine Frechheit?«

Ilse lächelte und nickte bekräftigend.

»Ich bin hier geboren. Mein Vater hat die Häuser hier mitgebaut, und dann kommt so ein hergelaufener Typ aus Bonn und stellt sich vor mein Fenster.«

»Da sind Sie zur Polizei gegangen?«

»Man kann sich ja nicht alles bieten lassen. Wo kommt man denn da hin?«

Ilse nickte bekräftigend und lächelte.

»Die Kollegen konnten Ihnen mit Ihrem Problem nicht helfen?«

»Nein.« Er schüttelte den Kopf und strich mit einer Hand durch seine fettigen Haare. »So ist das jetzt schon in unserem Land, jeder hergelaufene Kerl kann sich vor mein Fenster stellen und kriegt recht.«

»Sie haben meiner Kollegin am Telefon gesagt, er sei zu den Nachbarn ›geschlichen‹. Was meinen Sie damit?«

Ilse lächelte verunsichert und zupfte an den Trägern der Schürze. Breite weiße Bänder. Die aussahen, als wären sie früher Teil eines Bettlakens gewesen.

»Die wohnen noch nicht lange hier, die Sonntags«, erzählte Herr Schultze mit zusammengekniffenen Brauen. »Als der Edwin zusammen mit seiner Frau zu den Kindern gezogen ist, hat er vermietet, an die jungen Leute.«

»Die jungen Leute, zu denen der Mann aus dem Wohnmobil ›geschlichen‹ ist?«

»Ja. Das sind die Nachbarn.« Er streckte den dunkelblauen Arm aus und zeigte mit einer Hand auf die Wand hinter sich. »Hier nebenan.«

»Was sind das für Leute?«, wollte ich wissen.

»Mieter.« Er verzog abschätzig den Mund. »Von irgendwoher. Keiner hat die Sonntags gekannt, bevor sie hier eingezogen sind.«

»Die sind sehr nett, Paul.« Jetzt mischte sich Ilse ein. »Die junge Frau grüßt immer, wenn wir sie sehen, und auch der Mann. Und der Kleine ist immer ordentlich gekleidet. Sauber.«

»Und warum sagen die ihm nicht, dass es sich nicht gehört, das Fenster der Nachbarn zuzuparken?«

Frau Schultze wich dem Blick ihres Mannes aus, verlagerte ihn auf die Lehnen der Stühle. Ich folgte ihrem Blick. Die Rücklehnen der Stühle waren mit einem gelben Schutzpolster überzogen. Handgearbeitet. Wenn mich nicht alles täuschte, arbeitete Frau Schultze seit Jahrzehnten unermüdlich daran, das Heim zu verschönern. Was für ein Optimismus.

»Sie sagen, der Mann sei zu den Nachbarn ›geschlichen‹«, fuhr ich mit meiner Befragung fort. »Aber vielleicht ist es ja ein Verwandter.«

Er schüttelte den Kopf. »Niemals. Einen Verwandten holt man sich ins Haus. Den lässt man nicht in einem Wagen vor der Tür schlafen.«

»Paul.« Frau Schultze lächelte ihren Mann an. »Ich will ja nicht sagen, dass nicht stimmt, was du sagst, aber der Kleine hat immer ›Opa‹ gerufen.«

»Was soll der gerufen haben?« Herr Schultze sah seine Frau misstrauisch an. »Ich hab das nicht gehört.«

»Er hat ›Opa‹ gerufen, das habe ich gehört.« Sie senkte die Stimme und flüsterte mir konspirativ zu: »Er hört schlecht, aber das will er nicht wahrhaben.«

»Und warum holen sie ihn nicht ins Haus?«, wollte Herr Schultze von seiner Frau wissen. »Warum schläft er vier Wochen lang im Auto und seit neuestem in der Garage? Kannst du mir das mal verraten?«

Frau Schultze zuckte die Achseln. »Vielleicht wollte er seine Ruhe. Die Kleine schreit oft nachts. Das hört man ja durch die Wand. Und die Garage haben sie schön ausgebaut.«

»Wären Sie so freundlich, mir zu sagen, wann Sie den Mann und sein Wohnmobil das erste Mal gesehen haben, wann Sie ihn das letzte Mal gesehen haben? Wie oft haben Sie ihn auf das Grundstück Ihrer Nachbarn gehen sehen? Zu welchen Zeiten? Ist ihnen irgendwas aufgefallen?«

Ich schlug meinen Notizblock auf und zückte einen Stift.

Als ich das Ehepaar Schultze verließ und die Haustür hinter mir zuschlug, schickte ich einen letzten Blick über die Fassade. Grau und schmutzig. Vom Zahn der Jahre. Darüber ein Spitzdach. Auf der Hauswand darunter lag ein seltsamer Schatten. Viereckig. Da musste einmal ein Fenster gesessen haben. Ich beäugte die anderen Häuser. Der gleiche Schatten unter dem Spitzdach. Alle Häuser hatten dort ursprünglich ein Fenster besessen. Die nachfolgende Generation hatte es zugemauert. Vermutlich, um eine Schrankwand aus Schleiflack stellen zu können. Jede Generation hatte ihre eigenen Vorstellungen davon, was schön und was wichtig war.

Auf dem Weg zu meinem Auto wäre ich fast auf den zerplatzten Kastanien ausgerutscht, die auf dem Bordstein lagen. Ich bückte mich und nahm eine Kastanie, die unversehrt war, in die Hand. Beguckte mir die braune Schale. Umfasste die runde Frucht mit meiner Hand. An einem unserer ersten Wochenenden hatte Beckmann Kastanien gekocht. In einem Spezialtopf, den er extra zu diesem Zweck erstanden hatte. Wo war Beckmann jetzt in diesem Moment? Wie ging es ihm? Was machten seine Geschäfte? Kam er voran bei dem, was er sich vorgenommen hatte? Oder ging es ihm wie mir? Kleinkram, der sich nur im Schneckentempo vorwärts treiben ließ.

In der Garagenauffahrt zum Nachbarhaus stand ein Transporter. Vier Männer in roter Arbeitskleidung hievten eine riesige Glasplatte von der Ladefläche.

Ein gutes Zeichen. Wenn Handwerker ins Haus kamen, war bestimmt jemand da. Die Schultzes hatten mir nicht viel über den Toten verraten können. Außer dass er ein Mann war, der sich in der Straßenverkehrsordnung auskannte und wusste, dass er nichts Verbotenes tat, als er sein Wohnmobil in dieser Straße parkte. Ich hatte die Hoffnung, dass die Menschen, bei denen er ein und aus gegangen war, mir mehr über den Toten erzählen konnten.

Ich lief in die Einfahrt am Wagen der Glaser vorbei zum Eingang des Nachbarhauses und drückte auf die Klingel. Keine Antwort. Ich bewunderte das rot leuchtende Heidekraut in erdfarbenen Töpfen. Ich drückte ein zweites Mal. Nichts.

Ein Mann in Rot lief mit einem Eimer voller Werkzeuge an mir vorbei.

»Können Sie mir sagen, ob jemand zu Hause ist?«

Er wandte den Kopf zu mir. »Die junge Frau ist vorhin erst los. Mit den Kindern. Das kann dauern.«

»Danke.«

Ich folgte ihm mit meinem Blick. Er trug den Eimer zu einem Anbau, der neben dem Haus stand. Eine ehemalige Garage, vielleicht. Die zum Wohnen umgebaut worden war. Die Fassade strahlte in frischem Gelb. Fenster und Türen hatten einen weißen Rahmen. Es wirkte frisch und freundlich.

Ich lief über schwarze und weiße Pflastersteine zu meinem Golf zurück. Pech gehabt. Ein paar Minuten früher, und ich hätte jemanden angetroffen. Ich beförderte die dunkelbraun glänzende Kastanie aus meiner Manteltasche auf das Polster des Beifahrersitzes. Es war wie in der Natur. Alles hatte seine Zeit, brauchte seine Zeit. Die Dinge passierten, wie und wann sie wollten. Sie ließen sich nicht von mir hetzen.

Ich würde noch einmal zurückkommen. Mit den jungen Leuten reden, zu denen der Tote, der in einem Wohnmobil gelebt hatte, angeblich ›geschlichen‹ war. Mir ihre Sicht der Dinge erzählen lassen.

Es war zu vermuten, dass es eine andere war als die, die ich von Herrn Schultze zu hören gekriegt hatte.

Ich startete den Wagen und sah noch einmal auf die graue Fassade des Hauses, in dem ich gewesen war. Die Gardine am Fenster bewegte sich. Jetzt wusste ich, wie der Mann aussah, der dort stand.

Herr Schultze würde sich freuen, wenn die Kollegen von der Kriminaltechnik kamen, um das Wohnmobil zu untersuchen. Die Polizei in Action. Direkt vor seinem Fenster. Wenn das keine Entschädigung für die schlechte Aussicht der letzten Wochen war.

24

Liebe Edith,

meine Koffer sind gepackt. Morgen geht es zurück. Sechs Wochen war ich jetzt hier. Im Nachhinein kommt es mir vor, als ob die Zeit wie im Fluge vergangen wäre. Wie schnell man die Stunden, die man mit Grübeln und Warten verbracht hat, wieder vergisst. Es ist ein eigenartiges Gefühl, dahin zurückzukehren, wo mir das alles passiert ist. In das Haus, das einmal unser Zuhause war. Ein Haus, in dem Du nicht mehr durch die Zimmer läufst, keine Blumen mehr verteilst, keinen Tisch mehr für mich deckst. Ein Haus, das ohne Dich öd und leer ist. Ich will in dem großen Haus nicht alleine weiterleben. Aber wohin soll ich gehen?

In ein Altenheim, selbst in so ein schickes, teures, wie Alfons es sich ausgesucht hat, will ich nicht. Ich will mehr als ein Dach über dem Kopf und einen Notdienst, den ich durch das Drücken auf einen roten Knopf herbeirufen kann.

Ich will nicht von irgendwelchen fremden Leuten gepflegt werden und verwaltet. Nicht auf den Tod warten. Ich will leben. Ich will Hoffnung. Ich will Zukunft. Ich will Pläne. Was für eine grauenhafte Vorstellung, nichts mehr zu wollen, nichts mehr zu hoffen, nichts mehr zu riskieren.

Ist es vermessen, in meinem Alter noch von so etwas zu träumen? Oder steckt mich der Frühling an? Die grünen Spitzen, die schon aus dem Boden treiben? Die Knospen an den Ästen? Bald werden die Vögel durch die Gegend schwirren und die Nistkästen besichtigen.

Ich wünsche mir eine zweite Chance. Die Chance, es noch einmal zu probieren. Und es diesmal besser zu machen als beim ersten Mal. Sind das die unrealistischen Pläne eines alten Mannes, der sich nicht in sein Schicksal fügen will? Nicht in einer Ecke am Rande des Lebens geparkt sein möchte? Ich glaube nicht, Edith. Ich glaube, man kann nur leben, wenn es vorwärts geht. Wenn man glaubt, dass man eine Zukunft hat. Dass es für einen, egal, was gestern war, morgen eine Chance zum Besseren gibt. Die Kinder geben mir diese Chance nicht. Das ist so, und ich akzeptiere es, muss es akzeptieren.

Sollen sie ihr Leben leben, Johannes und Ruth und Franka. Sie leben es ja schon. Zwanzig Jahre von ihrem Leben habe ich sie begleitet. In diesen Jahren ist es mir nicht gelungen, ihre Liebe zu gewinnen. Vielleicht können Kinder nur geben, was sie bekommen haben. Und was ich ihnen gegeben habe, war nicht genug. Das Leben ist, wie es ist. Was soll ich mich grämen. Den Rest meines Lebens von der Trauer über versäumte Gelegenheiten vergiften lassen. Das hilft niemandem. Den Kindern nicht und mir erst recht nicht. Trotzdem will ich sie, ich will eine zweite Chance.

Wenn meine Kinder mir diese Chance nicht geben, muss ich sie mir bei fremden Menschen holen. Dazu bin ich fest entschlossen.

Aber das schaffe ich nur, wenn Du mir dabei hilfst, Edith. Wenn Du aufpasst, dass ich mit meinen groben Fingern nicht alles wieder ganz falsch anfasse.

25

Während ich draußen gewesen war, hatte Petra ihre Kontakte im Haus spielen lassen, um mehr über den Toten herauszufinden. Wenn er das Wohnmobil nicht gestohlen hatte und der Halter des Fahrzeugs war, hatten wir gute Karten. Ich war neugierig darauf, was Petra herausgefunden hatte. Eine Frau mit blonden Locken und langen Beinen und einem süßen Lächeln spornte die Kollegen immer wieder zu den erstaunlichsten Leistungen an.

»Was willst du über den Toten wissen?« Petra schwenkte einen Notizblock. »Ich war fleißig.«

Übersetzt für mich hieß das: Ich habe die Kollegen ans Arbeiten gekriegt.

»Und?«, fragte ich. »Was hast du rausgekriegt über ihn?«

»Ich weiß alles.« Sie strahlte vor Stolz.

»Petra, du bist Spitze«, beeilte ich mich zu versichern.

»Am besten, du fragst, und ich antworte«, diktierte sie mir das Vorgehen.

»Okay«, sagte ich. »Wie heißt er? Wie war sein Familienstand? Müssen wir eine Ehefrau über seinen Tod informieren? Gibt es Kinder? Wo war er gemeldet?«

»Halt. Stopp. Eins nach dem anderen.« Petra nahm ihren Notizblock zur Hand. »Zuerst das Wichtigste. Der Name. Wir wissen, wer er ist. Über die Zulassung des Wagens haben wir ihn gekriegt.«

»Spann mich nicht auf die Folter. Wie heißt er?«

»Werner Krieger.«

»Wie alt?«

»Dreiundsiebzig.«

Ich pfiff durch die Zähne. »Er sieht jünger aus.«

»Ich habe noch kein Foto von ihm gesehen«, beschwerte Petra sich.

Ich kramte auf meinem Schreibtisch.

»Hier, das ist das Foto, das wir an die Presse gegeben haben.«

Petra sah es sich aufmerksam an. »Der sieht nett aus, findest du nicht?«

»Auf den ersten Blick sympathisch«, gab ich ihr recht.

»Wer sticht so einen netten alten Mann ab?«

Sie legte das Bild auf meinen Schreibtisch zurück.

»Vielleicht war er nicht so nett, wie er aussieht. Hast du rausgekriegt, ob es eine Ehefrau gibt?«

»Er ist verwitwet, seine Frau ist seit zwei Jahren tot.«

»Edith?«, fragte ich.

»Woher kennst du ihren Namen?« Petra blinkte mich ungläubig an.

»Der Name war in seinen Ehering eingraviert. Hatten sie Kinder?«

»Drei Kinder.« Petra las die Namen vom Blatt ab. »Franka, Johannes und Ruth. Alle mit Nachnamen Krieger. Die leben irgendwo, aber nicht hier in der Stadt.«

»Adressen? Telefonnummern?«

»Die werden im Augenblick gerade geprüft und auf den letzten Stand gebracht. Bringt dir der Kollege in ein paar Minuten persönlich runter.«

»Super.« Ich hielt den Daumen hoch.

»Er war in einer Klinik wegen eines Schlaganfalls nach dem Tod seiner Frau. Anschließend war er in der Reha.«

»Hm«, brummte ich nachdenklich.

»Aber das Spannendste weißt du noch nicht«, prahlte sie.

»Was ist denn das Spannendste?«

»Gemeldet ist er in Bonn.«

Ich nickte. »Da ist auch der Wagen zugelassen. In Bonn. Was ist so spannend daran, dass er da gemeldet ist?«

»Er ist gemeldet für den Fasanenweg 10. Als Erstes hab ich geguckt, ob er Telefon hat. Hatte er aber nicht.«

»Vielleicht hat er ein Handy. Oder denkst du, er ist dafür zu alt?«

Petra beachtete meinen Einwurf nicht.

»Ich hab dann beim Einwohnermeldeamt gecheckt, wer sonst noch im Fasanenweg 10 wohnt. Und den Namen von einem

Ehepaar gekriegt. Und die Leute hatten Telefon. Mit denen habe ich gesprochen.«

»Kommt jetzt das Spannende?«

»Er wohnt da gar nicht mehr. Seit zwei Monaten schon nicht. Und weißt du, was? Er hat den Leuten das Haus verkauft. Seitdem wohnt er nicht mehr da.«

»Hast du überprüft, ob das stimmt?«

»Das Liegenschaftsamt bestätigt, dass das Haus vor drei Monaten den Besitzer gewechselt hat.«

»Petra«, staunte ich ehrfürchtig.

»Und weißt du, was? Er hat sein Leben lang immer nur in Bonn gewohnt, an wechselnden Adressen.«

Ich brauchte eine Weile, um die Information zu verdauen.

»Seine Frau ist tot. Er war allein. Vielleicht ist er zu Verwandten gezogen, zu Freunden, das wäre eine Erklärung.«

»Hast du schon mal von jemandem gehört, der mit dreiundsiebzig aus einer Stadt wegzieht, in der er sein Leben verbracht hat?«

»Ungewöhnlich ist das in jedem Fall«, gab ich zu. »Da hast du recht. Warum macht man so was?«

»Liebe«, kam es wie aus der Pistole geschossen von Petra. »Je oller, desto doller. Sollen wir wetten, dass es so ist?«

»Petra«, knurrte ich. »Willst du mir weismachen, dass jemand den Ort verlässt, in dem er dreiundsiebzig Jahre gelebt hat, nur weil ihm eine flotte Oma den Kopf verdreht?«

»Das ist keine Frage des Alters«, belehrte sie mich. »Wenn der Blitz einschlägt, ist alles zu spät. Guck mich an. Hättest du gedacht, dass ich jeden zweiten Abend nach Düsseldorf fahre zu meinem Liebsten?«

»Von der rasanten Entwicklung mit deinem Muttersöhnchen wusste ich ja noch gar nichts.«

»Er ist kein Muttersöhnchen. Beleidige ihn nicht. Er hat sich jetzt eine eigene Wohnung genommen.«

»Schön für dich«, seufzte ich. »Aber du bist noch keine dreißig, und Walter Krieger war dreiundsiebzig, als er hierhergezogen ist.«

»Da ist kein Unterschied«, belehrte sie mich. »Du rümpfst ja immer die Nase über die Zeitungen, die ich lese. Das solltest du aber nicht, denn da lernst du was. Zum Beispiel, dass alte Menschen genauso Gefühle haben wie junge.«

»Willst du mir sagen, dass Johannes Heesters jetzt mit einer Zwanzigjährigen auf und davon ist?« Der Gedanke erheiterte mich.

»Was gibt's da zu grinsen«, stoppte sie mich. »Jopi ist glücklich mit seiner Simone, das weiß jeder, aber die hat er auch erst nach dem Tod seiner Frau kennengelernt. Wie alt war Jopi da?« Sie wippte mit den Beinen und überlegte. »Sechzig, siebzig. Und für Simone ist er auch nach Hamburg gezogen. Aus Holland. Das ist Liebe.«

»Petra.« Ich hob die Hände, ergab mich. »Vielleicht hab ich ja wirklich keine Ahnung. Gibt es noch etwas, was du herausgefunden hast, das wichtig ist?«

»Er hatte in Bonn eine Villa. Und hier wohnt er in einem Wohnmobil. Das ist komisch, findest du nicht?«

»Die jungen Leute, zu denen er geschlichen ist, wie der Nachbar sagt, haben die Garage umgebaut. Da ist er eingezogen vor zwei Wochen, obwohl noch nicht alles fertig war.«

»Zusammen mit seiner Freundin. Und das ist die Mutter oder Schwiegermutter von den jungen Leuten.«

»Petra«, knurrte ich. »Eigentlich komisch«, überlegte ich laut. »Wenn er von Bonn hierher in ein Heim umgezogen wäre, würden wir uns nicht wundern. Ein besonders tolles Pflegeheim hier, das es in Bonn nicht gibt. Aber dass er hier in einem Wohnmobil lebt, finden wir verdächtig.«

»Ich tippe auf Liebe«, beharrte Petra. »Wer verliebt ist, macht die tollsten Sachen.«

»Ich weiß nicht.«

»Aber ich.« Petra stöckelte davon. »Du wirst schon sehen.« Die Tür fiel hinter ihr zu.

Ich klaubte das Bild von Werner Krieger vom Tisch. Warum bist du umgezogen?, fragte ich den älteren Herrn mit den geschlossenen Augen. Warum nur? Nachdem du dreiundsiebzig glückliche Jahre in Bonn verbracht hast. Halt, stoppte ich mich. Du machst einen Denkfehler. Woher willst du wissen, dass dreiundsiebzig Jahre, die ein Mensch an ein und demselben Ort verbracht hat, glückliche Jahre waren?

Was wissen wir überhaupt?, fragte ich mich. Was haben wir an gesicherten Fakten? Unabhängig von Meinungen und Vermutungen, Spekulationen.

Wir wissen, dass der Fundort nicht der Tatort ist. Der alte Herr war nicht in der Kirche ums Leben gekommen. Die Kollegen hatten jeden Zentimeter taghell ausgeleuchtet und akribisch untersucht. Und nichts gefunden. Es gab keine Spuren von Blut, weder auf dem Steinboden noch auf dem Holz der Kirchenbank. Er war an einem anderen Ort erstochen und anschließend in die Kirche gebracht worden. Wie wurde er transportiert? Konnte ein Mensch alleine das schaffen? Wie war es dem Täter und seinem Helfer, falls es einen Helfer gab, gelungen, ihn unbemerkt auf eine Kirchenbank zu setzen?

Es war wie immer. Wie ich es aus den Ermittlungen in Sachen Mord so gut kannte. Viel zu gut kannte. Die eine große Frage, die Frage, wer der Täter war, zerfiel sofort in unzählige kleine Fragen. Jedes Mal, wenn ich meinte, eine Frage beantwortet zu haben, stellte sich mir eine neue. Ich fühlte mich wie beim Kampf mit dem Drachen im Märchen. Sobald ich einen Kopf abschlug, wuchsen unzählige neue Köpfe nach. Wie viele Köpfe musste ich dem Drachen noch abschlagen, bis ich die Antwort auf die eine große Frage gefunden hatte? Bis ich wusste, wer Werner Krieger umgebracht hatte.

Ein gepflegter älterer Herr mit schlohweißen Haaren, der nicht zum Beten in die Kirche gekommen war. Obwohl es so aussah. Wie lange hatte er tot in der Kirchenbank gesessen, bevor die Kollegen kamen? Bevor sie ihn auf die Bahre gelegt hatten? Drei Stunden oder vier? Niemand hatte gemerkt, dass in der Kirchenbank vorne links in der dritten Reihe ein Toter saß.

Was für ein Mörder war das, der einen dreiundsiebzigjährigen Mann mit sechs Messerstichen in die Brust tötete und ihn danach friedlich in eine Kirchenbank setzte? War das eine bewusste Inszenierung? Und wenn ja, was hatte sie zu bedeuten?

Der Schlüssel für das, was geschehen war, lag in der Person des Opfers. Wer warst du, Werner Krieger?, fragte ich den Mann mit den schlohweißen Haaren stumm. Was hast du jemandem angetan, damit er dich so abschlachtet?

Das war eine Exekution. Dahinter steckten Gefühle. Was für eine Art von Gefühlen? Wen hatte er enttäuscht, wem übel mitgespielt. Oder lag ich völlig falsch? Sollte es nur aussehen, als ob Gefühle im Spiel waren?

Ich konzentrierte mich auf das Foto vor mir, suchte im Gesicht des Toten nach einer Antwort. Die Nase war auffällig. Hatte er sie zu hoch getragen? War er arrogant gewesen, eitel, ein Egoist? Ein Mensch, der für die Verwirklichung seiner Ziele über Leichen ging? War er erfolgreich gewesen? Hatte er für Geschäftliches den richtigen Riecher gehabt? War er vermögend gewesen? War das vielleicht der Grund, warum er erstochen worden war? Obwohl es vordergründig ganz anders aussah?

Eine markante Nase und ein sinnlicher Mund. Hatte er das Leben genossen? Zu sehr? Auf Kosten anderer? Oder war er ein unschuldiges Opfer von irgendeinem Verwirrten, aus der Bahn Geworfenen. Einem, dem er vielleicht sogar Gutes getan hatte und der sich so bei ihm bedankte. In einer Forschungsarbeit über gestörte Menschen hatte ich gelesen, dass sie oft gerade an den Menschen, die freundlich zu ihnen gewesen waren, eine Gewalttat begingen. Seither zögerte ich, einer Aushilfskraft, die im Präsidium über die Gänge lief, ein Lächeln zu schenken. Berufsbedingte Deformation. So weit war es mit mir also schon gekommen.

26

Liebe Edith,

ich sitze an Deinem kleinen schwarzen Sekretär oben im Flur. Hier fühle ich mich Dir nah. Ich sitze auf Deinem Stuhl, benutze Dein Briefpapier, Deinen Stift. Es riecht sogar nach Dir. Ein Hauch Lavendel. Wie aus Deiner Parfümflasche. Das Parfüm, das ich Dir in unserer Verlobungszeit geschenkt habe, dem Du ein Leben lang treu geblieben bist. Ich habe am Briefpapier geschnuppert. Es riecht tatsächlich nach Lavendel. Hast Du ein paar Spritzer Parfüm darübergesprüht? Ja, ich glaube, das hast Du getan. Du bist mit jedem Gegenstand in Deiner Nähe sorgfältig und liebevoll umgegangen, bestimmt auch mit Deinem Papier.

Ich sitze heute an Deinem Sekretär, und mein Herz ist leicht. So leicht, wie es einem wird, wenn einem ein Stein vom Herzen fällt, wenn es vorwärtsgeht. Als ich mit dem Zug aus der Klinik nach Hause gefahren bin, auf dem letzten Stück von Koblenz nach Bonn, habe ich die Weinberge am Abteilfenster vorbeiziehen sehen, die Burgen auf den Spitzen der Hügel. Wie schnell die Bilder wechseln, wenn du dich bewegst. Ein Blick aus dem Fenster, und du siehst etwas völlig Neues. Einen ganz anderen Teil der Welt. Und alles nur, weil der Zug vorwärtsstampft und nicht auf der Stelle steht.

Ich habe durch das Zugfenster auf die wechselnden Bilder geschaut: die Schiffsanleger, die mit ihren Pontons auf den Wellen schaukeln; die Platanen, die die Uferpromenaden säumen; die Schwäne, die über das Wasser paddeln. Und ich habe gewusst, dass auch ich mich bewegen muss.

Jetzt sitze ich hier an dem Platz, an dem Du immer gesessen hast. Vor mir die Bilder von unseren Kindern, die Du auf Deinem Sekretär aufgestellt hast. Ruth an ihrem ersten Schultag mit einer großen Zuckertüte in der Hand. Zufrieden sieht sie aus und stolz. Ruth, unsere Jüngste, mit ihrem fröhlichen Lachen. Sie hat es uns immer leichtgemacht, sie zu mögen. Daneben Johannes im Fußballdress, gequält lächelnd. Wenn ich ihn mir betrachte, denke ich, das Fußballspielen hat ihm nie Spaß gemacht.

Er hat es nur mir zuliebe getan. Und Franka, Du hast sie auf der Bühne irgendeines Schulfests geknipst vor einem Mikrophon, ihr Gesicht ernst und konzentriert und irgendwie traurig. Unsere Große, die alles immer besser als Ruth und Johannes machte. Und immer zu ernst und zu erwachsen für ihr Alter war.

Hier an Deinem Sekretär hast Du gesessen und Dir am Ende eines langen Tages einen Plan für den nächsten Tag gemacht. Während ich im Badezimmer geduscht und mich für die Nacht vorbereitet habe, hast Du schon an den neuen Tag gedacht. Jetzt sitze ich hier so wie Du und mache mir einen Plan. Man darf nicht durch die Tage schlittern ohne eine Vorstellung davon, wie es morgen weitergeht.

Ich werde nicht mehr lange alleine in diesem großen Haus leben. Ohne Dich ist es kalt und leer. Das Haus erinnert mich nur daran, wie voll von Leben es einmal mit den Kindern war. Wie voll von Hoffnung.

Es erinnert mich daran, was für ein schlechter Vater ich gewesen bin. Das Haus ist ein Mühlstein aus der Vergangenheit. Ich werde den Mühlstein abwerfen und mir einen neuen Platz zum Leben suchen. Das Einzige, was ich mitnehmen werde, ist Dein Sekretär. Vielleicht noch meinen Sessel. Mit den andern Möbeln verbindet mich nichts.

Ich werde nichts übereilen. Mein Leben lang war ich einer, der zu schnell gehandelt hat. Zu schnell und zu wenig überlegt. Es ist noch nicht viel, was ich weiß, wunderst Du Dich, Edith? Nein, Du wunderst Dich nicht. Du hast immer gewusst, dass es nicht ein einheitliches Tempo für jeden gibt. Wenn ich mit Ruth, unserer Jüngsten, geschimpft habe, weil sie in allem ein wenig langsamer als Johannes und Franka gewesen ist, hast Du immer gesagt: ›Lass sie, Werner. Sie braucht länger als die anderen, aber was Ruth anfasst, macht sie gründlich.‹ Ein bisschen fühle ich mich jetzt wie Ruth. Bedächtig und langsam. Aber es ist ja auch ein bedeutender Schritt, den ich da mache. Ein Sprichwort sagt, man verpflanzt alte Bäume nicht. Ich glaube nicht, dass das stimmt. Und dann nehme ich meine Wurzeln ja mit. Du bist bei mir, wohin ich auch gehe.

27

Vor mir lagen die Namen und Adressen von Werner Kriegers Kindern. Inklusive Telefonnummern und Geburtsdaten. Der Kollege aus der Leitstelle hatte mir tatsächlich kurz vor Feierabend alles noch persönlich vorbeigebracht. Ich nahm mir vor, nie wieder über Petras Telefonorgien am Arbeitsplatz zu lästern, nicht einmal in meinen Gedanken. Nie mehr würde ich fluchen, wenn sie nicht an ihrem Arbeitsplatz saß, sondern im Haus herumspazierte, um ihre Kontakte zu pflegen. Ihre Diplomatie trug reiche Früchte. Jetzt durfte ich für sie die Ernte einfahren.

Eine Tochter, Ruth Krieger, lebte in München, eine zweite, Franka Krieger, in Berlin, der Sohn, Johannes Krieger, in Hamburg. Keines der Kinder war in Bonn geblieben, der Stadt, wo sie aufgewachsen waren. Alle drei trugen sie den Namen des Vaters. Heute bedeutete das nicht unbedingt, dass die Töchter unverheiratet waren.

Wie auch immer, ich musste Kontakt zu ihnen aufnehmen. Ich brauchte eines der Kinder, um den Vater zu identifizieren. Und wenn die Ermittlungen es verlangten, musste ich mit allen dreien sprechen.

Wie sollte ich es den Kindern sagen? Die alte Frage. Gab es passende Worte? Worte, die die Nachricht des Todes angemessen vermittelten? Oder war das eine Illusion? War der Schock für die, die Empfänger der Nachricht waren, so groß, dass die Form völlig unwichtig war? Wie wollte, wie sollte ich ihnen sagen, dass ihr Vater nicht mehr lebte, schlimmer noch, dass er ermordet worden war?

Ich starrte auf die Straßennamen, die Telefonnummern. Ob Werner Krieger mit seinen Kindern regelmäßig Kontakt gehalten hatte? Hatten sie jeden Sonntag miteinander telefoniert oder nur Grußkarten zum Geburtstag und zu Weihnachten ausgetauscht? Warum schloss ich in meinen Gedanken Mailkontakte aus? Ein dummes Vorurteil aufgrund von Werner Kriegers Alter?

Werner Krieger hatte nicht mehr die Möglichkeit, sie zu kontaktieren. Sie würden nie mehr mit ihrem Vater sprechen können. Und ich musste ihnen diese traurige Nachricht überbringen.

Ich sah auf die Uhr. Viertel vor sechs. Viel Hoffnung machte ich mir nicht, dass ich die drei zu dieser Uhrzeit unter ihrer privaten Festnetznummer erreichen konnte. Wie lange sie wohl arbeiteten? Wie weit entfernt von ihrem Arbeitsplatz lebten sie? Trafen sie sich nach Feierabend noch mit Freunden oder Freundinnen?

Zu welchen Zeiten konnte mich jemand zu Hause am Telefon erreichen? So gut wie nie. Aber wenn sie es so wie ich machten, hatten sie wenigstens einen Anrufbeantworter angeschaltet.

Ich probierte es zuerst bei der Tochter in München. Nach dem dritten Freizeichen sprang tatsächlich ein Anrufbeantworter an: »Hallo! Ich bin leider nicht da. Probiert's doch einfach später nochmal. Tschü-üss.« Die Stimme klang warm und freundlich.

Ich machte mit der Berliner Nummer weiter. Wieder nichts als Freizeichen, und als ich schon auflegen wollte, sprang auch hier ein Anrufbeantworter an: »Sie haben die Telefonnummer 030-964 57 89 gewählt. Leider bin ich zur Zeit nicht zu erreichen. Bitte hinterlassen Sie Ihre Telefonnummer, dann rufe ich zurück.« Eine helle Frauenstimme, kühl, kontrolliert.

Es piepte. »Beate Stein, Kriminalpolizei.« Ich bemühte mich um eine deutliche Aussprache. »Ich würde mich sehr freuen, wenn Sie mich unter der Nr. 0231-132 19 47 zurückrufen würden. Auf Wiederhören.«

Ich legte den Hörer auf und überlegte, ob ich es bei dem Sohn in Hamburg versuchen sollte. Unsinn, stoppte ich mich. Noch einen AB brauchte ich wirklich nicht. Das Einfachste wäre, allen dreien eine Mail mit der Bitte um einen Anruf zu schicken. Das war vermutlich die schnellste Möglichkeit, sie zu erreichen. Gut ausgebildete Singles um die vierzig gehörten mit an Sicherheit grenzender Wahrscheinlichkeit zu der Gattung Mensch, die regelmäßig ihre Mails checkte. Die Sache hatte einen klitzekleinen Schönheitsfehler. Ich kannte ihre Mailadressen nicht. Noch nicht.

Ich warf den Computer an und fuhr das System hoch. Mein

Mail-Eingang war wie immer vollgestopft mit Spam-Mails und allen möglichen anderen, meist unnötigen Mitteilungen. Ich löschte die Spams und klickte mich im Schnelldurchgang durch: Einladungen zur Frauen-Personalversammlung, zu einer Fortbildung zum Thema Qualitätsmanagement, zu einer Arbeitsgruppe zum Thema Controlling, zu einem Gewerkschaftstreff, Grüße eines Konstanzer Kollegen, Protokolle aus diversen Arbeitsgruppen und Projekten.

Da würde ich irgendwann reingucken oder auch nicht.

Ich hatte die Erfahrung gemacht, dass sich die meisten Dinge von selbst erledigten – und zuallererst die scheinbar so wichtigen.

Das freie Feld der Suchmaschine blinkte vor mir auf.

Als Erstes gab ich den Namen des Sohnes ein, Johannes Krieger. Ein Klick, und Google servierte mir seitenweise Treffer. Ich liebe die moderne Technik. Gleich auf der ersten Seite fand ich, wonach ich suchte. Die Homepage eines Musikers in Hamburg. Die Ähnlichkeit war unverkennbar. Auch wenn das Gesicht schmaler, das Haar dunkel war. Und er einen Ring im rechten Ohrläppchen trug. Der Sohn war dem Vater wie aus dem Gesicht geschnitten. Ich notierte mir auf einem Zettel seine Mailadresse und machte mit Ruth Krieger weiter. Es dauerte, bis ich den Namen auf einer Homepage für ›Ganzheitliche Lebensberatung‹ fand. Ein rundes Engelsgesicht. Ob das die richtige Frau war? Ihr Geburtsdatum deckte sich mit dem, das die Kollegen mir gegeben hatten. Auch wenn sie ihrem Vater nicht ähnlich sah. Die Frau, die als diplomierte Ernährungswissenschaftlerin in München eine Praxis für die Behandlung von Essstörungen betrieb, war seine Tochter. Fehlte nur noch die Tochter aus Berlin, Franka Krieger. Ich klickte und blätterte. Nichts. So kurz vor dem Ziel wollte ich mich nicht geschlagen geben. Wo versteckte sie sich? Ich war kurz davor aufzugeben, als ich sie samt ihrer Mailadresse auf der Homepage eines neusprachlichen Gymnasiums fand. Als stellvertretende Schulleiterin. Eine attraktive Blondine. Ihr Gesicht ähnelte so sehr dem ihres Vaters, dass kein Zweifel bestand. Sie war seine Tochter.

Zufrieden lehnte ich mich im Schreibtischstuhl zurück und betrachtete die Mailadressen auf meinem Blatt. Ich hatte erfolgreich gejagt.

Werner Krieger hatte jedem seiner Kinder eine ordentliche Ausbildung ermöglicht. Alle drei gehörten einer Generation an, bei der eine gute Ausbildung noch die Eintrittskarte für einen ordentlichen Job war. Die jüngste Tochter, Ruth, war achtunddreißig, Johannes war vierzig und Franka, die Älteste, zweiundvierzig.

Ich dachte an die Sorgen, die Weber sich um die Zukunft seiner Mädels machte. Heute sah das etwas anders aus. Einmal mehr war ich froh, dass ich keine Kinder hatte.

Ich klickte mich mit meiner Maus zum Postamt, legte mir den Zettel mit den Mailadressen vor die Tastatur und machte mich an die Eingabe. Sorgfältig, Buchstabe für Buchstabe, verglich ich, was ich getippt hatte, mit der Vorlage. Endlich. Es war vollbracht.

Schnell und ohne groß nachzudenken, haute ich meine Bitte um Kontaktaufnahme in die Tasten. Es war spät genug geworden. Auch wenn Beckmann in Japan war und mich zu Hause niemand erwartete, hatte ich nicht vor, heute im Büro zu übernachten. Morgen war auch noch ein Tag, wie meine Oma zu sagen pflegte.

28

Liebe Edith,

wohin soll ich gehen? Was möchte ich in diesem Leben noch tun? Wie kann ich mein Leben, in dem ich vieles so falsch gemacht habe, zu einem glücklichen Ende führen? Noch nie gab es so viele Möglichkeiten, sich für dieses oder jenes zu entscheiden. Wenn man das Geld dafür hat. Und viele alte Menschen haben es, so wie ich.

Du hast nicht mehr erlebt, Edith, dass Alfons aus seiner Wohnung in ein Altenstift gezogen ist. Es gefällt ihm gut da. Es beru-

higt ihn, dass das Haus eine Pflegeeinrichtung hat, dass er dort bleiben kann bis zum Ende. Er fühlt sich sicher dort, weil es an jeder Wand Knöpfe gibt, die er drücken kann, wenn er Hilfe braucht. Aber wie kann man einen Knopf drücken, wenn man bewusstlos am Boden liegt, so wie ich dagelegen habe, als Frau Heimer mich morgens gefunden hat?

Nein, so ein Pflegeheim wäre nichts für mich. Ich habe ihn einmal besucht. Allein der Geruch in den Gängen. Wie im Krankenhaus. Fürchterlich. Nur der Ausblick von seinem Balkon ist nett. Das Pflegeheim liegt ja direkt am Rhein.

Die Nachbarn von nebenan bleiben in ihrem Haus. Sie lassen sich einen Treppenlift einbauen, weil es für ihn mit den neuen Hüftgelenken schwierig ist, die Treppen hochzulaufen.

Sie hat mir heute Mittag einen Topf Suppe vorbeigebracht und wollte wissen, wie es mir geht. Dann hat sie mir eine Visitenkarte in die Hand gedrückt. Von einem polnischen Pflegedienst. Stell Dir vor, Edith, Du kannst Dir Pfleger aus Polen bestellen. Die leben dann in einem Zimmer bei Dir im Haus, vierundzwanzig Stunden lang sind die für Dich da. Das ist die Lösung, die die Nachbarn anstreben. Aber das wäre nichts für mich. Ich wollte nicht Tag und Nacht einen fremden Menschen um mich haben.

In der Klinik habe ich im Fernsehen gesehen, dass es Menschen gibt, die nach Asien gehen. Sich dort in einer Familie pflegen lassen. Die Menschen dort sollen respektvoll mit alten Leuten umgehen. Das ist Teil ihrer Kultur und anders als bei uns. Aber ich könnte mir nicht vorstellen, in einem Land zu leben, dessen Sprache ich nicht spreche. Wo ich mich nur mit Händen und Füßen verständigen könnte.

Dann hört man immer wieder von Wohnprojekten. Selbst hier in Bonn gibt es eins. Wo sich Menschen zusammentun, die gemeinsam leben möchten. Menschen in unterschiedlichem Alter. Wie in einem großen Dorf. Die Alten passen auf die Kinder der Jungen auf. Dafür kümmern sich die Jungen um die Alten. Ich habe Kontakt zu ihnen aufgenommen. Seit drei Jahren planen sie schon. Einmal die Woche treffen sie sich. An die sechzig Leute kommen da zusammen. Dann hätte ich auch die Firma behal-

ten können. Da musste ich mit Alfons vierzig Leute unter einen Hut kriegen, und das hat mir gereicht. Stell Dir vor, sechzig. Ein richtiger Flohzirkus. Nein, das ist nichts für mich.

Aber die Idee, dass die Jungen und die Alten sich gegenseitig unterstützen, gefällt mir sehr. Andauernd lese ich in der Zeitung, dass die Frauen keine Kinder mehr bekommen, weil es keine Kinderkrippen gibt, weil sie nicht wissen, wer auf die Kinder aufpassen kann. Es würde mir Spaß machen, so einer jungen Familie zu helfen.

Ich meine, jetzt, wo ich das für Dich aufschreibe, komme ich mir größenwahnsinnig vor. Ich, ein schwacher alter Mann, der nur auf einen Stock gestützt über die Straße laufen kann, will anderen helfen. Ein Mann, der gerade mal wieder richtig lesen und schreiben und sprechen kann. Und auch das erst nach ganz viel Üben. Ein kranker alter Mann, der sich wünscht, sein Leben noch einmal neu zu leben. Hört sich das nicht auch für Dich ziemlich verrückt an?

Typisch Werner, würdest Du sagen, denke ich. Bei den komischsten Vorschlägen von mir hast du nie auch nur mit der Wimper gezuckt. Du bist mit mir im Goggomobil nach Italien gefahren. Für Hotels hatten wir kein Geld, nachts haben wir unter freiem Himmel in irgendeinem Wald geschlafen. Du hast mir immer vertraut. Auch dann, wenn ich mir selbst nicht mehr vertraut habe.

Jetzt bin ich ein alter Mann, Edith, ein kranker alter Mann, der Pillen aller Farben und Größen schluckt. Und noch genauso unternehmungslustig wie ein junger ist.

Ich werde mir eine nette junge Familie suchen. Und ihnen meine Dienste als Opa anbieten. Das ist zwar verrückt und größenwahnsinnig, und vielleicht klappt es nicht. Aber ich will ja nicht den Himalaya besteigen, nicht mit meinem Stock mit dem Entengriff. So realitätsfern bin ich nun doch nicht. Ich will nochmal eine Familie haben. Eine, bei der ich es besser mache als bei meiner eigenen.

Ein Klavier kann ich nicht mehr hoch in den dritten Stock schleppen. So wie bei unserem ersten Umzug. Aber eine junge

Familie kann ich mir suchen. Dafür braucht es keine Muskelkraft, nur Findigkeit und Phantasie. Und eine Portion Selbstvertrauen und Zuversicht und Größenwahn. Es ist einen Versuch wert, denke ich, Edith, was meinst Du?

29

Wann war ich das letzte Mal nach Hause gekommen, ohne dass Beckmann mich an der Tür in Empfang genommen hat? War es wirklich erst drei Monate her, dass er bei mir eingezogen war?

Zu seiner Ehre musste ich sagen, er hatte mir die Wahl gelassen. Unmissverständlich, aber immerhin. Wenn ich ihn nicht hereingelassen hätte, gäbe es heute Beckmann und mich nicht mehr. Die Liebe – ich erinnerte mich an Petras flammendes Plädoyer. Sie musste schon eine unglaubliche Kraft haben, wenn ich für einen Mann, den ich liebte, alles, was ich über das Leben wusste oder zu wissen glaubte, über Bord warf. Wie hatte ich meine Wohnung verteidigt, Beckmann nur hier und da hereingelassen. Aber dann stand er vor der Tür mit seinen Koffern und hatte mir die Pistole auf die Brust gesetzt. Entweder du lässt mich rein, oder ich verschwinde aus deinem Leben. Ich hatte keine Zeit gehabt, lange zu überlegen, und auf den Summer gedrückt. Gegen alle Erfahrung, gegen den gesunden Menschenverstand. Für die Liebe. Schluss mit dem Kitsch, stoppte ich mich.

Ich machte das Flurlicht an. Wann war ich zuletzt in eine dunkle Wohnung gekommen? Meistens erwartete Beckmann mich, und die Wohnung duftete nach einem seiner neuen Rezepte, die er ausprobierte.

Heute Abend hatte ich die Wohnung wieder für mich. Ein ungewohntes Gefühl. Ich würde versuchen, es zu genießen. Mit einem Griff öffnete ich den Kühlschrank. Er quoll über von frischem Gemüse, frischen Kräutern und Resten der von Beckmann gekochten Mahlzeiten in Glastöpfen. Es kam mir wie ein Wunder vor, dass in der Gemüseschublade neben den Sellerriestangen und frischen Feigen zwei Flaschen meines liebsten Rieslings gekühlt lagen.

Ich griff mir eine, schnappte mir ein Glas, den Korkenzieher und verzog mich im Dunkeln auf meinen Lieblingsplatz am Fenster. Die Sitzfläche war belegt mit mehreren Ausgaben der Tageszeitung, die Beckmann seit Wochen schon abbestellen wollte. Ich schaufelte sie einfach auf den Boden und rückte den Ohrensessel näher ans Fenster heran. Der Turm des Hafenamtes leuchtete wie frisch lackiert über der Brücke. Ich ließ mich zufrieden in den Sessel fallen und öffnete die Flasche. Das Leben mit Beckmann war angenehm, aber jetzt, wo ich hier im Dunklen saß mit einem Glas Riesling in der Hand und auf die Wellen im Hafenbecken blickte, auf denen die Lichter der Laternen tanzten, merkte ich, wie sehr mir diese Momente gefehlt hatten. Ganz allein, nur mit mir. Und dem Mond, der am Himmel schaukelte. Und mit meinen Gedanken.

Ich ließ die vergangenen Tage Revue passieren, Bild für Bild. Weber, der die Bettdecke an sein Kinn presste und listig grinste, Beckmanns Flieger, der in einen tristgrauen Himmel abhob. Ich reichte den Eltern von Weber noch einmal die schweren Koffer in den Zug, lief noch einmal durch eine kühle Kirche, wo auf einer Bahre ein Toter auf mich wartete, hatte plötzlich wieder den Duft von Weihrauch in der Nase, sah Fleischer lächeln wie einen Vampir, der mein Blut abzapfen wollte, und sah Petras Beine von meinem Schreibtisch baumeln. Ich sah meinen Schreibtisch, der gepflastert mit den Bildern eines Toten war.

War das ein Fall von Liebe, fragte ich mich und dachte an Beckmann, der Tausende von Kilometern entfernt in Japan vor ein paar Stunden auf denselben Mond guckte, der hier über dem Hafenbecken schaukelte. Oder ging es um Geld? Petra hatte mir erzählt, dass Werner Krieger in Bonn ein Haus besessen hatte. Dagegen sprach, dass niemand ihm die wertvolle Uhr vom Handgelenk genommen hatte. Oder ging es um ganz andere Dinge? Gefühle, von denen wir noch nichts ahnten?

Ich spürte den Riesling auf der Zunge. Was für ein einzigartiger Geschmack. So rein, so sauer. So redlich.

Laute Technomusik dröhnte hoch zu mir. Ich sah aus dem Fenster. Ein offener Sportwagen. Mitte Oktober. Der Wagen fuhr auf den Parkplatz der Anlegestelle. Der Hafen war schick geworden in diesem Sommer. Dutzende von Lastwagen hatten Sand abgeworfen: Berge von Sand, die tagelang in der Landschaft herumstanden, bis ein Bagger kam und den Sand am Hafenkai verteilte. Jetzt konnte ich nach Feierabend gleich um die Ecke vor meiner Haustür in einem Liegestuhl sitzen und Bloody Marys schlürfen, wenn ich wollte. Der Haken an der Sache war: Ich hatte es noch nicht getan. Sobald Beckmann aus Japan zurückkam, würde ich ihn dorthin abschleppen, nahm ich mir vor. Egal, wie kalt es dann war. Das Pärchen, das laut lachend aus dem Auto stieg und etwas schwankend dem gastronomischen Highlight vor meiner Tür entgegenwankte, war ein gutes Beispiel. Sie schwankten, aber peilten die Richtung einwandfrei an.

Machte es wirklich keinen Unterschied, wie man mit zwanzig oder siebzig das Leben lebte? Wie man liebte? Petra war fest davon überzeugt. Einiges sprach dafür, ich musste ihr recht geben. Warum sollten alte Menschen nicht zu den gleichen starken Gefühlen fähig sein wie die jungen? Weil sie in ihrem Leben die Erfahrung gemacht hatten, dass starke Gefühle nicht immer ein erfreuliches Ende nahmen?

Der Mond lächelte spöttisch zu mir herunter. Denk bloß an deine Gefühle, Beate, höhnte er. Und deine Erfahrungen und deine Leitsätze über das Leben, wo waren sie in dem Moment, als Beckmann dich vor die Wahl stellte? Ich hatte alle meine Erfahrungen ignoriert, meine Dogmen und Lebensweisheiten über Bord geworfen. Für ein gefährlich flüchtiges Gefühl. Die Liebe. Kein Wunder, dass Menschen in ihrem Leben immer wieder auf die Nase fielen. Wenn sie so dumm waren, sich auf so flüchtige Gefühle einzulassen.

Es gefiel mir, mich unter die Dummen und Scheiternden und gar nicht Klugen einzusortieren. Denn eins hatten sie den Zögerlichen und den Vernünftigen voraus: Sie strebten nach dem

Glück, dem ganz großen, und gaben sich nicht zufrieden mit kleinen Happen.

War der Tote, war Werner Krieger so einer, einer, der nicht aufgab, sich nicht mit dem zufriedengegeben hatte, was andere für ihn vorsahen? Ich würde es in Erfahrung bringen.

Das war eine angenehme Begleiterscheinung des Älterwerdens, gestand ich mir ein. Ich konnte jetzt ganz entspannt hier sitzen und über meinen Fall nachdenken. Und dabei hatte ich diese verrückte Sicherheit, dass ich ihn lösen würde. Den Drachen trotz seiner unzähligen Köpfe auch diesmal wieder besiegen würde.

Nie hätte ich gedacht, dass mir das einmal so gehen würde. Ich trank einen Schluck Riesling und blinzelte dem Mond zu. Vielleicht war das ja nur die Folge von zu viel positiver Selbsthypnose. Aber hier und jetzt war ich völlig davon überzeugt, dass das Universum die Lebewesen liebte. Die Frau in dem schwarzen Talar, die mir heute in der Kirche begegnet war, würde dafür sicher gewähltere Worte finden. Aber inwieweit taugen Worte überhaupt zum Erfassen von Wahrheiten?

Ich traute lieber dem Schaukeln der Wolken am Himmel und dem Klatschen der Wellen, die an die Kaimauern stießen. Unten an der Laterne ließ ein Mann einen großen Hund von der Leine. Der Hund verschwand im Dunkel, und nach einer Weile kam er zurück. Der Mann kraulte ihm die Backen. Wie viele Formen die Liebe annehmen kann, dachte ich ehrfürchtig.

30

Liebe Edith,

stell Dir vor, auf meine Annonce habe ich zweiundzwanzig Zuschriften bekommen. Zweiundzwanzig junge Familien in ganz Deutschland hätten gern so einen alten Knacker wie mich als Opa bei sich. Da denkt man, man ist zu nichts mehr nutze, alt, allein, hinfällig, und dann reißen sie sich um dich. Vielleicht habe ich die Anzeige auch nur falsch aufgesetzt. ›Rüstiger älterer Herr, 73, finanziell unabhängig, würde den Lebensabend gern mit einer jungen Familie verbringen, die einen Opa sucht.‹ Das mit dem ›finanziell unabhängig‹ habe ich mir lange überlegt, mich dann aber doch dafür entschieden. Es war mir wichtig klarzumachen, dass ich unabhängig bin und nicht auf die Mildtätigkeit anderer aus bin. Dadurch habe ich mir sicher einige Zuschriften von Leuten eingehandelt, die auf das Geld des Opas spekulieren. Bei dem Wort ist mir immer noch ein bisschen nach Kichern zumute. Opa. Das war für uns beide immer ein Schimpfwort. Opa, das haben wir von Alfons gesagt, als er gerade mal vierzig war, erinnerst Du Dich noch, Edith? ›Alfons, du redest wie ein Opa‹, haben wir ihn ausgelacht, wenn er uns erzählt hat, er hätte Angst vor der Zukunft, davor, dass die Firma vielleicht Pleite macht und wir mit Schulden dastehen für den Rest unseres Lebens. ›Du redest wie ein Opa, Alfons‹, damit haben wir seine Bedenken weggelacht. Wir haben nicht darüber nachgedacht, dass wir auch einmal alt werden können, Opa werden, Oma. Aber Du bist ja nicht Oma geworden. Franka, Ruth und Johannes haben heute immer noch kein Kind. Bei Franka überrascht mich das nicht. Sie wollte immer einen Beruf, Erfolg; eine Familie wollte sie nicht. Bei Ruth ist das anders, denke ich. Sie wollte ja sogar mal Kindergärtnerin werden. Ruth hätte gerne eine Familie. Nur, bis heute hat sie sie nicht. Johannes hat immer nur seine Musik interessiert. Und seine Freunde. Für Mädchen hat er nie Interesse gezeigt. Ob er je Kinder wollte, heiraten? Ich weiß es nicht. Die finanzielle Grundlage dafür hat er nicht geschaffen. Und geheiratet hat bisher keins von unseren Kindern.

Du wärst gerne Oma geworden, Edith, das hast Du mir mal anvertraut. Ich möchte jetzt Opa werden. Mal schauen, ob das klappt. Manche Zuschriften kann ich ganz leicht aussortieren. Die, in denen angedeutet wird, dass man es nicht leicht hatte im Leben, dass einem andere übel mitgespielt haben. Das hat so einen nörgelnden und wehleidigen Unterton, dass ich die Leute, die so etwas schreiben, gar nicht erst kennenlernen möchte. Und dann die, die sagen, dass sie Großes vorhaben, ein Geschäft er-

öffnen, Filme drehen, Bücher schreiben wollen. Dinge, für die sie momentan noch nicht die nötigen Mittel haben. Da gehen bei mir natürlich alle Warnleuchten an. Johannes will seit zwanzig Jahren Musik machen und davon leben. Bisher hat er es noch nicht geschafft. Ich will nicht noch jemanden mit einem Scheck Monat für Monat unterstützen, damit er seinen Traum träumen kann.

Von den zweiundzwanzig Zuschriften sind nach kritischem Lesen drei übrig geblieben. Briefe, die realistisch und freundlich klingen, sich nicht anbiedern und eine angenehme Distanz halten. Eine Familie im Osten, der Mann arbeitet als Eislauftrainer, die Frau als Sozialarbeiterin, die Kinder sind acht und zehn. Sie wünschen sich einen Opa, der die Kinder morgens in die Schule bringt, anschließend zur Kindertagesstätte und sie dort abends wieder abholt und die Woche über auch am Abend als Kindermädchen zur Verfügung steht. Die richtigen Opas und Omas leben zwar in der gleichen Stadt, haben aber andere Pläne. Sie wollen endlich das Leben genießen nach der Pensionierung und viel reisen. Die Welt kennenlernen, die sie zu DDR-Zeiten nicht bereisen konnten. Das leuchtet ein, ich kann das verstehen.

Die zweite Zuschrift, die mir gefällt, kommt von einer jungen Familie, die keine Großeltern hat. Der Mann ist selbständig und muss zehn bis zwölf Stunden pro Tag arbeiten, die Frau ist zu Hause, sie haben zwei Kinder, einen fünfjährigen Jungen und eine kleine Tochter von einem Jahr. Der Mann hat geschrieben. Was er schreibt, hört sich ehrlich an. Sie suchen vor allem einen Opa für ihren Sohn. Nicht, weil sie einen Opa zum Kinderverwahren brauchen, die Frau ist ja zu Hause, sondern weil der kleine Sohn sich einen Opa wünscht, deshalb wollen sie ihm einen Opa besorgen.

Die dritte Zuschrift kommt von einer alleinerziehenden Mutter. Sie arbeitet als Verkäuferin in einem Möbelhaus. Ihre Eltern leben weit weg im Bayrischen. Sie ist geschieden, die Eltern des Mannes zeigen kein Interesse, sich um die Kinder zu kümmern, zwei Mädchen, drei und fünf, und sie hätte gern einen Opa, der sie bei der alltäglichen Betreuung der Kinder unterstützt.

Diese drei habe ich angerufen und mit ihnen kurz gesprochen. Auch am Telefon hörten sie sich sympathisch an. Ich habe mit allen dreien einen Termin vereinbart und werde mich mit ihnen in der Stadt, wo sie wohnen, treffen.

An den nächsten Wochenenden werde ich keine Langeweile haben, da werde ich mit meinem Entenstock Bahnhofstreppen hochklettern, Züge erklimmen. Manchmal wird mir ganz anders, wenn ich daran denke, was ich mir vorgenommen habe. Es ist ja ein großer Schritt, in wildfremde Städte zu reisen und auf wildfremde Menschen zuzugehen. Ich hoffe nur, ich bleibe so mutig, wie ich mich jetzt fühle, und kneife nicht in letzter Minute. Ich meine, es könnte ja sein, dass mir am Morgen vor einer Fahrt übel wird, der Körper irgendwie streikt und mir zu verstehen gibt, dass er mir bei den Anstrengungen, die ich vorhabe, seine Gefolgschaft aufkündigt. Diese Sorge, dass es immer anders kommen kann, als ich es plane, werde ich wohl nie mehr wieder los. Diese Sorge ist mein ständiger Begleiter, seit ich in einem Krankenhausbett aufgewacht bin und Frau Heimer mir erzählt hat, dass sie mich bewusstlos am Boden gefunden hat. Das Leben wird mit jedem Tag, den ich länger lebe, zu einem Abenteuer, von dem ich weiß, dass es jederzeit übel enden kann.

31

Tatütata. Diesmal wusste ich sofort, woher der Lärm kam. Ich griff nach meinem Handy. War das Beckmann? Konnte das überhaupt Beckmann sein? Wie spät war es jetzt in Japan?

»Beate Stein«, säuselte ich in meiner sanftesten Tonlage.

»Frau Stein, wie schön, dass ich Sie erreiche.«

Ich verfluchte den schwachen Moment, in dem ich Webers Mama meine Handynummer verraten hatte.

»Guten Tag, Frau Weber«, plapperte ich artig los. »Wie geht's? Erholen Sie sich gut?«

»Es ist schön«, versicherte sie mir. Als müsste sie sich selbst überzeugen. »Wirklich.«

»Das freut mich. Das freut mich sehr«, wiederholte ich eine Formel, die sich bewährt hatte. »Wie ist das Wetter?«

»Abends wird es schon kühl, ohne Jacken kann man nicht draußen sitzen. Das sind die Berge.«

»Man darf die Höhen der Eifel nicht unterschätzen.« Mit der allgemeinen Wetterlage und geographischen Fakten konnte man sich über jedes Gespräch retten.

»Ja, der Oktober ...«

Täuschte ich mich? Oder war sie etwas zerstreut?

»Wie geht es Andreas?« Die allgemeine Wetterlage und die Bergkämme der Eifel interessierten Frau Weber nicht wirklich.

»Andreas?« Ich bastelte an einer Antwort, die mütterliche Sorgen zerstreute. »Dem geht's prima. Wir erwarten ihn stündlich. Machen Sie sich bloß keine Sorgen. Das ist völlig überflüssig.«

»Wenn Sie das sagen, Frau Stein.« Ihre Stimme klang erleichtert. »Dann glauben wir das auch.«

»Andreas wirft so schnell nichts um. Der macht uns allen was vor.«

»Sagen Sie das nicht, Frau Stein«, widersprach sie mir, »ich kenne meinen Sohn. Er ist empfindlich.«

»Frau Weber, es besteht kein Grund, sich Sorgen zu machen. Ihr Sohn ist schon bald wieder an Bord.«

»Das höre ich gern, Frau Stein«, seufzte sie. »Als Mutter macht man sich immer Sorgen. Es kann so viel passieren.«

»Aber es ist nichts passiert«, log ich. »Ihrem Sohn geht es schon wieder gut.«

»Sie glauben gar nicht, wie froh ich bin, Sie kennengelernt zu haben.«

»Die Freude ist ganz auf meiner Seite«, erwiderte ich artig.

»Dass ich Sie anrufen darf, bedeutet mir so viel, wirklich.«

»Ich spreche auch sehr gerne mit Ihnen«, schwindelte ich höflich.

»Sie waren mir gleich sympathisch. Von Anfang an, gleich, als ich Sie gesehen habe. Sie sind ein netter Mensch.«

»Das bin ich nicht immer, aber ich gebe mir Mühe.«

»Das merkt man auch, wirklich.«

»Das ist nett, dass Sie das sagen«, bedankte ich mich.

»Wie es in den Wald schallt, so ruft es zurück.«

Keine Ahnung, was genau sie damit meinte, aber ich stimmte ihr zu. »Hundertprozentig, Frau Weber.«

»Grüßen Sie unseren Andreas, wenn Sie ihn sehen. Er soll sich ja erholen, da wollen wir ihn nicht stören.«

»Da wird er sich freuen, wenn er das hört«, versicherte ich. »Lassen Sie es sich gutgehen, und grüßen Sie ihren Mann.« Ich beendete die Verbindung, packte das Handy in eine Schublade meines Schreibtischs. Noch ein, zwei Telefonate mit Frau Weber, und ich konnte bei der Telefonseelsorge anheuern.

Am besten, ich machte gleich weiter. Jetzt, wo ich einmal in Schwung gekommen war. Alles eine Frage der Übung. Verbindlich Freundliches in ein Telefon zu säuseln war nicht meine Stärke. Aber ich machte Fortschritte. Und das hatte ich einzig und allein Webers Mutter zu verdanken. Sie kitzelte ganz neue Seiten aus mir heraus.

Mit den Fingern tippte ich die Nummer, die Petra mir auf den Schreibtisch gelegt hatte, in das Amtstelefon. Werner Kriegers Tochter in Berlin hatte sich gemeldet und wartete auf meinen Rückruf. Die unsäglichste aller Aufgaben forderte mich. Einer Tochter mitteilen, dass es ihren Vater nicht mehr gab.

Es klingelte nur einmal kurz, schon wurde abgehoben.

»Franka Krieger.« Die Stimme der Frau am anderen Ende klang eine Spur gehetzt, ungeduldig.

»Beate Stein«, meldete ich mich.»Schön, dass ich Sie erreiche, Frau Krieger.«

»Was kann ich für Sie tun, Frau Stein? Sie hatten darum gebeten, mit mir zu sprechen.« In Wirklichkeit sagte sie: Komm schnell zur Sache und vertrödele meine wertvolle Zeit nicht.

»Ich habe Ihnen eine traurige Mitteilung zu machen, Frau Krieger«, begann ich. »Es betrifft Ihren Vater.«

»Mein Vater? Was ist mit meinem Vater?« Raus damit, spuck endlich aus, was du zu sagen hast.

»Er ist Opfer einer Gewalttat geworden.«

»Ist er ...?« Sie schaffte es nicht, das Wort auszusprechen.

»Ja«, stellte ich klar. »Er ist tot.«

»Tot?« Auch eine schnelle, ungeduldige Frau wie sie brauchte Zeit, um die Mitteilung zu verarbeiten.

»Er ist ermordet worden«, sagte ich.

»Ermordet?« Eine Zeitlang war es still in der Leitung.

»A-ber wie-so?« Sie sprach langsam, wie verzögert. Sie war ausgebremst, im traurigen Hier und Jetzt angekommen.

»Das versuchen wir herauszufinden.«

»Die Beerdigung ...« Sie schien zu überlegen. »Das müssen wir regeln, oder?«

Sie hielt sich fest am Konkreten, an dem, was zu tun sein würde. Wie gut ich das kannte.

»Wissen Johannes und Ruth schon Bescheid?«

»Ich habe Ihren Geschwistern eine Mail geschickt. Bisher haben sie sich noch nicht bei mir gemeldet.«

»Ich kümmere mich darum«, versprach sie. »Über Handy kann ich sie bestimmt erreichen.«

»Das wäre freundlich«, bedankte ich mich.

»Soll ich sofort kommen? Wie schnell brauchen Sie mich?«

Die Aussicht, etwas tun zu können, brachte ihren schnellen Sprachrhythmus zurück.

»Sie können in Ruhe packen. Auf einen Tag früher oder später kommt es nicht an.«

»Die Beerdigung. Es muss ja alles geregelt werden mit der Beerdigung.« Schwang da ein Hauch von Panik in ihrer Stimme mit? »Er muss nach Bonn überführt werden. Da hat er ja sein Grab, neben unserer Mutter.«

»Das hat Zeit«, beruhigte ich sie. »Im Moment ist Ihr Vater noch in der Rechtsmedizin und wird obduziert.«

»Obduziert? Er wird noch einmal aufgeschnitten?« Ich hörte das Entsetzen in ihrer Stimme. »Ist das nötig? Wirklich nötig? Meinem Vater auch das noch anzutun?«

»Die Klärung der genauen Todesumstände ist Teil der Ermittlungen. Wir dürfen keine Spur vernachlässigen, die zu dem

Mörder Ihres Vaters führen könnte«, erklärte ich ihr freundlich.

»Natürlich. Sie tun auch nur Ihre Pflicht.«

»Wissen Sie schon, wo Sie hier wohnen werden?«, fragte ich.

»Ich wohne im Hotel«, kam es wie aus der Pistole geschossen. Mit dem Ton setzte sie sich vermutlich im Klassenzimmer durch. Von oben herab, gereizt.

»Meinen Sie, ich wollte bei diesen Leuten übernachten?«

»Wie meinen Sie das?«

»Die haben ihn doch nur ausgenutzt.«

»Woher wissen Sie das? Haben Sie die Sonntags persönlich kennengelernt? Mit Ihnen gesprochen?«

»Ich glaube nicht, dass die Wert darauf gelegt hätten.«

»Wissen Sie das? Oder ist das eine Vermutung?«

Ich wartete, ob sie mir noch mehr erzählen wollte. Sie wollte nicht.

»Haben Sie sich gut mit Ihrem Vater verstanden?«

»Gut verstanden? Was für eine Frage ist das denn?«, wies sie mich zurecht.

»Ich wollte nur wissen, wie Ihr Verhältnis zu Ihrem Vater war, ich wollte Sie nicht verletzen. Entschuldigen Sie bitte.«

»Mich verletzen? Das können Sie gar nicht.«

Im Austeilen war sie Spitzenklasse.

»Das Verhältnis von mir zu meinem Vater? Das Thema ist abgeschlossen für mich.«

Oha, dachte ich. Minenfeld. Achtung. Betreten bei Lebensgefahr verboten.

»Mit meinem Vater hat sich niemand gut verstanden. So ein Mensch war mein Vater nicht.«

Und jetzt lass mich gefälligst in Ruhe, signalisierte ihre Stimme. Es reicht.

So schnell gab ich nicht auf.

»Was für ein Mensch war er denn?«

Wenn sie mich jetzt abkanzelte, weil dies eine Frage war, die mit Sicherheit ein Telefonat sprengte, würde ich es verstehen. Aber sie überraschte mich.

»Er war ein Egomane«, brach es aus ihr hervor. »Einer, der immer nur das machte, was er wollte. Andere Menschen zählten für ihn nicht.«

Keine Spur von Herablassung, nur Bitterkeit. Eine Bitterkeit, die von verletzter Liebe sprach.

»Dann hatte er sicher Feinde?«

»Er hat immer nur an sich gedacht. Da macht man sich mehr als einen Feind, denke ich.«

»Darüber würde ich gern mehr erfahren«, sagte ich.

Würde sie mir noch mehr verraten? Ich wartete, aber sie schwieg.

»Melden Sie sich bei mir, wenn Sie hier angekommen sind?«

Was war so schwierig an meiner Frage? Ich wartete.

»Ich werde morgen anreisen, denke ich. Aber es gibt so viel zu tun, zu organisieren, dass ich nicht weiß, ob …«

Ich schnitt ihr das Wort ab. »Es ist sicher angenehmer, bei Ihnen im Hotel zu plaudern als im Präsidium.«

Meine Botschaft drang durch.

»Ich melde mich, wenn ich ankomme, Frau Stein.«

Es dämmerte ihr, dass sie keine ihrer Schülerinnen vor sich hatte.

»Wunderbar, dann sehen wir uns morgen. Ich wünsche Ihnen eine gute Reise, Frau Krieger.« Ich legte den Hörer auf die Gabel.

Besonders sympathisch war mir diese Lehrerin aus Berlin nicht. Wann sind dir Lehrer je sympathisch gewesen, fragte ich mich. Lass deine Uralt-Vorurteile beiseite und versuche, was du gehört hast, halbwegs neutral zu verarbeiten. Vergiss ihre Schulmeisterei. Was bleibt dann?

Eine ungeduldige Frau, die mit ihrem Vater abgeschlossen hat. Angeblich. Ein Kind, das sich von seinem Vater nicht geliebt gefühlt hat. ›Er war ein Egomane‹, hatte sie gesagt. ›Andere Menschen zählten für ihn nicht.‹

Und eine Frau, die die Zeitformen voll draufhatte. Die meisten Menschen sprechen noch tagelang von dem Toten, als ob er noch lebendig ist. Sie hatte die Vergangenheitsform gewählt.

Andere Menschen ›zählten‹ für ihn nicht. Vielleicht schlug da die Lehrerin durch, die die Zeitformen perfekt beherrschte. Vielleicht hätte sie die Formulierung aber auch gewählt, wenn er noch gelebt hätte. Das schien mir wahrscheinlicher.

Bedeutete das vielleicht, dass sie die Wahrheit sagte? Dass das Thema ›Vater‹ für sie abgeschlossen war? Definitiv der Vergangenheit angehörte? So sehr, dass sie von ihm nur in der Vergangenheit redete?

Dagegen sprach die Bitterkeit in ihrer Stimme.

Vielleicht war ja beides wahr. Ihre Aussage, dass sie mit ihm abgeschlossen hatte, und die Bitterkeit, die ihr davon geblieben war.

32

Liebe Edith,

heute war ich bei den Nachbarn eingeladen. Sie haben mit einem Glas Sekt den neuen Treppenlift eingeweiht. Schade, dass Du nicht dabei sein konntest, Edith. So viel gelacht habe ich noch nie wie mit den beiden. Sie stand oben auf dem Absatz mit den Sektgläsern, und er und ich haben uns abwechselnd in den Lift gesetzt und sind nach oben gefahren, haben an unserem Glas genippt und uns zur Abfahrt wieder hineingesetzt. Wie Kinder im Karussell auf der Kirmes. Mit diesem komischen Gefühl im Bauch, wenn es nach oben und dann wieder nach unten geht.

Ich bin wirklich begeistert. Am liebsten hätte ich sofort für unser Haus den gleichen Lift bestellt. Aber das ist nicht vernünftig, wenn ich denke, dass ich bald umziehen will. Von meiner Anzeige habe ich den Nachbarn nichts erzählt. Du weißt ja, wie sie sind. Sie denken von den Menschen nur das Schlechteste. Du kennst ja die Alarmanlage, die sie installiert haben. Da haben sie inzwischen noch einmal nachgerüstet. Sie haben einen Mann von der Polizei bestellt, der das Haus auf mögliche Schwachstellen abgeklopft hat, und jetzt haben sie die Eingangstür noch einmal mit einem Eisenbalken gesichert und Gitter vor allen Parterrefenstern anbringen lassen, die so enge Verstrebungen haben, dass Einbruchswerkzeuge schlecht fassen. Nach und nach bauen sie ihr Haus zu einem Gefängnis aus.

Sie haben mir freundlich angeboten, jeden Morgen einmal bei mir anzurufen, ob auch alles in Ordnung ist. Frau Heimer hat in der ganzen Nachbarschaft herumposaunt, was für ein Glück es war, dass sie mich am Mittwochmorgen gefunden hat, weil das ihr Putztag war. Und sie hat in den buntesten Farben ausgemalt, was passiert wäre, wenn ich am Donnerstag hingefallen wäre. Natürlich hat sie recht, und ich habe das Angebot der Nachbarn dankend angenommen. Jetzt klingelt bei mir jeden Morgen Punkt neun das Telefon, und Frau Nachbarin säuselt: ›Wenn es irgendetwas gibt, das ich für Sie tun kann, lassen Sie es mich wissen, Herr Krieger.‹

Es ist gut gemeint, und es ist sinnvoll. Aber jedes Mal, wenn sie diesen Satz sagt, fühle ich mich, als müsste es gleich klingeln, und vor der Haustür stünden kräftige Männer mit meinem Sarg. ›Haben Sie den Sarg bestellt, Opa?‹, fragen sie mich.

So weit ist es mit mir gekommen, Edith. Der strahlende, starke Mann, der Dich auf seinen Armen über die Türschwelle unseres Hauses getragen hat, ist ein alter Opa geworden. Ein Opa, der sich auf einen Stock aufstützt. Der ohne den Stock nicht mehr laufen kann. Ein alter Knacker, bei dem die Nachbarn jeden Morgen nachfragen, ob er noch am Leben ist.

Neulich hat der Griff meines Stocks in der Hand gewackelt, der Entenkopf. Ich habe ihn festschrauben wollen und entdeckt, dass man den Entenkopf abschrauben kann und dass im Inneren ein Röhrchen sitzt. Da kann man sich kleine Trösterchen einfüllen gegen die Widrigkeiten des Lebens. Und keiner sieht's. Ein tolles Versteck. Bevor ich losreise, werde ich mir einen Cognac da einfüllen. Bei dem, was mich erwartet, sind Widrigkeiten nicht auszuschließen. Aber mit Dir und einem guten alten Cognac als Begleitung kann mir nichts passieren, denke ich.

33

Ich parkte meinen Golf neben dem Wohnmobil. Dem Wohnsitz eines alten Herrn, den er sich ausgesucht hatte, nachdem er eine Villa in einer Stadt, in der er sein ganzes Leben verbrachte, verkauft hatte. Die Gardine eines Fensters in der grauen Fassade des Hauses, vor dem ich parkte, bewegte sich. Dort stand jetzt ein Mann in einem dunkelblauen Trainingsanzug und mit fettigen Haaren und verfolgte, was sich in seiner Straße tat. Welcher Gegensatz, diese trübe dunkelgraue Fassade und die Fassade des Hauses gleich nebenan. Der wilde Wein, der sie mit seinen prächtigen roten Blättern schmückte. Der Vorgarten voll von Lavendelbüschen und Rosenstöcken, von denen einige noch Blüten trugen. Die Fenster im ersten Stock waren mit bunter Fensterfarbe bemalt. Eine gelbe Sonne leuchtete zu mir herunter.

Ich lief auf den schwarz-weißen Bodensteinen, die glänzten, als ob sie lackiert wären, die Einfahrt hoch.

»Wo ist Opa?« Wie aus dem Nichts tauchte ein kleiner Knirps vor mir auf und sah mich aus großen fragenden Augen an. Er war verpackt in eine dicke Jacke, trug einen bunten Schal und eine Mütze, deren Bänder ihm bis auf die Knie hingen.

»Wann kommt Opa?«, variierte er seine Frage.

Opa? Hatten wir falsche Informationen? Lebte hier vielleicht doch eines von Werner Kriegers Kindern? Und war dies sein Enkelkind?

Eine Tür öffnete sich, und ich hörte eine Frauenstimme rufen: »Jonas.« Ich drehte mich um. Jetzt musste sie mich gesehen haben und auch den kleinen Knirps, der vor mir stand.

»Bist du Jonas?« Wie alt mochte der Kleine sein? Vier, fünf? Oder sechs?

Er nickte. »Und wie heißt du?«

»Ich heiße Beate.«

»Bate?«

»Be-a-te«, sprach ich ihm vor.

»Be-a-te?« Er sah mich fragend an.

»Klasse, Jonas«, lobte ich ihn.

»Be-a-te«, wiederholte er stolz.

»Be-a-te, Be-a-te.« Er hüpfte um mich herum.

»Be-a-te, Be-a-te, Be-a-te.«

Ich fing ihn mit meinen Armen auf, hielt ihn fest.

»Ist ja gut, junger Mann.«

»Ich heiße Jonas.« Er tauchte unter meinem Arm weg.

»Opa sagt Jo-ni zu mir.«

»Du hast bestimmt einen ganz toll netten Opa, Joni.«

Er nickte ernsthaft. »Kennst du meinen Opa?«

»Ein bisschen.« Ich dachte an die Bilder von Werner Krieger auf meinem Schreibtisch. Bilder von einem Toten.

»Jonas«, tönte es ein zweites Mal.

»Wo ist Opa?« Seine Stimme klang weinerlich.

»Komm, wir gehen ihn suchen.« Ich bot ihm meine Hand. Vertrauensvoll legte er seine kleinen Finger hinein.

»Ist das deine Mama, die nach dir ruft, Joni?«

»Nein.« Er schüttelte entschieden den Kopf. »Das ist Usch.«

Ich lief mit ihm der Frau entgegen, die im Hauseingang stand, zwischen den roten Heidekrauttöpfen. Mama, Usch, Opa. Die Familienverhältnisse wurden nicht durchsichtiger für mich.

Jonas ließ meine Hand los und stürzte sich der Frau, die mit offenen Armen in der Tür stand, entgegen. »Be-a-te sucht Opa.«

Während sie den kleinen Jungen mit ihren Armen umschloss, sah sie mich prüfend an.

»Sie wollen zu Werner?« Sie ließ den Jungen los. »Kommen Sie erst mal rein.« Sie hielt die Tür auf. Zu dem Jungen sagte sie: »Und du kannst auf dein Zimmer, Jonas, spielen.«

»Ich will nicht spielen.« Jonas stampfte mit dem Fuß auf. »Ich will Opa.«

Wonach roch es hier? Was war das für ein Duft? Süß und nahrhaft. Ob in der Küche ein Brot backte?

»Setzen Sie sich.« Sie wies auf eine Sitzecke mit Polstermöbeln, vor der ein Schaukelpferd stand.

»Ich bringe Jonas nur schnell in sein Zimmer.«

»Ich will nicht«, sagte Jonas bestimmt. »Be-a-te.« Er sah mich hilfesuchend an.

Ich sagte nichts und kam mir vor wie das große grüne Krokodil, das kleine Jungen verschlang.

Sie klemmte ihn unter den Arm und trug ihn die Treppe hoch.

Ich widerstand der Versuchung, das Schaukelpferd zu testen, und setzte mich stattdessen auf die Couch. Freundliche Farben umgaben mich. Gelb, Rot, Orange. Farben, die noch in der trübsten Jahreszeit Wärme verbreiteten. Dieser Geruch. So hatte es gerochen, wenn meine Oma in ihrem Kohleofen Brot backte.

Ich sah in den Garten. Die Sonne fiel in langen Streifen über den Rasen. Auf den Grashalmen im Schatten sammelte sich erster Reif. Vorbote der kalten Jahreszeit.

Sie kam zurück. Zum ersten Mal sah ich sie mir genauer an. Eine junge Frau, Mitte, Ende zwanzig, die mir gerade in die Augen blickte. Etwa gleich groß wie ich, um die 1,70. Ihre Schultern waren breit wie die einer Schwimmerin. Sie trug Jeans, die auf den Hüften saßen, dazu ein himbeerrotes T-Shirt, über dem ein durchsichtiges Etwas in der gleichen Farbe flatterte, dessen Enden in Taillenhöhe zu einer Schleife gebunden waren. Mode, wie sie in jedem Billigladen zu kaufen war. In die kurzen braunen Haare hatte eine Friseurin helle Lichter gezaubert.

»Wenn Sie Werner sprechen wollen.« Sie setzte sich mir gegenüber in den Sessel. »Ich weiß nicht, wo er ist. Aber wir erwarten ihn stündlich zurück.«

Ich räusperte mich. »Das wird leider nicht möglich sein.« Ich ließ ihr Zeit, um das, was ich gesagt hatte, zu verdauen.

»Das wird leider nicht möglich sein.« Sie wiederholte langsam meine Worte »Was meinen Sie damit?« Sie beugte sich vor, spannte die Schultern an. »Ist etwas mit Werner? Ist ihm etwas passiert?«

Ich nickte. »Werner Krieger ist tot.«

»Tot?« Sie saß plötzlich da mit aufgerissenen Augen. Wie

erstarrt. »Tot.« Ihre Starre löste sich. »Das ist nicht wahr. Das kann doch nicht wahr sein.«

Ich sah, wie sich Tränen in ihren Augen sammelten.

Wir saßen uns eine Weile stumm gegenüber, dann sprang sie auf. »Entschuldigen Sie bitte.« Sie lief in einen anderen Raum. Ich hörte Wasser rauschen. Bestimmt schaufelte sie sich dort kaltes Wasser ins Gesicht.

Wie viele Arten, mit Schmerz umzugehen, hatte ich schon gesehen? Ich wusste es nicht.

Mit einem weißen Papiertuch vor dem Gesicht kehrte sie zurück. Sie schnäuzte sich.

»Entschuldigen Sie bitte. Das kam so unerwartet.«

»Waren Sie mit Werner Krieger verwandt?«, fragte ich.

»Mit Werner verwandt?« Sie schüttelte den Kopf. »Nein – verwandt waren wir nicht.«

»Jonas hat nach seinem Opa gefragt.«

Sie blickte auf das Schaukelpferd, das neben mir stand.

»Jonas liebt Werner heiß und innig. Er hat ihn als seinen Opa adoptiert.« Ihr Blick klebte weiter an dem hölzernen Pferd, das bewegungslos auf seinen runden Kufen stand. »Werner hat Jonas sehr gemocht.«

War das Schaukelpferd ein Geschenk von Werner Krieger? Hatte er den Kleinen dort aufs Pferd gehoben, hier mit ihm gespielt?

»Meine Eltern sind bei einem Verkehrsunfall ums Leben gekommen, noch vor Jonas' Geburt. Und mein Mann hat zu seinen Eltern keinen Kontakt. Jetzt ist Werner Jonas' Opa.«

Ich war nicht so herzlos, sie auf die falsche Zeitform aufmerksam zu machen, in der sie sprach.

»Warum darf Ihr Sohn nicht Mama zu Ihnen sagen?«

Sie überlegte. Ich ließ ihr Zeit.

»Eitelkeit.« Ihre Wangen röteten sich. »Ich will die bleiben, die ich bin, Usch. Mama sein ist ja nur ein Teil davon.«

»Kann ich verstehen«, stimmte ich ihr zu. »Als ich Uniform tragen musste, da war ich nicht ich, sondern immer nur die Polizei.«

»Sie sind von der Polizei?«

»Entschuldigen Sie bitte. Ich habe mich noch gar nicht vorgestellt. Beate Stein, Kriminalhauptkommissarin.«

Ich legte meinen Ausweis vor ihr auf den Tisch.

»Erzählen Sie meinem Mann bitte nicht, dass ich Sie einfach so hereingelassen habe. Er findet, ich bin zu vertrauensselig.«

Sie nahm meinen Ausweis vom Tisch, sah ihn sich gründlich an.

»Hat Werner einen Unfall gehabt?«

»Nein.« Ich schüttelte den Kopf. »Er ist ermordet worden.«

Die Hand, in der sie den Ausweis hielt, zitterte.

»Ermordet? Wer sollte Werner denn ermorden?«

»Das werden wir herausfinden«, versicherte ich ihr.

Sie legte den Ausweis zurück auf den Tisch.

»Wie ist Werner gestorben?«

»Das untersuchen wir noch«, wich ich aus.

»Bestimmt hat er sich gewehrt. Mit seinem Stock.«

»Welchem Stock?«, fragte ich.

»Werner brauchte zum Gehen einen Stock. Ohne den Stock fühlte er sich unsicher.«

Ich konnte mich an keinen Stock erinnern.

»Was für ein Stock war das?«

»Halt ein Stock. Mit einem goldenen Entenkopf als Griff. Den man abschrauben kann. Und Alkoholisches einfüllen. Werner hat darüber Witze gemacht. ›Ich brauche keinen Bernhardiner zur Lebensrettung, ich habe eine Cognacente.‹«

»Das ist interessant«, sagte ich. »Vielleicht hilft uns das weiter.«

»Ich kann immer noch nicht glauben, dass Werner tot ist. Er saß immer hier. Auf diesem Sofa. Neben mir.«

»Sind Sie religiös?«, fragte ich.

Sie fasste an ihren Hals, nahm etwas in die Hand. Jetzt sah ich, was es war. Ein silbernes Kreuz, das an einem Lederband hing.

»Wir gehen nicht jeden Sonntag in die Kirche, wenn Sie das meinen.«

»Sie tragen ein Kreuz.«

»Ach das.« Sie blickte auf das Kreuz in ihrer Hand. »Das ist Modeschmuck.« Sie ließ das Kreuz schnell los. »Nichts weiter.« Das Kreuz fiel auf das durchsichtige Hemdchen, das sie über ihrem T-Shirt trug, fing sich in dem zarten Stoff. Sie entwirrte ihn vorsichtig. »Es gefällt mir. Das ist alles.«

Der Duft aus der Küche zog mir penetrant in die Nase. Warum hatte ich heute Morgen nicht ordentlich gefrühstückt?

»Werner Krieger lebte in einem Wohnmobil. Das ist ein etwas ungewöhnlicher Wohnsitz für einen Herrn von dreiundsiebzig. Warum hat er das getan?«

Sie legte das Kreuz auf ihr T-Shirt, prüfte den Sitz.

»Er wollte uns nicht zur Last fallen. Werner war sehr rücksichtsvoll. Bis der Umbau fertig war, hat er in seinem Wagen gelebt.«

»Seit wann ist der Umbau fertig?«

»Ganz fertig ist er bis heute nicht. Aber vor zwei Wochen ist Werner eingezogen.«

»Wie lange kennen Sie Werner Krieger schon?«

»Warum wollen Sie das wissen? Ist das denn wichtig?« Sie fasste an ihr Kreuz. »Jetzt, wo Werner nicht mehr lebt.«

»Wir ermitteln in einem Mordfall. Da ist alles wichtig. Ich frage Sie nochmal: Seit wann kannten Sie ihn?«

»Seit Anfang des Jahres.«

»Länger nicht?«, entfuhr es mir.

Sie stand auf, lief zu einer Anrichte. Mit einer Packung Papiertaschentücher kehrte sie zurück.

»Fragen Sie mich, was Sie wissen wollen. Ich werde antworten, so gut ich kann.«

»Wie haben Sie sich kennengelernt?«, fragte ich.

»Wir haben uns ...«

Im Hintergrund vernahm ich ein eigenartiges Geräusch. Jaulte da ein Hund oder eine Katze?

Die Frau vor mir sprang auf. »Sie entschuldigen.«

Sie lief die Holztreppen hoch. Dorthin, wo ich das Zimmer von Jonas vermutete. Kein Tier. Ein Kind, das weinte, weil der Opa, den es liebte, nicht bei ihm war.

Ich stand auf und sah mir das Schaukelpferd näher an. Das Pferd war mit einem farblosen Lack überzogen, der das Holz darunter zum Leuchten brachte. Da hatte jemand mit Liebe und Sachkenntnis ein altes Schaukelpferd wieder aufgearbeitet.

Ich hatte nie ein Schaukelpferd besessen. Sollte ich. Oder sollte ich nicht? Vorsichtig testete ich, ob das Schaukelpferd mich trug. Kein Problem, es war solide gebaut. Ich passte tatsächlich auf den kleinen Sitz, bewegte es einmal nach vorne und wieder zurück.

Die Kinderstimme schwieg. Schnell stieg ich vom Schaukelpferd und setzte mich auf meinen alten Platz zurück.

»Was soll ich Jonas bloß sagen?« Sie war wieder zurück. »Wo er jetzt schon so unglücklich ist.« Sie sah mich ratlos an. »Lily hat es besser, sie ist noch so klein, sie versteht das noch nicht.«

»Sie haben noch ein Kind?«, fragte ich.

Sie nickte. »Eine Tochter.«

»Wie alt ist Ihre Tochter?«

»Eineinviertel.«

»Und wo ist sie jetzt?«

»Mein Mann ist mit ihr beim Arzt. Sie hat gehustet, die ganze Nacht.«

»Erzählen Sie mir, wie Sie Herrn Krieger kennengelernt haben.«

»Das ist nicht in zwei Worten erklärt.« Sie setzte sich.

»Ich habe Zeit«, sagte ich.

»Wir haben ihn durch eine Anzeige kennengelernt, die er in eine überregionale Zeitung gesetzt hat. Eine sehr ehrliche, sehr anrührende Anzeige.« Sie griff nach ihrem Taschentuch. »Sie war ungewöhnlich.«

»Was stand in der Anzeige?«

Ich sah die Tränen in ihren Augen schimmern.

»Ich kenne den Text heute noch auswendig.« Sie schnäuzte sich.

»Verraten Sie ihn mir? Bitte.«

»Rüstiger älterer Herr würde den Lebensabend ...« Sie konnte nicht weitersprechen, rang um ihre Fassung. »... gern mit einer jungen Familie verbringen.« Jetzt war es mit ihrer Fassung vorbei. Die Tränen flossen über ihre Wangen.

»Eine mutige Anzeige«, sagte ich. »Unkonventionell und sehr ehrlich.«

»Genauso war er auch.« Sie hatte ihre Fassung wiedergefunden. »Wir mochten uns auf Anhieb, als wir uns das erste Mal trafen.«

»Warum liest man so eine Anzeige?«, bohrte ich nach. »Warum antwortet man darauf?«

Sie zuckte die Schultern. »Es war Zufall. Ein verregneter Sonntag. Ein Regenguss hat uns ins Café getrieben. Und wir haben die Zeitung gelesen. Peter und ich.«

»Und Jonas?«, fragte ich.

»Der war bei uns, natürlich. Und die Zeitung haben wir nacheinander gelesen, weil einer von uns sich immer um Jonas kümmern musste.«

»Wem von Ihnen ist die Anzeige aufgefallen?«

»Sie haben keine Kinder, stimmt's?«

»Nein«, gab ich zu. »Wieso fragen Sie?«

»Wenn man einmal jemanden hat, der einen entlastet«, sie sah zur Treppe hinüber, »dann ist das ein Luxus, den man voll auskostet, man liest die Zeitung ganz gründlich. Seite für Seite.«

»Sind Sie oder Ihr Mann zuerst auf die Anzeige gestoßen?«

»Ich habe sie zuerst gelesen. Und Peter darauf aufmerksam gemacht.«

»Wie war die Reaktion Ihres Mannes?«

Sie fasste an ihre Brust, nahm das Kreuz in die Hand. »Sie hat ihn genauso berührt wie mich.«

»Wer hat auf die Anzeige geschrieben?«, wollte ich wissen. »Sie oder Ihr Mann?«

»Mein Mann.«

»Warum Ihr Mann und nicht Sie?«

»Erst wollte ich schreiben. Aber dann ging es mir nicht so gut, und Lily hat mich voll beschäftigt, und da hat er's halt gemacht.«

»Und wie ging es weiter?«

»Wie Sie mich das so fragen …«, sie sah mich traurig an, »würde man denken, es wäre ein Verbrechen, auf eine Anzeige zu schreiben, eine Freundschaft mit einem älteren Herrn anzufangen.«

»Ich will Sie nicht verletzen«, versicherte ich ihr. »Ich will mir nur ein Bild von Ihnen und Ihrer Beziehung zu Werner Krieger machen.«

»Sie verletzen mich aber.«

»Das möchte ich nicht. Entschuldigen Sie bitte.«

Sie blickte hinüber zum Schaukelpferd. In ihren Augen schimmerte es verdächtig.

»Werner hat sich so gefreut über Jonas. Er hat sich sein Leben lang ein Kind gewünscht.« Sie zupfte ein zerknülltes Papiertaschentuch auseinander. »Seine Ehe blieb kinderlos. Darunter haben er und seine Frau ein Leben lang gelitten.«

»Kinderlos?«, fragte ich verblüfft.

»Ja, die beiden haben alles versucht, alle möglichen Ärzte und Kliniken in Köln besucht – da haben sie ja gelebt –, aber es nutzte nichts. Als seine Frau starb, blieb er allein zurück. Nach seinem Schlaganfall hat er die Annonce aufgegeben, er wollte so allein nicht weiterleben.«

»Und wo hat er gewohnt«, fragte ich nach, »bevor er zu Ihnen gezogen ist?« Ich war gespannt, welche Überraschung sie diesmal für mich auf Lager hatte.

»In Köln, wussten Sie das denn nicht?«

»Wir sind noch ganz am Anfang unserer Ermittlungen«, blockte ich. »Sie haben mir sehr geholfen. Danke, dass Sie sich die Zeit dafür genommen haben.«

Ich stand auf und schüttelte ihr die Hand.

»Und wundern Sie sich bitte nicht, wenn Sie jetzt Kollegen von mir auf Ihrem Grundstück sehen. Wir suchen in der Wohnung von Herrn Krieger nach Hinweisen, die uns weiterhelfen.«

Dem Schaukelpferd strich ich zum Abschied noch einmal über den Kopf. »Grüßen Sie Jonas von mir. Bitte.«

Auf dem Weg zur Tür kam ich an der Küche vorbei, sah ein Gitter voll von Backwerk, ohne erkennen zu können, was es war. Für wen backte Usch diesen wohlriechenden Kram? Und hatte die Tatsache, dass sie das tat, eine Bedeutung für die Ermittlungen?

Wenn ein Fall gelöst war, wusste man immer, was wichtig und was unwichtig war. Bis es so weit war, ließ sich nichts ausschließen. Musste ich alles als potenziell bedeutsam in meinem Kopf speichern. Ein Kreuz, das an einem Lederband baumelte, ein sorgfältig hergerichtetes Schaukelpferd und Backwaren, die auf einem Gitter kühlten. Das war die Praxis. So war das nun einmal.

34

Liebe Edith,

heute bin ich ganz aufgeregt. Ein wenig krakelig geraten die Buchstaben, die ich für Dich auf das Papier setze. Ich fühle mich aufgewühlt und leicht zittrig. Es ist eine gute Aufgeregtheit. Es erinnert mich an unser erstes Treffen, Edith. In der Eisdiele. Du bist mit Alfons an den Tisch gekommen. Ich habe Dich gesehen, und der Blitz ist eingeschlagen. So nennen das die Franzosen, ein paar Brocken habe ich ja aufgeschnappt von den Männern, die bei uns im Dorf gearbeitet haben, auch wenn ich da noch ein halbes Kind war. ›Coup de foudre‹, das kann ich heute noch sagen. Damals in der Eisdiele hat mich der Blitzschlag getroffen. Ganz flau war mir da plötzlich, meine Knie zitterten und auch die Hände, die habe ich unter dem kleinen Marmortisch versteckt. Und auf die gleiche Art flau ist mir heute. Nicht so stark wie damals. Aber doch ganz ähnlich. Kein Blitzschlag, aber doch so etwas wie eine Liebe auf den ersten Blick. Ich hatte mir aufgeschrieben, was ich sie fragen wollte, was ich unbedingt wissen musste. Und ich habe alles noch einmal durchgelesen auf der Bahnfahrt.

Und dann hangelst du dich mit diesem komischen Entenstock die Zugstufen herunter, stehst da auf dem Bahnsteig. Um dich lauter Menschen. Menschen, die schubsen und drängeln. Und du hältst dich an deinem Stock fest und fragst dich, ob du dir da nicht doch etwas viel zugemutet hast. Und da stehen dann plötzlich drei Menschen vor dir, und du schaust sie an, und mit diesem einen Blick ist alles klar.

Ich hatte mit ihm – er heißt übrigens Peter, habe ich Dir das schon erzählt? – schon am Telefon gesprochen, und es hat mir gefallen, wie er geredet hat, die Stimme war angenehm, und was er sagte, hatte Hand und Fuß und war freundlich.

Ein Blick und ich wusste, dass mir die drei gefallen. Begleitet von diesem flauen Gefühl im Magen. Meine Hände haben gezittert. Ich habe sie beide fest um den Entenknauf meines Stocks gelegt, um mich zu beruhigen. Du fragst Dich bestimmt, was mir an den dreien so gut gefallen hat. Ich habe mich das auch gefragt, im Zug auf dem Weg nach Hause. Ich bin ein vernünftiger Mensch, das weißt Du ja, Edith. Aber Gefühle fragen nicht nach Vernunft. Sie sind einfach da. Und es ist schön, wenn die Vernunft uns bestätigt, was wir fühlen. Man fragt sich natürlich, wie so etwas passiert, und versucht es mit Erklärungen. Aber guck Dir all die Psychologen an, die haben bis heute noch nicht erklären können, warum zwei sich verlieben. Ich versuche trotzdem, Dir und auch mir zu erklären, warum die drei so einen starken Eindruck auf mich gemacht haben. Sie standen mit einem Mal vor mir. Und sie sahen so frisch und natürlich aus. Aber die Worte treffen es nicht. Wie unbeholfen die Sprache manchmal ist. Ich sehe Dich jetzt lächeln, Edith. Ich weiß, ich weiß. Nicht die Sprache ist ungeschickt, ich kann mit ihr nicht gut umgehen. Ich probiere es nochmal. Ihre Gesichter waren offen. Ein anderes Wort finde ich dafür nicht. Natürlich und offen. Das trifft es so halbwegs. Eine Weile haben wir uns nur angeguckt. Und das war schön und ruhig und ganz natürlich. Edith, Du musst mich für einen dummen alten Mann halten. Aber sie würden Dir auch gefallen. Ich bin mir sicher. Der kleine Junge hat als Erster geredet: »Ist das der Opa?«, hat er mit kritisch in Falten gelegter Stirn gefragt. Und da mussten wir alle drei lachen, und das Eis war gebrochen. Jonas heißt der Kleine, er ist neugierig und hat schon mit fünf einen ganz eigenen Kopf. Es gefällt mir, wie Peter und Usch mit ihm umgehen. Sie beantworten ihm jede seiner Fragen. Nie klingt Peter genervt. Und auch Usch antwortet Jonas jedes Mal ernst und geduldig. Usch heißt eigentlich Uschi, aber Peter und Jonas nennen sie Usch. Das mache ich jetzt auch. Wir sind dann mit der Straßenbahn in den Zoo gefahren. Alle zusammen hätten wir nicht in Peters Auto gepasst, hat er mir erklärt. Er fährt mit einem Lieferwagen Tiefkühlkost aus, und vorne auf die Bank passen wir nicht alle. Aber ich bin ganz gut klargekommen in der Straßenbahn. Peter und Usch haben ein bisschen auf mich achtgegeben, das habe ich gespürt an ihren Blicken. Aber sie haben mich nicht betüttelt. Du weißt, wie ich das hasse. ›Ist auch alles in Ordnung? Geht es gut? Schaffen Sie das?‹ Wenn ich das höre, denke ich immer, ich bin in der Rehaklinik oder im Krankenhaus. Peter und Usch haben mich machen lassen und doch achtgegeben, dass ich mich nicht übernehme. Im Zoo hat Usch immer eine Bank angesteuert, wenn sie eine gesehen hat. Das hat sie für mich getan. Sie hat mir erzählt, dass die Nachbarin auf die kleine Tochter aufgepasst hat, während wir im Zoo waren. Die Schwester von Jonas heißt Lily. Sie haben vor kurzem ihren ersten Geburtstag gefeiert. Jonas ist ein ungewöhnliches Kind, ernst und neugierig. Er ist nicht vor den Käfigen der Affen herumgehüpft wie die anderen Kinder. Sondern hat erst alles aus sicherer Entfernung beobachtet, bis er näher herangegangen ist. Ich habe versucht, mich zu erinnern, wie Franka sich verhalten hat und Ruth und Johannes. Aber ich kann mich nicht daran erinnern. Bin ich je mit Euch im Zoo gewesen? Oder habe ich Dich da ganz alleine hingeschickt mit den Kindern? Wenn ich daran denke, tut sich ein Abgrund vor mir auf. So viel versäumte Gelegenheiten. Was bin ich nur für ein Vater gewesen?

Peter und Usch bleiben vor jedem Käfig so lange stehen, wie Jonas das möchte. Wir gehen erst weiter, wenn Jonas die letzte Frage gestellt hat. Und er stellt viele Fragen, Edith. ›Können Affen auch laufen? Oder nur springen? Schlafen die Seelöwen im Wasser? Ist ein Mann, der die Löwen füttert, schon einmal aufgefressen worden? Hast du Angst vor Schlangen, Opa?‹ Ich habe mir Mühe gegeben zu antworten, wirklich. Geglückt ist es mir nicht. Einmal ist Jonas zu Peter gelaufen. Ich habe gehört, wie er gesagt hat: ›Erklär du mir das, Papa. Opa macht immer so schnell.‹ Da wechselt man ein paar Worte mit einem Knirps, und schon ist man durchschaut.

Ich war froh, dass es so viele Bänke im Zoo gibt. Das Ganze hat mich doch angestrengt. Ich habe darauf bestanden, dass wir mit dem Taxi zum Bahnhof fahren. Und ihnen ehrlich gesagt, dass es für mich sehr schön, aber eben auch ein bisschen anstrengend war. Das ist so angenehm mit den beiden. Du hast nicht das Gefühl, du musst dich verstellen. Du kannst freiheraus sagen, wie du dich fühlst. Und sie nehmen es hin und machen kein Gedöns darum. Ich habe auch nicht das Gefühl, dass sie jetzt denken, ich wäre zu klapprig, um überhaupt noch zum Opa zu taugen. Das frage ich mich manchmal. Aber dann sehe ich die drei vor mir auf dem Bahnsteig, sehe Jonas mit seinem ernsten Gesicht, und er fragt: ›Opa, wann kommst du wieder?‹

Und wir lachen, Peter, Usch und ich. So ist das, Edith, ich habe wieder eine Familie.

35

Die Haustür fiel hinter mir zu. Ich drehte mich noch einmal um und sah hoch. Zu dem Fenster mit der gelben Sonne. Ich hob meine Hand und winkte. Für den Fall, dass ein kleiner Junge mit verheulten Augen da oben am Fenster saß.

Ich lief durch die Auffahrt zu dem Anbau, in dem Werner Krieger sein neues Leben beginnen wollte. Die Haustür stand halb offen. Die Kollegen hatten es einmal geschafft anzurücken, ohne einen Heidenlärm zu machen.

Ich trat ein und stand in der Diele. Ich versuchte, mir ein Bild von der Raumaufteilung zu machen. Das Ganze war einmal eine Garage, erinnerte ich mich. Also lang und schmal. Im Prinzip ein Rechteck. Der vordere Teil, die Diele, war durch

Schrankwände vom Rest abgetrennt. Ich bewunderte den Architekten, der den Raum geplant hatte. Die Einbauten standen so unauffällig und perfekt vor mir, dass sie wie eine weiße Wand wirkten. Eine Wand, die einen Durchgang besaß. Ich lief weiter und betrat einen Wohnraum, der von einer Glasfront beherrscht wurde, durch die man in den Garten sah.

Die Kollegen machten ihre Arbeit. Ein Kollege saß vor einem zierlichen Sekretär und räumte Papiere aus. Ein zweiter Kollege klopfte die Wand neben der Fensterfront mit der flachen Hand ab. Auf der Suche nach einem eingebauten Tresor vielleicht?

»Hallo«, grüßte ich laut. »Schon was Interessantes gefunden?«

Der Kollege an der Fensterfront drehte sich zu mir um. »Nirgendwo Blut. Hier ist er nicht erstochen worden.«

»Das ist schon mal was.« Ich nickte anerkennend. »Ich seh mich mal ein bisschen um.«

»Vergiss die Handschuhe nicht.«

»Nie«, versicherte ich. »Ich habe immer ein Paar dabei. In jeder Handtasche eins, mindestens.«

Ich sah mich um. Eine Schlafcouch mit einer bunten Patchworkdecke in hübschen frischen Farben. Der antike schwarze Sekretär, den ein Kollege gerade untersuchte. Ein Ohrensessel mit einem Fußhocker, beide bezogen mit einem kleinen weißgrundigen Muster, das Frische verbreitete. Ein Fernseher mit großem Bildschirm, eine Stereoanlage. In der Mitte des Raumes erkannte ich schlanke Metallregale, in denen die CDs alphabetisch geordnet waren. Hier wollte ein ordentlicher Mann leben, ein Mann, der Klarheit und Ordnung anstrebte.

Durch einen Mauerdurchbruch ging es in den Seitentrakt. Dieser Teil war neu angebaut, vermutete ich. Ich gelangte in eine kleine Kochküche. Es sah nicht so aus, als ob der Herd mit den Ceran-Platten je in Betrieb genommen worden war. Tatsächlich. An der Seite hing noch eine Betriebsanleitung. Ich öffnete mit meinen Latexfingern einen Küchenschrank. Das Gleiche. Töpfe und Geschirr sahen aus wie in der Auslage eines Geschäfts. Ob die Frau, mit der ich gerade gesprochen hatte, für ihn gekocht hatte? Irgendwelche Backwaren hatte sie ja gerade für eine ganze Kompanie zustande gebracht. Ich hob den Toaster hoch. Krümel rieselten heraus. Den Toaster musste er schon in Betrieb genommen, den ein oder anderen Toast selbst geröstet haben. Was mochte er in seinem Kühlschrank aufbewahren? Neugierig öffnete ich die Tür: Nutella, Kinderschokolade. Eine Flasche Jägermeister. Fischdosen. Ein paar Flaschen Bier. Keine billige Marke. Nutella und Kinderschokolade, Sachen, die sich lange hielten. Ich tippte darauf, dass das Vorräte waren, die für den Besuch von Jonas bereitlagen.

Das Badezimmer war klein. Es bestand aus einer Dusche, dem WC und einem Waschbecken, das in einen Holzschrank eingebaut war. Wer immer das Bad eingerichtet hatte, besaß Geschmack. Terrakottaziegel auf dem Boden, weiße Fliesen, Palisanderholz. Kontraste, die das Bad männlich und frisch wirken ließen. Auf dem eleganten Holzbrett unter dem Spiegel stand ein teures Männerparfum. Hatte sich Werner Krieger diesen Luxus selbst gegönnt, oder hatte ihm das jemand geschenkt? Ich trat auf den Fußhebel des Abfalleimers. Die Klappe sprang hoch. Leer bis auf eine Schicht Bartstoppeln am Boden. Ich staunte. Werner Krieger hatte zu einer Spezies Mann gehört, von der ich nicht gedacht hätte, dass sie überhaupt existiert. Ein Mann, der seine Barthaare nicht im Waschbecken oder im Klo entsorgte. Das war neu für mich.

Ich schaute in den Schrank unter dem Waschbecken. Dort fand sich eine Kollektion, die mich staunen ließ. Originalverpackte Schachteln mit Pillen. Aufgerissene Packungen, dunkelbraune Flaschen, durch deren Seitenwände ich Pillen erkannte, und weitere Schachteln.

Es sah aus, als wäre Werner Krieger für alle Widrigkeiten, die einem der Körper bereiten kann, bestens gerüstet gewesen. Was sagte mir das über ihn? Dass er Vorkehrungen traf und sich nicht unvorbereitet den Risiken des Lebens aussetzte.

»Schau mal, was wir hier haben.« Der Kollege, der den Sekretär durchsucht hatte, stand in der Tür. Er hielt eine Mappe in der Hand. »Das haben wir in seinem Sekretär gefunden.«

»Lass sehen.« Ich schlug mit meinen Latexfingern die Seiten auf.

›Testament‹, las ich. ›Ich, Werner Krieger, möchte im Falle meines Ablebens folgende Verfügung treffen. Mein gesamtes Vermögen in Höhe von etwa einer Million Euro (Barvermögen plus Aktien und zwei Immobilien in Bonn) möchte ich der Familie vererben, die mich wie einen Blutsverwandten bei sich aufgenommen hat. Ich möchte Uschi, Johannes, Jonas und Lily Sonntag als meine Erben einsetzen. Dies verfüge ich im Vollbesitz meiner geistigen Kräfte. Ich bin dankbar, bei ihnen ein Zuhause und echte Zuneigung erfahren zu haben. Ich liebe sie mehr als meine eigenen Kinder.‹

»Formal ist das in Ordnung«, sagte mein Kollege. »Ordnungsgemäß mit der Hand geschrieben, mit Datum und allem Schnickschnack.«

»Wenn das seine Schrift ist«, sagte ich.

»Du bist ja misstrauisch«, staunte mein Kollege. »Wir haben noch andere Schriftproben.«

»Alles aufs Präsidium«, bestimmte ich. »Sofort. Sämtliche Schriftsachen. Das Testament müssen wir umgehend ans Gericht weiterleiten. Hast du Fotos gefunden?«

»Eins stand auf dem Sekretär.«

»Zeig mal.« Ich lief mit ihm ins Zimmer zurück.

»Hier.« Er reichte mir ein Foto in einem Silberrahmen.

Ein Hochzeitsfoto. Eine Frau mit einem Rosenstrauß und einem glücklichen Lachen. Ein Mann, der übermütig in die Kamera grinste. Der Mann war jung, aber die Ähnlichkeit mit dem Mann in der Kirche war auffällig.

»Hast du sonst noch Fotos entdeckt?«, fragte ich.

»Haufenweise, in Papiertaschen, die du kriegst, wenn du Fotos zum Entwickeln bringst, ordentlich beschriftet, mit Datum. Und weißt du, was komisch ist?«

Ich sah meinen Kollegen fragend an.

»Alle nur aus den letzten sechs Monaten.«

»Bis auf das Hochzeitsfoto«, gab ich zu bedenken.

»Wenn er das auf dem Foto ist, dann hast du recht.«

»Packt die Fotos mit ein«, sagte ich, »und die Medikamente im Bad. Die muss Fleischer sich ansehen.«

»Meinst du, mit denen ist was faul?«

»Keine Ahnung«, gab ich zu. »Sicher ist sicher. Ich hab nur das Gefühl, dass in diesem Fall alles anders ist, als es scheint. Da können ein paar Fakten, die wir überprüft haben, nicht schaden.«

»Solange du uns nicht sagst, wir sollen alles hier eintüten, jeden Scheiß …« Sein Blick glitt zu den CD-Ständern und von dort zu dem Regal unter dem Fernseher, wo ein paar Dutzend Videokassetten ordentlich beschriftet nebeneinander standen.

»Guckt euch halt hier mal durch, was drauf ist«, regte ich an.

»Die Perlen der Volksmusik.« Mein Kollege griente. »Traumschiff. Wie Biber einen Damm bauen. Ich kann es kaum erwarten.«

»Nur keine Vorurteile«, warnte ich.

Ich trat durch die große Tür hinaus auf die Terrasse. An der Wand lehnten große Glasplatten. Die hatten die Glaser von ihrem Transporter geladen, als ich das erste Mal hierher gekommen war. Ich sah sie genauer an. In das Glas waren feine Netze aus Metallfäden eingearbeitet. Um es bruchsicher zu machen. Es sah ganz so aus, als hätte Werner Krieger eine gläserne Überdachung der Terrasse geplant. Mein Blick fiel auf einen Napf mit Milch, der am Boden stand. Und einen Napf, der etwas enthielt, das wie Katzen- oder Hundefutter aussah. Wer würde jetzt füttern, wo er nicht mehr da war?

Drinnen erwartete mich der Kollege mit einer Kassette in der Hand. »Willst du mal sehen?«

»Was ist es denn?«, fragte ich. »Fütterung der kleinen Freunde aus dem Garten?«

»Wie wär's mit ›Uschs Geburtstag‹. Klingt nett, oder?«

Der Kollege warf die Videokassette ein. Er setzte sich in den Ohrensessel. Das Bild flimmerte. Dann erkannte ich, was darauf zu sehen war. Ein spektakulärer Blumenstrauß. Papageienblumen. Strelitzien. So etwas schleppten Urlauber nach einem Kurzurlaub auf den Kanarischen Inseln zurück nach Hause.

Jetzt zeigte die Kamera auf zwei Frauenhände, die Papier von einem winzigen Päckchen zogen, das Papier knautschten, es achtlos fallen ließen. Die Frauenhände zogen den Deckel von der kleinen Schatulle, holten einen Ohrring hervor, eine goldene Kreole. Die Kamera schwenkte zum Gesicht der Frau. Das war die Frau, mit der ich gerade gesprochen hatte, Jonas' Mutter. Sie lachte und freute sich. Nahm eine Perle aus ihrem Ohr und setzte den goldenen Ring dafür ein. War der Mann hinter der Kamera Werner Krieger gewesen?

Wer bist du, Werner Krieger?, fragte ich mich. Wir haben zwar deinen Namen, aber mehr nicht, und je mehr ich von dir erfahre, desto weniger weiß ich, wer du wirklich bist.

36

Liebe Edith,

heute habe ich im Briefkasten einen hellblauen Briefumschlag mit einer hübschen Briefmarke gefunden, die Adresse handgeschrieben in einer schwungvollen Schrift. Zuerst dachte ich, Ruth hätte geschrieben. Sie ist die Einzige, die hübsche Briefmarken auf die Karten und Briefe klebt, die sie verschickt, aber es war nicht ihre Schrift. Es war ein Brief von Usch. Ich habe schon lange keinen so hübschen Umschlag mehr in die Hand bekommen. Mit einem Leuchtturm als Briefmarke. Die Umschläge, die ich mit dem Briefmesser öffne, das ich von Dir zu einem unserer Hochzeitstage geschenkt bekommen habe, sehen ganz anders aus. An der Stelle einer Briefmarke findest du den Aufdruck von Frankierautomaten, und die Adresse ist nicht handgeschrieben, es ist eine Schrift aus dem Schreibcomputer. Aber wer schreibt mir heute schon? Die Kinder schreiben mir nicht. Ausgenommen Ruths Kartengruß. Aber ich will nicht daran denken. Nicht daran, wann ich das letzte Mal von Johannes Post bekommen habe oder von Franka. Seit Jahren haben sie nicht mehr geschrieben.

Die Briefe, die ich heutzutage bekomme, sind Rechnungen, ich soll Gas und Wasser bezahlen, die Elektrizität, die Grundsteuer, die Müllabfuhr, die Versicherung fürs Haus, meine Steuern. Oder es sind Briefe von Leuten, die mir etwas verkaufen möchten. Anlageberater, die mein Geld verwalten wollen, Versicherungen, die mir raten, für das Alter eine private Rente aufzubauen, oder Zeitungen, die mir eine Uhr schicken wollen, wenn ich sie abonniere. Und dann die ganzen Prospekte, die ich nirgendwo bestellt habe. Ich wundere mich oft, woher die meine Adresse haben. Das ist die Art von Briefen, die ich in unserem Briefkasten finde. Wenn ich noch daran denke, wie viele hübsche Briefe in unserem Briefkasten angekommen sind, als Du noch bei mir warst. Weihnachten war das jedes Mal ein Fest. Du hast alle Briefe und Karten auf rote Bänder gezogen und damit unseren Flur geschmückt. Heute noch hängen die Karten von Weihnachten vor zwei Jahren unten in der Diele. Ich habe es nicht übers Herz gebracht, sie abzuhängen. Seit Du nicht mehr da bist, kommen solche schönen Briefe nicht mehr bei uns an. Die Leute haben sie Dir geschickt und nicht mir.

Du kannst Dir meine Freude vorstellen, als ich heute nach langer Zeit wieder so einen schönen Brief bei uns im Briefkasten gefunden habe, Edith. In dem Umschlag steckte ein Bild, das Jonas für mich gemalt hat. Viermal gefaltet. Als ich es aufgeklappt habe, brauchte ich eine Weile, bis ich erkannt hatte, was der Kleine mit seinen bunten Stiften gezeichnet hat. Drei Strichmännchen. Eines der Männchen hielt einen Stab in der Hand. Das war ich mit meinem Stock, die beiden Männchen daneben waren Peter und Usch, folgerte ich. Er hatte jeden von uns in einer anderen Farbe gemalt. Peter war hellblau, Usch himbeerrot und ich dunkelgrau. Der Kleine hat eine gute Beobachtungsgabe. Peter trug einen hellblauen Anorak, Usch eine himbeerrote Jacke und ich den Lodenmantel, den wir zusammen für mich gekauft haben. Wir standen am Rand von einer großen blauen Fläche, die den Hauptteil des Bildes einnahm. Es konnte sich nur um das Seehundbecken handeln. Denn mitten auf der blauen Fläche saß ein kleines Strichmännchen mit einer Angel auf einem großen schwarzen Block. Ein Selbstporträt des kleinen Künstlers. Aber woher kam die Angel? Bei unserem Zoobesuch hatten wir nirgendwo eine Angel gesehen. Das nächste Mal, wenn ich ihn sehe, werde ich Jonas fragen, ob er schon einmal geangelt hat oder angeln möchte. Bei näherem Hinsehen hat sich der schwarze Block als Seehund entpuppt, es gab zwei rote Punkte, Augen vermutlich, die hätte ich bestimmt übersehen, wenn da nicht noch vier schwarze Striche gewesen wären, zwei links, zwei rechts am spitzen Ende des schwarzen Blocks. Das konnten nur die Schnauzhaare von einem Seehund sein. Ich habe das Bild mit Tesafilm auf die Wand über dem Sekretär geklebt. Ach, das habe ich noch vergessen, Dir zu sagen, über der blauen Fläche steht eine dicke gelbe Sonne, die ihre Strahlen nach unten schickt. Es ist ein fröhliches Bild. Ich sehe gerne darauf. Ein kleiner Kerl, der auf einem Seehund sitzt und angelt. Ich dachte als Erstes, das muss ein glückliches Kind sein, das sich selbst in das Zentrum des Bildes malt. Aber je länger ich das Bild betrachte, desto unsicherer werde ich. Der schwarze Block von Seehund strahlt in seiner Massivität auch etwas Bedrohliches aus.

37

Werner Krieger hatte nicht seinen leiblichen Kindern, sondern Menschen, die er erst ein halbes Jahr kannte, sein Erbe vermacht. Die eigenen Kinder schienen ihn nicht die Bohne zu interessieren.

Wieso musste dieser Fall ausgerechnet auf meinem Schreibtisch landen? Ein Vater, den seine Kinder nicht interessierten. »Später verstehst du mich«, hatte mein Vater zu mir gesagt, als er mit zwei Koffern in der Hand aus unserer Wohnung verschwand.

Verstehen ist nicht das Problem, dachte ich. Ich verstehe alles. Ich verstehe, wenn ein zwölfjähriger Rotzlöffel seine Oma schlägt, damit sie ihm das Geld für die Markenschuhe gibt. Die, mit denen er bei sich in der Klasse, in der Clique was gilt.

Ich verstehe, wenn ein junger Mann, der keine Liebe bekommen hat, seine Freundin umbringt, weil sie ihn betrügt.

Im Verstehen bin ich unschlagbar. Ich bin die größte Versteherin überhaupt. Solange mich keiner fragt, was ich dabei fühle. Wenn mich das einer fragen würde, müsste meine ehrliche Antwort lauten: Ich will nicht mehr verstehen. Ich bin dieses ganze Verstehen leid.

Wut ist einfacher und produktiver. Heilsamer. Ehrlicher. Aber so hart ich auch tue, so eindimensional, so zupackend und streng, ich könnte heulen, dass die arme Oma von ihrem Enkel geschlagen wird, und ich könnte genauso darüber heulen, dass ihr Enkelsohn glaubt, nur jemand zu sein, wenn er die richtige Schuhmarke trägt. Das ist nichts, worauf ich stolz bin. Anderen zeige ich das nicht. Klare Gefühle wie Hass und Wut wären mir lieber. Wut auf den Enkel, weil er sich an seiner Oma vergreift. Aber so klar sind Menschen und ihre Handlungsweisen, so klar sind Gefühle meiner Erfahrung nach nicht.

Wovon redete ich hier eigentlich? Von einer Oma und ihrem Enkel? In Wirklichkeit ging es bei all dem um mich. Um meinen Vater, der mich und meine Mutter vor dreißig Jahren verlassen und sich danach nie mehr bei mir gemeldet hatte. In meinem eigenen Fall, den ich so gerne verdrängte, ging mir alles Verständnis ab. Wie konnte ein Mensch, der ein Kind gezeugt hatte, es einfach so vergessen, sich aus seinem Leben entfernen?

Und jetzt lag ein Fall auf meinem Schreibtisch, in dem ein Vater einmal mehr ein seltsames Verhältnis zu seinen Kindern pflegte. Nach allem, was ich bisher wusste. Wie sonst sollte man sich erklären, dass die leiblichen Kinder in seinem Testament nur am Rande erwähnt wurden?

Sollte ich den Fall besser abgeben? An jemanden, der frei von Vorurteilen gegenüber Vätern war, die sich von ihren Vaterpflichten verabschiedeten? Denen ihre Kinder nicht wichtig waren? Allein schon, dass ich im Zusammenhang mit einem dreiundsiebzigjährigen Mann noch in Begriffen wie ›Vaterpflichten‹ dachte, zeigte, wie voreingenommen ich war.

Vielleicht war das aber auch eine Chance, meine Chance, die Sache mit meinem Vater nicht länger zu verdrängen. Sie ein für alle Mal für mich zu klären. Wenn ich nicht so enden wollte wie die Tochter von Werner Krieger, bis zum Rand von Bitterkeit erfüllt.

Es gab nur einen Menschen, den ich zu diesem heiklen Thema befragen konnte: meine Mutter. Warum hatte ich das bisher nicht getan? Warum hatten wir beide das Thema jahrelang stumm umschifft? Aus Scham, aus Angst, aus Vorsicht? Angst, den anderen zu verletzen? Angst, verletzt zu werden?

Meine Mutter war überrascht gewesen und entzückt, dass ihre vielbeschäftigte Tochter sich mit ihr treffen wollte. Um mit ihr zu reden. Mehr hatte ich nicht gesagt. Sie wusste nicht, dass ich mir für heute vorgenommen hatte, sie nach Dingen zu befragen, die sich vor dreißig Jahren ereignet hatten.

Die Wahl des Ortes hatte ich ihr überlassen. Ohne zu zögern, hatte sie den ›Alten Markt‹ bestimmt, ein Brauhaus im Zentrum der Stadt, in dem das Mobiliar und die Speisekarte sich seit zwanzig Jahren nicht verändert hatten.

Wie oft war ich mit ihr als Kind die ausgetretenen Holztreppen auf die Empore hinaufgeklettert, eine alleinerziehende Mutter mit ihrem Kind nach den gemeinsamen Einkäufen am Samstag.

Jetzt war es so weit. Ich drückte die schwere Eichentür auf und betrat das Lokal. Es kam mir vor, als hätte sich nichts geändert in all den Jahren. Die gleichen ausgetretenen Holztreppen, auf denen ich nach oben stieg, der gleiche Geruch von Zigarettenrauch und verschüttetem Bier. Die gleichen zwiespältigen Gefühle. Ich wusste nicht, ob ich mich freuen sollte oder fürchten, weil ich gleich meine Mutter traf.

Sie war schon da. Sie saß unter einem Wagenrad, in dessen Mitte ein künstlicher Blumenstrauß hing, Kornblumen, Ähren, roter Mohn. Vor ihr ein Glas Bier. Sie winkte mir zu. Wie lebendig sie aussah. Mit ihrer Mähne unbändiger grauer Locken. Und einem apfelgrünen Pullover über dem strammen Busen, einen Zigarillo zwischen den Lippen. Der Pullover war mit den gleichen Stäbchen gehäkelt wie ihre sämtlichen Pullover, mit den gleichen Lücken, die einen Blick auf das Unterhemd erlaubten, das farblich genau auf den Pullover abgestimmt war, apfelgrün. Ich erinnerte mich daran, dass ihre Pullover in meiner Kindheit alle blickdicht gehäkelt waren. Den Durchblick auf die Unterwäsche hatte es damals nicht gegeben. Wie alt war sie eigentlich heute? Sechsundsechzig, rechnete ich, seit drei Jahren frisch verheiratet. Sie wirkte wie eine flotte Frührentnerin auf mich. Auf einmal kam mir, was ich mir vorgenommen hatte, seltsam unwirklich vor. Wie etwas, das sich in einem anderen Leben ereignet hatte.

Ich gab ihr zur Begrüßung einen Kuss auf die Wange.

»Lass dich anschauen.« Sie musterte mich mit einem kritischen Blick. »Du solltest dich ein bisschen pflegen. So eine junge Frau wie du.«

»Mama«, stöhnte ich auf. Ich schälte mich aus meiner Regenjacke, warf sie auf einen Stuhl.

»Einer muss dir das doch sagen.«

»Du warst immer gepflegt, tipptopp«, stürzte ich mitten hinein in das Thema. »Trotzdem hat Vater uns verlassen.«

»Das sind doch alte Geschichten.« Lore drückte ihren Zigarillo im Aschenbecher aus. »Die lässt man am besten ruhen. Alles andere bringt nichts.«

»Ich habe sie dreißig Jahre lang ruhen lassen. Jetzt holen sie mich ein. Ruhen lassen geht nicht.«

»Zwei Salzkuchen und zwei Bier«, bestellte sie, ohne mich zu fragen. Sie reichte der Kellnerin ihr leeres Bierglas mit dem Schaum am Rand über den Tisch. »Warum gerade jetzt?«

»Warum hat Vater uns verlassen?«, fragte ich zurück.

»Dein Vater war ein Mistkerl.« Sie zog einen Zigarillo aus der Packung.

Ich zählte die Stäbchen ihres Pullovers in einer Reihe. Fünfunddreißig? Oder hatte ich mich verzählt?

»Er hat uns das Leben zur Hölle gemacht.«

»Wie kann man sich nie mehr bei seiner Tochter melden? Das ist abartig.«

Die Kellnerin setzte zwei Brötchen mit Mett vor uns auf den Tisch.

»Ich habe keinen Hunger«, sagte ich.

»Du musst was essen«, forderte Lore energisch und schob ein Brötchen auf einer Serviette vor mir auf den Tisch. Ich betrachtete das Mett, das rot-weiß zwischen den Brötchendeckeln stak, und ekelte mich.

»Er hat sich nicht mehr bei dir gemeldet, weil ich es ihm verboten habe.« Lore zog an ihrem Zigarillo und pustete Ringe aus Rauch über den Tisch.

Ich konnte nicht glauben, was sie da sagte.

»Du hast ihm verboten, mit mir Kontakt aufzunehmen?«

»So einen Mistkerl brauchten wir nicht.«

Lore biss in ihren Salzkuchen und kaute.

»Warum hast du mich damals nicht gefragt? Ob ich nicht Kontakt zu ihm haben wollte.«

»Du?« Sie sah mich verständnislos an und fegte ein paar Brötchenkrümel vom blankgescheuerten Holztisch. »Du? Du warst ein Kind.«

»Kinder zählen nicht?«

»Du warst acht. Du hast doch das alles gar nicht verstanden.« Sie hielt das Bierglas fest umfasst. »Er war ein Mistkerl. Ich bin froh, dass er aus unserem Leben verschwunden ist.«

»Was war denn so furchtbar an ihm?«

»Das ist schon so lange her.« Sie kaute weiter, spülte nach mit einem Schluck Bier. »Wen interessieren denn die alten Sachen heute noch?«

»Mich«, antwortete ich.

Sie sah mich ungläubig an.

»Dieser Mistkerl hat nichts als Probleme gemacht. Er hat keinen Job länger als zehn Tage ausgehalten, er ist mit jeder Frau fremdgegangen, die ihm über den Weg gelaufen ist, er war ein Geizhals und kleinlich.«

»Trotzdem ist er mein Vater«, sagte ich.

»Biologisch ja.« Sie drückte ihren Stumpen im Aschenbecher aus. »Aber das ist auch alles.«

»Bin ich ihm ähnlich?«, fragte ich.

Sie strich sich eine graue Locke aus der Stirn. »Das habe ich mich manchmal gefragt. Aber nein.« Sie schüttelte den Kopf. »Du bist großzügig und hilfsbereit, das war er nicht.«

Sie sog an ihrem Zigarillo und betrachtete mich.

»Das gute Aussehen hast du von ihm. Deshalb bin ich ja auf ihn geflogen«, seufzte sie. »Er war ein Blender. Ein Schaumschläger, ein Angeber.« Sie zupfte den Pullover zurecht. »Die jungen Jahre. Worauf man da alles reingefallen ist.«

Ich trank einen Schluck von dem Pils, das sie für mich bestellt hatte.

»Wie ist dein Freund eigentlich?« Meine Mutter musterte mich mit einem scharfen Blick.

»Tja«, begann ich. »Was willst du denn wissen?«

Für das, was kam, brauchte ich Stärkung. Ich griff mir das Brötchen, das für mich bestimmt gewesen war.

»Was ist er, was macht er, behandelt er dich anständig?«

Ich kaute mein Stück Salzkuchen mit Mett und sah zum Nachbartisch. Da ließ sich gerade eine Familie mit zwei Kindern und unzähligen Einkaufstüten nieder.

»Ich will eine Antwort.« Meine Mutter schüttelte ihre Locken in den Nacken und ließ mich nicht aus dem Blick. »Ich habe dir schließlich auch geantwortet auf deine Fragen.«

Ich kaute an meinem letzten Bissen. »Also«, begann ich.

Die Familie am Nebentisch studierte die Speisekarte. Jeder für sich. Vater, Mutter, Sohn und Tochter.

Mit einem Schluck Bier spülte ich die letzten Reste des Mettbrötchens weg.

»Er hat studiert, Wirtschaft, war selbständig, aber die Geschäfte liefen nicht gut.« Die Höhe der Summe seiner Schulden ersparte ich ihr lieber. »Jetzt läuft es wieder besser für ihn. Er ist in Japan auf Geschäftsreise.«

»Warum nimmst du dir keinen Kollegen? Einen Beamten. Etwas Verlässliches.«

»Weil er der Mann ist, den ich liebe.«

Lore griff zu ihrem Bierglas. »Behandelt er dich wenigstens ordentlich?«

Ich nickte. »Er holt mich von der Arbeit ab, er kümmert sich, er kocht.«

»Dann bin ich ja beruhigt.« Sie hielt das leere Glas hoch. »Eine Frau braucht einen Mann, der sie unterstützt.« Die Kellnerin reichte Lore ein volles Glas. Die Krone war perfekt gezapft. »Das weiß man als junge Frau noch nicht.«

»Ich bin keine junge Frau und habe das immer gewusst«, sagte ich.

»Ich war nicht so schlau.« Lore strich mit einem Finger den feuchten Film vom Glas. »Ich habe voll gearbeitet und den Haushalt gemacht, gekocht und ihm noch die Hemden gestärkt und gebügelt. Mit den Hemden hat er dann einen tollen Eindruck bei seinen Freundinnen gemacht.« Sie kippte die Hälfte des Biers in einem Zug herunter. »So ein Dreckskerl, ich will nicht mehr daran denken.«

»Weißt du, was er heute macht?«, fragte ich.

Sie wischte sich mit der flachen Hand den Schaum vom Mund. »Was wird er schon machen? Menschen betrügen. Frauen unglücklich machen.«

»Vielleicht hat er ja gelernt aus seinen Erfahrungen und ist jetzt ganz anders.« Ich blickte auf den schmiedeeisernen Leuchter, der an der Wand befestigt war. Auf die gelben Schirmchen, die mit einer Fransenborte verziert waren. Der Leuchter war gleich geblieben all die Jahre. Seit ich hier zum ersten Mal mit Lore gesessen hatte. Nur die gelben Schirmchen waren etwas verblichen.

»Sich ändern? Der?« Lore nahm einen kräftigen Zug von ihrem Zigarillo und schickte den Rauch in grauen Ringen durch die Luft. »Der bleibt, was er ist, ein Blender und Betrüger. Darauf wette ich.«

»Ich wüsste trotzdem gern, was er heute macht«, sagte ich. »Wo er lebt. Wie er lebt.«

»Ach Gott, ach Gott.« Lore pustete genüsslich Ringe in die

Luft. »Glaube mir, manche Erfahrungen kann man sich schenken.«

»Jeder muss seine eigenen Erfahrungen machen. So ist das nun mal.«

»Du weißt ja nicht, wovon du sprichst«, kanzelte sie mich mit funkelnden Augen ab. »Du hast es in deinem Leben immer nur gut gehabt.«

»Ich hoffe, du glaubst nicht wirklich, was du da sagst, Mama.« Mein Mund war trocken. Ich griff nach dem Bierglas.

»Das war mein größter Fehler. Ich habe dich zu sehr verwöhnt.«

Sie hörte mir gar nicht zu. Sie spulte das ab, was sie immer sagte. Was ich schon viel zu oft gehört hatte.

Sie hob den Arm. »Zwei Kaffee bitte«, rief sie der Kellnerin zu. »Und dann erzählst du mir, wie es deiner Freundin Anna geht. Das ist eine tapfere junge Frau.«

»Entschuldige mich für einen Moment, Mama.«

Ich rückte den Stuhl zurück.

Meine Mutter beäugte mich misstrauisch.

»Immer, wenn ich mit dir reden will, rennst du weg.«

Der Mann am Nebentisch gab für die Familie die Bestellungen auf.

Jetzt hatte ich sie, meine Wahrheit, dachte ich, als ich die Treppen in Richtung Toilette hinunterstieg. Mein Vater hatte den Kontakt zu mir gar nicht abgebrochen. Meine Mutter hatte ihm verboten, sich mir zu nähern. Dreißig Jahre lang hatte ich eine Verletzung mit mir rumgeschleppt, die es nicht gab. Jedenfalls nicht so, wie ich mir das zusammengereimt hatte. Mein Vater wollte mich sehen. Aber meine Mutter hatte das nicht zugelassen.

Lass es dir eine Warnung sein, Beate, höhnte eine Stimme in meinem Hinterkopf. Vergiss alles, was du zu wissen glaubst. Über Väter. Über Mütter. Streich es einfach aus deinem Kopf. Die Dinge sind selten so, wie sie scheinen.

Auf den ersten Blick.

38

Liebe Edith,

heute haben mir die Nachbarn etwas in den Briefkasten gesteckt: den Prospekt ihres Treppenlifts, inklusive der Preise für die Montagekosten. Sie wissen noch nicht, dass ich ganz andere Pläne habe. Mit mir, mit dem Haus, mit meinem Leben. Nächstes Wochenende werde ich wieder zu Peter, Usch und Jonas fahren. Usch hat Geburtstag. Sie hat mich eingeladen. Endlich werde ich die kleine Lily kennenlernen.

Zu dem Ehepaar im Osten bin ich nicht mehr gefahren, ich habe ihnen eine Karte geschickt, mich bedankt für ihr Interesse und geschrieben, dass ich eine Familie gefunden habe, die meinen Vorstellungen entspricht. Auch der alleinerziehenden Mutter habe ich eine freundliche Absagekarte geschickt.

Ich kann nur hoffen, dass sie nicht allzu enttäuscht waren. Aber nach meiner Begegnung mit Peter, Usch und Jonas ist für mich klar, dass sie die Richtigen für mich sind. Jetzt kann ich nur hoffen, dass meine Gefühle mich nicht auf ein falsches Gleis gelockt haben. Aber bei Dir habe ich auf meine Gefühle gehört, und ich habe alles gefunden, was ich mir gewünscht habe. Wie soll ich da jetzt kein Zutrauen zu meinen Gefühlen haben?

Und weißt Du was, Edith? Manchmal denke ich, dass ich zu den Kindern nicht die Liebe entwickelt habe, die uneigennützige, vorbehaltlose Liebe, die sie gebraucht hätten, weil ich selber ihre Liebe nicht brauchte. Ich hatte Liebe satt von Dir. Deine Liebe war so üppig, dass da kein Mangel war. Du hast mich verwöhnt. Ob die Kinder mich liebten oder nicht, war unwesentlich. Ich hatte ja Dich. Die Kinder waren eine Nebensache für mich. Nach Dir und nach dem Geschäft.

Heute noch fühle ich mich von Deiner Liebe umfangen. Auch jetzt. Gerade jetzt. Aber heute fühle ich, dass aus der Liebe, die Du mir gegeben hast, eine Verpflichtung erwächst. Liebe weiterzugeben, so wie Du Liebe weitergegeben hast. Ich möchte spüren, wie sich das anfühlt, wenn man ein Kind liebt. Es akzeptiert, auch mit seinen Schwächen. Das ist mir bei meinen eigenen Kindern nicht geglückt. Johannes hat mich erschreckt, mit seiner Empfindlichkeit, dem mangelnden Selbstbewusstsein, seinen Augen, mit denen er sich nie traute, in meine zu schauen. Mit seinem auf den Boden gerichteten Blick. Ruth, unsere Jüngste, hat mich gerührt, wie selbstlos und naiv sie auf alle zugegangen ist. Die eigenen Geburtstagsgeschenke weitergegeben hat. Damit anderen Kindern das Herz nicht blutete. Aber ich hätte sie mir härter, realistischer gewünscht. Wie soll sich so eine liebe Kleine draußen in der Welt behaupten? Franka war groß und stark und konnte sich durchsetzen. Franka hat selbst mir Angst gemacht. Sie ist ihren Weg gegangen. Sie war geradliniger und härter als ich. Sie hat nie ihre Gefühle gezeigt. Das war mir unheimlich.

Edith, zu Dir kann ich ehrlich sein. Meinen Kindern habe ich nicht die Liebe gegeben, die sie verdient hätten. Und ich weiß nicht, ob ich überhaupt dazu fähig bin, Kindern Liebe zu geben. Aber wie soll ich das herausfinden, wenn ich es nicht noch einmal versuche? Und versuchen werde ich es. Das steht fest. Es gibt nichts, was ich mir sehnlicher wünsche. Nichts, was für mich schwieriger ist. Gerade deshalb möchte ich es versuchen. Hilf mir dabei, Edith. Darum bitte ich Dich.

39

Petra saß auf Webers Stuhl, als ich mein Büro betrat. Ertappt sprang sie auf und verlagerte ihr Hinterteil schnell und sportlich auf die Kante unserer Schreibtischplatte.

»Von mir aus kannst du ruhig sitzen bleiben.« Ich zog meine Daunenjacke aus und schloss sie in den Schrank. »Solange Weber weg ist.«

»Äh ..., ich wollte ja nur ...«, stammelte sie mit sich leicht rötenden Wangen.

Ich ließ mich in meinen Schreibtischstuhl fallen. Das hatte

mir gerade noch gefehlt. Menschliche Probleme. Am Arbeitsplatz. Härter als jede Mordermittlung.

»Setz dich wieder in Webers Stuhl«, befahl ich.

Petra, die coole Petra mit hektisch roten Wangen. Hier bestand Handlungsbedarf.

»Meinst du wirklich?« Sie sah mich mit gerötetem Gesicht an.

»Na klar. Komm, mach's«, forderte ich sie auf. »Setz dich da hin, wo du gesessen hast.«

Wie ein Schauspieler, der nicht sicher ist, ob die Bewegungen, die er macht, zu seiner Rolle passen, ließ sie sich von der Schreibtischkante gleiten.

»Na los, du weißt doch, wie's geht.«

Einen Moment stand sie da auf ihren hohen Hacken. Dann entschied sie sich, ging zu Webers Stuhl und ließ sich hineinfallen.

»Machst du das öfter?«, wollte ich wissen. »Wenn wir weg sind, in unser Büro gehen und dich auf unsere Stühle setzen?«

»Ich weiß, dass das nicht okay ist, Bea«, verteidigte sie sich.

»Petra, von mir aus kannst du mit den Stühlen hier im Büro machen, was du willst. Setz dich drauf, schmeiß sie aus dem Fenster, fahr Rennen damit. Verrat mir nur, was du daran spannend findest.«

»Ich weiß ja selber nicht, warum ich das mache«, gestand sie kleinlaut. »Mich auf eure Stühle setze, wenn ihr nicht da seid.«

»Also«, begann ich langsam, »ich denke, dass du selbst gern auf so einem Stuhl sitzen würdest.«

»Aber ich hab doch den gleichen.« Sie legte die Hände auf die Armlehnen. »Eure brauch ich doch eigentlich gar nicht.«

»Es geht nicht um den Stuhl an sich, denke ich.«

»Kann's ja nicht«, gab sie mir recht. »Wenn ich den gleichen hab wie ihr.«

»Was könnte es dann sein? Hast du eine Idee?«

»Keine Ahnung, Bea. Echt nicht. Ich geh zu euch ins Büro, lege euch was auf den Schreibtisch, und da sind eure Stühle, leer. Und das reizt mich irgendwie.«

»Hmm«, brummte ich nachdenklich. »Könntest du dir vorstellen, dass es nicht der Stuhl ist, der dich reizt, sondern das, was wir machen, wenn wir auf dem Stuhl sitzen? Dass du unseren Job spannend findest, ihn gern selbst hättest?«

»Ich?« Petra sah mich entsetzt an. »Euren Job? Nie im Leben, den will ich nicht. Dann müsste ich ja noch öfter als jetzt bei Froböse antanzen, das will ich mit Sicherheit nicht.«

»Froböse willst du nicht. Wer will den schon?« Ich verließ meinen Schreibtischstuhl und setzte mich auf den Besucherstuhl neben Webers Schreibtisch, an dem jetzt Petra saß. »Aber du würdest vielleicht gern wie wir Nachforschungen machen, Leute an den Schreibtisch bestellen, die machen, was du sagst. Lieber selber sagen, wo's langgeht, als dir das von anderen sagen lassen.«

»Ich bin doch nicht blöder als ihr.« Eine Zornlocke fiel ihr ins Gesicht. »Warum sollte ich nicht eure Arbeit machen? Oft genug mache ich sie ja für euch. Gerade jetzt, wo Weber krank ist.«

Ich hob beide Hände hoch. »Versteh ich völlig, Petra. Kannst du bestimmt auch. Dafür müsstest du nur das Fach-Abi nachmachen. Wenn du das hast, kannst du studieren und kriegst es sogar bezahlt. Das ist alles möglich. Ich würde dich dabei auch unterstützen, ehrlich.«

»Das Fach-Abi?« Sie sah mich aufgelöst an. »Das schaffe ich doch gar nicht. Ich hab nur mittlere Reife, und in Mathe bin ich knapp an der Fünf vorbeigeschrappt.«

»Red nicht so einen Quatsch, Petra«, stoppte ich sie. »Darauf kommt's nicht an.«

»Worauf dann?«

»Darauf, was du willst. Wenn du etwas wirklich willst, dann schaffst du das auch.«

»Aber dann muss ich jeden Abend nach der Arbeit in die Schule und am Wochenende lernen und kann sonst nichts machen.«

Ich seufzte. »Das siehst du richtig. Einen Schulabschluss nachmachen ist hart.«

»Dann hätte ich ja kein Privatleben mehr.«

»Darauf läuft es hinaus, mehr oder weniger, zwei Jahre lang.«

»Das ist zu hart für mich, Bea. Findest du jetzt, dass ich ein Weichei bin?« Sie sah zu mir.

»Quatsch«, versicherte ich ihr. »Du bist ehrlich zu dir selbst, das ist doch klasse.«

»Aber wenn ich so ein Scheiß-Fach-Abi nicht mache, dann bleib ich immer da, wo ich bin.«

»Das siehst du genau richtig. Macht dir dein Job denn keinen Spaß?«

»Doch.« Sie nickte. »Aber manchmal wäre ich auch gern mal Frau Kriminalkommissarin und nicht immer bloß die blöde Verwaltungskraft.«

»Petra«, fragte ich, »hast du das Gefühl, dass ich dich nicht ernst nehme?«

»Bei dir nicht, Bea. Und bei Weber auch nicht. Bei anderen schon. Für Froböse existiere ich nicht. Höchstens wenn ich zum Personalrat renne und fordere, dass das Büro gestrichen werden muss nach zwanzig Jahren, oder wenn ich bei ihm in 'nem Pullover mit Ausschnitt auflaufe.«

»Vergiss Idioten wie Froböse, ich freu mich, dass du für uns arbeitest, und finde deine Arbeit wichtig.«

»Ehrlich, Bea?« Sie sah mich misstrauisch an.

»Du kennst mich, Petra. Hab ich jemals rumgeschleimt?«

»Eher selten«, sie kicherte. »Nur wenn du was von mir willst. Aber manchmal denk ich, du findest mich blöd, nur weil ich Pumps trage oder so.«

»Mensch, Petra, ich hab doch auch Spaß an Mode, ich find's klasse, mal was zu probieren, was anderes zu tragen. Mir fehlt's nur an der Zeit, da auf dem Laufenden zu bleiben. Ist doch langweilig, wenn alle gleich aussehen.«

»Du findest meine neuen Schuhe nicht doof?« Sie hob den eigenwilligen Zwitter von Stiefel und Pumps ans Tageslicht.

»Doof?« Ich schüttelte den Kopf. »Anspruchsvoll.«

»Wieso anspruchsvoll?«

»Na ja, man muss sich für die Mode entscheiden, gegen die praktischen Herausforderungen des Lebens. Für Schnee oder Glatteis ist der Pumps zu steil, für Sonnenschein zu geschlossen.«

»Ich find einfach nur das Guckloch über dem Spann geil.« Petra streckte das Bein vor sich aus. »So was Irres hab ich vorher noch nicht gesehen.«

»Ich auch nicht«, gab ich zu.

»Was hast du denn jetzt herausgefunden über den Toten?«, fragte sie mich. »Weißt du schon, wer ihn erstochen hat?«

»Schön wär's«, seufzte ich. »Er ist nicht der, für den er sich ausgegeben hat. Ein kniffliger Fall.«

»Werner Krieger«, zitierte Petra aus dem Gedächtnis. »Ein Leben lang in Bonn ansässig ...«

»Stopp«, rief ich. »Da fängt's schon an. Den Leuten, bei denen er gewohnt hat, hat er erzählt, er wär aus Köln.«

»Ist doch nah dran.«

»Nah dran, aber knapp daneben. Die Wahrheit ist es nicht. Ich frag mich natürlich, warum den Sonntags nicht aufgefallen ist, dass das Wohnmobil eine Bonner und keine Kölner Nummer hat. Aber er kann denen alles Mögliche erzählt haben.«

»Weißt du inzwischen, warum er von Köln, äh, Bonn ...«, verbesserte sie sich, »hierher gekommen ist?«

Ich nickte.

»Und?«, fragte sie.

»Er hat eine Annonce aufgegeben, nach einem Schlaganfall, als er in der Reha war, er hat sich als Opa angepriesen, hat eine Familie gesucht, der noch ein Opa fehlt.«

»Das gibt's nicht.« Petra blickte mich ungläubig an.

»Doch. Er ist hierhergezogen zu einer Familie, die einen Opa für ihre Kinder gesucht hat.«

»Aber er hatte doch selber Kinder?« Petra wunderte sich.

»Vielleicht haben die ihm keine Enkel beschert.«

»Der hat eine Annonce aufgegeben?« Petra schüttelte den Kopf. »Opa zu vergeben?«

»So ähnlich«, sagte ich.

»Keine heiße Liebe?«

»Sieht nicht so aus.«

»Warum war der so wild aufs Opaspielen? Glaubst du, dass das ein Kinderschänder ist?« Petra verzog das Gesicht.

»Ich hasse das Wort«, knurrte ich. »Gebrauch es bitte nicht in meiner Gegenwart.«

»Wieso nicht?« Petra guckte mich neugierig an.

»Weil ich das ein selten blödes Wort finde.«

»Wieso?«, hakte Petra nach.

»Das ist wie ›Freak‹ oder ›durchgeknallt‹, ganz weit weg. In Wirklichkeit sind das brave Papis und Onkels und die Trainer von der Fußballmannschaft und die Erzieher im Kindergarten, die ganz nah bei den Kleinen sind und ihr Vertrauen ausnutzen, kühl kalkulieren. Das sind keine durchgeknallten Freaks.«

»Wenn du das sagst.« Petra war nachdenklich. »Meinst du, das ist so einer?«

Ich seufzte tief. »Keine Ahnung, Petra. Wirklich. Bisher wissen wir nur, dass er hergekommen ist, um sich bei einer Familie als Opa anzudienen. Und jetzt ist er tot.« Ich seufzte ein zweites Mal. »Und wir haben ein Testament, in dem er die neue Familie zu seinen Erben macht.«

»Und seine Kinder?«, fragte Petra. »Kriegen die nichts?«

»In seinem Testament, wenn es denn sein Testament ist, kommen seine eigenen Kinder als Erben nicht vor.«

»Das geht nicht.« Petra stieß sich mit Webers Schreibtischsessel ab und rollte zurück. »Die eigenen Kinder müssen einen Pflichtteil bekommen. Das weiß ich positiv.«

Ich überlegte, worauf Petras Wissen in Erbschaftsangelegenheiten fußte. Auf Artikel der ›Bunten‹ zum Thema ›Erben‹ vermutlich. Eine Quelle, die als durchaus seriös anzusehen war.

»Bist du dir sicher?«, vergewisserte ich mich. »Dass die leiblichen Kinder bedacht werden müssen?«

»Völlig.« Sie rollte wieder an den Schreibtisch heran. »Die Kinder der Promis aus unterschiedlichen Ehen, die kriegen alle ihren Teil, auch wenn sie spinnefeind untereinander sind.«

»Das weißt du positiv?«, erkundigte ich mich.

»Absolut.« Sie stand aus Webers Stuhl auf und strich mit den Händen ihr eng anliegendes Strickkleid glatt. »Manchmal müssen sie vor den Kadi, um sich ihr Recht zu erstreiten. Aber sie kriegen es. Ein Kind hat immer Anspruch auf einen Pflichtteil. In Deutschland. In Amerika. Überall.«

»Was du alles weißt«, flötete ich anerkennend. Erben oder nicht Erben war kein Thema für mich. Ob meine Mutter mir ihre alte Einbauküche von Miele verehrte oder nicht, interessierte mich nicht wirklich.

»Der hat in seinem Testament echt nichts für die eigenen Kinder hinterlassen?« Sie sah mich fragend an.

»Er hat nur die neue Familie genannt und geschrieben, er liebt sie mehr als ›seine Kinder‹«, erzählte ich ihr wahrheitsgemäß. »Das ist alles. Man erfährt gerade mal so am Rande, dass es Kinder gibt.«

»Scheißtyp.« Petra rollte Webers Stuhl an den Schreibtisch zurück. »Der ist doch nicht ganz dicht.«

»Keine voreiligen Schlüsse, Frau Kriminalassistentin«, warnte ich.

»Kriminalassistentin.« Petra lief auf ihren hohen Hacken zur Tür. »Hört sich gar nicht schlecht an.«

»Da wär noch was, Petra. Hätte ich fast vergessen …«

»Ja?« Sie drehte sich um.

»Der Tote besaß einen Spazierstock mit einem goldenen Entenkopf als Griff. Der ist verschwunden. Wenn du mal checken könntest, ob der irgendwo aufgetaucht ist?«

»Son Ding, das man abschrauben kann und Schnaps einfüllen?«

»Keine Ahnung.«

»Mein Onkel hat so einen. Ich kümmer mich.« Die Tür fiel hinter ihr zu.

Ich blickte auf den Stuhl vor Webers Schreibtisch. Den Stuhl, auf dem Petra gesessen hatte, als ich zur Tür hereinkam. Nie hätte ich geglaubt, dass dies ein Wunsch von ihr sein könnte. An unserer Stelle zu sein. Unseren Job zu machen. Was für ein Holzkopf ich wieder mal gewesen war. Beate, die Dumpfbacke.

Es gehörte nicht viel Phantasie dazu, sich auszurechnen, dass es Petra reizen könnte, Anweisungen zu geben, sie, die sonst ihre Anweisungen von uns bekam. Dass es für sie spannend wäre, Menschen zu vernehmen, sie, die sie den Menschen sonst nur den Weg in unser Büro erklärte, ganz zu schweigen von den paar Euro mehr pro Monat, die sie rauskriegen würde und von denen wir nicht gesprochen hatten. Ich seufzte. Das zeigte mal wieder, dass ich nur halb so schlau war, wie ich mir oft vorkam.

40

Liebe Edith,

seit zwei Tagen räume ich den Dachboden auf. Stell Dir vor, Edith, ein paar Mal täglich klettere ich die steile Treppe hoch. Ich habe schon Muskelkater in den Waden. Er gefällt mir, mein Muskelkater. Er erinnert mich an den kräftigen Mann, der ich einmal gewesen bin. An die schweren Waschbecken, die ich geschleppt habe. An die Treppen, die ich hochgestiegen bin auf dem Weg zu den Kunden. Trotzdem muss ich mich erst einmal hinsetzen und ausruhen, wenn ich oben ankomme. Mein Herz klopft dann wie wild gegen die Rippen und erinnert mich daran, dass ich nicht mehr der junge Spund von damals bin. Nach einer kleinen Pause geht es. Dann schlägt mein Herz wieder gleichmäßig. Da oben sitze ich dann auf dem Überseekoffer mit den Messingbeschlägen. Weißt Du noch, von wem wir den haben? Oder haben wir ihn uns gekauft? Und für welchen Anlass? Ich erinnere mich nicht mehr. Der ganze Speicher ist zugestellt mit Kisten und Taschen und alten Kommoden und Schränken, die vollgestopft sind mit irgendwelchen Dingen. Was sich so alles ansammelt im Laufe eines Lebens. Umgeben von Spinnweben und Staub, sitze ich da und sortiere aus. Überlege, was in den Mülleimer kommt. Was ich den Nachbarn verehren könnte oder Frau Heimer. Woran Peter und Usch Freude haben könnten. Das Schaukelpferd vielleicht für die Kinder.

Gestern habe ich mein Abgangszeugnis von der Berufsschule in der Hand gehalten. Mit zwanzig habe ich ja noch eine Lehre angefangen. Die brauchte ich, wenn ich meinen Meister machen wollte. Wie lange das alles her ist. Aber ich kann mich noch genau an die Feier erinnern. An den Schulleiter im schwarzen Anzug, der mir das Zeugnis übergeben hat. Weißt Du, was in meiner Kopfnote stand? Betragen: Befriedigend. Mit zwanzig habe ich mir von den Lehrern nichts mehr sagen lassen. Befriedigend war damals ein Skandal. Alle anderen hatten ein Gut oder Sehr gut. Nur ich hatte ein Befriedigend. Das ist eine bessere Note, als ich sie mir für mein Leben geben würde. Als Vater habe ich nicht einmal ein Ausreichend verdient.

Jetzt habe ich eine zweite Chance mit Peter und Usch, vor allem mit Jonas. Und mit Lily. Ich werde mir Mühe geben, es nicht noch einmal zu vermasseln. Soll ich Dir etwas gestehen, Edith? Im Krankenhaus und auch in der Rehaklinik, da habe ich so oft gedacht: Vielleicht kommen dich deine Kinder doch noch besuchen. Vielleicht verzeihen sie dir. Sie sind ja längst erwachsen und haben ihren Weg gefunden. Und ich bin ihr Vater. Sie sind mein Fleisch und Blut. Aber selbst Ruth ist nicht in die Klinik gekommen, obwohl ich nur einen Katzensprung von München entfernt war. Sie haben mich allein gelassen, als ich zwischen Leben und Tod stand. Ich will sie nicht mehr sehen. Ich versuche zu vergessen, dass ich einmal Kinder gehabt habe. Ich denke, es ist besser so für mich.

Jetzt sind Peter und Usch meine Kinder, und Jonas ist mein Enkelkind. Und Lily. Es sind liebe Menschen. Du hättest Usch sehen sollen, wie freundlich sie mit der Nachbarin, die manchmal auf Lily aufpasst, umgegangen ist an ihrem Geburtstag. Weil die Nachbarin Schwierigkeiten mit den Zähnen hat, gab es Kartoffelpüree und Kalbfleisch, das hat Usch über Stunden im Herd gegart, bis es so weich war, dass es auf der Zunge zerging. Ich hatte Usch einen großen Blumenstrauß mitgebracht, rosa Lilien. Die Innenseite der Blüte war gesprenkelt. Das hat mich an Uschs Sommersprossen erinnert. Die sind so fein, man sieht sie kaum. Noch kenne ich Usch nicht so gut, dass ich weiß, was ihr Freude macht. Aber ich glaube, der Strauß hat ihr gefallen. Peter hat Usch gefilmt, wie sie die Geschenke ausgepackt hat. Ihr Gesicht hat geleuchtet, als sie die Blumen gesehen hat. So wie Dein Gesicht, wenn Du Dich gefreut hast. Du hast Dich bestimmt nicht immer gefreut über die Dinge, die ich Dir geschenkt habe. Kann man sich über eine Kartoffelschälmaschine freuen? Einen neuen Staubsauger? Was habe ich Dir nur für dumme Geschenke gemacht. Trotzdem hast Du gestrahlt. Jedes Mal. So ein Strahlen kann niemand mit dem Willen anknipsen oder abschalten. Das kommt von ganz innen. Also hast Du Dich wirklich gefreut, denke ich. Vielleicht waren die Geschenke an sich gar nicht wichtig. Vielleicht hast Du Dich einfach gefreut, dass ich überhaupt an Deinen Geburtstag gedacht habe, wo mir sonst so viel durchgegangen ist.

Im Leben geht es einem genauso wie hier beim Aufräumen. Man muss sich zwischen Wichtigem und Unwichtigem entscheiden. Nur, man tut es nicht. Das eigene Leben ist genauso staubig und vollgestellt wie unser Dachboden. Und dann wundern wir uns, dass völlig unnützer Kram unser Leben bestimmt. Dass Spinnen ihre Netze über alles ziehen, dass Staub sich festsetzt, nichts mehr frisch und fröhlich ist.

Ich glaube nicht, dass das zwangsläufig so sein muss. Ich werde aufräumen, Edith. Gründlich aufräumen. Nicht nur den Krempel hier auf dem Boden. Auch – und vor allem – den in meinem Kopf.

41

Mit spitzen Fingern griff ich mir die Papiere, die auf dem Polster meines Schreibtischstuhls lagen. Einem Ort, der für Nachrichten reserviert ist, die auf dem schnellsten Weg bei dem landen sollten, der auf dem Stuhl sitzt.

›Qualität wagen‹, lautete die fette Überschrift. ›Auf allen Ebenen.‹ Direkt darunter halbfett: ›Ausführlicher Maßnahmeplan für Qualitätsprojekte‹.

Ich kannte nur einen, der so etwas für wichtig genug hielt, um es auf meinem Stuhl abzulegen: Froböse. Er schlich heute schon seit Stunden so komisch über die Gänge. Das war also der Grund. Er wollte uns auf Trab bringen. Richtung Qualität.

Ich überflog die erste Seite. Was sollte die komische Ampel? ›Rot: Umsetzung/Zielerreichung des Projekts gefährdet‹, las ich. ›Gelb: Projekt noch nicht gestartet/In Arbeit. Grün: Projekt erfolgreich abgeschlossen.‹ Wie ich Froböse kannte, war es nur eine Frage der Zeit, bis er seine bebrillte Nase in mein Büro steckte. Sich nach dem Fortgang seines liebsten Projekts erkundigte. Ob es sich schon in der grünen Phase befand.

Warum sollte ich meine Arbeitszeit auch für das nutzen, wofür ich bezahlt wurde, die Aufklärung von Verbrechen, wenn meine Vorgesetzten ganz andere Pläne mit mir hatten? Wen interessierte schon ein toter alter Mann, der ein paar Jahre vor der Zeit gestorben war? Das waren ›Petitessen‹ im Masterplan meines Chefs. Priorität hatte, was politisch gefragt war. Der Umbau der Polizei zu einem modernen Dienstleister. Die große Qualitätsoffensive, bei der auch mein Beitrag gefordert war.

Los geht's, machte ich mir Mut und nahm die Vordrucke vom Tisch, die ich für Petra vorbereitet hatte: einen Blanko-Vordruck zum Kopieren und ein ausgefülltes Muster.

Ich lief damit zum Aktenbock am Fenster, auf dem sich die alten Fälle stapelten. Wenn ich schon gezwungen war, das Projekt ›Unaufgeklärte Fälle‹ Richtung Grün zu befördern, dann so, wie ich mir das vorstellte. So, dass die Arbeit nicht allein an mir, sondern auch an anderen kleben blieb. Ich maß den rosa Stapel mit einem Blick und entschied mich, meine Kollegin erst einmal nur mit einem Teil davon zu beglücken.

Es war eigentlich nicht mein Stil, Arbeit an andere abzudrücken. Reine Notwehr, versicherte ich mir. Das Projekt an sich war eine Zumutung. Die alten Fälle einfach so nebenherlaufen zu lassen. Wenn es ihnen ernst damit wäre, würden sie dafür eine neue Abteilung aufmachen. Wieder einmal ging es nicht um die Sache, sondern um persönliche Machtspiele. Froböse wollte damit in Düsseldorf Lorbeeren ernten. Und sich für die nächste Beförderung empfehlen.

Ein historischer Tag. Zum ersten Mal machte ich das, was alle im Amt machten, ich gab den Schwarzen Peter weiter. Er würde Petra zusätzliche Arbeit bescheren und den Kollegen in der Kriminaltechnik. Wohl fühlte ich mich nicht in meiner Haut. Aber ich wollte auch nicht den Trottel vom Dienst spielen. Es war nur fair, wenn dieser Schwachsinn sich auf mehr als eine Schulter verteilte.

Ich lugte durch die angelehnte Tür von Petras Büro. Die Gelegenheit war günstig. Sie telefonierte gerade nicht. Petra sortierte Papiere auf ihrem Tisch.

»Liebste Petra«, schleimte ich mich an. »Frau Kriminalassistentin.«

»Was willst du?« Petra musterte mich und den rosa Aktenstapel, den ich in meinen Armen schaukelte, misstrauisch. Ihr Blick sagte mir, dass ich weise und vorausschauend gehandelt hatte, mir nur ein Drittel der alten Akten aufzuladen.

»Ich hätte da eine wichtige Aufgabe«, begann ich vorsichtig, »aber nur, wenn du gerade nicht völlig zu bist.«

»Sonst fragst du mich so was nicht«, wunderte sie sich.

»Es ist eine delikate Angelegenheit«, sülzte ich. »Ich hätte mich nicht getraut, dich zu fragen, ob du das machst, wenn ich nicht wüsste, dass du gern auch mal unsere Arbeit machen würdest.«

Petras Gesicht verdüsterte sich. Die Seitenwände ihrer freundlichen Stupsnase blähten sich.

»Jetzt hörst du mir mal gut zu«, befahl sie. »Setz dich.«

Ich jonglierte mich und meinen rosa Aktenberg auf den Besucherstuhl.

Petra baute sich vor mir auf. Sie gab sich Mühe, groß und bedrohlich zu wirken. Ich hielt mich an meinen Akten fest.

»Ich will so was von dir nie wieder hören.« Sie stemmte ihre Arme in die Hüften. »Nie mehr.«

»Was meinst du denn?«, fragte ich verunsichert.

»Pah.« Sie haute sich mit der Hand an die Stirn. »Komm mir nicht mit der Nummer.«

»Liebste Petra …«, begann ich.

Sie streckte ihre Hand aus und hielt ihren Zeigefinger dicht vor meinen Mund. »Und nenn mich nie, nie wieder ›liebste‹ Petra.«

Der Fingernagel ihres Zeigefingers war unglaublich lang und unglaublich spitz, und er sah ziemlich ungemütlich aus. Ich umarmte den Aktenberg, als wäre er mein Rettungsring.

»Aber ich mein das doch nicht böse …«, verteidigte ich mich.

Der Nagel hing ungemütlich nah vor meinem Gesicht.

»Es ist mir scheißegal, wie DU das meinst«, fuhr sie mich an. »Es geht um MICH.«

Immer noch dieser Nagel, direkt vor meinem Gesicht. Dunkelblau-weiß-silbrig. Ein Bild? Ich wusste es nicht. So nah vor meinen Augen verschwammen die Farben zu einem formlosen Gemisch.

»Petra«, stöhnte ich. »So kenne ich dich ja gar nicht.«

»Dann wird's Zeit, dass du mich kennenlernst.« Sie lief zum Fenster und öffnete es. Die Tür war noch offen. Papiere flogen vom Tisch.

An mir und meinem Aktenstapel vorbei segelten sie über den Boden. Ich packte die alten Fälle auf ihren Schreibtisch und bückte mich.

»Liegen lassen.« Sie schlug das Fenster zu. »Tritt sich fest.«

»Petra. Jetzt erklär mir mal, womit ich dich auf die Palme gebracht habe.«

Sie klatschte in die Hände. »›Erklär mir mal, womit ich dich auf die Palme gebracht habe‹«, äffte sie mich nach. »Wenn das die schlaue Oberchefermittlerin nicht weiß, kann ich ihr nicht helfen.«

Sie setzte sich auf die Schreibtischplatte, die der Wind freigeweht hatte.

»Lass den Scheiß liegen«, stoppte sie mich, als ich mich wieder bücken wollte.

»Streng dich an«, forderte sie mich auf. »Vielleicht kriegst du es ja doch noch raus. Ich sammele in der Zwischenzeit die Papiere auf.«

»Kann ich dir wirklich nicht helfen?«

»Finger weg. Denk lieber nach, was mich auf die Palme bringt.«

Ich beobachtete, wie sich Petra elegant in die Kniebeuge begab. Gar nicht so einfach auf dicken Plateausohlen. Deshalb war sie mir heute so groß vorgekommen. Ihr Rock rutschte hoch und gab schlanke Beine frei, die in einer Strumpfhose mit apartem Rallyestreifen verpackt waren.

Womit hatte ich meine Kollegin so verletzt, dass sie mich nicht einmal beim Papierchenaufsammeln an ihrer Seite duldete? Ich überlegte, was ich außer ›Liebste Petra‹ Schlimmes gesagt hatte. ›Kriminalassistentin?‹ Das hatte ihr gefallen. Und ich hatte das jetzt ausgenutzt. Und zwar bewusst. Aus eigennützigen Motiven. Um ihr zusätzliche Arbeit aufzuhalsen, ohne dass sie aufmuckte. War das das böse Foul? Für das es von ihr die rote Karte gab?

»Na, hast du's?«, fragte sie mich und legte die aufgesammelten Papiere zurück auf den Schreibtisch.

»Ich glaube, ja«, murmelte ich zerknirscht.

»Und?«

»Ich entschuldige mich.«

»Und wofür willst du dich entschuldigen?«, fragte Petra mit skeptischem Blick.

»Dafür dass ich dich auf eine etwas ...«, ich knabberte am halbwegs passenden Wort, »unfaire Art an eine ... sehr persönliche Situation zwischen uns beiden erinnert habe.«

»Hab ich es mir doch gedacht.« Verzweifelt legte Petra beide Hände an ihren Kopf. »Sie rafft es immer noch nicht.«

»Dann musst du mir auf die Sprünge helfen«, forderte ich.

»Es ist schon okay, wenn du mit mir unter vier Augen über Vertrauliches redest. Echt kein Problem.«

»Aber ... dein Satz geht mit aber weiter, oder täusche ich mich?«

»Aber«, fuhr sie fort, »ich finde es gemein und hinterhältig, wenn du erstens«, sie hielt den Daumen hoch, »private Informationen nutzt, um zu schleimen und mir zusätzliche Arbeit schmackhaft zu machen, und zweitens«, der Zeigefinger gesellte sich dazu, »mich für so blöd hältst, dass ich nicht merke, was du vorhast, und drittens ...«, sie hielt mir die drei Finger über den Tisch, »mich für eine dumme Tussi hältst, die so einen plumpen Köder schluckt.«

»Das war nicht in Ordnung«, gab ich kleinlaut zu. »Du hast völlig recht.«

»Und?« Sie sah mich abwartend an.

»Und es kommt nie wieder vor.«

»Und?«

»Ich entschuldige mich bei dir in aller Form.«

»Was ist das denn für ein Zeug, das du mir aufhalsen willst?« Sie zeigte auf den rosa Aktenberg auf ihrem Schreibtisch.

»Froböses Qualitätsprojekt. Die alten Fälle. Die will ich abdrücken an die Kriminaltechnik.«

»Und wo komm ich ins Spiel?«

»Du sollst die Vordrucke ausfüllen. Anfragen für jeden Fall, welches Material vorliegt, und die Aufforderung, gegebenenfalls eine DNA zu veranlassen.«

»Eine DNA?«, fragte sie ungläubig. »Das dauert Jahre.«

»Eben. Bis wir von denen wieder hören, haben wir Zeit, uns um die richtige Arbeit zu kümmern. Den Mörder von Werner Krieger zum Beispiel.«

»Zeig her.«

Ich reichte ihr den ausgefüllten Mustervordruck.

Petra las ihn sich durch. »Okay, ich erledige das.«

»Das ist eine große Hilfe, Petra. Danke.«

»Sülz halt nicht rum, sondern sag geradeaus, was anliegt. Und vermisch das Dienstliche nicht mit dem Privaten. Da bin ich allergisch.«

»Ich gelobe hiermit, nie mehr in dienstlichen Belangen Informationen zu nutzen, die ich in einer privaten Unterhaltung gewonnen habe.«

»Uff«, seufzte sie auf. »Hat ja gedauert, bis ich dich wieder auf Spur hatte.«

»Petra, du bist nicht nachtragend, das ist ein feiner Zug.«

»Hör mit dem Schleimen auf, das geht mir auf den Senkel.«

»Du bist ganz anders drauf als früher«, sagte ich leicht verwirrt.

»Du hast doch gesagt, dass du mich ernst nimmst, ich wollte mal testen, wie du es verkraftest, wenn ich mir nicht mehr alles von euch bieten lasse.«

»Kkkkein Problem«, stotterte ich wenig überzeugend.

»Ich spiel für euch nicht mehr die Doofe, Kleine, damit ist Schluss ab jetzt.« Sie sah mich ernst an.

»Geht in Ordnung. Ich bemühe mich«, versicherte ich.

»Hier«, sie wühlte in den Papieren, die kurz vorher noch den Boden dekoriert hatten, »der Bericht von Fleischer war doch hier mit drin.«

»Vielleicht liegt er noch auf dem Boden?« Ich legte den Kopf schief, um den Boden besser im Blick zu haben.

»Wo könnte er denn sein?« Sie stiefelte in die Mitte des Zimmers, ging in die Hocke und legte den Kopf genauso schief wie ich.

»Ich glaube, da liegt was unterm Schrank«, teilte ich ihr mit.

Sie sprang hoch und lief zum Schrank, kniete vor ihm, beugte den Oberkörper vor und fischte mit einer Hand nach einem Papier.

In diesem Augenblick öffnete sich die Tür. Froböse trat ein. Vor Schreck blieben wir wie gefroren in unserer Stellung. Petra auf Knien vor dem Schrank. Ich mit dem Kopf quer über dem Fußboden.

»Was machen Sie da?«, fragte er uns.

»Mäuse«, log Petra tapfer.

»Mäuse?« Er traute seinen Ohren nicht.

Petra blieb cool. »Nicht nur, dass dieses Büro seit Jahren nicht mehr gestrichen wurde«, empörte sie sich. »Jetzt haben wir Mäuse. Und bestimmt auch Ratten, wer weiß.«

»Wir brauchen einen Kammerjäger«, forderte ich. »Die Kollegen in der Vierten sagen schon seit zwei Jahren, dass sie einen Kammerjäger brauchen, und nichts tut sich. Nagetiere übertragen Seuchen.«

»Meine Damen, Sie werden das klären.« Froböse blinzelte verunsichert hinter seinen Brillengläsern. »Da bin ich zuversichtlich.«

»Nichts da«, protestierte ich. »Wir klären gar nichts. Sie müssen sich um Hygiene und Sicherheit der Arbeitsplätze Ihrer Mitarbeiter kümmern.«

»Wenn Sie das nicht tun, gehe ich zum Personalrat«, drohte Petra. »Wegen der Wände war ich ja schon da. Wenn die jetzt hören, dass wir Ratten haben, freuen die sich.«

»Meine Damen, ich werde mich des Themas annehmen.«

»Bringen Sie die Ratten auf die Tagesordnung«, forderte ich. »Bei der nächsten Führungskräfteversammlung oder in einem Qualitätszirkel, wo, ist uns egal. Hauptsache es passiert was. Und zwar schnell. Und schicken Sie uns ein Protokoll, was diesbezüglich entschieden wird.«

»Wir wollen das schriftlich haben, schwarz auf weiß«, setzte Petra an, »dass was passiert.«

»Ich werde mich darum kümmern, meine Damen. Das verspreche ich.« Froböse drehte uns den Rücken zu und ergriff die Flucht. Die Tür schlug hinter ihm zu.

»Nein.« Petra hielt sich die Seite vor Lachen. »Dem müssen wir eine Maus ins Büro setzen.«

»Besser eine Ratte. In seiner Zeitung versteckt.«

»Eine Ratte«, prustete Petra los. Sie beruhigte sich. »Wonach haben wir eigentlich gesucht?«

»Es war was Dienstliches«, kicherte ich.

»So was aber auch.« Petra kicherte mit.

»Und es liegt hier unter dem Schrank?«

»Heiß«, lobte ich. »Du hattest was in der Hand, bevor Froböse reingeplatzt ist.«

Sie fuhr mit einem Arm noch einmal unter den Schrank.

»Fette Beute.« Stolz hielt sie fünf Seiten hoch, die mit einer Klammer zusammengeheftet waren. »Ah. Das war's. Fleischers

Bericht. Hat er persönlich vorbeigebracht. Er war ganz enttäuscht, dass du nicht da warst.«

»Hast du schon gelesen?«

»Was der sich zusammenschreibt, versteht man doch nicht. Außerdem ...« Sie grinste. »Denkst du, ich lese den ganzen Mist, den ihr kriegt? Das brauche ich doch gar nicht. Du erzählst mir schon das, was wichtig ist.«

42

Liebe Edith,

gestern habe ich die Nachbarn für Samstagabend eingeladen, auf ein Glas Wein. Ich will es tun, solange bei uns im Haus noch alle Möbel an ihrer Stelle stehen. Für Montag habe ich einen Händler bestellt, der entrümpelt und mit Gebrauchtmöbeln handelt. Ich denke, das ist besser als die Alternative: die Presse. Andere werden unsere Stühle und Tische und Sessel und Schränke benutzen. Auch auf unsere Möbel wartet noch ein zweites Leben. Ich habe Peter und Usch nicht angeboten, herzukommen und sich etwas auszusuchen. Einmal, weil es mir peinlich ist, ihnen zu gestehen, dass ich geschwindelt habe, ich habe ihnen erzählt, ich lebe in Köln. Warum ich das gemacht habe, weiß ich gar nicht mehr richtig. Ich glaube, ich dachte, es wäre gut, nicht den Ort zu verraten, wo ich lebe, für den Fall, dass sie mir nicht gefallen. Für den Fall, dass sie mir Probleme bereiten könnten. Ich bin ja nun mein Leben lang Geschäftsmann gewesen, und nicht ganz ohne Erfolg, das kann ich sagen, vielleicht war das so ein geschäftsmäßiger Reflex, erst einmal vorsichtig sein, sich bedeckt halten, sich nicht preisgeben. Peter und Usch denken, ich lebe in Köln. Da kann ich sie schlecht nach Bonn zum Möbelanschauen einladen. Es ist ja nun auch wirklich nicht wichtig. Und sie haben ja auch alles, was sie brauchen, neu angeschafft, als sie in ihr Häuschen gezogen sind. Junge Leute haben ja ihren eigenen Geschmack. Das Haus ist nicht groß, einhundertzwanzig

Quadratmeter höchstens auf zwei Etagen, würde ich schätzen. Die Miete ist ganz schön happig. Aber Peter und Usch wollen, dass Jonas und Lily jeder ein eigenes Zimmer haben. Sie sind mächtig stolz darauf, dass sie in so einem Häuschen wohnen. Mit Garten. Dass ihre Kinder es besser haben, als sie es früher hatten. Ich werde mich nicht da mit reinquetschen, so viel ist klar. In der Einfahrt steht eine Garage. Vielleicht ist der Vermieter einverstanden, dass ich sie ausbaue, und rechnet die entstandenen Kosten auf die Miete an. Ich werde das mit ihm einmal durchsprechen.

Mir gefällt, wie fleißig Peter und Usch sind. Peter ist zehn bis zwölf Stunden pro Tag mit dem Ausliefern der Tiefkühlkost an seine Kunden beschäftigt. Er erinnert mich an mich. Nur, dass er es heute viel schwerer hat als ich damals. Auf dem Papier ist er freier Unternehmer. Aber nur da. Er hat mir den Vertrag gezeigt, den er mit der Firma abgeschlossen hat, für die er fährt. Ein Knebelvertrag, sie haben ihn im Würgegriff. Als ich gelesen habe, was er da unterschrieben hat, war ich empört. Aber für Peter war es eine Chance nach einem Jahr Arbeitslosigkeit. Besser selber etwas tun, als auf fremde Hilfe zu warten. Das ist die richtige Einstellung. Auch wenn ich es schlimm finde, wie heute die Not der Leute ausgenutzt wird, wie sie über den Tisch gezogen werden. Aber ich bin ja auch noch da; wenn die es übertreiben mit ihm, kann ich ihm helfen. Das ist ein schönes Gefühl, dass man trotz seines Alters der jüngeren Generation noch helfen kann.

Usch backt für ein Café Hefeteilchen und Kuchen. Wenn sie nicht mithelfen würde, könnten sich die beiden die teure Miete nicht erlauben. Aber mit dem Zuverdienst von Usch kommen sie klar. Beide träumen davon, irgendwann einmal ein eigenes Restaurant aufzumachen. Vielleicht bleibt das ja kein Traum. Wenn ich ihnen dabei helfe.

43

Fleischers Bericht hatte die Reise unter den Schrank gut verkraftet. Ein paar Wollmäuse musste ich wegpusten, ansonsten war das Papier sauber, ohne Knicke und Falten. Tapfer kämpfte ich mich durch. Petra hatte recht. Wie sollte ein normaler Sterblicher, der nicht Jahre an der medizinischen Fakultät einer Universität verbracht hatte, dieses Fachchinesich lesen, geschweige denn verstehen?

Ich wandte die Taktik an, die sich bei allem Unverständlichen bewährt hatte. Das, was ich nicht verstand, ignorierte ich, ansonsten hielt ich Ausschau nach vertrauten Wörtern. Nach dem, worauf es für mich ankam. Es war nicht der erste Obduktionsbericht, der vor mir auf dem Schreibtisch lag.

Ich war neugierig, ob Fleischer es diesmal geschafft hatte, sich in der Tatzeit festzulegen. Hatte ich es mir doch gedacht. Er eierte herum, bot mir einen Zeitraum von mehreren Stunden als mögliche Tatzeit an. Weil der Fundort der Leiche nicht der Tatort war. Das hatte ich schon vor seinem Bericht gewusst. Es kam noch besser. Er führte aus, dass es für eine Leiche einen Unterschied machte, ob sie im Tropenhaus des Zoos oder im Kühlkeller eines Restaurants gelagert worden war. Typisch Fleischer. Gib nichts aus der Hand, was gegen dich verwendet werden kann. Sichere es möglichst perfekt ab. Dann bist du aus dem Schneider, und die doofen Ermittler müssen sich Gedanken machen.

Ich jonglierte mit den Temperaturen, die er für seine Gedankenspielchen aufgelistet hatte. Das liebe ich so an Spezialisten. Sie müllen einen mit derartig vielen Daten und Möglichkeiten zu, dass man gar nichts mehr sieht. Und entscheiden tun sie sich nicht. Ganz so wie in der Politik.

Cool bleiben, befahl ich mir. Selber denken. Die Tatzeit, die er bei optimaler Kühlung der Leiche geschätzt hatte, war gegen zwanzig Uhr abends. Im Tropenhaus wäre sie nicht so lange frisch geblieben. Nachts um drei war sein Vorschlag für diesen Fall. Ich beschloss, bevor ich den Bericht von der Kriminaltechnik mit möglichen Hinweisen auf einen Tatort lesen würde, das Jonglieren mit der Tatzeit zu vergessen. Frühestens zwanzig Uhr am Abend, spätestens drei Uhr früh. Das musste reichen fürs Erste.

Wie stand's mit der Todesursache? Ich suchte die entsprechenden Passagen. Erleichtert atmete ich auf. Messerstiche. Einmal war etwas so, wie es dem ersten Anschein nach ausgesehen hatte. Was hatte Fleischer zu den Messerstichen noch Interessantes auf Lager?

Einen Selbstmord schloss er aus, las ich. Das Ausschlusskriterium war die ›fehlende Gruppenbildung‹ der Stiche, die es bei Selbstmördern zu beobachten gibt. Darüber, wie ein Selbstmörder sich um alles in der Welt nach der Tat und tot noch in die Kirche geschleppt haben könnte, sagte er nichts. Das war mal wieder typisch. Der Tunnelblick des Experten. Keine Gruppenbildung der Stiche. Der Rest interessierte ihn nicht. Ich las weiter. Insgesamt sechs Stiche, ›wahrscheinlich‹ mit einem einschneidigen Messer. Langsam reagierte ich auf Relativierungen allergisch. Noch ein ›wahrscheinlich‹. ›Wahrscheinlich handelte es sich bei der Tatwaffe um ein spitzes Messer mit Wellenschliff.‹ Wenn das nicht ermutigend war. Fleischer führte aus, dass Messer dieser Spezies häufig in Haushalten, Imbiss-Stuben, Steakhäusern, Pizzerien und vergleichbaren ›Nahrungsaufnahmebetrieben‹ zum Einsatz kamen.

Jetzt kamen sie, die harten Fakten. Inklusive der Bilder der obduzierten Leiche. Eigenartig, dass ich beim Betrachten solcher Bilder, beim Lesen solcher Sätze nur noch von einer ›Leiche‹ sprach.

Das ist kein Ding, Beate, ermahnte ich mich. Das ist ein Mensch. War ein Mensch. Werner Krieger. Ihm sind die sechs Stiche beigebracht worden. Und du musst herauskriegen, wer zugestochen hat. Ah. Endlich redete Fleischer Klartext. Das heißt, eigentlich redete er nicht, er übersetzte, was der Körper von Werner Krieger ihm mitteilte. ›Die geringe Durchblutung der Stichverletzungen lässt folgern, dass die Stiche unmittelbar hintereinander abgegeben wurden.‹ Ich konnte also davon ausgehen, dass der Mörder Werner Krieger die Stiche schnell hintereinander beigebracht hatte. ›Durchstiche durch die linke Brustwand mit Einstich in den linken Lungenoberlappen‹ las ich. ›Durchstechung des Herzbeutels, offenbar verbunden mit Schnitt des Herzbeutels und der rechten Herzkammervorwand.‹

Jedes Mal, wenn ich den Bericht über eine Autopsie lese, wird mir kalt. Als würde der Tod, der alle Wärme, alles Leben vertreibt, mir die Hand über den Schreibtisch reichen. Schnell verscheuchte ich den Gedanken.

Halt, das hier war wirklich interessant. Die Stichkanäle. Alle Stiche wurden Werner Krieger von vorne zugefügt. Die Einstichwinkel differierten, der Täter hatte aus unterschiedlichen Positionen zugestochen.

Und was sagt uns das über den Täter?, fragte ich mich. Dass der Täter ausgeflippt war? Und aus den unterschiedlichsten Positionen zugestochen hatte? Dass der Täter besonders wendig mit dem Messer war? Vielleicht sowohl mit der rechten Hand als auch mit der linken zugestochen hat? Typisch, dass Fleischer sich dazu nicht weiter geäußert hatte. Wie viele umgestellte Linkshänder gab es und wie viele Rechtshänder, die auch mit links fit waren? Menschen, die mit beiden Händen gleich geschickt waren?

Werner Krieger hatte sich nicht gewehrt. Keine Abwehrverletzungen an der Leiche.

Er hatte sich abstechen lassen, ohne sich zu wehren. Sagte mir das etwas? Nicht unbedingt, befand ich. Vielleicht hatte er die Gefährlichkeit der Situation, in der er sich befand, nicht richtig eingeschätzt. Vielleicht war er vor Angst gelähmt?

Ich klappte den Bericht von Fleischer zu und überlegte, was ich Neues erfahren hatte. Tod durch Messerstiche, das war klar. Darauf konnte ich bauen. Ein vermutlich einschneidiges Messer. Mit Wellenschliff. Stichkanäle, die darauf hinwiesen, dass der Täter aus unterschiedlichen Positionen zugestochen hatte. Sollte ich jetzt vielleicht nach einem Rechtshänder suchen, der auch mit links zustechen konnte? Wie viele Einwohner hatten wir in der Republik? An die achtzig Millionen seit der Vereinigung. Wunderbar dachte ich. Siebzig Millionen Rechtshänder und zehn Millionen Linkshänder. Einer von den achtzig Millionen konnte es sein. Entweder ein Rechtshänder, der mit links voll fit war, oder ein Linkshänder, der auf rechts umgestellt wurde. Gratulation. Du hast den Hauptgewinn gefischt. Die volle freie Auswahl. Und kein Kriminalkataster, das die Wendigkeit von Rechts- und Linkshändern erfasst.

Ob ich die Anlegung eines solchen Katasters meinem Vorgesetzten als Verbesserungsvorschlag einreichen sollte? Lass es, Beate, stoppte ich mich. Froböse bringt es glatt fertig und nimmt das ernst, trägt es in die überregionalen Steuerungsgruppen. Und dann kommt das als Bumerang auf deinen Schreibtisch zurück, und du darfst Vorschläge zur Erarbeitung der rechts-links-händigen Täter aufstellen, inklusive von Leuchttürmen und Steuerungshebeln. Spaß verstehen die doch heute alle nicht mehr.

Oder war das vielleicht alles Mumpitz? Wollte Fleischer mich nur ein bisschen verwirren mit diesen Stichkanälen? Auf eine Rechts-links-Fährte locken, um mich lächerlich zu machen?

Manchmal sehne ich mich nach der Zeit zurück, wo ich so etwas gar nicht hätte denken können. Wo ich jung und arglos war bezüglich der Spiele, die Erwachsene an ihrem Arbeitsplatz spielen. Wo ich dachte, dass es für alle darum ging, ihre Arbeit zu tun und sie gut zu tun. Eine Arbeit, die wichtig war, weil sie die Welt zu einem sichereren und besseren Ort machte.

Eins stand fest, in der Kirche hatte Fleischer mich kotzen sehen wollen, mindestens. Vor den Kollegen. Vor der Pastorin. Ein Vergnügen, das ich ihm im letzten Fall beschert hatte. Ein Vergnügen, das er gerne noch einmal genossen hätte.

Würde er so weit gehen, mich mit seinem Bericht auf eine falsche Fährte zu locken? Ich wusste es nicht. Aber in dem Verein, in dem ich arbeitete, gab es keinen Grund, die lästigen Mann-Frau-Kämpfe als ins Steinzeitalter gehörig ad acta zu legen. In Hagen hatten mehrere Polizisten von der Schutzpolizei eine junge Kollegin auf einen Kleiderhaken in der Wache gehängt. Was hatten die sich wohl dabei gedacht?

Der Verein, in dem ich arbeitete, verdiente keine Vorschusslorbeeren. Keinen Persilschein. Kein Vertrauen. Ich dachte an Weber, meinen Partner. Er war der Einzige in diesem verdammten Laden, dem ich traute. Und Petra. Vielleicht.

44

Liebe Edith,

heute Abend waren die Nachbarn bei mir. Ich hatte eine kleine Käseplatte vorbereitet mit Trauben und Weißbrot, dazu eine gute Flasche Wein, einen Lemberger, den hast Du ja auch gemocht. Sie sind zehn Minuten früher gekommen, so wie immer. Und sie haben mir einen Test der Stiftung Warentest zu allen im Handel befindlichen Treppenliften mitgebracht. Das war natürlich sehr aufmerksam.

Wir haben am Esstisch gesessen, ich habe unseren großen Leuchter mit den fünf Kerzen angemacht, ein Glas Sekt zum Aperitif eingeschenkt und ihnen gesagt, dass ich bald wegzuziehen gedenke. Ich hätte nicht vermutet, dass diese Nachricht sie so aufregen könnte. Sie haben mir einen Vortrag gehalten, wie wichtig es ist, in dem Umfeld zu bleiben, in dem man die meiste Zeit seines Lebens gewesen ist, und den Vortrag mit der Schilderung von Katastrophen untermalt, die Leute ereilt haben, die im Alter noch ihren Lebensmittelpunkt verlegt haben. Ehepaare, die an die Nordsee gezogen sind, wo sie schöne Urlaube verlebt hatten, die krank und unglücklich wieder nach Bonn zurückgekehrt sind. Menschen, die ihr ganzes Geld in spanische Ferienhäuser investiert haben und dort unter lauten neureichen Russen in der Nachbarschaft leiden und kreuzunglücklich sind. Deutsche, die in Florida in noblen Wohnsilos vor sich hin vegetieren, weil die Sehnsucht nach der alten Heimat sie auffrisst. Ich war höflich genug, nicht zu kontern, dass es Deutsche gibt, die in vertrauter Umgebung bleiben, ohne dass es sie fröhlich und zuversichtlich macht. Menschen, die Gitterstäbe vor die eigenen Fenster setzen und aus ihrem Heim ein Gefängnis ma-

chen. Gäste haben schließlich ein Recht auf höfliche Behandlung.

Ich hatte das Gefühl, dass meine Nachricht sie ganz unruhig machte. Ein Nachbar, der eine so ganz andere Planung für die nächsten Jahre hat als sie.

›Aber Sie kennen doch diese Leute, zu denen sie ziehen wollen, gar nicht richtig.‹ Das musst du dir so richtig mit Pathos in den Raum gesprochen vorstellen. Von Frau Nachbarin.

›Sie haben völlig recht‹, habe ich milde lächelnd gekontert. ›Ich kenne sie nicht. Es gibt keine Sicherheit. Ich verlasse mich einzig und allein auf mein Gefühl.‹

›Und Ihre Kinder?‹, wollte er wissen. ›Was sagen Ihre Kinder zu Ihren Plänen?‹

Ich habe mit dem Korkenzieher eine zweite Flasche Lemberger geöffnet und überlegt, was ich antworten sollte. ›Meine Kinder haben sich nicht um mich gekümmert, als ich krank war‹, habe ich entgegnet und den Korken mit einem lauten Plopp aus der Flasche gezogen. ›Warum sollte ich mir Gedanken um gesunde Kinder machen?‹ Ich habe ihnen die Gläser voll gegossen und den Spieß umgedreht: ›Was halten Ihre Kinder von dem neuen Lift?‹, habe ich sie gefragt.

›Die Kinder, äh …‹, hat sie angefangen zu stottern. ›Unser Sohn hat gerade eine Lehrstuhlvertretung in Schweden, und unsere Tochter tritt eine neue Stelle an. In Berlin. Mit dem Treppenlift haben wir sie gar nicht behelligt.‹

›Solche Kinder habe ich auch‹, habe ich entgegnet und mein Glas erhoben und ihnen zugeprostet. ›Eine Tochter in München, eine in Berlin und einen Sohn in Hamburg.‹

›Und was sagen die nun zu Ihren Plänen?‹, hat sich Herr Nachbar neugierig erkundigt.

›Sie wissen nichts davon‹, habe ich gelächelt. ›Als ich im Krankenhaus lag, hat sie nicht interessiert, wie es mir geht. Jetzt interessieren sie mich nicht mehr. Ich habe neue Kinder. Die Welt ist voll von netten Menschen, die sich freuen würden, wenn sie Eltern hätten.‹

Ich glaube, ich habe sie ganz schön geschockt. Doch ich habe mir für den Rest des Abends Mühe gegeben, freundlich zu ihnen zu sein. Vielleicht beneiden sie mich auch nur. Weil ich mich traue, Altes hinter mir zu lassen und Neues zu wagen. Vielleicht hätten sie auch gern andere Kinder als die, die sie selbst in die Welt gesetzt haben. Darüber haben wir natürlich nicht gesprochen. Der Abend hat versöhnlich geendet. Sie haben mir versichert, dass ich jederzeit auf Besuch kommen könnte und bei ihnen ein Bett fände. Dass ich lieber in einem drittklassigen Hotel als in einem Zimmer mit Eisengitter vor dem Fenster schlafen würde, habe ich ihnen nicht gesagt.

Auch wenn Du es kaum glauben kannst, Edith, manchmal schafft es selbst so ein undiplomatischer Trottel wie ich, Minimalanforderungen von Höflichkeit einzuhalten. Es ist eine neue Erfahrung, aber eine Herausforderung für mich.

45

Als ich ihre Stimme am Telefon hörte, wusste ich sofort, wer sie war. Werner Kriegers Tochter. Die Lehrerin. Aus Berlin. Sie hielt tatsächlich Wort und meldete sich. Ein Hoch auf die Lehrerinnen und alle Berufsgruppen, die sich an Absprachen hielten und mit der Polizei kooperierten.

Ich schnappte mir Mantel und Tasche und machte mich auf den Weg. Je eher ich mehr über Werner Krieger und seine leiblichen Kinder in Erfahrung bringen konnte, desto besser.

Zu sparen brauchte sie anscheinend nicht. Sonst hätte sie sich nicht in diesem Glaspalast eingemietet. In der Auffahrt zum Hoteleingang stand eine schwarze Edelkarosse. Ein Mann in einer Uniform mit blinkenden Knöpfen hielt mit seinen Handschuhfingern die Tür geöffnet. Eine ältere Dame mit lila getöntem Haar ließ sich von ihm aus dem Wagen helfen. Wie viel verdiente eine Lehrerin eigentlich? Mehr als eine Kriminalhauptkommissarin mit Sicherheit.

Meine Füße versanken in weichen Teppichen. Cremefarbene Rosen, deren Blütenblätter mit rosa Farbeinsprengseln garniert waren, wiegten sich an der Seite von zart zitternden Gräsern auf der Theke der Rezeption. Daneben ein gigantischer Obstkorb, beladen mit Orangen, Bananen, Äpfeln, Sternanis und frischen Feigen.

Ich fragte mich, ob die junge Dame in der adretten Uniform vor Schreck kollabierte, wenn ich meine Hand in Richtung Obstkorb bewegen würde. Die Entfernung eines Teils des aufwändigen Arrangements würde unweigerlich zum Zusammenbruch führen. Das Ganze war nur zum Angucken, nicht zum Essen bestimmt. Bestimmt war es besser so. Die perfekte Form und Farbe der Früchte war mit an Sicherheit grenzender Wahrscheinlichkeit den übelsten Giftstoffen zu verdanken.

Ich verzichtete darauf, das Spektakel zu starten und Feigen und Orangen und Sternanis über den glänzenden Holztresen auf den Teppich abstürzen zu sehen. Stattdessen schenkte ich der jungen Dame hinter der Theke einen freundlichen Blick.

«Herzlich willkommen. Was kann ich für Sie tun?« Mein Blick war nichts im Vergleich zu ihrem. Sie strahlte mich an und lächelte zuckersüß. Eine Süße, wie sie nur der Eifer des ersten Jobs und die Naivität der Jugend auf ein Gesicht zaubern konnten.

Sie verlor weder das Lächeln noch ihre sanfte Stimme, als sie zum Telefon griff und der Tochter von Werner Krieger mitteilte, dass Besuch in der Hotelhalle auf sie wartete.

Ich bewunderte die bunten Mini-Flaggen, die zu dritt in einem weißen Töpfchen vereint in regelmäßigen Abständen die Mahagonitheke verzierten. Erfreulich, dass die Farbpalette mehr als Schwarz, Rot, Gold hergab.

Die junge Frau gönnte mir noch einmal ihr Zuckerlächeln, dann verließ sie den Tresen und verschwand hinter einer Tür, die aus Milchglas bestand.

Ich sah mich um. In einer Plastikvorrichtung an der Wand lagerten weiße, mit großen Lettern bedruckte Karten. ›Ihre Meinung interessiert uns. Bitte sagen Sie uns, was wir besser machen können.‹ Ich zog eine Karte heraus, nahm einen Kuli aus einer der Schalen, in denen sie bereitlagen, und strich erst einmal alles, was sie wissen wollten, durch. Dann malte ich quer darüber meine Wünsche. ›Gratis Champagner – ersatzweise Riesling – für jeden Besucher‹. Befriedigt beförderte ich die Karte in einen goldglänzenden Briefkasten, der für derartige Meinungsäußerungen der Gäste installiert worden war.

Ein dezenter Gong ertönte. Die Türen des Fahrstuhls glitten auf, und eine Frau in einem gut sitzenden hellgrauen Kostüm kam auf mich zu.

»Frau Stein?«

Ich reichte ihr die Hand. »Schön, dass Sie so schnell die Zeit zu einem Treffen gefunden haben.«

»Was ich verspreche, halte ich auch.«

Gemeinsam liefen wir zu einem der kleinen Tischchen, neben denen rote Ledersessel standen. Sie setzte sich und stellte eine graue Ledertasche neben den Sessel.

Von der Stimme her hatte ich gedacht, sie wäre fahrig, einen Hauch ungepflegt, mit langen, von einer Spange zusammengehaltenen Haaren und mit einem losen Faden am Rocksaum vielleicht.

Sie war das ganze Gegenteil, die Haare blondweiß und perfekt geschnitten, das Make-up so unaufdringlich, dass man es erst auf den zweiten Blick sah. Der Stoff des Kostüms glänzte seidig, der Lippenstift schillerte rosa, perlmuttfarben wie eine Muschel. Das Gesicht unter dem Pony erinnerte mich an die Fotos, die auf meinem Schreibtisch lagen.

»Sie sehen Ihrem Vater sehr ähnlich, Frau Krieger.«

»Es gibt Schlimmeres.« Da war sie wieder, die barsche, abrupte Art, die ich schon vom Telefon her kannte und die so gar nicht zu ihrer eleganten Erscheinung passte.

»Was wollen Sie von mir wissen?«

Sie schaffte es tatsächlich, dass ich mich einen Moment lang fühlte, als hätte ich meinen Spickzettel vergessen.

»Sie haben mich um ein Gespräch gebeten.«

Es wurde Zeit, dass ich die Sache in die Hand nahm.

»Können Sie sich vorstellen, wer Ihren Vater umgebracht haben könnte?«, fiel ich mit der Tür ins Haus.

»Ich kann mir viel vorstellen, das habe ich Ihnen doch schon am Telefon gesagt«, belehrte sie mich.

Schön ruhig bleiben, Beate, baute ich mich auf.

»Frau Krieger, worüber wir am Telefon gesprochen haben, weiß ich auch. Sie haben gesagt, dass Ihr Vater ein Egomane war, angedeutet, dass er viele Feinde haben könnte. Ich brauche Namen.«

»Erlauben Sie, dass ich rauche?«

»Kein Problem.«

Sie zog ihre Tasche auf den Schoß und holte eine silberne Zigarettenspitze heraus.

»Namen. Lassen Sie mich einen Moment überlegen.«

Ich beobachtete, wie sie die Zigarette in die Spitze drehte.

»Alfons. Alfons Richter. Reden Sie mal mit dem.«

»Wer ist dieser Alfons Richter?«

»Er hat mit meinem Vater zusammen das Geschäft geführt.« Sie setzte die Zigarettenspitze zwischen ihre Lippen, griff nach dem Feuerzeug.

»Welches Geschäft?«, fragte ich.

»Mein Vater hat in Bonn zeit seines Lebens ein Sanitärfachgeschäft geführt zusammen mit Alfons. Alfons Richter.«

»Und diesem Alfons Richter würden Sie zutrauen, Ihren Vater umgebracht zu haben?«

»Drehen Sie mir die Worte nicht im Mund herum«, rügte sie mich. »Sie wollten Namen, wen er sich zum Feind gemacht haben könnte. Und da fällt mir Alfons ein. Der war sein Partner. Aber mein Vater war kein Typ für Partner.«

»Können Sie mir das näher erklären?«, bat ich sie.

»Er war eine Dampfwalze. Alles musste laufen, wie er es wollte. Er hat alle überrollt.«

»In welcher Hinsicht?«

»Nehmen Sie uns Kinder. Ich habe Deutsch und Geschichte studiert, mein Bruder Musik, meine Schwester Ernährungswissenschaften. Wenn es nach ihm gegangen wäre, hätten wir trotz

Studium in sein Geschäft einsteigen sollen. Wenigstens einer von uns, am besten alle drei.«

Ich versuchte zu verstehen, was das für unseren Fall bedeuten könnte. »Sie hatten eigene Vorstellungen, das gefiel ihm nicht«, vermutete ich.

»Wir konnten es ihm nie recht machen.« Sie stieß den Rauch in hastigen Zügen aus. »Ich nicht und Ruth nicht und erst recht nicht Johannes.«

»Hat er Ihnen das einmal gesagt?«

»Einmal?« Sie lachte bitter. »Wozu habe ich diese Brut nur gezeugt. Das haben wir zum Sonntagsbraten serviert bekommen. Seine Brut. Seine überflüssige Brut.«

»Vielleicht hat er es nicht so gemeint?«, wagte ich einen Einwurf. »Als Kind ist man sehr empfindlich.«

»Wieso nehmen Sie ihn in Schutz? Sie kennen ihn doch gar nicht.« Sie schickte mir einen ungehaltenen Blick.

Einmal mehr war ich froh, dass ich der Schule entkommen war, den bösen Blicken von Lehrerinnen und Lehrern entwachsen.

»Wo waren Sie, als Ihr Vater gestorben ist?«

»Mein Alibi? Ich dachte schon, Sie arbeiten nachlässig und fragen mich nicht.« Sie klopfte die Asche von der Zigarettenspitze. »Ich habe keins. Ich war allein zu Hause und habe die ganze Nacht gelesen. Diesen Luxus kann ich mir nur in den Ferien leisten.«

»Sie haben mir den Namen von Alfons Richter genannt. Können Sie noch andere Namen nennen? Menschen, die Grund haben könnten, Ihrem Vater nach dem Leben zu trachten?«

»Wissen Sie, was Sie da verlangen? Ich habe seit Jahren keinen Kontakt mehr zu ihm. Jedenfalls nicht richtig. Nur das Übliche. Hier und da eine Karte zu den Feiertagen.«

»Und zu Ihrer Mutter? Hatten Sie da auch keinen Kontakt?«

»Meine Mutter war ganz anders.« Ihre Stimme wurde plötzlich ganz weich. »Verständnisvoll, herzlich. Die beiden passten gar nicht zusammen. Sie hat heimlich telefoniert mit uns Kindern. Wenn er nicht zuhören konnte. Da konnte sie offen reden.« Sie betrachtete die silberne Zigarettenspitze in ihrer Hand. »Als er nicht mehr ins Geschäft gegangen ist und die ganze Zeit zu Hause war, ging das nicht mehr. Er hat jeden Schritt von ihr kontrolliert.«

»Ihre Mutter ist seit zwei Jahren tot, ist das richtig?«

»Sie hätte viel länger leben können. Die ständige Kontrolle von ihm hat sie krank gemacht. Früher hat sie Klavier gespielt. Das hat er ihr nicht erlaubt, er brauchte sie fürs Geschäft. Er hat meine Mutter auf dem Gewissen.«

»Aber auf der Beerdigung von Ihrer Mutter waren Sie doch sicher«, vermutete ich. »Sie und Ihre Geschwister. Da werden Sie doch mit Ihrem Vater gesprochen haben?«

Sie klopfte die Zigarettenspitze im Aschenbecher aus. »Wieso? Er saß in der einen Ecke des Friedhofscafés und wir in der anderen. Mit ihm gesprochen haben wir nicht.«

»Ihre Geschwister waren auch auf der Beerdigung?«

»Ja«, sagte sie. »Da haben wir uns das letzte Mal getroffen.«

»Haben Ihre Geschwister so wie Sie unter Ihrem Vater gelitten?«

»Gelitten trifft es nicht«, korrigierte sie mich. »Ganz und gar nicht.«

»Was trifft es dann?«

»Wir haben uns der Realität gestellt und unsere Schlüsse daraus gezogen.«

»Der Realität gestellt«, murmelte ich nachdenklich. »Ihre Geschwister haben das genauso gesehen wie Sie?«

»Bei denen hat es ein paar Jahre länger gebraucht. Sie haben alles versucht, um ihm zu beweisen, dass sie gute Kinder sind.« Da war sie wieder, die Bitterkeit.

»Manche Kinder verbringen ihr ganzes Leben damit«, sagte ich.

»Jetzt wissen Sie auf jeden Fall alles, was es zu dem Thema zu wissen gibt.«

»Haben Sie selbst Familie?«, erkundigte ich mich.

Sie lachte kurz auf. »Glauben Sie, dass ich bei meinen Erfahrungen diesen Weg gewählt hätte? Sicher nicht.«

Irgendetwas drängte mich, dieser eleganten, verbitterten Frau zum Abschluss etwas Freundliches zu sagen.

»Sie sind Lehrerin, weisen jungen Menschen den Weg in die Zukunft, das ist sicher eine lohnende Aufgabe.«

»Was Sie für Vorstellungen haben.« Sie schickte mir einen tadelnden Blick. »Ich bin keine Lehrerin, ich bin Studiendirektorin und leite ein neusprachliches Gymnasium mit eintausendeinhundert Schülern und einhundertzwanzig Lehrern, wenn Ihnen das etwas sagt.«

»Viel Organisation, Verwaltung, Controlling«, vermutete ich.

»Ein Managementjob, und ich habe lange dafür gekämpft.«

»Hatte Ihr Vater Vermögen?«

»Sein Geld interessiert mich nicht.« Zum ersten Mal sah ich ihr Lächeln. »Glauben Sie mir, ich verdiene selber nicht schlecht.«

Mit dem Lächeln auf den Lippen wirkte sie schön und makellos. Die Perfektion erinnerte mich an die Früchte, die, kunstvoll im Obstkorb arrangiert, auf der Theke der Rezeption standen. Eine Perfektion, die von giftigen Schadstoffen erzählte, von der Herstellung eines verführerischen Glanzes mit künstlichen Wachsen.

Der Test für das Lächeln ist der Augenblick, in dem sie erfährt, wem ihr Vater sein Vermögen vermacht hat, dachte ich. Wenn sie in dem Moment weiter lächelt, und nur dann, werde ich ihrem Lächeln trauen. Bis dahin bleibt das Lächeln eine Behauptung. Mehr nicht.

46

Liebe Edith,

heute sind die Möbel abgeholt worden. Es ist eigenartig, in einem leeren Haus zu leben. Wenn ich durch die Räume laufe, hallt jeder Schritt. Es ist gespenstisch. Die kahlen Wände, an denen die hellen Stellen verraten, dass dort früher Bilder hingen. Ich schlafe auf einer alten Luftmatratze. Wir haben sie gekauft, als wir den Camping-Urlaub am Gardasee gemacht haben. Erinnerst Du Dich noch, Edith? Ruth und Johannes und Fran-

ka waren noch ganz klein damals. Wir hatten alle fünf einen furchtbaren Sonnenbrand. Du hast eine Mischung aus Olivenöl und Zitronensaft gebraut und uns damit eingeschmiert. Daran erinnere ich mich. Es hat geholfen. Wir haben uns nicht gepellt. Wie die kleinen Neger sind wir zurückgekommen, alle fünf. Ist es nicht eigenartig, an was man sich erinnert und an was nicht?

Ich kann nicht sagen, dass die Luftmatratze eine ideale Schlafstätte für einen älteren Herrn von dreiundsiebzig ist. Heute Nachmittag habe ich ausprobiert, wie ich darauf zum Liegen komme. Es ist abenteuerlich. Du hättest sehen müssen, wie ich das Abseilen auf den Boden mit Hilfe des Stocks angegangen bin, Du hättest Dich totgelacht. Nicht besonders elegant, aber ich habe es geschafft. Es ist ja nicht für lange. Dann werde ich zu Peter und Usch und Jonas ziehen. Ich habe mit dem Vermieter von Peter und Usch gesprochen wegen des Umbaus der Garage. Im Laufe des Gesprächs kam heraus, dass er das Haus am liebsten ganz los wäre, weil er zu seiner Tochter zieht. Solche Kinder gibt es also auch heute noch. Kinder, die ihren alten Vater bei sich aufnehmen. Er wird mir die Pläne vom Haus und vom Grundstück besorgen, und ich werde das prüfen. Danach setzen wir uns noch einmal zusammen. Das Häuschen kann nicht die Welt kosten. Dazu ist es zu alt. Man wird sehen. Ein Kauf wäre nur vernünftig. Bei der hohen Miete, die Peter und Usch zahlen jeden Monat. Und natürlich kann ich die Garage ganz anders umbauen, wenn es Eigentum ist. Peter und Usch haben schon gesagt, dass sie ihre Miete weiter an mich zahlen wollen, wenn ich kaufe. Daran siehst Du, dass sie es nicht auf mein Geld abgesehen haben. Ob ich die Miete annehmen werde, weiß ich noch nicht. Schließlich wird Usch für mich kochen und meine Wäsche machen. Es ist ja noch Zeit. Das findet sich.

Bis zu meinem Umzug werde ich hier auf der Luftmatratze schlafen. Und davon träumen, mir bald ein hübsches Bett für ältere Herren zuzulegen. Nicht flach auf dem Boden wie die Matratze, sondern schön hoch, wie es sich für einen älteren Herrn wie mich geziemt. Mit eingebauter Elektrik, die mir durch einen Tastendruck jede Bewegung ermöglicht.

47

Mein Anrufbeantworter blinkte. Wie hatten die Menschen sich bloß verständigt, als es diese Maschinen noch nicht gab? Ich lauschte der ersten Stimme, die eine Nachricht für mich aufs Band sprach, während ich durch das Zimmer hüpfte und das Chaos beseitigte, das ich gestern Abend mal wieder verursacht hatte. Meine Mutter.

Ich packte mir die leere Weinflasche, die neben dem Ohrensessel stand, und das leere Glas. Meine Mutter berichtete mir ausführlich, wo sie noch gewesen war nach unserem Treffen, was sie sich gekauft hatte. Nach einer Weile schnitt ihr mein AB das Wort ab. Die Zeit, die ich meinen Anrufern gönne, ist eher knapp bemessen.

Ich wanderte in den Flur und stellte die leere Flasche in die dafür bestimmte Kiste, lief vom Flur in die Küche, öffnete den Geschirrspüler, um das Weinglas hineinzustellen.

Auf meinem AB hörte ich jetzt Annas Stimme. Anna, meine einzige und beste Freundin. Ich lauschte gespannt, was sie mir zu sagen hatte. Sie bedankte sich für meinen Besuch. Dafür, dass ich ihr vertraute. Dafür, dass ich ihre Freundin war. Typisch Anna. Aufbauend. Positiv. Lieb. Hatte ich eine solche Freundin überhaupt verdient?

Ich fegte die leeren Erdnussschalen zusammen, die in und um meinen Ohrensessel herum verstreut lagen. Gestern Abend hatte ich es mir richtig gemütlich gemacht. Mit einer Kehrschaufel voll von Schalen lauschte ich der nächsten Stimme. Beckmann. Die Verbindung war nicht gut, aber ich verstand, was er sagte. Die Dinge entwickelten sich prächtig, er kam voran. Was immer das bedeutete. Tokio war toll, zu viel Menschen, aber alle sehr freundlich. An diesem Punkt stoppte mein Anrufbeantworter ihn. Ich lief in die Küche und warf die Erdnussschalen in den Mülleimer. Dabei dachte ich an Beckmann. Auch wenn ich es mir gestern Abend so richtig schön gemacht hatte. Mit einem Pfund Erdnüsse und einer Flasche Riesling eine richtige kleine Orgie gefeiert hatte. Nur mit mir allein. Heute fehlte mir Beckmann.

Ich sah ihn vor mir, auf einem Bett sitzend, in einem winzigen japanischen Hotelzimmer, und fröhlich grinsen. Beckmann, der aus jeder Situation noch das Beste machte.

Mein plüschiger Ohrensessel blinkte mich schalenfrei und verführerisch sauber an. Sollte ich einfach die Beine hochlegen und es mir so wie gestern wieder gutgehen lassen? Erst noch das Schlafzimmer, schacherte ich mit mir. Seit ein paar Tagen schon willst du das Bett frisch beziehen. Du solltest es einfach machen. So früh bist du seit Wochen nicht nach Hause gekommen. Nutz es aus.

Ich beugte mich der Vernunft, die heute eine Zweigstelle in meinem Kopf betrieb, und zog mit Schwung das Laken samt Decke vom Bett. Eigentlich komisch, dachte ich, als ich meine Daunendecke von ihrem Bezug befreite, dass ich immer schon so ein breites Bett hatte, mit extrabreiter Zudecke. Hieß das vielleicht, dass ich seit dem Kauf des Betts unbewusst darauf gewartet hatte, es mit jemandem zu teilen? Oder bedeutete es einfach, dass ich viel Platz brauchte und mir den Luxus gegönnt hatte? Ich würde es noch herausfinden. Das gemeinsame Leben mit Beckmann und das Teilen dieses Betts waren noch im Stadium eines Erprobungsprojekts. Die Vorstellung, eine Zeitlang allein in dem großen Bett zu schlafen, schreckte mich jedenfalls nicht. Im Gegenteil. Ich freute mich schon darauf, mich fett, breit und quer auszustrecken. Ein Vergnügen, das beim gemeinsamen Nutzen eines Bettes schwer zu haben ist.

Ein paar Minuten später strahlte das Bett frisch mit meinem liebsten lachsrosa Bezug. Der alte Bezug war nur noch ein verkrumpelter Haufen am Boden, auf den die Waschmaschine wartete.

Da drückt man sich tagelang vor so einer simplen Aufgabe, wie das Bettzeug zu wechseln, und dann ist es nur eine Sache von wenigen Minuten. Beflügelt von meinem Erfolg, ging ich noch ein kleines Projekt an, das ich mir schon länger vorgenommen hatte: nachzuschauen, ob das Bild von Froböse, das ich unter dem Bett geparkt hatte, noch brauchbar war. Unter welchem der vier Bettpfosten hatte ich es versteckt?

Ich setzte mich auf den Holzboden und hob mit beiden Armen das Bett am Fußende rechts an. Unter dem Bettpfosten: nichts. Ich probierte es am linken Fußende. Hob das Bett samt Bettpfosten an. Bingo. Da lag er, der braune Umschlag. Ich stieß ihn mit meinem Fuß zur Seite, setzte das Bett wieder auf dem alten Platz ab. Ich kniete mich hin, öffnete den Umschlag und zog das Foto heraus. Ein nackter Mann in einer Art Ledergeschirr, das Gesicht mit einer Schweinemaske bedeckt. Ich hatte Froböse noch nicht nackt gesehen, aber es gab keinen Grund, an den Angaben meiner Gewährsfrau zu zweifeln. ›Das ist Ihr neuer Chef, wenn ich richtig informiert bin, Herr F. Es würde mich freuen, wenn dieses Foto Ihnen nützen könnte.‹

Ich steckte es in den Umschlag zurück und legte es auf meinen Nachttisch. Um ein Haar hätte ich es schon genutzt. Aber es war wirklich zu schade, es für eine Lappalie zu verheizen. Ich dachte an die Frau, die mir das Foto geschickt hatte. Sie hatte gemordet, um eine junge Frau zu retten. Und ich hatte sie laufenlassen. Eine Tat, die ich bis heute nicht bereute. Das Schicksal hatte mich zur Vollstreckerin von Gerechtigkeit gemacht, und ich hatte mich gern dazu machen lassen.

Ich würde nicht zögern, das Foto von Froböse einzusetzen, wenn sich eine interessante Einsatzmöglichkeit ergab. Froböse ging über Leichen, wenn es seiner Karriere förderlich war. Daran bestand nicht die Spur eines Zweifels. Es war ein gutes Gefühl, für den Fall eines Falles diesen Joker in der Hinterhand zu haben.

Ich nahm eine Zeitschrift vom Boden, die unter dem Bett gelegen hatte und zufällig mit hervorgerutscht war, klappte sie auseinander. Der Stern, keine Zeitschrift, die Beckmann oder ich regelmäßig lasen. Ein buntes Titelblatt sprang mich an. Ich sah auf das Datum. Ein paar Wochen alt. Halt, mit welchem Thema warben die denn da? ›Sex in Japan.‹ Meine Neugierde war geweckt. Ich schlug das Inhaltsverzeichnis auf, suchte die Seitenzahl, wo der Artikel begann. Ich blätterte und überflog die Zeilen. Ob ich hier einen Hinweis auf Beckmanns Japanpläne fand? Honeymoon-Hotels vielleicht? Glaubte er, dass auch die Deutschen für Hotels reif waren, in denen Brautpaare sich mit Rüttelbecken und Yakuzzis die Hochzeitsnacht versüßen lassen wollten? Oder plante er, Automaten aufzustellen, aus denen sich schmutzige Höschen von Frauen gegen Einwurf von ein paar Geldmünzen ziehen ließen? Ich konnte mir nicht vorstellen, dass die Kirchen in Deutschland das mitmachten. Und wenn man die Automaten nur im Sperrbezirk aufstellte, war das Ganze bestimmt kein lohnendes Geschäft. Ich schlug die nächste Seite auf. Ein neuer Trend, ob es das war? Immer mehr Japaner, gerade die jungen, verbrachten immer mehr Zeit mit Spielen in virtuellen Welten, Cybersex, Sex im Netz. Ich überflog die Schlagworte. Bisher nichts, was nicht auch für Mitteleuropa Geltung hatte.

Hier war die Neuigkeit, der Knüller, auf Seite 216: In Japan gab es seit neuestem Bordelle mit Puppen. Ich las, dass sie sich seit Eröffnung des ersten Bordells rasant multipliziert hatten. Die Betreiber schwärmten von dem hohen Hygienestandard, die Kunden von den neuen Möglichkeiten. Jetzt konnten sie endlich mit Marilyn Monroe oder Pamela Anderson schlafen. Ohne sich von ihr eingeschüchtert zu fühlen. Eine Gummipuppe würde nicht verraten, wie der Benutzer sich ihrer bedient hatte. Ob er zu früh gekommen war oder gar nicht. Einer Gummipuppe gegenüber fühlte sich der japanische Mann mächtig und frei. Der Artikel hob darauf ab, dass die Nutzer der neuen Bordelle schwerpunktmäßig junge Männer zwischen zwanzig und dreißig waren. Männer, die sich von der neuen Generation der berufstätigen Frauen überfordert fühlten.

Sah Beckmann hier seine berufliche Zukunft? Wollte er das Land mit Gummipuppenbordellen überziehen? War das die sorgsam gehütete Geschäftsidee? Die Idee, für die Beckmann sofort seine Schulden erlassen und Geld zum Investieren bereitgestellt bekommen hatte?

Ich schlug die Zeitschrift zu und dachte über diese neue Spielart von Sex nach. Aufblasbare Sexpuppen gab es in jedem einschlägigen Shop an der Ecke, und wer da nicht hinwollte, konnte sich seine Puppe über den Versandhandel schicken lassen. In hübschen neutralen Paketen, die den Absender nicht verrieten.

Wenn die Gummipuppen jetzt schon ein Artikel waren, der eine feste Größe im Handel war, dann würden exklusivere Modelle, die exakte Kopien menschlicher Lustobjekte waren oder Nachbildungen von Comic-Heldinnen und Science-Fiction-Göttinnen, bestimmt ihre Liebhaber finden. Ich sah das Potenzial der Idee, keine Frage.

Auch wenn ich im Material der Puppen noch einen Schwachpunkt sah. Ein Luftballon mit weiblichen Formen und Hohlräumen war bestimmt nicht der Renner, was Lustgewinn anging. Von Plastikfetischisten einmal abgesehen. Eine Kondomfirma warb seit Jahren mit dem Versprechen ›gefühlsecht‹. Die Werbung zeigte nur, wo bei solchen Produkten der Knackpunkt lag.

Ich dachte an die menschlichen Modelle, die ein nekrophiler Professor durch die Einspritzung von Plastik in die Adern von Toten herstellte. Wenn sich Sexpuppen in dieser Qualität produzieren ließen, würde sich niemand mehr mit Gummipuppen zufriedengeben. Das war die Technik, der die Zukunft gehörte, abgesehen von den ethisch-moralischen Fragen, die sie aufwarf. Und dem Marketing natürlich. Wer würde sich schon gern an einer Puppe verlustieren, wenn er wusste, dass sie einmal ein Mensch gewesen war?

Ich sah schon, wie die neue Technik neue Verbrechen gebar. Menschen, die andere Menschen umbrachten, um aus ihnen die beste aller Sexpuppen zu machen. Ehefrauen, die sich und ihren Körper nicht mehr der Wissenschaft, sondern ihrem Ehemann vermachten. Damit er nach ihrem Tod noch Freude an ihr hatte. Die Menschen sind erfinderisch und immer auf dem letzten Stand der Technik.

Und wie findest du es, wenn dein Liebster sich als Bordellbetreiber versuchen will?, fragte die Leiterin der Zweigstelle für Moral und Ordnung in meinem Kopf.

Er schadet niemandem, hielt ich ihr entgegen. Es geht nur um Puppen. Spielzeuge, die zeitweise vermietet werden. Kleine künstliche Welten, künstliche Boxen, in denen der gestresste Zivilisationsmensch sich in die Arme einer Schönen aus Gummi flüchten kann. Ein Wunder, dass es solche Bordelle bisher bei uns noch nicht gab.

Ich legte die Zeitschrift an ihren Platz unter dem Bett zurück. Beckmann würde schon noch von selbst mit der Wahrheit herausrücken. Ich war neugierig, ob ich mit meinen Vermutungen auf der richtigen Spur war.

Mit einem Glas Riesling flüchtete ich mich auf meinen Sessel am Fenster. Betrachtete die Wolken, die am Himmel vorbeitrieben. Die Kuppel des Hafenamts, die golden glänzte. Die Möwen, die sich auf dem Geländer der Brücke mit weiten Schwingen niederließen.

Verglichen mit dem Kosmos sind wir Menschen sehr flüchtige Besucher auf dieser Erde. Selbst die Ulme dort unten auf dem Parkplatz hat eine längere Verweildauer hier als ich. War das die Erklärung für die Gier, mit der Menschen die Befriedigung ihrer Gelüste vorantrieben? Ihre kurze Verweildauer auf Erden?

Gab es unter Menschen, die an eine Wiedergeburt glaubten, weniger Gier, weniger Verbrechen? Konnten sie das Leben entspannter angehen, weil im Anschluss an das eine Leben das nächste auf sie wartete? Ein Leben, in dem sie alles neu und ganz anders machen konnten. Im Grunde war es nicht verwunderlich, wenn Menschen sich angesichts des Todes, der sie erwartete, und ohne den Trost zukünftiger Leben, mit diesem einen Leben nicht mehr zufriedengaben.

War das die Erklärung für die vielen Scheidungen? Dafür, dass Männer und Frauen ihre Kinder verließen, um kurz darauf eine neue Familie zu gründen, ein neues Glück zu suchen? Mit einem neuen Partner und mit neuen Kindern? Hatte mein Vater dieses Spiel mehr als einmal gespielt? Und wollte ich das wirklich wissen?

Werner Krieger, der Mann, den die Pastorin tot auf einer Kirchenbank fand, hatte noch mit Mitte siebzig ein neues Leben gewählt. Per Anzeige eine neue Familie gesucht und gefunden. Warum? Wofür hatte er solche Aktivitäten entfaltet? Wovon hatte er geträumt? Welchen Wunsch wollte er sich noch erfüllen? War er ein alter Mann, der unter dem Deckmantel der Wohlanständigkeit pädophilen Gelüsten nachging? Wollte er die eigenen Kinder bestrafen? Oder wollte er sich einen Traum erfüllen? Noch einmal in einer Familie leben? Einer Familie, die es für ihn so längst nicht mehr gegeben hatte. Die Frau tot und die Kinder in alle Himmelsrichtungen verstreut.

Seine Tochter hatte ihn als Egomanen geschildert. Wenn ich ihr glaubte, dann lag es nah zu vermuten, er habe in dem letzten halben Jahr seines Lebens egoistisch und ohne Rücksicht auf Verluste seine Bedürfnisse befriedigen wollen. Perverse Bedürfnisse? Hatte ihn jemand durch den Mord daran gehindert?

Der Mond schaukelte über dem Hafenbecken, leuchtete auf Wellen, die gegen die Kaimauer klatschten. Wie oft hatte ich schon aus meinem Sessel zu ihm hochgeschaut und mir Fragen über das Leben, die tiefsten Beweggründe von Menschen gestellt? Fragen zu Fällen, die auf meinem Schreibtisch gelandet waren, zu Menschen, deren Leben durch Gewalt ein Ende gesetzt worden war. Und immer war er dort oben und hatte mich begleitet. Auch wenn er manchmal hinter einer dicken Wolkenschicht verborgen war.

Heute hing er fett und rund am Himmel. Nur ein paar Wolken zogen über ihn hinweg. Täuschte ich mich, oder malten sie ihm wirklich ein nachsichtiges Lächeln ins Gesicht? Er würde wieder abnehmen, bis er zu einer schmalen Sichel geschmolzen war, und er würde wieder zunehmen. Und in der Zeit, die er dazu brauchte, würde ich Antworten finden. Antworten darauf, wer Werner Krieger wirklich gewesen war. Durch wen er ums Leben gekommen war. Hoffentlich.

48

Liebe Edith,

Ich denke, ich werde den Kindern schreiben, dass ich vorhabe, das Haus zu verkaufen und wegzuziehen. An einem anderen Ort ein neues Leben zu beginnen.

Was meinst Du, Edith, wie sie es aufnehmen werden? Denkst Du, es ist ihnen egal, oder glaubst Du, es wird ihnen etwas ausmachen, dass das Haus, in dem sie aufgewachsen sind, an andere geht? Es sollte ihnen egal sein. Sie wollen ja nicht in Bonn leben. Aber es ist natürlich ihr Elternhaus, und bestimmt haben sie damit gerechnet, es zu erben. Sie werden sich damit abfinden müssen, dass ich andere Pläne habe. Es wird sie überraschen, das denke ich doch. Es ist immer überraschend für Kinder, wenn ihre Eltern etwas anderes machen als das, was sie sich für sie ausgedacht haben. Aber Ruth und Johannes und Franka haben sich ja nichts für mich ausgedacht. Ihr Erstaunen sollte sich in Grenzen halten, wenn ihr Vater, um den sie sich nicht gekümmert haben, jetzt eigene Pläne hat.

Ich kann nur hoffen, dass sie jetzt nicht auf einmal ihr Herz für ihren Vater entdecken. Aus Angst, dass ihnen ihr Erbe abhandenkommen könnte. Das würde nur zu unangenehmen Szenen führen. Du kennst mich, wenn ich mich einmal zu etwas entschlossen habe, ziehe ich das auch durch. Es gibt nichts mehr, mit dem sie mich umstimmen könnten. Sechs lange Wochen habe ich auf eine Geste von ihnen gewartet, auf ihren Besuch. Sie haben mich in der Klinik völlig allein gelassen. Obwohl sie wussten, dass ich beinah an dem Schlaganfall gestorben wäre.

Sie haben sich nicht für mein Wohlergehen interessiert. Und jetzt interessieren sie mich nicht mehr. Es ist traurig, so etwas zu sagen, aber es ist die reine Wahrheit. Manchmal denke ich, wir haben die Kinder zu sehr verwöhnt, es ihnen zu leicht gemacht. Sie mussten nicht kämpfen. Johannes brauchte sich die Tennisstunden nicht selbst zu verdienen, die habe ich bezahlt. So wie die Klavierstunden für Ruth. Ich glaube, es ist besser für Kinder, wenn sie mit dem Mangel aufwachsen, wenn solche Sachen nicht selbstverständlich sind.

Aber vielleicht ist es auch nur schwer für Kinder, mit einem Vater aufzuwachsen, der sich nicht wirklich für sie interessiert, der nur will, dass sie in seine Pläne passen. Es stimmt schon, mir wäre am liebsten gewesen, wenn Johannes die fachliche und Ruth die kaufmännische Seite der Firma weitergeführt hätten. Wenn sie mit ihren Familien gleich um die Ecke wohnen würden. Wenn sie verheiratet wären und Kinder hätten. Und wir eine richtige Großfamilie wären. Ein Familienclan.

Peter und Usch sind ganz anders, sie glauben an die Familie. An die Gemeinschaft. An das Zusammenspiel der Generationen. Und sie sind ehrgeizig und haben Pläne. Peter beliefert mit seiner Kühlkost ja auch Restaurants, und er sieht täglich, wie jämmerlich das Essen ist, das dort den Gästen vorgesetzt wird. Kein Wunder, dass er es besser machen will. Und Usch kocht ganz vorzüglich. Ich bin fest davon überzeugt, dass sie ein Restaurant erfolgreich führen können. Wenn ich an Uschs Klöße denke, läuft mir das Wasser im Mund zusammen. Sie sind fast so gut wie Deine.

Mal sehen, wie sich das Ganze entwickelt. Peter und Usch, Jonas und Lily sind jetzt meine Familie, und ich werde sie unterstützen, so gut ich kann. Franka, Ruth und Johannes werde ich dafür nicht um Erlaubnis bitten.

Ich habe jetzt ein neues Leben, eine neue Familie. Dafür werde ich alles tun, was mir möglich ist. Ich möchte, dass dies eine glückliche Familie mit einer glücklichen Zukunft wird. Und Du wirst mir bei diesem Abenteuer helfen, Edith, das spüre ich.

49

Heute Morgen war die Bürotür nicht abgeschlossen. Ich zog den Schlüssel aus dem Schloss. Hieß das vielleicht …? Ich stieß die Tür auf. Tatsächlich, der Kollege, den ich schon seit mehr als drei Wochen nicht mehr im Büro gesehen hatte, saß da, wo ich ihn so gerne sah. Gegenüber meinem Schreibtisch auf seinem Stuhl. Ein bisschen blass im Gesicht und mit einem dicken Schal um den Hals, der die Farben des Regenbogens in unsere Amtsstube trug. Den hatten ihm bestimmt die Zwillinge gestrickt.

»Hey, Weber ...« Mit ausgebreiteten Armen segelte ich auf ihn zu. »Toll, dass du wieder da bist.«

Vor seinem Stuhl bremste ich, wusste nicht so recht, wohin mit meinen Armen. »Hey.« Ich versetzte ihm einen freundschaftlichen Knuff in den Arm. »Schön, dich zu sehen. Wirklich.«

»Ich bin hier fünf Tage eher als geplant.« Er gönnte mir einen traurigen Seehundsblick. »Schön ist das für mich nicht.« Er zupfte an seinem Schal herum, hustete. »So erkältet, wie ich bin, gehöre ich eigentlich ins Bett.«

»Weber, soll ich dir Hustensaft besorgen? Heiße Zitrone?« Ich hängte meinen Mantel an den Ständer und setzte mich an den Schreibtisch. »Musst du bloß sagen, wir kriegen dich schon wieder fit.«

»Von Hustensaft wird man süchtig.« Er sah mich streng an. »Weißt du das denn nicht?«

»Was ist mit Zitronen? Die machen nicht süchtig.«

»Zu sauer.« Weber strich sich über den Schnauzbart. »Die will ich nicht.« Er hustete mächtig los. Eine kleine Demo, damit ich sah, wie krank er noch war.

»Hört sich gar nicht gut an«, gurrte ich mitfühlend.

Er stellte seinen Schreibtischsessel in Rückenlage, zog eine Schublade auf und legte seine Füße hinein. »Ich gehöre ins Bett.«

»Ist dir auch warm genug?«, fragte ich vorsichtig. »Oder soll ich dir eine Decke besorgen?«

»Mach dir bloß keine Umstände.« Er steckte seine Hände in die Ärmel seines Jacketts. »Kannst du die Heizung hochdrehen?«

Ich tat, worum er mich gebeten hatte, und ging an meinen Schreibtisch zurück. Angesichts des Kollegen, der mit geschlossenen Augen in der Horizontalen vor seinem Schreibtisch hing, fragte ich mich, ob es eine gute Idee gewesen war, ihn so früh zurückzuholen.

»Weißt du, was eine irre Erfahrung ist?«, fragte er mich mit geschlossenen Augen.

»Keine Ahnung«, antwortete ich.

»Wenn man hier in der Mühle steckt«, er schlug ein Auge auf, um zu sehen, ob ich bei der Sache war.

»Ja«, sagte ich aufmunternd.

»Dann denkst du, du bist superwichtig. Ohne dich geht nichts. Ist doch so, oder?«

»Manchmal«, gab ich zu. »Das ist ja auch nicht abwegig.«

»Ich hatte Zeit nachzudenken.« Er schlug die Lider auf. »Wir sind nicht wichtig. Wir sind ein Fliegenschiss, mehr nicht.«

»Verglichen mit …«, ich suchte nach Worten, »dem Kosmos, den Sternen, dem Mond, dem Alter der Erde«, zählte ich langsam auf, »hast du recht.«

»Und was soll ich dann hier?« Er bewegte sich von der Horizontalen in die Vertikale, nahm die Füße aus der Schublade und setzte sich kerzengerade vor seinen Schreibtisch. »Alles Fliegendreck.« Er zeigte auf die Papiere und Akten, die sich da angesammelt hatten.

Ich freute mich über den Fortschritt, den er in den letzten Minuten gemacht hatte, vom liegenden Weber zum sitzenden. Es konnte nicht lange dauern, dann hatte ich meinen alten Partner zurück.

»Der alte Mann, der erstochen wurde und auf die Kirchenbank gesetzt, das ist kein Fliegendreck. Der hat ein Recht darauf, dass wir seinen Mörder finden.«

»Der alte Mann.« Er strich über seinen Bart. »Den machen wir auch nicht wieder lebendig.«

»Findest du seit neuestem in Ordnung, dass alte Männer erstochen werden und die das getan haben, frei rumlaufen?«

»Weißt du was?« Er sah mich mit seinen melancholischen dunklen Augen an. »Vielleicht ist es für den Täter eine größere Strafe, draußen frei rumzulaufen, als in der Zelle auf der Pritsche zu liegen und sich zu entspannen.«

Da war er wieder bei seinem liebsten Thema, dem Entspannen in der Horizontalen.

»Weber«, knurrte ich ihn an. »Wir sind in keinem Philosophieseminar über Sinn und Unsinn des Daseins, wir sind bei der Polizei.«

»Sag mir, was du bisher hast«, gab er sich geschlagen.

Ich schob ihm Fleischers Bericht über den Tisch.

»Bei der Tatzeit legt er sich nicht fest. Sechs Stiche, guck halt mal rein.«

»Was habt ihr bisher über ihn rausgekriegt?«

Er schlug den Bericht auf. Mein Kollege war zurück.

»Er hat sein Leben lang in Bonn gewohnt, hatte einen Sanitärladen zusammen mit einem Partner. Drei Kinder, alle studiert, was geworden. Vor zwei Jahren ist seine Frau gestorben. Danach hatte er einen Schlaganfall, war in der Reha.«

»Und dann?« Bildete ich mir das ein, oder las ich Neugierde in Webers Blick?

»Er hat eine Annonce in die Zeitung gesetzt. Opa sucht nette Familie, so in der Art. Er hat eine Familie gefunden, hier bei uns, zu der ist er dann gezogen. Bei denen hat er die letzten Wochen seines Lebens verbracht.«

»Hatte er Knete?« Weber, wie ich ihn kannte. Mit dem Blick für die wesentlichen Dinge des Lebens.

»'ne Million, wenn es stimmt, was er in seinem Testament schreibt.«

»Nicht schlecht. Wer erbt?« Weber wickelte sich das Monstrum von Schal vom Hals und legte es auf dem Besucherstuhl ab.

»Die neue Familie«, erzählte ich. »Und das Beste: Den eigenen Kindern gönnt er nichts.«

»Ist ja 'n Ding.« Weber zwirbelte an den Enden seines Schnauzbarts.

»Petra sagt, das geht gar nicht. Man kann die eigenen Kinder nicht vom Erben ausschalten. Die müssen ihren Pflichtteil kriegen.«

»Stimmt«, bestätigte er. »Sie können höchstens das Erbe ablehnen. Wenn es Schulden sind.«

»Ich habe mit einer Tochter von ihm gesprochen. Die war stinksauer auf ihn.«

»Und warum?«

»Die Kinder waren wohl nicht das, was er sich vorgestellt hat. Er war enttäuscht von ihnen.«

»Kinder sind nie, was man sich vorstellt. Wenn er das nicht gewusst hat …« Weber seufzte. »Am besten, man lässt sie einfach machen. Und hofft, dass es gutgeht.«

»Die Tochter hat noch seinen Geschäftspartner ins Spiel gebracht. Andeutungen, dass der vielleicht Grund hätte, sauer auf ihn zu sein.«

»Hast du schon mit ihm gesprochen?«

Ich schüttelte den Kopf.

»Und mit den anderen Kindern?«

»Die wollen zur Beerdigung herkommen. Nach Bonn. Da können wir sie uns schnappen.«

»Wann ist die Beerdigung?«, erkundigte Weber sich.

»Sobald die Leiche freigegeben ist. Die älteste Tochter kümmert sich.«

»Wird die neue Familie auch eingeladen?«

»Wenn ich das wüsste …«, seufzte ich.

Die Tür öffnete sich.

»Hey, Weber. Du bist ja zurück.« Petra stöckelte auf unseren Schreibtisch zu. »Das ist mal wieder typisch. Ich weiß von nichts.« Vorwurfsvoll blickte sie erst mich, dann Weber an.

»Ich wusste von nichts«, entschuldigte ich mich.

»Wie geht's dir denn? Bist du wieder fit?«

Mein Kollege hustete.

»Du bist ja noch krank«, empörte sich Petra. »Du gehörst ins Bett.«

Weber verzog das Gesicht wehleidig. Ich schritt ein. Bevor er wieder nach seinem bunten Schal griff.

»Er ist wieder voll da«, sagte ich. »Und eine große Hilfe im Fall Krieger.«

»Bei mir sitzt einer mit verheulten Augen und will eine Aussage in dem Fall machen. Kann ich den zu euch schicken?«

»Hat er vielleicht auch einen Namen?«, erkundigte ich mich freundlich.

»Sonntag, Peter. Bei dem hat Werner Krieger gewohnt, wenn ich das richtig gecheckt habe.«

»Der Ersatzsohn?«, fragte Weber.

»So etwas Ähnliches«, bestätigte ich.

»Soll ich ihn jetzt holen?«, fragte Petra. »Oder braucht ihr noch Zeit?«

»Wir sind voll einsatzfähig. Du kannst ihn reinschicken.«

50

Liebe Edith,

Du wirst kaum glauben, was ich bestaune: drei Postkarten. Bunte Postkarten mit hübschen Briefmarken. Wie hätte ich mich darüber gefreut, nach Deiner Beerdigung, als plötzlich nur noch dumme Werbung und Rechnungen im Briefkasten lagen. Oder in der Klinik. Aber jetzt?

Nachdem ich so lange nichts von den Kindern gehört habe – Ruths Karte in die Klinik einmal ausgenommen –, sind innerhalb der letzten Tage diese Karten gekommen. Alle drei haben sie mir geschrieben. Als wenn sie sich verabredet hätten. Bestimmt haben sie das ja auch.

Johannes schreibt, dass er sich freut, dass ich wieder an Deck bin und fit. Und dass er gern mal vorbeikommen würde, um mir die Aufnahmen vorzuspielen, die er angeblich gerade für eine neue CD aufgenommen hat, die eine kleine Plattenfirma herausbringen will. Kein Wort darüber, was ich ihm geschrieben habe. Auch Ruth tut so, als hätte sie von mir nichts gehört. Sie entschuldigt sich dafür, dass sie es nicht geschafft hat, mich in der Klinik zu besuchen. Das Leben sei halt immer viel zu hektisch, schreibt sie. Und fragt an, wann mir ein Besuch von ihr recht wäre. Warum ihr ausgerechnet jetzt die Idee zu einem Besuch kommt, davon schreibt sie nichts. Wie sie einen

Besuch hierher schafft, obwohl es sechshundert Kilometer von München sind und nicht vierzig wie damals in der Klinik. Franka schreibt, es würde mich sicher freuen zu erfahren, dass sie seit Mai die Leitung des Gymnasiums habe, an dem sie bisher unterrichtet hat. Und ob ich nicht Zeit hätte, mich einmal am Wochenende mit ihr zusammenzusetzen, um ›über alles zu sprechen‹.

Es ist erstaunlich, wie eine kleine Mitteilung von mir, dass ich beabsichtige, das Haus zu verkaufen und an einem anderen Ort einen Neuanfang zu wagen, sie aufgescheucht hat. Jetzt schreiben sie mir von ihrem Leben, wollen mich besuchen, mit mir ›über alles sprechen‹. Was kann das schon heißen? Ich vermute, sie wollen mir den Hausverkauf ausreden. Mir ausreden, mein Leben so zu leben, wie ich das möchte.

Wenn ich Dir das schreibe, merke ich, wie langsam ein eigenartiges Gemisch von Gefühlen in mir aufsteigt. Wut? Empörung? Ärger? Was nehmen sich die Kinder eigentlich heraus? Als ich in der Klinik war, hat sich keiner um mich gekümmert. Jetzt kümmere ich mich selbst um mich, mache Pläne, und das versetzt sie in Angst und Schrecken. Warum? Auf diese Frage gibt es nur eine Antwort: Weil sie um ihr Erbe fürchten. Sie haben Angst, dass ich ihr Erbe verjubeln könnte. Plötzlich haben sie Sehnsucht und wollen ihren alten Vater besuchen.

Wenn es noch ehrliche Besorgnis wäre … Sie hatten lange genug Zeit, mir zu zeigen, dass sie sich um ihren Vater Sorgen machen. Aber sie sorgen sich ja nicht um mich. Die Sorge gilt dem, was sie von mir noch zu erwarten haben. Sie haben Angst, dass ich in den Jahren, die mir noch bleiben, alles auf den Kopf haue, was ich an Besitztümern habe. Dass für sie nichts übrig bleiben wird.

Ich werde ihnen mitteilen, dass ich jeden Kontakt zu ihnen abbrechen möchte. Ich hoffe, Du verstehst mich, Edith. Es sind zwar unsere Kinder, aber ich möchte nichts mehr mit ihnen zu tun haben. Vor allem möchte ich nicht, dass sie sich in mein Leben einmischen. Als Nächstes schicken sie mir einen Arzt vorbei, der mich auf meine Zurechnungsfähigkeit untersucht. Und dann heißt es, ich wäre verrückt, nur weil ich mit Peter und Usch leben möchte und von ihnen nichts mehr wissen will.

Ich werde mich gleich hinsetzen und ein Testament machen. Ich will nicht, dass Franka und Ruth und Johannes erben. So wie sie sich mir gegenüber aufführen. Peter und Usch und Jonas und Lily sind jetzt meine Kinder. Ihnen möchte ich vererben, was ich besitze.

Ab sofort werde ich auch die monatlichen Zahlungen an Johannes stoppen. Mit vierzig soll der Junge endlich selbst auf die Füße kommen. Und wenn er es nicht schafft, mit seiner Musik Geld zu machen, dann soll er bei anderen die Technik für die Konzerte aufbauen. Es kann mir keiner erzählen, dass in der Branche nicht irgendetwas gearbeitet werden kann, mit dem man sein Brot verdient. Vielleicht tut es ihm sogar gut, wenn er nicht mehr mit meinem Scheck rechnen kann. Vielleicht bringt ihn das ja auf Trab.

51

Der Mann blieb auf der Schwelle unseres Büros stehen und kniff die Augen zusammen. Er blickte in die Weite des Raums, als versuchte er auf unbekanntem Terrain die Orientierung zu behalten. Ein schlanker Mann mit gesunder Gesichtsfarbe und kurzen dunklen Haaren. Er trug eine dunkelblaue Arbeitskluft aus festem Stoff.

Bevor er einen Schritt in den Raum machte, schien er zu prüfen, wohin er seine Füße setzte.

»Kommen Sie ruhig rein, Herr Sonntag«, rief ich. »Meine Kollegin hat uns Bescheid gegeben, dass sie uns sprechen wollen.«

Er schloss die Tür hinter sich. Die grauen Augen waren nicht mehr in die Ferne gerichtet, sondern direkt auf mich. Ein gerader, offener Blick.

»Setzen Sie sich doch.« Ich wies auf den Besucherstuhl. »Mein Name ist Stein, und das ist mein Kollege, Herr Weber.«

Bevor er sich setzte, schüttelte er erst mir, dann Weber mit einem festen Händedruck die Hand. »Guten Tag, Frau Stein. Guten Tag, Herr Weber.« Wann hatte uns in unserem Büro das letzte Mal jemand mit Handschlag begrüßt? Unser Besucher wusste, was sich gehörte. Keine Frage.

»Was können wir für Sie tun?«, fragte ich höflich. Weber lehnte sich in seinem Schreibtischstuhl zurück. Wenn er nur nicht gleich eine Schublade aufzieht, um seine Beine reinzulegen, dachte ich.

»Darf ich ablegen? Meine Frau hat mir von ihrem Besuch bei uns zu Hause erzählt.«

Ich betrachtete das Emblem, das auf den Kragen seiner blauen Jacke gestickt war. Es sah aus wie ein Eiszapfen. Darunter in weiß gestickten Buchstaben: Biofrost – Lieferservice.

»Ja.« Ich nickte Zustimmung. »Es ist warm hier. Ist es Ihnen vielleicht zu warm? Wir können das Fenster aufmachen.«

Weber verzog missbilligend das Gesicht. In dem Zustand, in dem er sich befand, war es ihm überall zu kalt. Außer unter der warmen Decke in seinem Bett.

»Nein.« Er zog seine blaue Jacke aus. »Aber es ist freundlich, dass Sie das vorschlagen.« Er hängte die Jacke über die Rückenlehne seines Stuhls, setzte sich.

Er trug ein hellblaues Sweatshirt unter der Jacke. Auf dem Ärmel das Symbol, das ich schon kannte. Der weiße Eiszapfen.

»Weshalb sind Sie hier?«, fragte ich direkt. »Wir sind nicht gewohnt, dass die Leute freiwillig zu uns kommen. Meist kommen sie erst, wenn man sie bestellt.«

»Und dann oft auch nur in Begleitung unserer grün-weißen Kollegen«, mischte Weber jetzt mit. »Mit so hübschen silbernen Armbändern.« Er legte die Hände über Kreuz auf den Tisch. »Warum kommen Sie freiwillig?«

»Sie sind gut. Bei uns trampeln Ihre Kollegen durch den Vorgarten und schleppen Säcke aus Werners Wohnung.« Ein offener Blick geradewegs in meine Augen. »Und jetzt klebt ein Siegel an seiner Tür, und wir können da nicht mehr rein. Und eine ordentliche Auskunft kriegt man nicht, wenn man fragt. Da dachte ich, ich komme zu Ihnen und frage Sie, was das alles zu bedeuten hat.«

Der gerade Weg, so direkt wie sein Blick.

»Wir ermitteln in einem Mordfall. Wir untersuchen alles, was uns einen Hinweis auf den Täter liefern könnte. Die Wohnung, in der Werner Krieger gelebt hat, zählt mit dazu.«

»Sind Sie sicher, dass Werner ermordet wurde?« Er beugte sich vor und fixierte mich. »Ich meine, wirklich sicher? Könnte es nicht auch ein Unfall sein? Ein Herzinfarkt, ein Schlaganfall? Werner hatte schon einmal einen Schlaganfall.«

Ich schüttelte den Kopf. »Es besteht kein Zweifel, dass Werner Krieger durch Fremdeinwirkung ums Leben kam.«

Ich wählte die Formulierung, die in den Berichten stand.

»Kein Unfall?« Er schüttelte den Kopf. »Wer sollte Werner denn umbringen?«

»Das wollen wir klären. Deshalb spazieren die Kollegen in Ihrem Vorgarten herum.«

»Stimmt es, dass Werners Leiche in der Rechtsmedizin ist, dass er obduziert wird?«

»Woher wissen Sie das denn?«, wollte Weber wissen.

Er überlegte. Sah zum Fenster. »Meine Frau hat gehört, wie sich Ihre Kollegen unterhalten haben.« Er räusperte sich. »Als sie die Sachen aus Werners Wohnung abgeholt haben.« Es war ihm sichtlich peinlich zuzugeben, dass seine Frau die Kollegen belauscht hatte.

»Wieso interessieren Sie sich dafür, ob Herr Krieger obduziert wird?«, hakte ich nach.

»Wegen der Beerdigung«, erklärte er. »Werner hat uns genau gesagt, was er will. Er möchte an der Seite seiner Frau beigesetzt werden. Und das wollen wir genau so, wie er sich 's gewünscht hat, machen.« Er kniff die Augen zusammen und sah an mir vorbei in die Weite. »Das sind wir Werner schuldig.«

Ich überlegte. Sollte ich ihm sagen, dass er nicht der Einzige war, der sich über die Beerdigung Gedanken machte? Wie würde er darauf reagieren? Über kurz oder lang würde er es sowieso erfahren. Erfahren müssen. Also lieber jetzt gleich, entschied ich.

»Um die Beerdigung kümmert sich schon seine Tochter.«

»Seine Tochter?« Er strich mit den Fingern der linken Hand hinter sein Ohr, als glaubte er, er hätte etwas falsch verstanden. »Welche Tochter?«

»Werner Kriegers Tochter. Sie will sich um die Beerdigung kümmern.«

»Werner hatte eine Tochter?« Er zupfte an seinem Ohrläppchen.

»Er hatte zwei Töchter und einen Sohn.«

»Das kann nicht sein.« Er schüttelte den Kopf. »Das gibt es doch nicht. Das ist nicht wahr.« Mit einem scharfen Blick fragte er: »Haben Sie das überprüft? Das ist ein Irrtum, das muss ein Irrtum sein.«

»Ich versichere Ihnen, dass es so ist«, sagte ich fest.

»Aber es gibt doch Verwechslungen, vielleicht hatte Werner einen …«, er zögerte, »Stiefbruder oder einen Cousin, der ihm ähnlich sah. So etwas gibt es doch, Verwechslungen.«

Er kniff die Augen zusammen, ließ seinen Blick in der Weite unseres Büros umherwandern. Als wolle er erkunden, ob er wirklich in einem Polizeibüro saß. Ob dies alles die Realität oder ein böser Traum von ihm war.

»Ich kann mir vorstellen, dass das alles nicht einfach für Sie ist«, sagte ich mitfühlend.

»Warum hat er das getan?« Er sah uns mit Augen an, die jetzt wässrig grau, verwaschen aussahen. Als ob sich ungeweinte Tränen darin sammelten. »Warum hat er uns angelogen? Warum?«

Immer die gleiche Frage. Die Frage aller Fragen: Warum? Die Frage, auf die es so selten eine Antwort gibt.

»Vielleicht hat er Sie gar nicht belogen. Nicht belügen wollen. Vielleicht hat er Ihnen nur etwas verschwiegen. Das ist ein Unterschied.«

»Er hat uns erzählt, dass die Ehe mit seiner Frau kinderlos war. Dass sie sich immer Kinder gewünscht hätten.«

»Ich weiß nicht, warum er Ihnen das erzählt hat«, gab ich zu. »Aber wir werden es herausfinden, mit Sicherheit.«

»Und die Tochter von Werner kümmert sich um die Beerdigung? Habe ich das richtig verstanden? Eine Tochter. Wissen Sie, es kommt mir alles so unwirklich vor«, er schüttelte den Kopf, »dass ich lieber einmal mehr nachfrage. Entschuldigen Sie bitte.«

»Ich verstehe sehr gut, dass das alles für Sie nicht einfach ist«, sagte ich.

»Ich frage mich, wie ich das meiner Frau beibringen soll.« Er sah mich ratlos an. »Dass eine Tochter von Werner sich um die Beerdigung kümmert.«

»Ich habe mit Werner Kriegers Tochter persönlich gesprochen«, sagte ich. »Sobald der Leichnam von der Rechtsmedizin freigegeben ist, kümmert sie sich um die Überführung nach Bonn.«

»Aber Werner hat uns darum gebeten, Usch und mich. Und wieso Bonn, wo er in Köln gelebt hat? «

»Keine Ahnung, warum er Ihnen gesagt hat, er lebt in Köln. Ist Ihnen denn nicht aufgefallen, dass das Wohnmobil in Bonn zugelassen ist?«

»Er hat gesagt, es wäre ein Jahreswagen, den er in Bonn gekauft hat. Er hätte es nicht geschafft, ihn umzumelden. Aber – egal, ob Werner in Köln oder in Bonn gelebt hat, er hätte bestimmt gewollt, dass wir uns um seine Beerdigung kümmern«, sagte er mit Nachdruck.

»Haben Sie vielleicht etwas Schriftliches von Herrn Krieger«, erkundigte ich mich, »eine Verfügung, in der steht, dass er es so wollte?«

»Ich habe nichts Schriftliches. Das hat er mir persönlich gesagt. Warum hätte er das denn aufschreiben sollen?«

»Damit die Dinge eindeutig geregelt sind«, seufzte ich.

Ein frommer Wunsch, dachte ich. Dein Wunsch nach Klarheit, Eindeutigkeit. Du weißt doch am besten, wie wenig klar und eindeutig das Leben ist. Menschen interessiert es nicht, welches Chaos sie anrichten. Das kriegst du doch Tag für Tag mit. Und es interessiert sie erst recht nicht, welches Chaos sie nach ihrem Tod hinterlassen. Sie selbst sind davon ja nicht mehr betroffen.

Peter Sonntag brachte mich in die Realität zurück.

»Können Sie mir sagen, wie er umgekommen ist?«, fragte er. »Ich meine, steht das mit dem Mord wirklich zweifelsfrei fest? Sind Sie sich da wirklich sicher?« Er sah mich an. Aufkeimende Hoffnung im Blick. »Sie lassen ihn doch obduzieren, weil Sie selbst nicht genau wissen, was es ist. Kann es nicht doch ein Unfall sein? Ein unglücklicher Sturz? Ein Schlaganfall? Er hatte solche Angst vor einem zweiten ...«

Die Hoffnung stirbt zuletzt, dachte ich. Wir können ihm erzählen, was wir wollen. Es kommt nicht an. Er verweigert sich. Er klammert sich an den letzten Rest Hoffnung, auch wenn es irrwitzig ist. Ich hätte mir meine Worte sparen können. Angekommen waren sie nicht.

»Er ist an keinem Schlaganfall gestorben«, übernahm Weber die Aufgabe, die unangenehme Wahrheit ein zweites Mal zu verkünden. Ich wünschte ihm mehr Glück.

»Herzinfarkt? Hat er sich über etwas aufgeregt vielleicht?«

Ich konnte ihm nicht mehr in die Augen sehen. Dieses Feuer, diese Hoffnung. Wie hartnäckig die Menschen an dem festhalten, was sie glauben möchten.

Weber schüttelte den Kopf. »Er wurde umgebracht.«

»Umgebracht?« Sein Blick verdüsterte sich. Drang die Botschaft zu ihm durch? Kam sie jetzt an? Endlich?

Seine Augen sahen plötzlich matt und glanzlos aus.

»Wer sollte Werner denn umbringen?«

Es war meinem Kollegen tatsächlich gelungen, die Botschaft zu vermitteln, dass Werner Kriegers Tod kein Unfalltod war.

»Da arbeiten wir dran«, sagte mein Kollege, »herauszufinden, wer für den Tod Werner Kriegers verantwortlich ist.«

Weber warf mir einen fragenden Blick zu. Ich nickte. Sollte er ruhig einen Zahn zulegen, den harten Cop geben. Eine Rolle, die ich sonst immer habe.

»Wir fragen uns, Herr Sonntag«, setzte Weber an. »Wer hatte ein Motiv, Werner Krieger umzubringen? Wer profitierte von seinem Tod?« Seine Stimme senkte sich zu einem Flüstern. »Und wissen Sie, bei wem wir dann landen, wenn wir uns die Frage stellen?«

Peter Sonntag schüttelte wortlos den Kopf.

Weber ließ ihn nicht aus den Augen.

Ein Showdown zwischen Männern, das Weber gewann.

Sonntag rutschte unruhig auf seinem Stuhl herum. »Sie glauben, ich? Ich hätte Werner …«

»Und, waren Sie's?« Webers Stimme knallte wie ein Peitschenhieb durch die Luft.

Einen Moment lang saß Sonntag stumm da. Dann krächzte er: »Sie sind doch nicht ganz dicht.«

Er schüttelte den Kopf. Immer wieder, als könnte er nicht glauben, was Weber ihm da zutraute.

»Herr Krieger hat ein Testament hinterlassen«, fuhr Weber ungerührt fort. »Ein Testament, dessen Nutznießer Sie und Ihre Frau sind.«

»Ein Testament?« Er fuhr hoch. »Davon weiß ich nichts.« Ein bisschen schnell fand ich. Log er? Oder wusste er wirklich nicht, dass Werner Krieger ein Testament zugunsten seiner Familie abgefasst hatte?

»Wussten Sie von dem Testament?«, bohrte Weber unbarmherzig nach. »Ja oder nein?«

»Ich …wir …«, stotterte er herum. »Nein, wir wussten von nichts.« Überzeugend klang das nicht.

»Ich glaube nicht, dass ein solches Testament Bestand hat vor einem deutschen Gericht«, bemerkte ich. »Wenn die leiblichen Kinder von Werner Krieger dagegen klagen.«

»Klagen?« Seine Stirn legte sich in Falten.

»Wenn die Kinder nicht auf ihren Pflichtteil verzichten wollen, dann müssen sie klagen«, informierte ich ihn.

»Aber wir wussten doch gar nicht, dass er Kinder hat.« Er sah mir beschwörend in die Augen. »Das müssen Sie mir glauben.«

»Merken Sie nicht, was Sie uns da sagen?«, donnerte Weber los. »Wie Sie sich in die Scheiße reiten?«

Die harte Gangart zeigte Wirkung. Ein Augenlid von Peter Sonntag zuckte.

»Wenn Sie dachten, dass Werner Krieger keine leiblichen

Kinder hatte, dann haben Sie ein Motiv, Mann«, donnerte Weber weiter. »Sie und Ihre Familie. Dann mussten Sie davon ausgehen, dass Sie die einzigen Menschen sind, die Werner Krieger beerben.«

»Nein. Das ist nicht wahr. Das können Sie nicht denken.« Sein linkes Augenlid zuckte immer noch. Interessanter war das, was ich in Sonntags Augen sah: Angst. Angst, dass Weber tatsächlich diese Dinge von ihm denken konnte, von ihm dachte.

»Das können Sie nicht glauben«, stammelte er. »Dass ... ich ... ein Mörder bin ... Ich habe eine Frau, einen Sohn, eine kleine Tochter.«

Weber lehnte sich in seinem Stuhl zurück, taxierte ihn stumm mit seinem Blick. Eine wirkungsvolle Technik. Die Menschen reden sich um Kopf und Kragen, wenn man sie lässt.

»Wie können Sie denken, dass ich den Mann, den wir wie ein Familienmitglied aufgenommen haben, umbringen kann? Werner war wie ein Vater für mich. Für meinen Sohn war er der Opa, den er heiß geliebt hat. Warum sollte ich meinem Sohn den Opa wegnehmen? Das ist absurd. Nein, nein, nein.« Er stieß mit der Faust dreimal an seine Stirn. »Das können Sie nicht denken. Warum sollte ich Werner töten? Wir haben ihn zu uns geholt, weil wir ihn mochten. Wir wollten ihn bei uns haben. Und er wollte bei uns sein. Er hat uns genauso gemocht wie wir ihn.«

Weber haute mit Fleischers Bericht auf den Schreibtisch.

»Sie haben ihn bei sich aufgenommen, um ihn besser beeinflussen zu können. Damit er ein Testament zu Ihren Gunsten macht.«

»Das kann er nicht glauben.« Peter Sonntag blickte mich hilfesuchend an. »Sagen Sie ihm, dass nicht stimmt, was er sagt. Er ist verrückt.« Seine Stimme klang jetzt vernünftig, gefasst. »Der weiß ja nicht, was er sagt. Der ist doch nicht normal.«

Würde er mich als Nächstes bitten, den psychiatrischen Notdienst einzuschalten? Um meinen durchgeknallten Kollegen an den Ort zu befördern, an den er seiner Ansicht nach gehörte?

»Mein Kollege macht nur seinen Job. Er überlegt, wer ein Motiv haben könnte, Werner Krieger umzubringen. Mehr nicht.«

»Aber ich hatte keinen Grund, Werner umzubringen«, beteuerte er. »Für mich war er wie ein Vater, und für Jonas war er der Opa. Jonas hat ihn geliebt.«

»Was machen Sie beruflich, Herr Sonntag?«, eröffnete ich ein neues Thema.

»Beruflich.« Er zeigte mit dem Zeigefinger auf das Logo, das in sein Sweatshirt gestickt war. »Ich bin selbständig. Mit einem Lieferservice für Tiefkühlkost.«

»Wie läuft das Geschäft denn so? Sie wohnen in einem schönen Haus? Wie finanzieren Sie das?«

»Muss ich Ihnen so eine ...«, er zögerte, »... persönliche Frage nach meinen Vermögensverhältnissen beantworten? Gibt es so was wie eine Privatsphäre nicht mehr in diesem Land?«

»Dies hier sind Mordermittlungen«, antwortete ich. »Wenn Sie es uns nicht verraten, fragen wir Ihre Bank. Bei den Banken finden wir schnell mehr heraus ...«

»Das Haus gehört uns nicht«, verteidigte er sich. »Wir wohnen zur Miete.«

»Was zahlen Sie monatlich an Miete?«, wollte Weber wissen. »Ein Haus ist bestimmt nicht billig.«

»Wir zahlen einen normalen Preis. Nach Mietspiegel.«

»Wie viel?«

»Das tut doch jetzt wirklich nichts zur Sache.«

»Warum sagen Sie es uns nicht einfach?«, lächelte ich. »Wie viel?«

»Eintausend Euro.«

»Mit oder ohne Nebenkosten?«, fragte mein Kollege.

»Ohne Nebenkosten, ohne Wasser, ohne Strom, ohne Telefon, ohne Kabel«, zählte er auf. »Wollen Sie mich jetzt verhaften? Weil ich nicht in einer Sozialwohnung lebe?«

»War in den eintausend Euro die Miete für den Anbau mit drin? Gilt das inklusive der Wohnung von Herrn Krieger?«, hakte ich nach.

»Ich sage gar nichts mehr.« Er presste seine Lippen zusammen.

»Herr Sonntag. Das wäre gar nicht klug. Dann würden wir vermuten, Sie hätten etwas zu verbergen …«

Sein Augenlid zuckte. »Sie drehen mir ja doch aus allem einen Strick. Egal, was ich sage.«

»Stricke interessieren uns nicht. Wir suchen die Wahrheit.«

»Das Haus gehörte Werner. Er hat es gekauft. Damit wir zusammen gut wohnen können. Und er die Garage für sich umbauen konnte.«

Weber pfiff durch die Zähne. »Das Haus, in dem Sie wohnen, gehörte dem Toten?«

»Wir haben vereinbart, dass ich Miete zahle, den Quadratmeterpreis, den der Mietspiegel vorsieht. Darauf habe ich bestanden.«

»Jetzt erben Sie, und das Haus gehört Ihnen. Ihnen und Ihrer Familie. Wenn Sie nicht ein Glückskind sind!«

»Es reicht.« Er nahm die dunkelblaue Jacke vom Stuhl. »Ich lasse mich von Ihnen nicht beleidigen.«

»Bevor Sie gehen.« Ich lächelte zuckersüß. »Wären Sie noch so freundlich, uns zu verraten, wo Sie den Abend und die Nacht vom elften auf den zwölften Oktober verbracht haben?«

»Sie sind ja genauso verrückt wie Ihr Kollege.« Er sah mich kopfschüttelnd an. Sein Augenlid zuckte. »Erst er. Jetzt Sie. Ich rede erst wieder in Gegenwart eines Anwalts mit Ihnen.«

»Nehmen Sie das um Gottes willen nicht persönlich, Herr Sonntag«, bemühte ich mich um Schadensbegrenzung. »Wir sind von Beruf aus misstrauisch. Das müssen wir sein.«

Er knöpfte die Jacke zu. »Ich bin zu Ihnen aus freien Stücken gekommen. Glauben Sie, das hätte ich getan, wenn ich Werner Krieger umgebracht hätte?« Jetzt sprühten aus seinen Augen wütende Funken.

»Herr Sonntag, wir glauben gar nichts. Mit Glauben kommen wir in unserem Beruf nicht weit. Wir müssen alles in Frage stellen.« Ich seufzte. »Das kommt nicht immer gut an. Aber wir können es nicht ändern.«

»Schicken Sie mir eine Vorladung, wenn Sie mich sprechen wollen. Guten Tag.«

Die Tür schlug mit einem Knall hinter Peter Sonntag zu.

Weber zog eine Schublade auf und legte seine Beine darin ab. »Endlich.« Er lehnte sich in seinem Sessel zurück.

»Sollen sie sich doch alle gegenseitig umnieten«, fluchte er. »Aber sie sollen es so clever machen, dass wir damit keine Arbeit haben.«

»Glaubst du, dass er es war?«, fragte ich meinen Kollegen.

Weber hing da in der Horizontalen mit geschlossenen Augen.

»Weber?«, fragte ich.

»Hmm«, brummte er.

»Ist meine Frage bei dir angekommen?«

»Welche Frage?«, muffelte er zurück.

»Ich frage nochmal ganz ordentlich: Traust du ihm zu, dass er Werner Krieger umgebracht hat?«

»Mein Gott, wie langweilig du bist.«

»Quäl mich, tritt mich, gib mir Tiernamen«, forderte ich grimmig. »Ich brauche das, deshalb wollte ich dich zurück.«

»Beate.« Er riss ein Auge auf.

»Hey. Hier bin ich.« Ich wedelte mit einer Hand vor seinem Gesicht.

»Schon klar«, grummelte er. »Du bist immer da, wo die Action ist.«

»We-ber«, ich dehnte die zwei Silben bedrohlich.

»Be-a-te«, dehnte er zurück.

»Verdachtfaktor Sonntag«, sagte ich. »Mehr will ich doch nicht. Sag mir die Reihenfolge. Auf einer Skala von eins bis zehn.«

»Neun«, kam es wie aus der Pistole geschossen zurück.

»Und warum?«

»Warum, warum, warum«, sang er im Stil von Charles Aznavour.

»Jetzt mach schon …«, forderte ich.

»Weil diese … schöne Mann … nicht von ärrlichem …erzen ist«, sang er weiter.

»Weber, nur kein Neid. Verletzte Eitelkeit behindert die Ermittlungen.«

»Du willst wissen, was ich wirklich von dem denke?«

»Sonst hätte ich nicht gefragt.«

»Der hat 'n Rad ab.«

»Und wieso?«

»Also …« Weber gab mir die Ehre, beide Augen aufzuhalten, während er mit mir sprach. Von der Horizontalen blinzelte er zu mir hoch. »Dem geht's gut. Er hat 'ne Frau, zwei Kinder. Eltern, die ihn nerven, gibt's nicht. Zu denen hat er keinen Kontakt … oder die sind abgenibbelt, und er hat sie über den Jordan geschickt …«

»Weber«, knurrte ich drohend.

Er ignorierte mich. »Er wohnt in einer schicken Hütte. Er könnte leben wie im Paradies …«

»Er ist selbständig«, warf ich ein. »Hast du 'ne Ahnung, wie hart er dafür malochen muss?«

»Da ist er nicht allein.« Weber zog an seinem Schnurrbart. »Das müssen wir auch. Ohne Gehaltserhöhung die nächsten drei Jahre und mit halbem Urlaubs- und Weihnachtsgeld …«

»Weber …«

»Keine Eltern, die nerven. Alles paletti. Perfekt. Und was macht der Mann? Er sucht sich 'nen Ersatz-Opa.« Er machte seine Augen wieder zu. »Holt sich irgend sonen fremden Opi ins Haus. Von dem er nichts weiß. So was nenne ich verrückt.«

»Glaubst du, er hat Werner Krieger auf dem Gewissen?«, fragte ich nachdrücklich.

»Macht sein Leben noch perfekter, er erbt und ist für den Rest des Lebens saniert. Kann jeden Morgen bis in die Puppen schlafen. Davon träume ich.«

»Traust du ihm zu, dass er dafür getötet hat?«

»Beate, Beate.« Mit geschlossenen Augen schüttelte er den Kopf. »Wir arbeiten seit Jahren zusammen, und du kennst mich immer noch nicht. Ich traue jedem alles zu. Grundsätzlich.«

52

Liebe Edith,

wie viele Jahre habe ich noch vor mir, wenn ich Glück habe und mir ein langes Leben bevorsteht? Werde ich achtzig werden? Vielleicht neunzig? Hundert Jahre wäre zu ungewöhnlich, denke ich.

Aber nehmen wir einmal an, ich würde hundert Jahre alt werden. Dann hätte ich noch genau siebenundzwanzig Jahre vor mir. Fast noch ein ganzes Leben. Und wie viel Vermögen haben wir beide erwirtschaftet in unserem Leben, Du und ich? Da ist das Haus. Dafür muss ich erst einmal einen Käufer finden, die Immobilienpreise in Bonn sind nicht mehr das, was sie einmal waren. Und die Konten mit dem Festgeld, die Wertpapiere, die wir nach dem Verkauf der Firma angeschafft haben. Da waren wir ja sehr vorsichtig, und das macht sich jetzt bezahlt.

Also lass mich schätzen, ich denke, wenn ich alles flüssig mache, habe ich etwa eine Million Euro zur Verfügung. Das hört sich viel an. Aber was ist heute schon eine Million? Wenn mir morgen noch einmal etwas passiert, und ich kann mir nicht mehr selber helfen und muss in ein Pflegeheim … So etwas kostet viertausend Euro im Monat. Noch nicht einmal in einem feinen. Viertausend Euro in einem Monat. Rechnest Du mit, Edith? Ein Jahr im Pflegeheim kostet rund fünfzigtausend Euro. Von der Million könnte ich also zwanzig Jahre in einem Pflegeheim bezahlen. Bis hundert im Pflegeheim zu leben, dafür würde das Geld gar nicht reichen. Nur bis dreiundneunzig. Und dann? Geben sie mir da, wenn ich nicht mehr zahlen kann, die Spritze? Wenn Du die Zeitung liest so wie ich, weißt Du, dass so was öfter passiert, als man denkt.

Aber ich will das Geld, das wir im Laufe unseres Lebens durch harte Arbeit angespart haben, nicht für ein Pflegeheim ausgeben. Ich werde den Vertrag mit dem Vermieter von Peter und Usch unterzeichnen. Und mir die Garage so komfortabel und bequem wie möglich ausbauen. Mit so breiten Türen, dass man auch mit einem Rollstuhl durchkommt, und mit einer Dusche, in die man ohne Hindernis hineinrollen kann.

Und weißt Du, wo ich wohnen werde, um den Umbau zu überwachen? Man kann Handwerker ja nicht alleine werkeln lassen. Ich weiß doch, was meine Jungens für Schweinereien angerichtet haben. Mehr als einmal haben sie Reste von Speis in die Toilette gekippt und den Abfluss verstopft. Auch wenn ich ihnen das bei Androhung von Teeren und Federn verboten hatte. Und dann musste ich mit Alfons anrücken und den Abfluss wieder flottmachen. Und das ist nichts im Vergleich zu dem, was Maurer anrichten können. Wenn ich an die ganzen Neubauten denke, all die falsch gesetzten Wände und fehlenden Fenster. Handwerker müssen beaufsichtigt werden. Wer wüsste das besser als ich.

Ich werde mir ein Wohnmobil zulegen, Edith. Das werde ich auf den Parkplatz vor der Baustelle stellen. Und bei Tag und bei Nacht ein Auge auf die Aktivitäten der Handwerker werfen. Damit nichts schieflaufen kann.

Weißt Du noch, wie oft wir uns vor den Schaufenstern der Autohändler die Nasen platt gedrückt haben? Und immer haben wir uns gesagt, die sind zu teuer. Das ist nicht vernünftig. Ich habe keine Lust mehr auf die Vernunft, Edith. Wie weit sind wir mit unserer Vernunft gekommen? Du bist gestorben, und wir waren nicht mit dem Wohnmobil in Kanada. Weder mit einem geliehenen noch mit dem eigenen.

Es stimmt schon. Seit dem Schlaganfall bin ich nicht mehr Auto gefahren. Der Mercedes steht ungebraucht in der Garage. Ich habe mich nicht mehr getraut, mit ihm herumzufahren. Habe die Bahn genommen. Aus Angst, dass ich nicht mehr fahrtüchtig bin. Ich wollte andere nicht gefährden. Nach einem Schlaganfall musst du dir die Fahrtüchtigkeit neu beweisen. Fahren habe ich mir noch nicht wieder zugetraut. Von jetzt an werde ich Tag für Tag üben. Mit dem Mercedes zum Einkaufen fahren.

Ich schwöre Dir, Edith, auch mit Krücke komme ich in das Fahrerhaus von einem Wohnmobil. Die Bahnhofstreppen komme ich ja auch hoch und die Treppen im Haus.

Genau das werde ich machen, ich werde mit dem Mercedes üben. Und wenn ich sicher bin, werde ich mir zusätzlich noch so ein teures neues Spielzeug kaufen. Den Mercedes werde ich in

Zahlung geben. Und ich werde endlich unvernünftig sein und mir ein Wohnmobil gönnen. Gleich morgen werde ich mir Prospekte besorgen von allen Modellen, die es zu kaufen gibt. Und ich werde mich für eins entscheiden. Und eine unvernünftige und lustvolle Geldausgabe tätigen, von der ich schon Jahre geträumt habe. Wenn nicht jetzt, Edith, wann dann?

53

»Was habt ihr denn mit dem Sonntag gemacht?« Petra stöckelte neugierig zu uns an den Tisch. »Der ist ja wutschnaubend aus eurem Büro gerannt. Als hättet ihr ihn angespitzt.«

»Weber«, stöhnte ich. »Er hat ihn in die Mangel genommen. Aber so richtig.«

»Du markierst den Harten?« Petra schüttelte ihre Locken. »Ist ja 'n Ding. Und die Nummer hat er einem Softie wie dir abgenommen? Wie hast du das denn hingekriegt?«

Weber nahm die Herausforderung an. »Ich abbe gesagt ...«

Oje, dachte ich. Die Franzosennummer. Hatte Weber zu Hause im Bett gelegen und alte Chansons gehört? Sich bei den melancholischen Gesängen unserer europäischen Nachbarn regeneriert? Jedes Lied auf Deutsch zu singen probiert? Und sämtliche Hs exekutiert?

»Wir 'ier in 'aus 'abben kein 'erz für Mörder.«

Ich versuchte, in dem, was er sagte, einen Sinn zu finden, indem ich den fehlenden Buchstaben ergänzte.

»'ast du Mann erstochen, 'ast du Ärger.«

»Musst du beim Betriebsausflug machen, Weber«, lobte Petra. »Die Nummer kommt gut.«

Ich nahm mir vor, Inga bei Gelegenheit zu fragen, welche Beziehung Weber zum französischen Liedgut pflegte.

»Du 'abben gestochen, wir werden grillen: dein 'erz und deine 'aare. Feuer nix gut für 'aare, brennen wie Zunder.«

Petra und ich hingen an seinen Lippen. Weber genoss unsere Aufmerksamkeit. Er blühte voll auf.

»'aut brennt auch. Wir 'abben mit Mördern keine Gnade.«

Haut brennt auch, übersetze ich für mich. Wir haben mit Mördern keine Gnade.

»Der ist so eine komische Nudel«, prustete Petra. »Damit kommt er ins Fernsehen.«

»'eute Abend 'abben wir einen äschten Kommissär im Studio«, drehte Weber weiter auf. »Err 'att für uns Antworten auf alle Fragen. Fragen Sie ihn, was Sie auf dem 'erzen 'abben.«

»Mensch, Bea, was können wir den fragen?« Petra warf mir das Bällchen zu.

»Was lieben Sie an Ihrer Arbeit, 'err Kommissär?«

»Ist 'art unsere Arbeit.« Weber zupfte an den Zipfeln seines Schnurrbarts. »'art, aber 'errlich. 'abbe viele Kollegas, die 'erz 'aben. Abärr wir 'abben kein 'erz für Mörder.«

»Und warum ist der 'err gerade schreiend aus Ihrem Büro gerannt, 'err Kommissär?«, fragte Petra.

»'atte Angst, ich drehe ihm 'als um wege seine 'abgier. 'abbe ihm gesagt, isch mache 'ackfleisch aus ihm, wenn er 'and an 'errn Krieger gelegt hat. 'aue ihm mit 'ammer auf den Kopf, wenn er lügt. 'at er 'andtuch geworfen und ist weggelaufen. 'att Angst vor 'artem Cop, ist ängstlicher 'ase.«

Weber verlagerte seine Beine aus der Schublade auf den Schreibtisch. Die Absätze seiner Schuhe lagen jetzt auf Fleischers Obduktionsbericht.

»'abbe gesagt, 'arter Cop hat 'unger nach Mörder ohne 'erz. Da ist er gerannt. Um sein Läbben.«

»'err Kommissär«, fragte ich. »Glauben Sie denn, dass das der Mörder von Werner Krieger war, der da geflüchtet ist?«

Weber wiegte den Kopf. »Ist er Mörder oder armer 'und, der leidet, weil Freund tot ist. Keiner weiß 'undertprozentig. Gibt noch viele 'ürden, bis Fall zu den Akten kommt. Bis wir 'urra rufen können.«

»Sagt mal im Ernst.« Petra musterte erst mich, dann Weber mit einem kritischen Blick. »Glaubt ihr, dass das normal ist, wie ihr hier rumkaspert, oder seid ihr jetzt endgültig ausgetickt?«

»'eisgeliebte Kollegin«, Weber wackelte mit den Spitzen seiner Schuhe auf dem Schreibtisch. »Das Leben ist 'art ...«

»Schubidu«, sekundierte ich meinem Kollegen und schlug den Rhythmus mit dem Ende eines Bleistifts auf den Tisch.

»Morde sind 'art ...«

»Schubidu.« Jetzt machte Petra mit dem Locher mit, haute ihn im Rhythmus auf den Schreibtisch.

»Arbeit ist 'art ...«

»Schubi-dubi-du«, sangen wir hingebungsvoll im Chor, Petra und ich.

»Da 'abben wir ein bisschen Freude verdient, oder?«

»Schu-schu-schu-schu«, stimmten wir mit Bleistift und Locher zu.

»Ist 'erz froh, findet Mörder keine 'eimat in Welt. Können wir Welt von Mörder 'eilen.«

»Schu-schu-bidu-dudu-du«, schlossen wir in hohen Tönen. »Schu-schu-bi-du-du-bi-du.«

Die Tür ging auf, als der letzte Ton verklungen war. Ein perfektes Timing. Froböse stolzierte durch ein gesangsfreies Büro an unseren Schreibtisch.

Ich legte den Bleistift, mit dem ich Rhythmus geklopft hatte, quer vor mir auf den Tisch. Petra stellte den Locher neben der grünen Schale mit den Stiften ab. Weber wischte abwechselnd mit zwei Händen über Fleischers Bericht. Um die Spuren von Schuhcreme zu entfernen, vermutete ich. Kein erfolgversprechendes Geschäft.

»Ich wollte Sie nur informieren«, hüstelte Froböse nervös, »dass ich Ihre Beanstandungen in der Hygienefrage ernst genommen habe.«

»Hygiene?« Weber verstand Bahnhof. Ich war froh, dass er dem Wort das H gelassen hatte.

Froböse sah irritiert zu ihm hinüber. Jetzt war auch bei ihm angekommen, dass es Weber wieder gab.

»Mäuse«, erklärte ich. »Bei Petra im Büro gibt es Mäuse.«

»Und Ratten. Bestimmt.« Petra verzog das Gesicht. »Echt eklig.«

»Meine Damen.« Unser Vorturner prüfte den Sitz seines Sehgestells im Gesicht. »Das Thema ist auf der Tagungsordnung der nächsten Führungskräftesitzung. Dank meines Einsatzes.«

»Hoffentlich bringt das auch was.« Petras Stimme klang skeptisch. »Meinen Termin beim Personalrat sage ich erst ab, wenn der Kammerjäger hier war und alles ausgeräuchert hat.«

»Ich tue mein Bestes«, hüstelte Froböse. »Das wollte ich Ihnen nur gesagt haben.«

»Wir wissen Ihren Einsatz zu schätzen«, säuselte ich.

»Was macht das Qualitätsprojekt?«, erkundigte er sich.

Weber legte seine Stirn in Dackelfalten, sagte aber nichts.

»Sie meinen die alten Fälle?« Ich zeigte auf den alten Aktenbock am Fenster.»Die Akten dort habe ich alle durchkämmt.«

»Sehr schön«, sagte Froböse. »Und? Können Sie den Zeitplan einhalten? Wie viel Prozent können Sie erfolgreich abschließen?«

»Sobald ich von den Kollegen eine Rückmeldung habe«, lächelte ich. »Die Anfrage nach relevanten Beweismitteln, die sich zur DNA-Untersuchung eignen, ist in jedem der Fälle raus an die Kriminaltechnik.«

»Können Sie Ihren Zeitplan halten?«, wiederholte Froböse.

»Ich bin auf die Rückmeldungen aus der Kriminaltechnik angewiesen, erst dann kann ich die Beweismittel untersuchen lassen«, flötete ich. »Und auf die Bearbeitungsdauer der DNA-Analyse habe ich keinen Einfluss. Bedauerlicherweise. Ich würde Sie bitten, darauf hinzuwirken, dass zusätzliche Mittel für die Untersuchung in privaten Laboren bereitgestellt werden.«

»Zusätzliche Mittel?«, überlegte Froböse laut. »Für gentechnische Untersuchungen? Ich bin mir nicht sicher, dass ich das durchsetzen kann.«

»Schade, schade aber auch«, jammerte ich. »Dann dauert das Ganze. Eine Flotte ist nur so schnell wie das langsamste Begleitschiff.«

»Der neue Fall, wie geht es da vorwärts?«, erkundigte sich Froböse.

»Wir sind zufrieden«, verbreitete ich Zuversicht.

»Wir haben einen Verdächtigen, der von dem Ableben des Toten profitiert hat. Oder davon zu profitieren glaubte.«

»Wunderbar«, Froböse lächelte zerstreut und presste das Brillengestell an die Nase. »Halten Sie mich auf dem Laufenden.«

»Immer«, versicherte ich ihm. »Sie werden von uns selbstverständlich immer auf den neuesten Stand gebracht.«

Froböse drehte sich um und präsentierte uns das Hinterteil eines mausgrauen Jacketts.

»Vergessen Sie den Kammerjäger nicht«, rief Petra ihm nach. »Sonst fressen die Ratten die Akten, und es passiert gar nichts.«

54

Liebe Edith,

rate mal, wer heute Nachmittag bei uns an der Tür geschellt hat? Kannst Du es Dir denken? Ich glaube, ja. Du kennst unsere Kinder so viel besser als ich. Du wirst erraten, wer von den dreien den Weg zu mir nach Bonn gefunden hat. Trotz meiner Bitte, alle Kontakte abzubrechen. Oder vielleicht gerade deswegen.

Eins unserer Kinder hat sich ins Auto gesetzt und ist zu mir gefahren. Über die Autobahn. Obwohl sie lange Autofahrten hasst. Spätestens jetzt weißt Du, von wem ich rede. Weißt, wer hier gestern an der Tür geschellt hat.

Es war Ruth. Natürlich. Unsere Jüngste. Wie früher, wenn alle drei etwas ausgefressen hatten, haben Franka und Johannes Ruth zu mir geschickt. Nur, dass sie diesmal nicht mit Sünderblick ›Das haben wir doch nicht gewollt, Papa‹, gesagt hat. Von selbst ist sie nicht gekommen. Da bin ich mir sicher. Franka und Johannes werden sie dazu überredet haben. Sie wissen, was ihre kleine Schwester für Talente hat. Ruth, unser Küken, die niemanden streiten sehen kann, die jedem von uns ein Bonbon geschenkt hat, damit wir wieder lieb zueinander waren. Ruth, die mir als Einzige eine Karte mit Genesungswünschen in die Klinik geschickt hat. Ruth, unser Seelchen, der alles Planen und Vorausberechnen fremd ist. Ruth, die voll von Gefühlen und guten Vorsätzen ist.

Vielleicht ist sie doch aus freien Stücken zu mir gekommen, was meinst Du? Aber nein, je länger ich darüber nachdenke, desto weniger glaube ich das. Dazu ist Ruth zu phlegmatisch. Gute Vorsätze ja, aber das Umsetzen ist weniger ihre Sache. Ruth lässt die Dinge laufen. Franka wird sie auf mich angesetzt haben. Und Johannes wird sie dabei unterstützt haben. So wie früher.

Als es geschellt hat, dachte ich, es wäre die Nachbarin mit einem Topf Suppe oder einer Schüssel Salat. Seit ich ihnen erzählt habe, dass ich wegziehe, kümmern sie sich noch mehr als vorher um mich. Ich saß in meinem Sessel und habe ein Kreuzworträtsel gelöst. Es hat geschellt, und ich bin zur Tür. Und da stand sie. Ruth, unser Küken. Mit den gleichen roten Wangen, die sie damals im Krankenhaus hatte, als wir dachten, es ginge bei ihr um Leben und Tod.

Wenn Franka auf der Schwelle gestanden hätte, ihr hätte ich die Tür vor der Nase zugeschlagen. Bei Johannes hätte ich das nicht geschafft. Und erst recht nicht bei Ruth. Sie stand da mit ihren roten Wangen, ein wenig hilflos, ein wenig verloren, so wie nur Ruth gucken kann. Du weißt bestimmt, was ich meine. Natürlich habe ich sie hereingelassen.

Sie stand in der Tür mit einem Korb in der Hand. ›Ich habe uns Bienenstich mitgebracht‹, hat sie gesagt. ›Nach Mamas Rezept. Den magst Du doch, Papa.‹

Was soll man da sagen? Was kann man sagen? Natürlich habe ich sie hereingelassen. Und dann habe ich Kaffee gekocht. Und Ruth hat ihren Korb mit dem Bienenstich abgestellt und ist durch das leere Haus gewandert. Ich habe mich daran erinnert, wie sie auf der Wiese im Garten gesessen und aus Gänseblümchen einen Kranz geflochten hat, den Franka tragen durfte. Daran, dass Ruth immer Dein Mädchen war, dass sie sich, wenn irgendeine

Gefahr drohte, immer zu Dir geflüchtet, sich an Deinen Röcken festgehalten hat.

Ruth ist durch die leeren Räume gegangen und hat sich an den frischen Flecken auf der Tapete festgeguckt, da, wo die alten Bilder saßen. Und sie hat die Prospekte von den Wohnmobilen in die Hand genommen, die auf den leeren Fensterbänken verstreut lagen. Seite für Seite hat sie die Kataloge durchgeblättert. Aber sie hat mich nicht darauf angesprochen, was ein alter Kerl wie ich mit einem Wohnmobil vorhat.

Ich habe ihr zum Sitzen meinen Fernsehsessel angeboten. Der ist so bequem, den habe ich nicht fortgegeben. Aber sie hat abgelehnt und sich im Schneidersitz auf den Boden gehockt. Sie war immer die Gelenkigste von den dreien. Erinnerst Du Dich noch, wie sie sonntags mit einer Rolle vorwärts zu uns ins Bett gekugelt ist? Gelenkig ist sie geblieben, unsere Jüngste, noch mit achtunddreißig kann sie mit verknoteten Beinen sitzen. Dabei ist sie nicht schlank, sie ist fülliger geworden mit den Jahren, aber es steht ihr. Es passt zu ihrem runden, freundlichen Gesicht.

Ich habe uns den Kaffee auf einer großen Umzugskiste serviert. Einer Kiste, in die ich die Bücher geräumt habe, die ich mitnehmen möchte. Alle kann ich ja nicht mitnehmen, so viel Platz wie hier wird es für mich bei Peter und Usch nicht geben.

Als ich die Tassen auf die Kiste gestellt habe, war ich froh, dass ich das Kaffeegeschirr behalten habe. Auf der braunen Pappe sahen die Tassen und Teller mit den bunten Streublümchen richtig fröhlich aus. Aber fröhlich war uns nicht zumute. Mir nicht und Ruth auch nicht. Das kannst Du Dir sicher denken.

Ruth hat die leeren Räume bestimmt nicht gern gesehen. Räume, in denen sie groß geworden ist, wo sie jedes Bild an der Wand kannte, jedes der Möbelstücke, die im Raum verteilt standen. Den Schrank, in dem wir die Spiele für die Kinder aufbewahrt haben, die Stehlampe, in deren Licht sie gelesen, die Couch, auf der sie mit Dir gekuschelt hat. Und nun sind der Schrank, die Couch, die Stehlampe nicht mehr da. Alles, was sie kennt, ist weg, und es ist jetzt nur noch eine große Leere. Sie hat sich Mühe gegeben, sich nichts anmerken zu lassen. Sie ist ja nicht unbegabt im Schauspielern, unsere Kleine. Die Gedichte an den Geburtstagen hat immer sie aufgesagt. Ist es nicht verrückt, woran man sich alles erinnert im Bruchteil von einer Sekunde?

Eine Weile haben wir stumm dagesessen, Edith. In dem großen, leeren Zimmer, das einmal unser Wohnzimmer war. Vor uns auf einem Papptablett der Bienenstich, den Ruth von München nach Bonn gefahren hat. Ich habe mich gefragt, was unsere Tochter gedacht hat, als sie da saß. Woran sie sich erinnert hat. Vielleicht daran, wie sie früher mit Dir den Teig für den Bienenstich zusammengerührt hat. Sie durfte immer als Erste probieren, die kleine Naschkatze. So hast Du oft gesagt, wenn Du von ihr gesprochen hast, unsere kleine Naschkatze. Kein Wunder, dass sie etwas studiert hat, das mit Essen zu tun hat.

Ich hatte keinen Hunger, die Erinnerungen sind mir auf den Magen geschlagen. Aber ich habe ein Stück Kuchen genommen. Nur um ihr eine Freude zu machen. Und sie hat ein Stück davon genommen, nur um mir eine Freude zu machen. Und so haben wir da nebeneinander in dem großen, leeren Zimmer gesessen. Der Bienenstich in meinem Mund wurde immer mehr. Und ich war froh, dass er immer mehr wurde, denn er füllte meinen Mund ganz aus. Mit einem vollen Mund brauchst Du nicht zu sprechen. Ich weiß nicht, wie es Ruth ging. Aber ich denke, auch sie war froh, dass der Bienenstich ihr den Mund füllte. Dass wir einfach so dasitzen konnten, ich auf dem Fernsehstuhl, sie auf dem Boden, und beide hielten wir einen Teller mit einer Gabel in der Hand und kauten Kuchen und waren dem Bienenstich dankbar, dass er uns zwischen den Zähnen saß und den Mund verstopfte.

Nach Ewigkeiten hatten wir ausgekaut, Ruth und ich. Vor diesem Moment hatte ich mich gefürchtet. Und bestimmt auch Ruth. Aber ich bin nicht vorgeprescht. Darauf bin ich stolz, Edith. Früher hätte ich das Schweigen nicht ausgehalten. Heute weiß ich, dass man noch viel mehr aushalten kann. Ich weiß, dass Vorpreschen nur ein Zeichen von Angst ist. Vor dem, was kommen kann. Heute fällt es mir leicht, den Dingen ihren Lauf zu lassen. In Ruhe abzuwarten. Und dann hat Ruth zu reden angefangen.

›Was wünschst du dir noch vom Leben, Papa?‹, hat sie mich gefragt.

Ich glaube nicht, dass es das war, was Franka und Johannes ihr zu fragen aufgetragen haben, aber es war das, was sie wissen wollte.

›Ich will es besser machen‹, habe ich ehrlich geantwortet. ›Besser, als ich es mit dir und Franka und Johannes hinbekommen habe.‹

Sie hat eine Weile darüber nachgedacht. Dann ist sie aus dem Sitz aufgestanden. Ohne sich mit den Händen auf dem Boden abzustützen. Ich habe gestaunt, was für eine gelenkige Tochter ich habe. Sie ist zu mir gekommen und hat einen Arm um meine Schulter gelegt. ›Das versteh ich, Papa‹, hat sie gesagt. Und mir einen Kuss auf die Nase gegeben.

›Was wünschst du dir noch vom Leben, Ruth?‹, habe ich sie gefragt.

Auf das, was dann kam, war ich nicht vorbereitet. Ruth hat angefangen zu weinen. Sie hat in meinen Armen geschluchzt, dass es mir angst und bange wurde. So eine junge Frau, vor der noch das ganze Leben liegt, und so viele Tränen.

Du weißt, Edith, ich habe keine Erfahrung im Trösten und Aufrichten. Ich kann das Material zusammenstellen, mit dem man aus einem alten Badezimmer ein neues macht. Die Fliesen, den Kleber, die Schneidemaschine. Und das Wasser dafür einfüllen. Ich kann Handwerker zusammenstauchen und ihnen sagen, wie sie arbeiten müssen. Aber die Tränen unserer Jüngsten haben mich hilflos gemacht. Erst habe ich mich nicht getraut, aber dann habe ich noch einmal gefragt: ›Was wünschst du dir vom Leben, Ruth?‹ Denn das wollte ich wirklich wissen. Wo ich eines meiner Kinder einmal in den Armen hielt, mich ihm ganz nah fühlte, wollte ich die Gelegenheit, mehr zu erfahren, nicht wieder ungenutzt verstreichen lassen. Wie so viele Gelegenheiten früher.

Und dann hat Ruth laut geschluchzt: ›Ich wünsche mir einen Mann, der mich so liebt, wie du Mama geliebt hast.‹ Und sie hat meine Strickjacke nass geweint.

›Aber, aber‹, habe ich gemurmelt. Was man halt so aus Unsicherheit sagt. Und ich habe sie fest in den Arm genommen. Und dann habe ich unserer Jüngsten gestanden, was für ein lausiger Ehemann ich war. Dass Du gar nicht wusstest, wie sehr ich Dich liebe, dass ich Dir das nie gesagt habe. Dass Du mich vielleicht verflucht hast. Vielleicht bedauert hast, mich und nicht Alfons genommen zu haben. Dass Du vielleicht einfach nur stark und großzügig und pflichtbewusst warst.

Und dann hat sie mit einer piepsigen Kleinmädchenstimme gesagt: ›Liebst du mich denn auch, Papa? Ein ganz kleines bisschen?‹

Du kannst Dir nicht vorstellen, wie mir zumute war. Da lag dieses große Kind in meinen Armen und wartete darauf, von mir ein kleines bisschen Liebe zu kriegen.

Ich habe dieses schluchzende Häufchen Unglück, das unsere jüngste Tochter ist, im Arm gehalten, und zum ersten Mal in meinem Leben habe ich eine Ahnung davon bekommen, wie es sein muss, wenn man kleine verknautschte Wesen an die Brust legt, ihnen alles gibt. So wie Du das mit allen dreien getan hast. Und ich musste alt und grau werden, bevor ich zum ersten Mal erlebt habe, wie sich so etwas anfühlt. Ich dummer alter Trottel, ich.

Es ist dann noch ein schöner Nachmittag geworden. Ich habe ihr Fotos von Peter und Usch und Jonas gezeigt, ihr erzählt, dass ich zu ihnen ziehen möchte, mit ihnen leben. Opa sein in einer Familie, die mich brauchen kann, mich haben möchte. Und sie hat mich in den Arm genommen und gesagt, dass sie mich gut verstehen kann. Dass man manchmal einen klaren Schnitt machen muss im Leben. Dass sie stolz auf mich ist, weil ich in der Zukunft und nicht in der Vergangenheit lebe. Natürlich habe ich ihr meine neue Adresse gegeben. Sie ist doch meine Tochter.

Das Schönste hat sie mir gesagt, als sie sich an der Tür von mir verabschiedet hat: ›Papa, auch wenn wir uns vielleicht nie mehr wiedersehen‹, und sie hat mir einen Kuss auf die Nase gedrückt, ›ich liebe dich. Und ich wünsche dir alles Glück der Welt. Dir und deiner neuen Familie.‹

55

Ich saß wieder einmal an meinem Schreibtisch. Mit einem Foto von Werner Krieger in der Hand. Friedlich saß er in der Kirchenbank, den Kopf nach vorn gebeugt. Auf den ersten Blick sah es aus, als würde er beten. Beim genaueren Hinsehen fiel auf, dass der Kopf zu stark nach unten gefallen war. Der Tote wirkte wie eine Marionette, bei der ein Faden gerissen war. Mehrere Stunden hatte er dort gesessen, ohne dass jemandem etwas aufgefallen war. Ein gut gekleideter älterer Herr, den Kopf nach vorn gebeugt. Die klassische Stellung von einem, der nachdachte oder von einem kleinen Nickerchen überwältigt worden war. Ich legte das Foto zur Seite und griff mir eins der Porträts. Das Eigenartige an dem Gesicht war, dass es mir nach wie vor nichts verriet. Es erzählte nicht von Schmerzen, von keinem Todeskampf, der die Züge verzerrt hätte. Sein Gesicht wirkte starr und angespannt. Der Mörder musste direkt vor ihm gestanden haben. Und die Stiche mit großer Kraft und Schnelligkeit ausgeführt haben. Werner Krieger musste dem Mörder direkt ins Gesicht geschaut haben. Warum hatte er sich nicht gewehrt?

Kannte er den Täter? Was hatte er gefühlt in den letzten Minuten seines Lebens? Hatte er akzeptiert, was er vor sich sah? Sich kampflos ergeben? Es gab keinerlei Hinweise, dass er sich zur Wehr gesetzt hätte.

Wie passte das zu Werner Krieger? Zu dem, was wir bisher über ihn in Erfahrung gebracht hatten? Ich seufzte. Werner Krieger war ein Mann der Emotionen, einer, der seinen Gefühlen folgte, mit dreiundsiebzig sein Leben noch einmal völlig neu ordnete. Ohne Rücksicht auf das, was andere von ihm wollten und dachten. Die Abgeklärtheit, die aus seinen Zügen sprach, passte nicht zu ihm. Sie ergab keinen Sinn für mich. Seine älteste Tochter hatte ihn als Dampfwalze beschrieben, als einen dynamischen Egomanen, der alles niederwalzte, was ihm in den Weg kam. Nur hatte dieser Mann niemanden niedergewalzt. Es war genau andersherum, er war niedergewalzt worden. Von seinem Mörder, dem er sich ohne Gegenwehr überlassen hatte.

Ich hatte das Gefühl, wir waren trotz allem, was wir über den Toten in Erfahrung gebracht hatten, keinen Schritt weitergekommen.

Wo war der Mord passiert? Wo war er erstochen worden? Und wie hatte man ihn in die Kirche gebracht? Warum gerade in eine Kirche? Warum in diese Kirche?

Hatte es eine Bedeutung, dass Werner Krieger in ein Gotteshaus gebracht worden war? Was könnte es bedeuten, fragte ich mich. Alles, seufzte ich. Ein Täter, der ihn zu Gott führte, weil er sich als Vollstrecker einer höheren Gerechtigkeit sah? Oder ein Täter, der selbst nach der Tat göttlicher Hilfe bedurfte, sich in die Hände einer höheren Macht begab? Oder wollte der Täter ihn an einen sicheren Ort bringen? Einen Ort, an dem die Leiche nicht ausgeraubt wurde? Einen Ort, an dem sie in Frieden auf die Entdeckung warten konnte?

Ich beschloss, dorthin zu gehen, wo Werner Krieger gefunden wurde. In die Kirche. Mich in dieselbe Bank zu setzen. Vielleicht würde mir das etwas verraten über den Menschen, der, nachdem er getötet hatte, die Leiche allein oder mit einem Helfer dahin gebracht hatte.

Ich griff nach einem Zettel, damit Weber wusste, wohin ich abgetaucht war, wenn er aus der Kriminaltechnik zurückkam. ›Bin in der Kirche‹, schrieb ich in Druckbuchstaben und legte ihm den Zettel auf das freie Stück seines Schreibtischs. Ich fuhr den Computer herunter und packte meine Siebensachen.

Die Fußgängerzone war wie jeden Tag von einem Strom von Menschen durchflutet. Sie hasteten mit ihren Tüten und Taschen an den Geschäften vorbei. Was für ein Kontrast, dachte ich. Diese ganze Bewegung, die Menschen, die in gegensätzliche Richtungen strömten, vorbei an Geschäften, die die letzten Schnäppchen und Knüller bewarben. Geschäfte, die fast monatlich wechselten. Wo gestern noch ein alteingesessenes Fachgeschäft war, ist heute die Filiale eines Fast-Food-Ladens oder ein neuer Klamottenladen.

Dann der Gegensatz. Dieser weite freie Platz, der von der Kirche dominiert war. Der hohe Glockenturm, die dicken Mauern, der Sandstein sprachen von Unverrückbarkeit, Beständigkeit. Viele der vorbeilaufenden Menschen verschwendeten keinen Blick an die Kirche, nahmen sie nicht wahr.

Ich stemmte die schwere Holztür auf. Das Licht fiel gedämpft durch die bunten Fenster in das Kirchenschiff. Ich blinzelte und orientierte mich. Das Hauptkirchenschiff mit den Holzbänken, vorne der Altar, der durch Glasfenster gegen Witterungseinflüsse geschützt war. Ein Geruch stieg mir angenehm in die Nase. Ich erkannte ihn sofort. Es war der gleiche Duft, der mich und meinen Magen von diesem anderen unsagbaren Geruch abgelenkt hatte, der so oft den Tod begleitet. Das gab es doch nicht. Ich schnüffelte. Weihrauch und Myrrhe.

Meine Schritte hallten über den Steinboden. Ich setzte mich in die Bank, in der Werner Krieger gefunden wurde. Hierher hatte der Mörder ihn gesetzt. Ob er selbst noch eine Weile neben ihm gesessen hatte? Was mochte der Mörder gesehen haben? Oder hatte er gar nichts gesehen? Hatte er die Augen geschlossen gehalten und war seinen eigenen Gedanken gefolgt? Hatte er noch einmal erlebt, wie er zugestochen hatte? Was für Gefühle hatte er dabei durchlebt? Triumph, dass er Herr über Leben und Tod gespielt hatte? Oder Reue? Ich drehte den Kopf und ließ meinen Blick über die Reihen hinter mir schweifen. Ein älterer Herr mit Glatze kniete in der Kirchenbank und bewegte die Lippen. Ob er betete, um Vergebung für seine Sünden bat? Das ewige Thema der Menschen, ihr alltägliches Scheitern, die Irrwege, die sie einschlagen. Eine Frau mit einem weißen Dutt, in einen schwarzen Mantel gekleidet, stellte ein Teelicht auf einen Ständer, auf dem etliche brennende Lichter standen. Um was bat sie? Für wen stellte sie das Licht dort auf?

Ich schloss die Augen und versuchte, das Bild von Werner Krieger heraufzubeschwören, sein beinahe friedliches Gesicht. Trotz aller Konzentration gelang mir das nicht. Ich sah vor mir aufgerissene Münder, vor Schreck erstarrte Augen. Es gab diesen Frieden nicht, dachte ich. Diesen trügerischen Frieden in seinem Gesicht. Das war nur eine Maske. Dahinter verbargen sich Schmerzen und Verletzungen.

Es gibt Menschen, die versuchen, ihren Schmerz und ihre Verletzungen loszuwerden, indem sie sie an andere weitergeben. Es gibt die, die quälen, und es gibt die, die gequält werden. Und es gibt die, die sich selber quälen. Manchmal alles in einer Person. Kein Wunder, dass die Menschen nach einem Messias dürsten, der ihre Qualen auf sich nimmt. Ich sah auf den Mann am Holzkreuz, die blutenden Wunden an den Händen, den Füßen, die Nägel, mit denen er ans Kreuz geschlagen war. Von seinesgleichen. Deren Schuld er auf sich genommen und für die er sich geopfert hatte. Aus Liebe.

War es das, was Werner Krieger gefehlt hatte, hatte er deshalb Bonn verlassen und war hierhergezogen? Hatte er Liebe gesucht und gefunden? Was hatte er sich von ihr erhofft? Oder ging es in diesem Fall um enttäuschte Liebe? So musste es sein. Messer sprachen immer von fehlgeleiteter Liebe.

Nachdenklich stand ich auf und lief nach vorne zu den Teelichtern, kramte in meiner Tasche und warf ein paar Geldstücke in den Opferstock. Das erste Licht zündete ich für mich an, bat darum, dass die Liebe immer in meinem Leben leuchtete, egal in welcher Form. Ein Licht war für Anna, die, obwohl sie blind war, so viel besser als ich sah. Ein Licht für meine Mutter, die so viel für mich getan hatte, auch wenn ich das selten zugab. Daneben stellte ich ein Licht für meinen Vater auf, der mich verlassen und doch Kontakt zu mir gewollt hatte. Ich wünschte ihm, dass auch er Frieden und Liebe im Leben gefunden hatte. Ich entzündete ein Licht für Beckmann, wünschte ihm, dass er immer so optimistisch blieb, wie er war, und dass die Geschäfte in Japan gut für ihn liefen. Eins für Weber, damit er mehr Freude in seinem Leben fand, und eins für Petra. Ich wünschte ihr, dass sie sich in Zukunft alles zutraute, auch die Abendschule und ein Studium.

Meine Münzen hatten zum Bezahlen der Lichter nicht gereicht. In einer Kirche sollte ich ehrlich sein. Ich kramte nach einem Schein in meiner Tasche und besserte meinen Beitrag im Opferstock nach.

Da brannten sie nun, die Lichter für meine Lieben mit allen

meinen guten Wünschen. Ich war kein Mitglied in einer Kirche. Aber ich hatte das Gefühl, dass diese brennenden Lichter da vorn meine Kirche waren.

Auf dem Weg zum Ausgang traf ich die blonde Frau im Talar, der ich schon einmal an diesem Ort begegnet war.

»Haben Sie für den Verstorbenen gebetet?«

Ich schüttelte den Kopf. »Ich habe auf Eingebung von oben gehofft. Wir wissen immer noch nicht, wer der Täter ist.«

»Gott offenbart sich uns, wenn die Zeit gekommen ist.«

»Kommen Ihnen nie Zweifel? Was ist, wenn Gott die Menschen vergisst?«

»Gott vergisst die Menschen nicht.« Sie lächelte. »Die Menschen vergessen sich selbst manchmal. Das ist alles.«

56

Liebe Edith,

Ruth ist längst wieder in München, denke ich. Ich wünsche unserer Jüngsten, dass es auch für sie vorwärtsgeht, dass sie in ihrem Leben findet, was sie sich so sehr wünscht, eine Liebe, einen Mann. Dabei kann ich ihr nicht helfen. So wenig, wie sie mir bei meinem neuen Leben helfen kann. Was sie wohl den anderen von mir erzählt hat? Hoffentlich genug, damit Franka und Johannes wissen, dass es mir ernst ist, dass ich mich von nun an um mich und meine neue Familie kümmere. Johannes wird den monatlichen Scheck vermissen, aber dann wird er sich umstellen. Er ist ja nicht dumm, und er ist erwachsen. Franka wird nichts vermissen. Sie hat sich als Erste gefühlsmäßig und finanziell selbständig gemacht. Und ist eine durch und durch vernünftige Frau. Ich habe immer bedauert, dass sie sich nicht für das Geschäft interessiert hat. Sie wäre eine gute Nachfolgerin für mich geworden, die beste. Von den Kindern ist Franka mir am ähnlichsten, glaube ich.

Das ist alles so lange her. Ewigkeiten. Jetzt lebt jeder von uns sein Leben. Das Wichtigste aber ist: Ich lebe mein Leben. Und treibe den Abschied von meinem alten Leben weiter voran.

Heute war ein schöner, sonniger Tag. Wie schnell die Zeit vergeht. Juni. Die Himbeeren im Garten tragen schon Früchte, grün noch, aber immerhin. Dabei kommt es mir vor, als wäre ich gestern noch mit meiner Gehhilfe durch den Schnee geschoben.

Der Makler hat eine Reihe von Menschen durch das leere Haus geschleust. Der Frühsommer ist eine gute Jahreszeit, um das Haus zu verkaufen. Die Sonne scheint durch die Fenster, und alles sieht hell und luftig aus. Frau Heimer hat das Haus geputzt und gewienert, für die Fenster haben wir eine Firma bestellt. Das wollte ich ihr nicht zumuten. Ich habe das Feld geräumt und das, was sich getan hat, aus sicherer Entfernung verfolgt. In der Einfahrt vor der Garage habe ich mir den Mercedes vorgenommen. Ich will ihn in Zahlung geben, wenn ich mir ein Wohnmobil kaufe, und ich will ihn natürlich halbwegs ordentlich abgeben, das kannst Du Dir denken.

Vielleicht fragst Du Dich, wie ich es geschafft habe, den Wagen zu putzen. Aber wirklich, so schwierig ist das nicht. Man kann viel schaffen, auch als alter Mensch. Auch wenn man schnell aus der Puste kommt. Man braucht nur zwischendurch mal ein Päuschen. Wenn ich gemerkt habe, dass mein Herz wie wild zu schlagen anfing, oder wenn es vor meinen Augen flimmerte, habe ich mich schnell hingesetzt. Auf einen Sitz im Wagen oder auf die Bank, die in der Auffahrt steht. Und da habe ich mich ein bisschen ausgeruht, gewartet, bis mein Herz wieder gleichmäßig geschlagen hat. Und dann habe ich weitergemacht. Die Rückbank von Papieren freigeräumt und von einem alten Abschleppseil und dem Regenschirm mit der kaputten Speiche – lauter solch spannende Sachen.

Und während ich mit dem Mercedes beschäftigt war, liefen alle möglichen Leute in unser Haus und wieder hinaus. Alte und junge Paare. Ganz selten einmal ein einzelner Mensch. Das ist ja auch klar, so ein großes Haus ist etwas für eine Familie. Ich wünsche den Leuten, die unser Haus kaufen – und der Makler hat mir gesagt, dass es zwei ernsthafte Interessenten gibt und er sicher sei, dass einer der beiden es kaufen würde –, dass sie ein schönes Leben dort haben werden. Dass sie es besser hinbekommen, als ich es hinbekommen habe. Dass sie in jedem Moment wissen, was für ein Glück sie haben, dort zusammen mit ihren Lieben zu leben.

Alle Besucher waren begeistert vom Garten, sagte der Makler, sie haben alle geglaubt, dass er von einem Architekten gestaltet wurde. Das war wieder so eine Überraschung für mich. Ich finde unseren Garten schön, und ich kenne die Pflanzen, die wir dort haben, weil Du mir ihre Namen beigebracht hast. Aber ich muss von Fremden hören, wie einzigartig die Gestaltung ist. Der Garten mit den Küchenkräutern, die von Buchsbaumhecken gegen den Wind geschützt sind, die Ecke mit den Beerensträuchern, die Wiese mit den Obstbäumen. Jetzt erst erfahre ich, wie kunstvoll Du unseren Garten gestaltet hast.

Die Kletterrose an der Fassade blüht so prächtig wie in jedem Sommer. Obwohl ich sie nicht beschnitten habe wie sonst in all den Jahren. Es ist ihr egal, sie treibt ihre Blüten aus, und ein Amselpärchen baut in ihren Zweigen sein Nest.

Wenn ich sehe, wie die Vögel mit dem Nistmaterial im Schnabel herbeifliegen, denke ich daran, dass das ganze Leben an der Pflege des Nachwuchses hängt. Und wie oft ich mich um diese Aufgabe gedrückt habe.

Was ich an meinen Kindern versäumt habe, werde ich bei Jonas und Lili besser machen. Jedes Mal, wenn ich Usch Arbeit mit den Kleinen abnehme, wird das für mich so sein, als würde ich bei Dir etwas wiedergutmachen.

57

Ich drückte die Klinke der Tür herunter. Weber hing in der horizontalen Lage, die er seit neuestem so schätzte, vor seinem Schreibtisch, die Füße diesmal in keiner Schublade, sondern auf der Schreibtischplatte abgelegt. Ob der Kollege gerade ein Nickerchen machte? Auf Zehenspitzen lief ich zur Garderobe. Ich wollte nicht die sein, die Schuld daran hatte, wenn er erschrak.

Seinem Gesicht war nicht anzusehen, ob er schlief oder einfach nur entspannte. Beide Augen waren geschlossen.

Ich beschloss, ihn in Ruhe zu lassen, und sortierte die Papiere, die sich in meiner Abwesenheit auf dem Schreibtisch angesammelt hatten. Endlich. Die Kollegen von der Kriminaltechnik hatten ihren Bericht geschickt. Neugierig blätterte ich ihn durch. Das war neu. Rückstände von Tierhaaren auf Werner Kriegers Mantel, auf seiner Hose. Mit an Sicherheit grenzender Wahrscheinlichkeit – wie ich die vorsichtigen Umschreibungen der Kollegen hasste – Hundehaare. Ich seufzte. In diesem Fall war mir noch kein Hund begegnet. Und was war das? Spuren von Sagrotan. Was hatte das jetzt wieder zu bedeuten?

Weber machte ein Auge auf. »Interessant? Oder?«

»Du schläfst nicht?«

»Ich meditiere«, verriet er mir. »Blende die Außenwelt aus und konzentriere mich auf die wichtigen Sachen.«

»Zum Beispiel?«

»Die Rückstände von Tierhaaren auf dem Mantel von Werner Krieger. Und die Spuren von Sagrotan in seinem Gesicht.«

»Wer ersticht jemanden und behandelt die Leiche so, dass sie keine Keime mehr weitertragen kann?«, wunderte ich mich.

»Ärzte«, verkündete Weber. »Bevor ich Inga kannte, wusste ich nicht, was Sagrotan ist. Jetzt steht bei uns überall 'ne Flasche. In der Küche unter der Spüle, im Bad.«

»Weit und breit kein Arzt im Umfeld von Werner Krieger«, stellte ich fest. »Und keine Krankenschwester, kein Altenpfleger ... verbessere mich, wenn ich falsch liege.«

»Wer hat sonst einen gesteigerten Bedarf an Reinigungsmitteln?«

»Na ja …« Ich überlegte. »Alle, die einen gesteigerten Bedarf an Hygiene haben. Prostituierte, Klofrauen, Bestatter.«

»Hör auf«, jaulte Weber. »Das riecht nach Arbeit, und zwar gewaltig.«

»Wir hatten noch nie einen Täter, der nach dem Mord zu uns gekommen ist und gesagt hat: »Ich war's. Sperren Sie mich bitte ein«, sagte ich.

»Du vergisst Herrn Rudolf.«

»Stimmt«, sagte ich. »Der fehlt mir richtig.«

Einen Moment lang sah ich ihn vor mir. Wie wir ihn liebten. Mit seinen ölgetränkten Haaren, dem schmierigen Anzug und der Goldkrone, die in seinem Mund blinkte.

»Hoffentlich ist er nicht krank«, sorgte Weber sich. »Vielleicht macht er Urlaub. Auch ein notorischer Selbstanzeiger muss sich mal erholen.«

»Und?«, fragte mein Kollege. »Wie machen wir jetzt weiter?«

»So, wie wir das immer machen, wenn wir nicht weiterwissen. Die Steinchen hochheben, die wir bisher noch nicht in die Hand genommen haben.«

»An welche Steinchen hast du gedacht?« Weber zupfte an seinem Schnauzbart.

»Wir haben bisher nur mit der Lehrerin gesprochen und noch nicht mit den beiden anderen Kindern, die können wir uns bei der Beerdigung in Bonn packen. Und da ist ja auch noch der Partner, mit dem Werner Krieger das Geschäft geführt hat.«

»Und die Hundehaare? Und die Sagrotan-Spur?«, fragte Weber. »So aufwändig das auch ist. Da müssen wir ran.«

»Im Liegen wird sich das nicht erledigen lassen.«

»Im Liegen denkt es sich besser als im Sitzen«, verkündete der Kollege. »Du solltest das mal probieren.«

»Ich frage mich, wann du Entspannungskassetten mitbringst oder CDs und hier mit Stöpseln im Ohr sitzt …«

»Da bringst du mich auf eine Idee.« Er nahm die Beine vom Tisch. »Das wär auch mal was.«

»Weber«, knurrte ich. »Übrigens ...warum hast du für Anna recherchiert, ohne mir etwas davon zu sagen?«

»Du meinst, deine Freundin Anna?«

»Wen sonst? Du hast ihr den Namen des Typen besorgt und das Gefängnis, wo er einsitzt.«

»Was stört dich daran? Sie hat mir gesagt, du hättest ihr versprochen, das zu besorgen.«

»Wollte ich auch.«

»Und warum hast du's nicht getan?«

»Weil in diesem Chaosbunker zu viel los ist«, seufzte ich. »Ich hab's einfach vergessen.«

»Sei froh, dass ich das für dich erledigt habe. Wo ist das Problem?«

»Ich hätt's gern gewusst. Du hättest es mir sagen müssen.«

»Hm.« Weber zwirbelte seinen Bart. »Ich bin mir keiner Schuld bewusst, ehrlich.«

Das Telefon schellte. Mein Kollege spielte weiter mit den Haaren, die auf seiner Oberlippe sprossen. Ich erbarmte mich und hob ab.

Froböse. Ich munitionierte mich im Schnellverfahren mit halbwegs glaubhaften Aussagen zum Thema Qualitätsmanagement und Leuchttürme, deren Blinken er vermisste. Völlig unnötig. Erstaunlicherweise erinnerte er sich daran, dass wir einen aktuellen Mordfall zu bearbeiten hatten. Es geschahen noch Zeichen und Wunder. Interessant.

»Selbstverständlich. Gerne. Jederzeit«, gurrte ich in den Hörer. »Wir kommen zu Ihnen. Sofort.« Ich legte den Hörer auf.

»Ist es das, was ich denke?«, knurrte Weber und kratzte an seinem Bart.

»Froböse hat Sehnsucht nach uns«, verriet ich ihm. »Und er will tatsächlich mehr über die Ermittlungen im Fall Krieger wissen.«

»Und?«, fragte Weber nervös. »Was sagen wir ihm? Wir haben doch nichts. Jedenfalls nichts Konkretes.«

»Lass das meine Sorge sein«, beruhigte ich ihn. »Es kommt nicht darauf an, was wir haben, sondern darauf, was wir ihm verkaufen. So schwer ist das nun auch wieder nicht.«

Froböse kam uns mit dynamischen Schritten entgegen, wies auf den Tisch, um den herum vier Polsterstühle drapiert waren. In meinem Kopf gingen sämtliche Warnleuchten an. Blinkten Alarm. Nichts ist gefährlicher als Vorgesetzte, die einen auf Augenhöhe mit sich locker um einen Tisch gruppieren.

Sogar um Getränke hatte er sich bemüht. Weber fasste gierig eine Flasche Orangensaft ins Auge.

»Bedienen Sie sich«, forderte Froböse ihn auf. »Auch Sie, Frau Stein, greifen Sie zu.«

Ich schüttelte den Kopf. Glaubte er wirklich, er könnte seine Untergebenen mit einem spendierten Getränk kooperativ einstimmen?

Froböse nuckelte an seinem stillen Wasser. Was trank er wohl, wenn er am Wochenende stumm über die Kacheln kroch? Bettelte er da bei seiner Domina um ein stilles Wasser, oder gierte er auch getränkemäßig nach einer kleinen Schweinerei? Cola light vielleicht? Hinterher durfte es mit Sicherheit was Besseres sein. Wenn er zu Hause kroch, konnte er sich in seinem Weinkeller bedienen. Wenn er auf fremdem Fußboden unterwegs war, würden ihn Damen, die an ihm verdienten, betreuen. Bestimmt bekam er erstklassigen Service. Um einen wie Froböse brauchte einem nicht bange zu sein. Der kroch immer in Richtung Sahnetöpfchen.

»Wann kommt der Kammerjäger?«, fragte ich. »Ist das schon eingestielt?«

Er zuckte zusammen. Es geht nichts über eine überraschende kleine Eröffnung. Wie beim Schach.

»Ich habe mich sehr dafür aus dem Fenster gelehnt.« Er presste die randlose Brille an seine Nase. »Aber ich stand alleine da. Keine der anderen Führungskräfte hat mein Begehren unterstützt.«

»Kein Kammerjäger?« Ich schüttelte den Kopf. »Das wird Frau Klar nicht freuen. Sie wird bestimmt den Personalrat in der Angelegenheit einschalten.«

Bei dem Wort Personalrat klapperten seine Augendeckel etwas hektisch hinter den Brillengläsern.

»Warum ich Sie herbestellt habe ...«

Das Plätschern von Webers Orangensaft ließ ihn innehalten. Weber setzte die Flasche schnell wieder auf den Tisch.

»... ist, zu erfahren, wie erfolgreich die Ermittlungen in Ihrem neuen Fall laufen.« Er sah uns an. »Wer von Ihnen will berichten?«

Weber hob schnell das Glas an die Lippen. Ich verstand den Wink und ergriff das Wort.

»Es läuft alles bestens«, lächelte ich. »Mit jedem Tag geht es vorwärts. Gute Arbeit trägt Früchte ...«

»Je eher der Fall vom Tisch ist, umso besser«, sagte er mit Nachdruck. »Wenn Sie verstehen, was ich meine.«

»Es ist unser Bestreben, jeden Fall so schnell wie möglich zu lösen«, versicherte ich ihm.

»Diesmal ist es besonders wichtig.« Er trank einen Schluck.

»Und wieso?«, fragte ich.

»Verbrechen an älteren Mitbürgern sind besonders delikat.«

»Delikat?« Weber zupfte irritiert an seinem Bart.

»Wir haben doch jetzt das Programm zur Prävention von Straftaten an älteren Menschen laufen«, bemühte sich unser Vorgesetzter, uns aufzuklären. »Im Internet informieren wir ausführlich über das Thema, und wir geben einen Flyer mit Verhaltenstipps für die Zielgruppe heraus ...«

»Das betrifft Tatbestände wie Diebstahl und Betrug«, stellte ich klar. »Und nicht Mord.«

»So ist es. Wir wollen das Thema nicht unnötig mit Emotionen aufladen. ›Leben alte Menschen noch sicher in unserem Land?‹ Derartige Diskussionen wollen wir vermeiden.«

»Deshalb gab es bisher keine Pressekonferenz?«

»Wir wollen den Ball flach halten, die Emotionen nicht unnötig anheizen bei diesem sensiblen Thema ...«

»Es steht noch nicht fest, ob das Alter des Opfers etwas mit dem Motiv zu tun hat.«

»Umso besser, Frau Stein, umso besser ...« Seine Stimme

klang erleichtert. »So etwas hat das Potenzial, die Bevölkerung in Angst und Schrecken zu versetzen.«

»Was meinen Sie damit?«, fragte ich verblüfft.

»Frau Stein«, rügte er mich. »Sie kennen doch sicher die demographischen Zahlen.«

»Wir leben in einer Gesellschaft, in der die Menschen immer älter werden. Es gibt immer mehr Alte.«

»Wenn es nur das wäre«, seufzte er.

»Woran denken Sie noch?«

»Den Alten geht es noch relativ gut«, erklärte er. »Sie hatten Arbeit, haben Vermögen ansammeln können. Und die Jungen sind ohne Arbeit und stehen vor der Tür.«

Mir dämmerte, worauf er hinauswollte.

»Da können sich Ressentiments bilden.« Er trank einen Schluck Wasser. »Die Experten warnen jedenfalls.«

Ich verarbeitete, was er da gerade gesagt hatte. »Die haben Angst? Dass die Jungen sich an den Alten rächen könnten? Dafür, dass sie sie jahrelang draußen vor der Tür haben warten lassen, ohne Job?«

Er nickte. »Sie haben die Brisanz der Lage erfasst.«

»Aber Sie können doch die Morde an alten Menschen nicht vertuschen.« Weber wunderte sich. »Das geht doch nicht.«

»Vertuschen geht nicht«, stimmte Froböse ihm zu. »Aber wir können gegensteuern.«

»Gegensteuern?« Weber zupfte an seinem Schnauzbart. »Wie wollen Sie denn da gegensteuern?«

»Wir können die Presse mit Fällen füttern, die spektakulär sind, auf die sie hüpft.«

»Fememorde an Ausländern, Väter und Brüder, die die verlorengegangene Ehre ihrer Töchter und Schwestern rächen«, riet ich.

»Zum Beispiel. Sie haben das Prinzip erfasst«, lobte Froböse mich.

»Die Opa-Bande ist da natürlich auch sehr hilfreich«, Froböse lächelte. »Ältere Herrschaften, die selbst kriminell werden, da berichtet die Presse gern. Das freut uns natürlich.«

»Und es lenkt ab«, sagte ich nachdenklich. »Von den Fällen, in denen alte Menschen ermordet werden, weil Junge ihr Geld wollen, sie beerben möchten oder einfach nur Rache nehmen, für das, was die Alten haben und sie nicht.«

»So etwas dürfen sie höchstens denken, Frau Stein.« Froböse blinkte mich warnend an. »Laut sagen dürfen Sie das nicht.«

»Wenn ich Sie recht verstehe, hätten Sie am liebsten einen Täter über sechzig, der Herrn Krieger getötet hat. Alles andere birgt gesellschaftlichen Sprengstoff.«

»Wir können uns unsere Täter nicht backen«, empörte Weber sich. »So weit ist es noch nicht.«

»Herr Weber, Sie haben völlig recht. Aber wir können den Ball flach halten. Mehr zu diesem Thema möchte ich an dieser Stelle offiziell nicht sagen.«

»Mit der Presse sprechen wir nicht«, versprach ich ihm. »Aber für einen Mörder, der über sechzig ist, können wir nicht garantieren. Auch wenn das jetzt politisch angesagt ist.«

58

Liebe Edith,

unser Haus ist noch nicht verkauft, und ich habe schon ein neues. Gestern war ich mit dem Vermieter von Peter und Usch beim Notar. Jetzt kann ich konkrete Pläne für den Umbau der Garage schmieden. Ich bin zuversichtlich, dass alles gutgehen wird. Dass ich mich bei Peter und Usch und Jonas und Lily wohlfühlen werde. Ich denke, es ist eine gute Idee, mir für die Übergangszeit ein Wohnmobil zu kaufen. Nicht nur, dass ich damit ganz nah am Haus sein kann, den Umbau überwachen und die Handwerker. Es gibt mir auch das Gefühl, nicht abhängig zu sein. Sollte irgendetwas Unvorhergesehenes passieren, brauche ich mich nur in das Führerhaus meines Wohnmobils zu setzen und loszufahren. Die ganze Welt steht mir offen.

Als ich mit unserem Nachbarn darüber gesprochen habe, dass ich mir ein Wohnmobil kaufen will, hat er mir einen Vortrag gehalten, dass ein Mann in meinem Alter, mit meiner gesundheitlichen Biographie nicht mehr selbst fahren sollte, das hat er tatsächlich gesagt, ›gesundheitliche Biographie‹. Eigentlich wollte er sagen, dass so ein alter Knacker wie ich, der dem Tod von der Schippe gehüpft ist, nicht mehr Auto fahren darf. Er hat natürlich recht mit dem, was er sagt. Möglicherweise bin ich eine Gefahr für die anderen Verkehrsteilnehmer. Wenn irgendeine Ader sich verschließt, während ich mit meinem Wohnmobil durch die Gegend fahre, dann geht es nicht nur um mein Leben, sondern auch um das Leben anderer.

Aber daran will ich nicht denken. Denn dann lege ich mich freiwillig in ein Pflegebett und warte auf das Ende. Also verscheuche ich den Gedanken und treibe auf den Straßen mein Umwesen, bis mich andere daran hindern. Ich hoffe, dass der Nachbar nicht zur Polizei läuft und mich als gemeingefährlichen Rüpel anzeigt, dem der Führerschein weggenommen werden muss.

Beim Autohändler hat keiner etwas dabei gefunden, dass so ein alter Kerl wie ich, der sich an einem komischen Stock mit Entengriff die Treppe ins Führerhaus hochhangelt, ein Wohnmobil kaufen will. Einen Kredit hätten sie mir nicht mehr gegeben in meinem Alter. Darüber mache ich mir keine Illusionen. Aber für einen Kerl, der bar bezahlt, haben sie sich überschlagen. Ein Kerl mit Geld ist in jedem Alter willkommen.

Peter und Usch habe ich noch nichts vom Wohnmobil erzählt. Ich will sie überraschen. Wenn ich das Wohnmobil habe, können wir zusammen überallhin fahren. Dann müssen wir nicht mehr die Straßenbahn in den Zoo nehmen, nur weil der Kühlwagen von Peter so wenig Sitzplätze hat.

Die erste Fahrt mit dem neuen Wagen werde ich zu Alfons ins Altenheim machen. Der wird sich wundern, dass sein alter Kumpel noch einmal voll durchstartet. Aber vielleicht wundert er sich auch nicht. Nach all den Jahren, die wir zusammengearbeitet haben, kennt mich Alfons ganz gut. Er weiß, was für ein Dickschädel ich sein kann, wenn ich mir einmal etwas in den Kopf gesetzt habe.

Durfte der Wind das? Am Tag der Beerdigung von Werner Krieger so ungeniert pusten, so neckisch an den Schals und Tüchern der Gäste zupfen, dass die Enden wie bunte Fähnchen flatterten? Den Talar des Priesters so hochwirbeln, dass man graue Socken und dunkelbraune Sportschuhe zu sehen bekam? Wer erlaubte ihm, mit bunten Blättern neben gewichtigen Grabsteinen Fangen zu spielen? Mit seinem Pusten und Rauschen die stumme Prozession der Trauergäste aufzumischen?

Er blies in graue, mit Haarspray wohlfixierte Locken, zerlegte sie in Strähnen und Kringel, die in die unterschiedlichsten Richtungen strebten. Er wehte durch gefärbte Haarschöpfe und legte entlang der Schneisen, die er schlug, weißen Haaransatz frei. Pfiff über Schädeldecken, bis mehr als ein älterer Herr schützend die Hand auf die kahle Kopfhaut legte.

Der Trauerzug wurde dominiert von Menschen, die dem Toten vom Alter her nahestanden. Aber wie unterschiedlich sie auftraten. Es gab Menschen, die trotz ihres Alters einen kräftigen Schritt besaßen. Und Menschen, die vorsichtig einen Fuß vor den anderen setzten. Menschen, die schlurften, weil ihnen die Kraft fehlte, ihre Füße bei jedem Schritt anzuheben. Menschen, die sich an einem Rollwagen festhielten. Menschen, die im Rollstuhl saßen und sich schieben ließen. Menschen, die ihren Kopf hoch erhoben trugen, auch wenn das Alter ihnen schon einen runden Buckel machte.

Mein Kollege und ich liefen am Ende des Trauerzugs mit. Als Schlusslichter. Zur Trauerfeier in der Kapelle hatten wir es wegen ein paar Baustellen auf der Autobahn nicht geschafft. Vor uns schritt Familie Sonntag dem Grab entgegen. Frau Sonntag hatte ihren Mann Peter mit dem rechten Arm untergehakt, an der linken Hand hielt sie Jonas. Ob er überhaupt verstand, worum es hier ging? Wusste er, dass sein geliebter Opa in der Holzkiste lag, die sechs schwarzgekleidete Herren in wenigen Minuten an einem Seil in ein Erdloch gleiten lassen würden?

Wo war die kleine Tochter? Bei wem hatten sie sie gelassen? Jetzt, wo Werner Krieger nicht mehr auf sie aufpassen konnte.

Der Zug stand still. Vorne rutschte der Sarg von Werner Krieger vermutlich gerade in die Erde. Ich stellte mich auf die Fußspitzen, um zu erkennen, was sich da jetzt tat. Die schwarzgekleideten Herren zogen das Seil aus dem Erdloch und verschwanden im Hintergrund. Die ersten Trauernden traten vor das Grab. Der Wind blies ihnen die Haare aus dem Gesicht. Ein hagerer Mann in einem schwarzen Mantel. Ob das der Sohn aus Hamburg war? Er nahm die Schaufel in die Hand, die neben dem Grab in der Erde stak. Hinter ihm erkannte ich die Tochter aus Berlin.

Sie hatte auf Schwarz verzichtet und trug Beige. Mit ihrem Trenchcoat hatte der Wind leichtes Spiel. Mal blähte er ihn auf, mal blies er ihn nach hinten. Sodass sie in einem schmalen Rock dastand, umflattert von ihrem Mantel. Ob die rundliche Frau neben ihr, deren roter Schal wie ein Uhrzeiger um ihren Hals kreiste, bis er aufgewickelt war und sich neu entrollte, die zweite Tochter war? Weder sie noch ihre Schwester schienen zu glauben, dass Schwarz die einzig angemessene Farbe für eine Beerdigung war. Ich sah auf Familie Sonntag. Sie hatten sich für die traditionelle Farbe der Trauer entschieden. Frau Sonntag trug einen schwarzen Samtrock, den der Wind, wie es ihm beliebte, von links nach rechts oder von rechts nach links pustete. Dazu schwarze Stiefel und eine schwarze Daunenjacke. Er einen schwarzen Wintermantel, der ihm zu weit in den Schultern war. Er sah so aus, als hätte er ihn sich für diesen Anlass geliehen. Jonas war in einen dunkelblauen Anorak verpackt, auf dessen Rücken eine Sonne lachte. Ich fragte mich, ob Familie Sonntag von den Kindern zur Beerdigung eingeladen worden war oder ob sie Ort und Termin der Beerdigung über andere Kanäle in Erfahrung gebracht hatten. Auf jeden Fall war es mutig von ihnen zu kommen. Sich einem möglichen Eklat auszusetzen. Als Erbschleicher beschimpft und von der Beerdigung gejagt zu werden. Aber wahrscheinlich würde keines der Kinder von Werner Krieger eine Szene machen, jedenfalls nicht hier, nicht während der Trauerfeier für ihren Vater.

Schritt für Schritt rückte die Schlange, vom Wind durchpustet, vorwärts. Jetzt konnte ich besser sehen, was sich in der Nähe des Grabes tat. Ohne mich auf die Zehenspitzen stellen zu müssen. Ich sah den Wagen mit den ausgestellten Kränzen, deren Schleifen im Wind flatterten. Die Geschwister, die gerade vom Grab zurücktraten und sich ein paar Meter entfernt an den Friedhofsweg stellten. Andere Trauernde rückten nach, traten vor das Erdloch, griffen nach der Schaufel, entleerten Erde über dem Sarg. Anschließend gingen die Trauernden zu den Kindern und umarmten sie. Das entsprach der Etikette, den nächsten Angehörigen das Beileid auszusprechen.

Ob der Ablauf der Beerdigung den Wünschen von Werner Krieger entsprach? Der ein oder andere Zweifel war angebracht. In seinem Testament hatte er die leiblichen Kinder nicht erwähnt. Jetzt waren sie da. Und sie waren es, die die Beerdigung organisiert hatten.

Was mochten Peter und Usch Sonntag fühlen, die Menschen, die ihm in den letzten Wochen des Lebens am nächsten gewesen waren? Für sie hatte er Bonn verlassen. War zu ihnen gezogen. Hatte ein Haus gekauft, in dem sie zusammen wohnen konnten und doch getrennte Bereiche hatten. Für ihre Kinder hatte er Großvater gespielt. War zu Jonas' heißgeliebtem Opa geworden. Die Rücken vor mir verrieten nichts. Höchstens der Arm, mit dem sich Usch Sonntag bei ihrem Mann untergehakt hatte. Verriet er vielleicht, dass sie Beistand brauchte? Dass sie nicht ganz sicher auf den Beinen stand? Reine Mutmaßungen, stoppte ich mich. Webers Gesicht war nachdenklich. Woran dachte er? An seine Eltern, die jetzt noch rüstig waren, aber vielleicht schon bald hinfällig sein würden? An seine Mädels, die einmal an sein Grab treten würden? Ich dachte daran, dass ich es bisher versäumt hatte, ein Testament zu machen. War das die Blindheit der mittleren Generation? Die glaubte, dass vor ihr noch andere abtraten, dass sie nicht die nächste war?

Andererseits, was hatte ich schon zu vererben? Anna hätte vielleicht an meinem Plüschsessel Spaß. Beckmann an meinem Bett, in dem wir lustige Stunden verbracht hatten. Weber würde ich das Foto von Froböse verehren, damit konnte er Karriere machen. Wir rückten weiter an die Grabstelle heran.

Was ich zu vererben hatte, war auch nicht eindrucksvoller als die alte Miele-Einbauküche meiner Mutter. Von einer Generation zur nächsten hatte sich in meiner Familie in Sachen Erbe wenig getan. Meine Mutter hatte nichts zu vererben. Im Gegensatz zu Werner Krieger, dessen Vermögen eine Million Euro betragen hatte. Darum dürften sich die Kinder von Werner Krieger mit den Sonntags streiten. Es würde vermutlich Jahre dauern, bis die Gerichte entschieden hatten. Und ein Teil des Erbes würde von Rechtsanwälten aufgefressen werden.

Jetzt stand Peter Sonntag zusammen mit seiner Frau und Jonas am Grab. Der Wind fuhr ihnen über die Haare. Den kurzen dunklen Stoppeln von Peter Sonntag konnte er nichts anhaben, aber Uschs Haare mit den blonden Strähnchen blies er mal von links, mal von rechts in ihr Gesicht, und er ließ die blonden Locken von Jonas hüpfen. Ein Bild von einer Familie. Wie aus dem Werbeprospekt. Peter Sonntag führte die Hände des kleinen Jungen, setzte die Schaufel in die Erde, hob sie mit ihm zusammen hoch und warf ihren Inhalt in das Loch, vor dem sie standen. Eine Weile blieben sie stehen, dann traten sie zurück. Stellten sich an den Wegrand, ohne den Kindern von Werner Krieger ihr Beileid auszudrücken.

Ich trat zusammen mit Weber an das Grab. Der Wind blies mir frisch und kräftig ins Gesicht. ›Werner Krieger‹, gelobte ich, als ich eine Schaufel mit Erde auf den Sarg leerte, ›ich verspreche dir, dass wir deinen Mörder kriegen. Wir werden herausbekommen, wer es war. Du wirst deine Ruhe finden.‹ Ich trat vom Grab zurück, drehte mich um, der Wind trieb mich vorwärts in Richtung der Kinder.

Ich drückte zuerst die Hand der Tochter, die ich schon kennengelernt hatte, murmelte etwas, von dem ich annahm, dass man es in einer Situation wie dieser sagte. Der Wind hatte keinen Respekt vor einer Lehrerin und ließ ihren Trenchcoat flattern.

»Danke, Frau Stein.« Ihr Händedruck war fest. Ich war verblüfft, dass die älteste Tochter von Werner Krieger sich an meinen Namen erinnerte. Die Frau neben ihr, die ihren roten Schal zum Schutz gegen den Wind jetzt fest um den Hals verknotet hatte, musste die jüngste Tochter sein. Ich schüttelte eine kalte Hand und sah in blaue Augen, in denen die Tränen sich stauten. Der Mann neben ihr sah Werner Krieger zum Verwechseln ähnlich. Wenn man seine dunklen Haare durch weiße ersetzte. Die gleiche Nase, der gleiche sinnliche Mund. Auch wenn sein Gesicht viel schmaler war. Auch meine Reaktion war gleich. Genauso wie die auf die Fotos seines Vaters. Ich fragte mich, welches Gefühl in seinem Gesicht stand. Neugier? Dezente Langeweile? Distanzierte Freundlichkeit? Ich wusste es nicht. Erst jetzt sah ich den silbernen Ring, der in seinem rechten Ohr saß. Sein Händedruck war fest. »Ich danke Ihnen.« Die Stimme angenehm sanft.

Wir traten zur Seite. Ich wollte in der Nähe der Kinder bleiben, um in Erfahrung zu bringen, wie es weiterging.

Die ersten Trauernden traten den Rückzug an. Frau Sonntag und ihr Mann waren in der Ferne zu einem schwarzen Fleck geschmolzen. Wo war Jonas? Schon vorgelaufen?

Franka Krieger trat im flatternden Trenchcoat zu mir. »Wir gehen jetzt noch in das Friedhofscafé mit den Gästen.«

Der gleiche leicht ungeduldige Tonfall, den ich schon kennengelernt hatte. Als hätte sie tausenderlei Sachen im Kopf, die sie in kürzester Zeit abarbeiten musste. »Anschließend können Sie sich dann mit meinen Geschwistern unterhalten.«

Waren wir jetzt eingeladen mitzukommen, oder erwartete sie, dass wir draußen vor dem Café im Wind frieren und warten würden, bis ihre Geschwister fertig waren und zu uns herauskamen? Ich hasse Lehrerinnen. Aber das war kein wirklich neuer Gedanke für mich.

60

Liebe Edith,

ein Paar um die fünfzig hat unser Haus gekauft. Gestern haben sie den Kaufvertrag unterschrieben. Sie haben gesagt, sie hätten ein Leben lang davon geträumt, in einem frei stehenden Haus mit einem großen Garten zu leben.

Die Frau ist ganz verliebt in den Garten. Deinen Garten. Der Mann schwärmt von unserem Keller, da will er einen Fitnessraum einrichten. Die haben sich noch viel vorgenommen, die beiden. Das hat mir gefallen.

Am Nachmittag habe ich mich von Frau Heimer verabschiedet. Das war eine feuchte Angelegenheit, wie Du Dir vorstellen kannst. Von ihrer Seite, nicht von meiner. Sie war gerührt. Ich hatte einen großen Blumenstrauß besorgt und einen großzügigen Scheck für sie ausgestellt. Das hatte sie nicht erwartet. Für mich war das selbstverständlich, wo sie so viele Jahre bei uns gewesen ist und ich ihr so viel verdanke.

Als sie gegangen ist, habe ich die letzten Umzugskisten gepackt. Für den Abend habe ich eine Speditionsfirma bestellt. Die fahren regelmäßig in die Gegend und nehmen Deinen Sekretär, meinen Fernsehsessel und ein paar andere Sachen als Beiladung mit, das macht es billiger.

Heute früh bin ich mit dem neuen Wagen zu Alfons gefahren, um mich zu verabschieden von ihm. Jetzt sehe ich Dich lächeln. Na klar, ich bin stolz auf meine Neuerwerbung und wollte bei ihm ein bisschen damit protzen.

Ich habe Alfons in der Eingangshalle gefunden. Da hat er gesessen und eine Zeitung gelesen. Wie kann er sich da nur wohlfühlen. Es riecht nach Krankenhaus, und alle paar Minuten wird ein alter Mensch in einem Rollstuhl oder auf einem Bett mit Rädern an ihm vorbeigeschoben. Das Heim hat eine eigene Pflegeabteilung, deshalb hat Alfons es sich ja ausgesucht. Ich möchte nicht wissen, was das Ganze kostet. Dafür könnte er bestimmt in einem Luxushotel residieren. Aber die Menschen sind verschieden, und Alfons freut sich, dass er nur den Arm auszustrecken braucht, um auf einen dicken roten Knopf zu drücken. Stell Dir vor, Du verbringst Deine Tage damit, in der Nähe von diesen Knöpfen herumzusitzen. Für den Fall, dass Du einmal einen drücken musst. Alfons denkt, dass dann sofort jemand zu ihm kommt, um zu helfen, ihm das Leben zu retten. Dabei hat er lange genug die Krankenhausserien im Fernsehen geguckt. Die waren ihm fast noch lieber als seine Fußballspiele. Und da haben sie doch gezeigt, wie es beim Personal zugeht. Der Notruf schellt oder blinkt, und keiner merkt es, weil der Arzt gerade mit der Schwester ein Nümmerchen schiebt. Ich würde mir keine Illusionen über die Wirksamkeit der roten Knöpfe machen.

Alfons hat sich gefreut, als ich mich zu ihm gesetzt habe. Viel Besuch bekommt er nicht. Seine Schwester kommt manchmal mit ihrem Mann. Mehr Verwandte hat er ja nicht. Über das, was ich vorhabe, konnte er vor Staunen nur immer wieder den Kopf schütteln. ›Du warst immer schon ein verrückter Hund‹, hat er gesagt. Lieber ein verrückter Hund als einer, der sich aus lauter Angst zu den Kranken und Siechen gesellt, habe ich gedacht, aber das habe ich nicht ausgesprochen.

Du glaubst nicht, wie lange ich ihn bearbeiten musste, damit er aufgestanden und mit mir zum Wagen gelaufen ist. Kannst Du Dir das vorstellen? Er verlässt das Heim nur zu besonderen Anlässen. Das Gefühl hatte ich. Sein ganzes Leben spielt sich nur noch da drinnen ab, in der Nähe seiner geliebten roten Knöpfe. Dabei ist er zwei Jahre jünger als ich.

Alfons ist kerngesund. Er läuft wie ein junger Hund. Er braucht keinen Stock so wie ich. Er läuft so flott, dass ich Mühe habe mitzukommen. Wie ein Wiesel ist er die Stufen vom Wohnmobil hoch. Dabei hat er nicht aufgepasst und sich prompt den Kopf gestoßen. Kreidebleich war er im Gesicht. Vor Angst, dass er jetzt einen Hirnschlag kriegt. Du weißt ja, was für ein Hypochonder Alfons ist. Und nirgendwo ein roter Knopf, den er drücken kann. Das hat ihn geschafft. Ich habe den Tisch hochgeklappt, damit er sich auf die Bank legen konnte, und ihm ein feuchtes Tuch auf die Stirn gepappt. Ich habe ja alles in meinem Wagen, einen Wassertank, einen Kühlschrank, zwei Kochplat-

ten. Während Alfons sich ausgestreckt hat, habe ich ihm einen Tee gekocht. Und dann haben wir noch ein bisschen gesessen und gefachsimpelt. Was für einen Motor der Wagen hat, wollte er wissen, welche Technik, wie viel Liter er verbraucht. Und wir haben von all den Autos geredet, die wir einmal gefahren sind. Dem Goggomobil, dem VW mit dem geteilten Heckfenster, dem Opel Rekord Caravan, den wir als ersten Firmenwagen angeschafft haben. Und all die Typen, die danach kamen.

Du hättest Dich mit Sicherheit gelangweilt. Eine richtige Männerunterhaltung war das. ›Männer mögen Maschinen‹, hast Du immer gesagt. ›Die sind berechenbar, dabei fühlen sie sich sicher.‹ Natürlich hast Du recht. Aber ich hätte stattdessen mit Alfons nicht darüber reden können, wie es wirklich für ihn ist, in so einem Heim zu leben, keine anderen Ziele im Leben mehr zu haben, als einen Tag nach dem anderen hinter sich zu bringen. Wozu auch? Das ist ja kein erfreuliches Thema. Und so haben wir über unsere alten Renaults und Volkswagen und Fiats geredet. Über Gangschaltungen, Reifenmarken, Rost am Fahrgestell. Das hat uns Spaß gemacht. Allen beiden. Es war schön, davon zu reden, was wir alles bewegt haben, wo wir überall waren. Es hat uns daran erinnert, wie jung und wie stark wir einmal waren. Alfons hat dabei sogar vergessen, seine Beule zu kühlen. Morgen schimmert sie bestimmt in allen Farben und wird ihn an mich und meinen Besuch erinnern.

61

Das Café gegenüber dem Eingang zum Friedhof hieß ›Zur schönen Aussicht‹. Man konnte darüber rätseln, ob der Namensgeber ein schwarzhumoriger Witzbold oder ein unverbesserlicher Optimist gewesen war. Bei uns wurde das einschlägige Etablissement von allen nur die ›Tränenklause‹ genannt. Der offizielle Name interessierte keinen. Das war in Bonn bestimmt nicht anders. So unterschiedlich sind die Menschen nicht. Ob sie in Bonn wohnen, in Dortmund, in Paris oder in Marrakesch. Überall auf der Welt haben Menschen Methoden entwickelt, um sich vor diesem Schmerz, dem menschlichsten aller Schmerzen, zu schützen: vor dem Fluch der Endlichkeit, vor der begrenzten Verweildauer des Menschen auf Erden.

Ich setzte mich mit Weber an einen kleinen Tisch, von dem aus wir die Tischreihe, an der sich die Trauergäste niederließen, im Blick hatten.

Es dauerte, bis jeder seinen Platz gefunden hatte. Stühle wurden vorgerückt und wieder zurück, Packungen mit Papiertaschentüchern auf der Tischdecke platziert, Brillenetuis geöffnet und wieder geschlossen, Handtaschen mit ihren Henkeln an Stuhllehnen befestigt. Auch ein Platz, an dem ein Mensch sich nur für eine Stunde oder zwei niederließ, wollte angemessen und angenehm eingerichtet sein.

Ich war kurz davor, die Hoffnung aufzugeben, dass die Bedienung Weber und mich je wahrnahm, als das Wunder geschah. Sie ließ sich tatsächlich dazu herab, auch unserer kleinen Zweiergemeinschaft einen Besuch abzustatten. Ein Blick der Kellnerin stellte klar, dass es einzig einem Gnadenakt ihrerseits zu verdanken war, dass wir bleiben durften. Dass zwei einzelne Gäste in einem Beerdigungscafé eine Lachnummer waren im Vergleich zu dem, was sie täglich gewohnt war: Gesellschaften mit Minimum dreißig Personen.

Ich richtete mich darauf ein, dass wir erst bedient würden, wenn die Trauergesellschaft versorgt war. Aber manchmal hält das Leben auch angenehme Überraschungen bereit. Wir bekamen den Kaffee zügig und brauchten auf unsere Bestellung nicht lange zu warten.

Ich war auf Nummer sicher gegangen und hatte das bestellt, was diverse Werbezettel auf den Tischen als Spezialität des Hauses anpriesen: heiße Waffeln. Mein Kollege hatte sich mir angeschlossen.

Während wir warme Sauerkirschen auf dampfenden Waffeln verteilten, wurden an die Trauergesellschaft belegte Brötchen und Berge von Kuchen verfüttert. Süß oder sauer, darauf läuft es geschmacklich meistens hinaus.

Weber schaufelte mit dem Löffel Sahne auf seine Kirschen. Wir konzentrierten uns auf die Vernichtung der süßen Sachen, die wir auf unseren Tellern hatten.

Mein Kollege legte die Kuchengabel auf seinem Teller neben einer nur halb gegessenen Waffel ab.

»Hast du keinen Hunger?« In all den Jahren, die ich ihn kannte, war es das erste Mal, dass ich mit ihm in einem Lokal aß und er das, was er auf seinem Teller vorfand, nicht innerhalb von wenigen Minuten vollständig verspeiste.

»Ich hasse Beerdigungen.«

»Kann ich deine Waffel haben?«, fragte ich.

Er schob den Teller kommentarlos neben meinen.

»Die kriegen die Waffeln super hin«, schwärmte ich. »Findest du nicht?«

»Ich hasse Beerdigungen.« Er strich über seinen Bart. »Wer braucht Beerdigungen? Ich nicht.«

»Keiner will sie. Tote brauchen sie«, sagte ich mampfend. »Und manche Überlebende auch.«

»Ist doch ätzend.« Er blickte zu dem Tisch hinüber, an dem die Trauergesellschaft saß. »Einer, den sie gekannt haben, gibt den Löffel ab, und die schlagen sich den Bauch voll.«

»Warum denn nicht?« Ich spießte mit der Gabel das letzte Stück von Webers Waffel auf. »Essen hält Leib und Seele zusammen. Wenn die Brötchen mit Mettwurst deine Speiseröhre runterrutschen, weißt du, dass du noch am Leben bist.«

»Warten wir jetzt, bis die alle fertig sind, und reden dann mit den Kindern?«, fragte mich Weber mit düsterem Blick. »Das dauert Stunden.«

»Das dauert keine Stunden«, widersprach ich. »Das geht ganz schnell.« Ich legte meine Kuchengabel satt und zufrieden neben zwei leer gegessene Kuchenteller. »Guck sie dir doch an. Die sitzen steif wie die Heringe da. Wenn die zu Ende gegessen haben, verdrücken sie sich.«

Selbst Weber musste merken, dass die Stimmung am Tisch

der Trauergesellschaft eher gedämpft war. Die meisten hielten den Kopf über ihren Teller gebeugt und taten so, als würde das Essen ihre ganze Aufmerksamkeit fordern. Einige zersägten die Brötchenhälften mit ihrem Messer in kleine Stücke, bevor sie sich ein Häppchen nach dem anderen zwischen die Lippen steckten. Gebissträger vermutlich.

»Ich will so was auf meiner Beerdigung nicht.« Weber fegte nicht existierende Krümel vom Tisch.

»Das ist die normale Nummer«, sagte ich. »Wenn du was anderes haben willst, musst du dich kümmern. Und es früh genug in dein Testament schreiben. Hast du eins?«

»Ich habe eine Lebensversicherung, eine Krankenversicherung, eine Haftpflichtversicherung«, zählte er auf, »eine Ausbildungsversicherung für die Kinder, einen Bausparvertrag, eine Versicherung fürs Auto, worum soll ich mich noch kümmern?«, giftete er. »Zwischendurch arbeite ich, ziehe Kinder groß, zoffe mich mit Inga, und in den verbleibenden freien Sekunden versuche ich zu leben.«

»Okay, okay«, lenkte ich ein. »Ich versteh dich. Ich hab das mit einem Testament auch noch nicht gebacken gekriegt bisher. Was für eine Beerdigung hättest du denn gern?«

»Nur Inga und die Kinder und du und ein paar Freunde.«

»Kriegen wir auch was zu essen? Oder gibt's nur Mineralwasser?«

»Ist das alles, woran du denkst?« Er verzog angewidert den Mund. »Ans Essen?«

»In Anbetracht der Endlichkeit des menschlichen Lebens sollte niemand die leiblichen Genüsse geringschätzen.« Ich schleckte mit der Zunge die letzten Sahnereste von meinem Löffel.

»Wir sollten uns ein paar von den Leuten da drüben packen.« Weber blickte hinüber zum Trauertisch. »Die haben alle Werner Krieger gekannt, die haben bestimmt mehr als eine Idee, wer ihn umgenietet haben könnte.«

»Kann gut sein«, gab ich zu. »Bestimmt hast du recht. Aber willst du jetzt die Personalien von allen da drüben am Tisch feststellen und sie anschließend alle ins Bonner Polizeipräsidium einladen?«

»Personalien festzustellen brauchen wir nicht. Es gibt ein Buch, in das sich alle eingetragen haben«, belehrte Weber mich. »Über das Trauerbuch kriegen wir alle, die heute auf der Beerdigung waren.«

»Nur die, die sich ins Trauerbuch eingetragen haben. Und willst du wirklich alle, die sich da verewigt haben, einladen? Das ist 'ne Heidenarbeit, die alle zu einer Vernehmung zusammenzutrommeln. Das sind doppelt so viele wie die, die jetzt da drüben sitzen«, warnte ich. »Mindestens.«

»Vielleicht kriegen wir das auch weniger arbeitsintensiv hin?« Er zupfte an seinem Bart. »Was meinst du?«

»Na ja.« Ich überlegte. »Wir könnten uns beide da drüben unter die Gesellschaft mischen, die Ohren aufhalten und hier und da nachfragen.«

»Irgendwie doof.« Weber zwirbelte die Enden des Barts nach oben. »Wenn wir uns da von Anfang an hingesetzt hätten. Aber jetzt ist es blöd. Blöd und auffällig.«

Weber hatte recht. Dort drüben an der Trauertafel hatte jeder seinen Platz. Jeder seinen Teller, seine Tasse, seine Serviette, seinen Stuhl. Wenn wir uns jetzt daruntermischten, würden wir sie nur aufscheuchen. Das Chaos wäre perfekt. Ich dachte nach.

»Es gibt eine unkonventionelle Lösung«, verkündete ich. »Aber die funktioniert nur, wenn du mitmachst. Wenn wir das zusammen durchziehen.«

Ich beobachtete einen ältern Herrn mit Glatze, der sich von seinem Stuhl erhob.

»Sag schon«, forderte mein Kollege. Und folgte meinem Blick. Auf den älteren Herrn, der jetzt den Trauertisch verließ, zum Tresen lief und den Mann dahinter etwas fragte.

»Wo gehen alle hin?«, fragte ich. »Wo treffen wir alle, früher oder später?«

»Auf dem Friedhof. In einer Holzkiste zwei Meter unter der Erde«, kam es wie aus der Pistole geschossen von Weber.

»Er legt sich in keine Holzkiste«, stellte ich fest. »Noch nicht.«

Wir verfolgten beide mit unseren Blicken den älteren Herrn, der in einen Gang eintauchte, der ihn aus unserer Sichtweite entfernte.

»Und, wo läuft der hin?« Weber zupfte unschlüssig an seinem Bart.

»Dreimal darfst du raten. Wohin verdrücken sich die Menschen in einem Café von einer Kaffeetafel?«

Das Aufleuchten in seinen Augen verriet mir, dass er verstand, worauf ich hinauswollte. »Aufs Klo?«

»Bravo«, lobte ich. »Sie haben neunundneunzig von hundert Punkten gewonnen.«

»Und?« Webers Stirn legte sich in Falten. »Was heißt das jetzt für uns?«

»Weber«, seufzte ich. »Also manchmal frage ich mich, womit ich dich verdient habe. Wie wär's mit etwas Phantasie? Wo treffen wir jeden der Trauergäste früher oder später? Und wenn du jetzt nochmal Friedhof sagst, würge ich dich ...«

»Auf dem Klo.«

Er hatte es erfasst. Hurra.

»Aber was hat das mit uns zu tun?«

»Dreimal darfst du raten.«

»Du meinst ... Nein, das meinst du nicht wirklich ...«

Er sah mich fragend an. Ich hielt seinem Blick stand.

»Aufs Klo? Und da mit den Leuten reden? Ist es das, was du willst?«

»Hast du 'ne bessere Idee? Hier sitzen? Und glotzen?« Ich wandte den Kopf Richtung Trauertafel. »Das bringt's ja wohl nicht. Auf dem Klo hören wir was, und wenn wir wollen, können wir mit ihnen sprechen. Ist eindeutig eine Verbesserung, finde ich.«

Webers Gesicht hellte sich auf. »Und wir brauchen sie nicht alle offiziell zu befragen und ein Protokoll für jeden einzelnen von ihnen zu machen.«

»Bingo.« Ich hielt meinen Daumen hoch. »Du hast es erfasst.«

»Aber wie stellst du dir das vor? Soll ich jetzt aufs Männerklo und mich ans Pissoir stellen und die Ohren aufklappen?«

»Ist bestimmt ein klasse Ort, um was zu erfahren.«

»Dann halten die mich für'n schwulen Spanner und rufen die Sitte.«

»Du könntest dich an die Waschbecken stellen und sie abpassen, nachdem sie am Pissoir waren«, schlug ich vor. »Mit ihnen von Mann zu Mann nett plauschen.«

»Und du?«

»Ich gehe aufs Frauenklo.«

»Sollen wir nicht tauschen?« Weber grinste lüstern. »So ein Frauenklo finde ich auch nicht schlecht.«

»Weber«, brummte ich. »Ich will in keinem Prozess wegen sexueller Belästigung gegen meinen Partner aussagen. Schmink dir das ab.«

»Also du aufs Frauenklo und ich aufs Männerklo«, gab Weber sich geschlagen. »Wie langweilig.«

62

Liebe Edith,

ich werde morgen früh durchstarten. Endlich. Mein altes Leben hinter mir lassen und für immer zu Peter und Usch und Jonas und Lily fahren. Zum ersten Mal nicht mit dem Zug. Vor der Fahrt ist mir nicht bange. Das Fahren mit dem neuen Wagen macht richtig Spaß. Ganz hoch throne ich vorne vor der breiten Frontscheibe. Man hat eine ganz andere Aussicht als im Mercedes. Und das Fahren ist weniger anstrengend. Wie im Cockpit von einem Flugzeug fühle ich mich. Aber ich passe auch auf. Wenn ich merke, dass ich müde werde, oder wenn ich einen leichten Druck im Kopf fühle, fahre ich sofort auf den nächsten Parkplatz und ruhe mich aus. Dann strecke ich mich hinten auf der Bank lang aus, schließe die Augen und mache ein Nickerchen. Was für ein Luxus, Zeit zu haben. Sich Zeit nehmen zu können.

Früher konnte ich das nicht. Da haben die Kunden über meine Zeit verfügt. Und in der Klinik haben mich die Ärzte von einem Termin zum nächsten gescheucht. Jetzt gehört die Zeit mir. Das genieße ich. Ich fahre erst weiter, wenn ich mich frisch und erholt fühle. Meist mache ich mir vorher noch einen kleinen Kaffee. Manchmal löse ich dabei noch eines meiner Rätsel. Die liegen hinten immer in der Schublade parat. Begrüßung auf Spanisch mit vier Buchstaben. Französischer Fußballheld, der im Kampf um die Weltmeisterschaft mit Rot vom Platz gehen musste, sechs Buchstaben. Mit solchen Sachen halte ich mein Gehirn fit. Du siehst, so ein Wohnmobil ist das Richtige für einen alten Kerl wie mich.

Das Auto hätte Dir auch gefallen, Edith. Ich bin mir sicher. Warum haben wir uns so einen Wagen nicht angeschafft, als ich das Geschäft aufgegeben habe? Das Geld dafür hatten wir doch. Warum haben wir uns nur unsere Nasen an den Fensterscheiben der Autohändler platt gedrückt? Warum haben wir uns nicht einmal in eins gesetzt und eine Probefahrt gemacht? Wenn wir einmal eingestiegen wären, hätten wir uns eins gekauft. Warum haben wir uns das nicht getraut? Und warum haben wir unsere Kanada-Pläne so lange aufgeschoben?

Heute schiebe ich nichts mehr auf. Ich weiß, dass einzig der Moment zählt. Der, in dem ich jetzt gerade lebe. Der, in dem ich Dir diesen Brief schreibe. Weil ich nicht sicher sein kann, dass ich den nächsten Moment noch erlebe.

Ein bisschen mulmig ist mir schon, wenn ich daran denke, wie alles werden wird. Was ist, wenn etwas schiefgeht, frage ich mich manchmal. Wenn Peter und Usch nur auf mein Geld spekulieren. Vielleicht nehmen sie mich nur bei sich auf, weil ich Geld habe, weil sie hoffen, dass ich ihnen Geld leihe, damit sie sich ihren Traum erfüllen können, ein Restaurant aufzumachen. Aber so sind die beiden nicht, Edith. Das glaube ich nicht. ›Glauben ist nicht wissen‹, sagen die Leute. Und sie sagen das mit Recht. Was ich vorhabe, ist und bleibt ein Abenteuer. Ein Abenteuer mit Risiko. Und unsicherem Ausgang.

Selbst wenn es schiefgehen sollte, Edith. Ich bin stolz, dass ich mich auf das Abenteuer eingelassen habe. Dass ich alles dafür tue, in diesem Leben noch zu bekommen, was ich mir wünsche: einen neuen Anfang, eine neue Familie. Wenn es nicht klappen sollte, setze ich mich einfach in mein Auto und fahre weiter. Ich habe hier ja alles, was ich brauche. Ein Bett und ein Dach über dem Kopf. Ein Zuhause, das ich überallhin mitnehmen kann. Die Welt steht mir offen. Wer wollte mich daran hindern? Es gibt keine Gesetze, die verbieten, dass ein alter Mann von dreiundsiebzig allein in einem Auto durch die Welt bummelt. Und was heißt schon allein. Überall an den Tankstellen und Autobahnauffahrten siehst du junge Leute, die sich freuen, wenn ein Auto hält und sie ein paar Kilometer mitgenommen werden. Keiner braucht allein und einsam zu sein. Man muss nur raus in die Welt, schon ist man unter Leuten. Ich hätte nicht gedacht, dass es so einfach ist.

Warum erzählt das keiner den Alten, dass sie nicht zu Hause rumsitzen sollen und fernsehen? Warum sagt ihnen keiner, dass sie rausmüssen? Dass sie nur draußen Leute treffen können, am Leben teilnehmen. Warum sagt ihnen das keiner, obwohl es so einfach ist? Auch mit einer Gehhilfe oder mit einem Rollstuhl kommst du zu einer Parkbank, wo du auf andere Menschen triffst, die sich neben dich setzen und offen für ein paar freundliche Worte sind. Das ist so einfach, und es kostet nichts. Das ist der springende Punkt, glaube ich, niemand sagt ihnen so etwas, weil es nichts kostet, weil es gratis ist. Daran kann keiner verdienen. Man kann nur verdienen, wenn die Alten zu Hause hocken und sich Sorgen machen. Dann kann man ihnen Versicherungen verkaufen, Alarmsysteme aufschwätzen und Gitter für die Fenster. Abführmittel, die man nicht brauchte, wenn man ein paar Schritte an der frischen Luft laufen würde. Genauso wenig wie Pillen, die die Stimmung aufhellen. Als ich in der Klinik war, hat ein Spaziergang durch den Park jedes Mal meine Stimmung aufgehellt, selbst in den düsteren Tagen.

Ich bin froh, dass ich mich entschieden habe, raus in die Welt zu gehen, mein altes Leben hinter mir zu lassen und ganz neu anzufangen. Zurückgehen will ich nicht. Zurückgehen werde ich nicht.

63

Ich betrat den Vorraum der Damentoilette. Fünf Waschbecken, darüber fünf helle Neonröhren. An der Wand darunter fünf silberne Halter. Mit einem Seifenspender aus weißem Porzellan.

Vor einem der Becken stand eine weißhaarige Dame.

»Guten Tag«, grüßte ich.

Den Kopf in den Nacken gelegt, tröpfelte sie eine Flüssigkeit in ihre Augen.

»Guten Tag«, grüßte sie zurück, tröpfelte weiter, ohne mich anzuschauen.

Du machst es wie sie, dachte ich. Du nimmst dir ein Waschbecken und richtest dich da häuslich ein.

Meine Füße schmerzten. Vielleicht konnte ich die Gelegenheit nutzen und mir was Gutes tun.

Ich zog meine Schuhe aus, stand da auf Socken, drehte den Hahn auf. Das Wasser sprudelte ins Becken. Mit einer Hand prüfte ich die Temperatur, mit der anderen drehte ich am Hahn, bis ich eine angenehme Mischung von Warm und Kalt hinbekam. Dann blockierte ich mit einem schwarzen Gummistopfen den Abfluss. Das Wasser sammelte sich im Becken.

Ich zog eine Socke von meinem rechten Fuß und maß die Entfernung vom Boden bis zum Becken. Schaffte ich es, mein Bein in einem Schwung von unten bis hoch ins Waschbecken zu bewegen? Es war den Versuch wert.

Ich konzentrierte mich auf mein rechtes Bein, holte Schwung. Zufrieden blickte ich auf meinen Fuß, der mit einem Platsch im warmen Wasser gelandet war. Ein Plus hatte mein Job. Er hielt mich körperlich fit.

Die Frau am Nachbarwaschtisch blickte auf das Wasser, das in meinem Waschbecken aufspritzte. »Geschwollene Füße?« Sie stopfte das Fläschchen, mit dem sie sich etwas in die Augen getropft hatte, in ihre Handtasche.

»Das Laufen über den Friedhof«, stöhnte ich. »Meine Schuhe sind noch ganz neu.«

»Oje.« Ihr Blick war mitfühlend. »Neue Schuhe sind schlimm.«

»Das Leder ist so verdammt hart.«

»Sie müssen Urin reinkippen und damit durch die Wohnung laufen«, riet sie mir. »Das Leder wird butterweich.«

»Wirklich?«

»Sicher.« Sie holte einen Stielkamm aus ihrer Tasche und fuhr damit durch eine weiße Locke. »Es gibt nichts Besseres.«

Ich knetete meinen Fuß im Waschbecken. Die Begegnung mit dem warmen Wasser und mit meinen massierenden Händen hatte einen äußerst wohltuenden Effekt auf meinen Fuß und auf mich.

»Haben Sie einen nahen Angehörigen beerdigt?«, fragte ich.

»Nein, nein«, versicherte sie mir. »Ich war auf der Beerdigung von meinem Chef, meinem früheren Chef.«

»War das wenigstens ein netter Mensch?« Ich spielte mit meinen Zehen im Wasser.

»Er hat einen ans Arbeiten gebracht.« Sie zupfte an einer Locke rechts und trat näher an den Spiegel heran. »Aber er hat einen auch gelobt und gesehen, was man gemacht hat. Ein guter Chef. Auch menschlich.«

»Nach so was kann man mit der Lupe suchen.« Ich griff mir zwei Papierhandtücher aus dem Spender an der Wand und ließ eines nach dem anderen auf den Boden segeln.

»Da haben Sie recht.« Sie zog jetzt mit einem Lippenstift die Konturen ihres Mundes nach. »Ich wüsste zu gern, woran er gestorben ist.«

»Das wissen Sie nicht?« Ich setzte meinen Fuß mit Schwung vom Waschbecken auf die Papierhandtücher, die auf dem Boden lagen. Wasser spritzte.

»Man munkelt, dass er einem Verbrechen zum Opfer gefallen ist. Ist das nicht schrecklich?« Sie presste die roten Lippen auf ein Stück Toilettenpapier.

»Grauenhaft«, bestätigte ich.

»Ein Verbrechen.« Sie warf das Papier in den Abfalleimer. »Für die Kinder ist das ganz fürchterlich.«

»Wie meinen Sie das?« Ich zog die Socke von meinem linken Fuß. »Tot ist tot, oder nicht?«

»Das kann nur so eine junge Frau wie Sie sagen.« Sie bedachte mich mit einem strengen Blick.

»Was hat das mit dem Alter zu tun?« Würde ich es schaffen, mein linkes Bein genauso locker mit Schwung hoch ins Waschbecken zu befördern? Elegant war etwas anderes, aber ich schaffte es.

»Der schlimmste Tod ist der, der überraschend eintritt. Mit dem niemand gerechnet hat«, belehrte die weißhaarige Dame mich. »Weil niemand Zeit hat, sich darauf einzustellen.«

»Da ist was dran«, stimmte ich ihr zu.

»Also das ist schon mal fürchterlich für die Kinder, dass das so plötzlich kam.«

»Wie alt war Ihr Chef denn?«

»Über siebzig«, verriet sie mir bereitwillig. »Aber topfit.«

»Dann kann man verstehen, wenn es die Kinder unvorbereitet trifft.«

»Das ist ganz furchtbar für sie, für alle drei. Die haben ihren Vater vergöttert.« Sie klemmte ihre Tasche unter die Achsel. »Das wird schlimm für sie. Aber man kann niemandem den Schmerz abnehmen.«

»Nein«, stimmte ich ihr zu, während ich aus dem Seifenspender flüssige Seife in meine Handfläche tropfen ließ. »Im Schmerz ist jeder für sich.«

»Stellen Sie sich vor.« Sie blieb auf ihrem Weg zur Tür neben mir stehen. »Die Kinder haben mir erzählt, dass er in die Hände von Leuten gefallen ist, die ihn ausgenutzt haben. Die haben ihm sogar verboten, dass er zu den eigenen Kindern Kontakt hält.«

»Nein?«, staunte ich. »So was gibt's? Wer sagt das?«

»Die wollten sein Geld«, verriet sie mir. »Das hat mir eine ehemalige Kollegin erzählt. Ist das nicht schrecklich, dass sich heute alles nur noch ums Geld dreht?«

»Das hört man häufig.« Ich massierte meinen linken Fuß im warmen Wasser. »Leider.«

»Was machen Ihre Füße?«, fragte sie. »Besser?«
Ich nickte. »Eine Wohltat, so ein Fußbad.«
»Trotzdem.« Sie zeigte auf die Schuhe am Boden. »Die müssen Sie mit Urin einlaufen.«
»Ich probier's«, versprach ich. »Noch heute Abend.«
»Nicht vergessen«, gab sie mir mit auf den Weg, bevor sich die Tür hinter ihr schloss.
Ich rekapitulierte in meinem Kopf, was ich von ihr erfahren hatte. Die Kinder von Werner Krieger waren nett, das Ehepaar Sonntag, die Eltern von Jonas, geldgierige Geier.
Die Tür öffnete sich, und eine Frau, die ich schon kennengelernt hatte, kam herein. Ungläubig musterte sie mich, die Socken am Boden, meinen rechten Fuß, der auf einer Papierlage stand, den linken Fuß im Waschbecken.
»Probleme?«, fragte Frau Lehrerin mich mit einem süffisanten Lächeln. Als ob die Probleme anderer ihre Stimmung um zehn Prozent mindestens aufhellten.
»Neue Schuhe«, seufzte ich.
»Man sollte Schuhe nie zu klein kaufen.« Ein strenger Blick tadelte mich. »Das ist der größte Fehler bei Schuhkäufen. Man sollte Schuhe immer nur nach einem anstrengenden Tag kaufen, wenn die Füße geschwollen sind.«
»Sie haben ja so recht«, säuselte ich. »Jetzt weiß ich das auch.«
»Das Leben ist eigentlich ganz leicht«, verkündete sie.
»Leicht?«, fragte ich ungläubig.
Sie lächelte überlegen. »Wenn man sich im Vorfeld ein bisschen über eine Sache informiert, sich mit ihr auseinandersetzt.«
»Vorsicht ist die Mutter der Porzellankiste? Wenn ich vorsorge, klappt alles?«, fragte ich.
»Vielleicht nicht alles«, lächelte sie. »Aber das meiste.«
»Ich bin kein Typ für die Vorsorge.«
»Das glaube ich Ihnen gerne.« Mit gerümpftem Näschen blickte sie auf meinen Fuß im Waschtisch. »Man trägt keine neuen Schuhe, wenn man über Friedhofswege laufen muss.«
»Sagen Sie mir eins?«

»Ja?« Sie sah aufmerksam in mein Gesicht.

»Wo lernt man so was? Vorausschauend denken, das Richtige machen. Oder ist das schon in den Genen angelegt?«

»Wenn ich Ihnen antworte, halten Sie mich für hochnäsig.«

»Bestimmt nicht«, log ich.

»Ich glaube ...« Sie blickte nicht auf mich, sondern auf ihr eigenes Gesicht, das der Spiegel ihr zeigte. Mit einem Finger legte sie eine Haarsträhne zur Seite. »Dass man intelligent analysieren muss, seine Schlüsse ziehen und handeln. Dann klappt alles.«

»Ist das angeboren oder erlernt?«, fragte ich.

»Keine intelligente Frage«, rügte sie mich.

»Warum nicht?«

»Weil das kein Entweder-Oder ist. Ich kann nur intelligent analysieren, wenn ich über eine gewisse Intelligenz verfüge, als angeborene Begabung. Aber erst die ständige Übung entwickelt sie.«

»Was würden Sie mir empfehlen«, fragte ich. »Welchen Weg sollte ich gehen, um den Mörder Ihres Vaters ausfindig zu machen. Haben Sie einen Tipp für mich?«

»Frau Stein.« Sie lächelte mich mitleidig an. »Sie sind ein Profi in Ihrem Fach. Denken Sie, ich bin so eitel, dass ich mich von Ihnen einwickeln lasse? Den Mörder meines Vaters zu finden ist Ihr Job. Und ich bin sicher, Sie werden ihn ordentlich machen.«

»Ich will Sie nicht einwickeln«, versicherte ich. »Ich will wirklich nur einen Tipp. Wir sind dankbar für jeden Hinweis.«

Sie strich sich die Haare aus dem Gesicht. »Wenn Sie immer noch nicht wissen, wer meinen Vater ausgenutzt und ausgenommen hat, dann tun Sie mir leid.«

»Sie glauben, dass das Ehepaar Sonntag ihn auf dem Gewissen hat? Haben Sie dafür konkrete Anhaltspunkte?«

»Warum sucht sich jemand einen älteren Herrn, nimmt ihn bei sich auf? Entfremdet ihn seinen Kindern.«

»Entfremdet? Können Sie mir das erklären?«

»Ich glaube nicht, dass mein Vater ohne ihren Einfluss den Wunsch gehabt hätte, den Kontakt zu den eigenen Kindern abzubrechen.«

»Sie müssen eine Menge Wut auf die Sonntags haben.«

»Hätten Sie das nicht, wenn jemand die Beziehungen zu ihrem Vater unterwandert?«

Ich dachte an meine Mutter. »Außer er oder sie hätte gute Gründe.«

»Was für Gründe?« Sie lachte bitter. »Meine Geschwister und ich, wir haben alles für unseren Vater getan. Ein Leben lang. Obwohl er uns nicht mit Samthandschuhen angefasst hat.«

»Warum hat Ihr Vater eine neue Familie gesucht? Was denken Sie?«

»Mein Vater war ein Egomane, das habe ich Ihnen schon erzählt. Er sah nur sich. Er wollte immer jemanden um sich haben. Jemanden, der allzeit zu seiner Verfügung stand. Der ihm sein Leben unterordnete. Wie meine Mutter das zeit ihres Lebens getan hat.« Sie verschränkte die Arme vor der Brust. »Er ist nie erwachsen geworden. Das waren die Bedürfnisse eines Säuglings. Und diese Leute haben das erkannt und gnadenlos ausgenutzt.«

»Haben Sie Ihren Vater geliebt?«, fragte ich.

»So bedingungslos und verzweifelt, wie jedes Kind seinen Vater liebt.« Sie seufzte. »Und genauso hoffnungslos.«

»Was meinen Sie damit?«, fragte ich.

»Ach, Frau Stein.« Sie sah mich mit ernsten und traurigen Augen an. »Wissen Sie wirklich nicht, wovon ich rede? Haben Sie keine Eltern? Keine Mutter? Keinen Vater? Das würde mich wundern, wirklich …«

64

Liebe Edith,

offiziell umgemeldet bin ich noch nicht. Ich nehme es mir vor, aber es gibt tausend Dinge, die wichtiger sind als der Gang zum Einwohnermeldeamt. Das Abmelden in Bonn habe ich schlicht vergessen. Ich wohne jetzt in der Giesebrechtstraße, wer das wohl war? Auf jeden Fall jemand, der nicht mehr lebt, die

Straßen werden ja nach den Toten benannt. Sobald ich mehr Zeit habe, werde ich versuchen herauszufinden, wer der Herr Giesebrecht gewesen ist. Es sind ja meist Männer, nach denen die Straßen benannt werden. Er soll in Frieden ruhen, ich gönne es ihm.

Ich für meinen Teil fühle mich quicklebendig. Der Mensch ist nicht für die Einsamkeit gemacht, Edith. Ich genieße es, wieder in einer Familie zu leben. Teil einer Familie zu sein. Heute kann ich mir gar nicht mehr vorstellen, wie selbstverständlich das früher für mich war – und wie oft einfach nur lästig.

Jeden Tag stelle ich mir den Wecker auf halb sieben. So früh fange ich den Tag an, damit ich nicht hetzen muss. Ich gieße kochendes Wasser über meinen Pulverkaffee und ziehe mich in aller Ruhe an. Punkt sieben greife ich mir meinen Stock und klettere die Stufen des Wohnmobils herunter. Usch und Peter wollten nicht, dass ich im Auto schlafe. Aber ich habe mich durchgesetzt. Sobald ich auf die Schelle drücke, ist Jonas an der Tür und hält sie für mich auf. ›Opa ist da‹, ruft er laut, als wäre es für ihn immer noch schwer zu glauben, dass er einen Opa bekommen hat, und dann packt er meine freie Hand und zieht mich durch den Flur in die Küche an den Frühstückstisch.

Wie gut das morgens in der Küche duftet. So wie bei uns früher am Sonntag, wenn ich einmal Zeit für ein richtiges Frühstück hatte. Da hat es bei uns genau so gerochen, wie es jetzt morgens in der Küche von Usch riecht. Nach Kaffee und nach frischen Brötchen. Usch fährt schon ganz früh mit dem Fahrrad zum Bäcker. Auch wenn es regnet, macht sie das. Ich habe ihr angeboten, die Brötchen zu holen, aber sie findet, es reicht, wenn ich Jonas morgens zum Kindergarten bringe. Dafür übernimmt sie die Brötchen. Das ist typisch für Usch. Sie will immer, dass alles gerecht aufgeteilt ist. Ich esse morgens nicht viel, ein Brötchen mit Butter und Uschs Marmelade. Genau wie Du macht sie aus den Beeren im Garten Gelee. Morgen werde ich mit ihr zusammen Stachelbeeren einkochen. Usch hat gesagt, wenn ich möchte, kann ich dabei helfen. Ich bin gespannt. Zum ersten Mal in meinem Leben koche ich Marmelade. Erkennst Du den alten

Küchenmuffel noch wieder? Da siehst Du, dass selbst so ein alter Kerl wie ich sich noch ändern kann.

Jonas mag keine Marmelade. Er isst morgens immer nur das eine: seine heißgeliebten Cornflakes. Er besteht darauf, sie selbst aus der Packung in den Teller zu schütten. Wenn es dann raschelt, kurz bevor sie aus der Tüte springen, wird Usch immer etwas nervös. Sie guckt überallhin, bloß nicht auf die Packung. Du kannst Dir vorstellen, wieso. Oft genug landen die Cornflakes überall, nur nicht auf Jonas' Teller. ›Oh‹, sagt er dann mit krauser Stirn und drückt mir die Packung in die Hand. ›Jonas muss üben.‹ Ich darf die Packung zumachen und vom Tisch räumen. Usch seufzt dann und fischt mit dem Löffel die Cornflakes aus ihrer Kaffeetasse. Sie schimpft nicht. Das verkneift sie sich. Sie weiß, dass Jonas nur lernen kann, wenn es auch mal danebengeht. ›Jonas muss noch üben.‹ Das hat Usch immer zu Peter gesagt, wenn der Kleine Milch verschüttet hat oder seinen Pullover falsch herum angezogen.

Und jetzt plappert er Uschs Satz nach, wenn er etwas nicht so ganz hinbekommt. Du kennst das sicher alles, Edith. Aber für mich ist das neu. Und ich komme aus dem Staunen nicht heraus. Was die Kleinen alles lernen müssen. Und wie schwierig das ist für ihre kleinen Hände. Heute nach dem Frühstück hat Jonas versucht, seine Schuhe selber anzuziehen. Er hat die Schuhbänder nicht genug gelockert, die Schuhe nicht weit genug aufgemacht. Und er ist nicht hineingekommen. Ein paar Mal hat er es probiert, dann hat er aufgegeben. ›Opa muss helfen‹, hat er mit ernstem Gesicht festgestellt, ›Jonas muss üben.‹ Das ist so komisch. Da musst du einfach lachen. Innerlich. Denn den Kleinen darfst du ja nicht auslachen.

Ich glaube, ich wäre ganz anders mit Johannes umgegangen früher, wenn ich gewusst hätte, wie kompliziert die einfachsten Sachen für die Kleinen sind. Die Schuhbänder zu einer Schleife zusammenzuziehen zum Beispiel. Das will Jonas unbedingt lernen. Es ist sein großes Ziel. Er guckt meinen Händen aufmerksam zu, wenn ich eine Schleife binde, als würde er sich die Bewegung jedes Fingers merken. Dann ziehe ich die Schleife wieder auf, und Jonas probiert, und ich sehe, wie die kleinen Hände verzweifelt mit den Enden kämpfen, ziehen und zerren und binden, nur eine Schleife wird nie daraus.

Heute habe ich die Geduld, die mir bei meinen eigenen Kindern gefehlt hat. Ich freue mich, dass Jonas zu mir kommt mit allem, wobei er Hilfe braucht. Jedes Mal, wenn er zu mir kommt, werde ich von einer warmen Welle durchflutet. Ich bin dankbar, dass mein Traum sich erfüllt, dass ich Jonas etwas geben kann, was ich unseren Kindern nicht geben konnte: Zuwendung und Unterstützung, Aufmerksamkeit.

65

»Männer sind Schweine«, stöhnte Weber, als er sich zu mir an den Tisch setzte.

»Traue ihnen nicht, mein Kind«, trällerte ich.

Die Trauergesellschaft an ihrem langen Tisch befand sich im Aufbruch. Stühle wurden zurückgesetzt, Taschen vom Stuhl genommen und über die Schulter gehängt, Jacken übergezogen.

»Rat mal, wie viel Männer sich die Hände waschen nach dem Pinkeln?«, fragte mein Kollege mich mit düsterem Blick.

»Die Hälfte?«, schätzte ich.

»Einer von acht«, klärte er mich auf.

»Zu viel Sauberkeit schadet der Gesundheit«, ergriff ich die Partei der Schmutzfinken. »Das sagen die Ärzte. Schmutz fördert die Abwehrmechanismen des Körpers.«

»Das glaubst du nicht wirklich.« Er griff mit der Hand die Tasse und führte sie zum Mund. »Erst hältst du deinen Schwanz und dann sone Tasse. Ohne dir die Hände zu waschen. Ekelhaft.«

»Es gibt Schlimmeres.«

»Was denn?« Weber glotzte mich verständnislos an.

»Du gehst aufs Klo, pinkelst und drückst anschließend mit

den ungewaschenen Fingern das Mett auf die Brötchen der Gäste.«

»Igitt.« Weber gruselte sich.

»Hast du noch was erfahren bei deinen Recherchen?«, fragte ich. »Außer, dass Männer Schweine sind?«

»Männer reden nicht, wenn sie pinkeln.« Er zupfte an seinem Bart. »Das ist nicht so wie bei euch Weibern. Ich wusste von Anfang an, dass das nichts bringt.«

»Warum hast du's dann gemacht?«, explodierte ich. »Wenn du dir so sicher warst.«

»Zu schwach.« Mein Kollege seufzte. »Sich gegen die Pläne einer Frau zu stellen kostet Kraft.«

»Du warst lange auf dem Klo, dafür dass es nichts gebracht hat.«

»Ich war nur kurz auf dem Klo. Als es Plan A nicht gebracht hat, bin ich auf Plan B umgestiegen.«

Er drehte den Kopf. Was hatte er da im Visier? Die Theke. Zwei ältere Herren standen neben einem leeren Barhocker am Tresen. Der Wirt schenkte ihnen die Schnapsgläser voll.

»Gute Idee«, lobte ich. »Männergespräche am Tresen.«

»Männer reden nicht auf dem Klo, aber sie werden gesprächig, wenn sie mit einem Kumpel in Ruhe ein Bierchen zischen.«

»Schieß los«, feuerte ich ihn an.

»Na ja, als Chef war er hart, aber gerecht ...«

»Hab ich auch gehört«, bestätigte ich.

»Ein Familienmensch. Einer, der seine Frau vergötterte. Und enttäuscht war, dass seine Kinder kein Interesse an der Firma hatten. Deshalb hat er später die Firma verkauft.«

»Hmm«, brummte ich nachdenklich.

»Keiner hat verstanden, warum er weggezogen ist. Und in die Hände von irgendwelchen geldgierigen Leuten gefallen ist.«

»Das habe ich auch gehört, dasselbe Wort: geldgierig. Ist ja klar, wer damit gemeint ist: die Sonntags.«

»Das wussten alle«, wunderte er sich, »dass er aus Bonn weggegangen ist, sein Haus verkauft hat. Einen zweiten Frühling hatte und zu neuen Ufern aufgebrochen ist.«

»Von wem wissen die das?«

»Von den Kindern? Den alten Nachbarn? Alten Freunden? Keine Ahnung ...« Weber zupfte an den Enden seines Schnauzbarts. »Es wird immer geklatscht.«

Aus den Augenwinkeln beobachtete ich den Auflauf an der Garderobe. Ältere Herren, die weißhaarigen Damen den Mantel zum Hineinschlüpfen hinhielten.

Frau Lehrerin stand neben der Garderobe und schüttelte jedem einzelnen der Trauergäste die Hand. In ihre Mäntel verpackt, die Schals um ihre Hälse gewunden, verabschiedeten sie sich und liefen nach draußen.

»Siehst du den Mann mit dem Hut?«, fragte Weber. »Der zum Ausgang geht.«

Ich drehte den Kopf.

»Blauer Mantel und Regenschirm«, präzisierte er.

»Der jetzt gerade die Tür aufmacht?«

»Genau der«, bestätigte Weber. »Der stand auch mit am Tresen. Rat mal, wer das war?«

»Keine Ahnung. Ich seh ihn zum ersten Mal.«

»Das ist der Partner von Werner Krieger. Alfons irgendwas.«

»Mit dem hätte ich zu gern gesprochen. Jetzt ist er weg. Warum hast du nicht eher was gesagt.«

»Weil ich ihn gefragt habe, ob wir mit ihm sprechen können, wenn das hier vorbei ist.«

»Warum ist er dann weg? Und wartet nicht?«

»Weil ich nicht wusste, wie lange das hier noch geht. Ich hab mit ihm ausgemacht, dass wir bei ihm vorbeikommen anschließend.«

»Damit war er einverstanden?«, fragte ich misstrauisch.

»Was heißt einverstanden? Der hat gestrahlt und mir gleich die Adresse diktiert. Der alte Herr freut sich über Besuch.«

»Das ist ja auch mal schön«, gab ich zu. »Menschen, die sich auf uns freuen.«

»Wie hab ich das gemacht?« Mein Kollege grinste stolz.

»Super«, lobte ich ihn. »Klasse.« Ich griff in eine weiße Dose.

»Willst du ein Zückerchen?« An zwei Fingern hielt ich das Päckchen hoch und raschelte.

»Hätte ich wissen müssen, dass ein Lob dich überfordert.« Sein Gesicht verdüsterte sich. »Warum bin ich nicht in meinem Bett geblieben?«

Ich ließ den Zucker in die Handfläche rieseln. »Du verpasst was.« Ich befeuchtete die Spitze des Zeigefingers und tauchte damit ein. »Nervennahrung. Das macht fit für die nächste Runde.«

Ich ließ meinen Blick durch das Café schweifen. Wo waren der Bruder und die Schwester von Franka Krieger? Eine rundliche Frau mit rotem Schal kam von der Toilette und steuerte den Trauertisch an. An einem Ende begann die Bedienung mit dem großen Aufräumen. Am anderen Ende saß ein einzelner Mann. Jugendlich im Vergleich zu allen, die vorher am Tisch gesessen hatten. Der Kopf unverkennbar auch auf die Entfernung, schmal mit kurzen dunklen Haaren. Der Bruder. Johannes Krieger. Die Frau mit dem roten Schal stand vor ihm, die Schwester, Ruth Krieger. Die beiden unterhielten sich. Jetzt erhob er sich vom Stuhl. Die beiden Kinder von Werner Krieger, mit denen wir bisher noch nicht gesprochen hatten, machten sich auf in Richtung Garderobe.

Hatten die etwa vor, sich, ohne mit uns zu sprechen, aus dem Staub zu machen? Hatte ihre Schwester ihnen nicht ausgerichtet, dass wir sie sprechen wollten? Oder hatten sie es einfach vergessen? Wie auch immer. Ich wollte kein Risiko eingehen. Das hätte uns noch gefehlt, dass die beiden uns nach der ganzen Warterei entwischten.

»Du bleibst hier, Weber«, befahl ich. »Ich schnappe sie mir und komme mit ihnen an den Tisch zurück. Alles klar?«

Mein Kollege nickte sein Einverständnis.

»Und lass mir noch ein Zuckertütchen übrig«, warnte ich.

66

Johannes Krieger griff gerade nach seinem schwarzen Mantel, als ich die Garderobe erreichte. Ruth Krieger hatte einen dunklen Wollponcho übergeworfen, nestelte an ihrem roten Schal.

»Beate Stein.« Auf dem Friedhof hatte ich ihnen die Hand gedrückt, jetzt stellte ich mich ihnen offiziell vor. »Kriminalhauptkommissarin. Wir ermitteln im Todesfall ihres Vaters, das wissen Sie sicher schon.«

Ruth Kriegers Gesicht wirkte rosig und freundlich, wie das einer Madonna, die von einem Heiligenbild lächelt. Ein herzförmiger roter Mund, runde Wangen. Auch ihre Figur wirkte rundlich, sie war mindestens zwei Köpfe kleiner als ihr Bruder.

»Franka hat uns gesagt, dass sie mit uns reden möchten.« Eine angenehme Stimme, weich und sanft. »Mit mir und mit Johannes.«

Unglaublich, dass sie die Tochter von Werner Krieger sein sollte, die Schwester der Lehrerin. Vielleicht kam sie ja ganz auf die Mutter. Ich nahm mir vor, das noch einmal anhand des Hochzeitsbildes von Werner Krieger, das wir in seiner Wohnung gefunden hatten, zu überprüfen.

Ruth Krieger blickte hoch zu ihrem Bruder. »Du wusstest das doch auch, Hannes, oder?«

Er räusperte sich. »Franka hat mich vorhin noch einmal daran erinnert.«

Die Ähnlichkeit verblüffte mich erneut. Johannes Krieger war seinem Vater aus dem Gesicht geschnitten. Die Nase, die sinnlichen Lippen. Nur dass sein Gesicht schmaler war.

»Wir wollten gerade zu Ihnen an den Tisch kommen.« Er nahm seinen Mantel in die Hand. Als hätte er nie vorgehabt, ihn anzuziehen.

»Es ist nett, dass Sie sich Zeit für uns nehmen.«

»Aber das ist doch selbstverständlich.« Ruth Krieger begann, ihren Poncho wieder aufzuknöpfen.

»Wir reden gerne mit Ihnen, Johannes und ich.«

Sie sah zu ihrem Bruder hoch. Aber der hatte die Augen auf den Mantel in seiner Hand gerichtet.

Ob sich Vater und Sohn auch in ihrem Wesen ähnlich waren? Johannes Krieger war von Beruf Musiker. Musste er im Musikbusiness nicht genauso selbstbezogen und egoistisch sein, um sich durchzusetzen, wie der Vater in seinem Geschäft?

»Folgen Sie mir bitte unauffällig«, sagte ich.

Vorbei an Kästen mit Grünpflanzen, die an Bambusstäben hochgezogen waren und als Raumteiler fungierten, gelangten wir an den Tisch, wo mein Kollege wartete.

»Das ist mein Kollege«, stellte ich vor. »Andreas Weber. »Setzen Sie sich doch bitte.«

Die Kellnerin lief mit einem Tablett voller Teller und Tassen an unserem Tisch vorbei.

»Möchten Sie vielleicht etwas trinken?«, erkundigte Weber sich artig.

Johannes Krieger wehrte ab. »Danke. Aber wir haben nicht viel Zeit.«

Ruth Krieger lockerte den Schal um ihren Hals und knöpfte den Poncho ganz auf. »Wir sind eingeladen. Bei den alten Nachbarn meiner Eltern.«

»Wir wollen Sie nicht lange aufhalten«, beeilte ich mich zu versichern.

Plötzlich stand Franka Krieger neben uns am Tisch.

»Mich wollen Sie doch sicher auch sprechen? Oder täusche ich mich?«

»Das ist nicht nötig, Frau Krieger.« Ich bemühte mich, meine Stimme so freundlich wie möglich klingen zu lassen. »Wir haben uns ja schon unterhalten. Trotzdem danke, dass Sie das anbieten«, lächelte ich.

»Rufen Sie, wenn Sie mich brauchen.« Da war er wieder, der barsche Ton, den ich so gut kannte. Mit großen Schritten verschwand sie vom Tisch. Webers Blick folgte ihr. Klebte an dem Kostüm, das wie eine zweite Haut auf ihrem Körper saß. Die Lebensgeister kehrten zurück.

Wie unterschiedlich die drei Geschwister waren. Franka

Krieger, barsch, selbstbewusst, schlank, elegant in ihren figurbetonten Kostümen, das Haar perfekt geschnitten. Ruth Krieger mit ihrem süßen Lächeln, dem weiten Poncho, der ihre runden Formen umspülte, und Locken, die sich nicht zähmen ließen. Und Johannes Krieger, groß, schlank, der Anzug gut sitzend. Ein gutaussehender Mann, wäre da nicht die bleiche Gesichtsfarbe, die ihn kränklich aussehen ließ. Sah er immer so aus, oder brach sich hier die Trauer um seinen Vater Bahn?

»Ihr Vater ist ermordet worden«, begann ich ohne Umschweife. »Können Sie sich vorstellen, wer ein Interesse an seinem Tod gehabt haben könnte?«

Ruth Krieger schüttelte stumm den Kopf.

Ihr Bruder räusperte sich.

»Ja?« Weber sah ihn neugierig an.

»Wir wollen keine Menschen verdächtigen ...« Johannes Krieger schwieg.

»Aber ...?«, hakte ich nach.

»Mein Vater hat sein Leben lang in Bonn gelebt, da ging es ihm gut.« Der Sohn blickte auf einen silbernen Ring, der an seinem Finger saß. »Vor zwei Monaten ist er umgezogen. Und jetzt er tot. Das ist eigenartig, finden Sie nicht?«

»Sie glauben also, dass die Sonntags für seinen Tod verantwortlich sind?«, redete ich Klartext.

Der Sohn drehte an seinem silbernen Ring. »Eigentlich kenne ich die Leute gar nicht.«

»Trotzdem glauben Sie, dass die Sonntags Ihren Vater umgebracht haben.«

»Menschen sind schon für weniger als eine Million umgebracht worden.« Der Sohn legte die Hand mit dem silbernen Ring vor sich auf den Tisch.

»Sie haben ihn dazu gebracht, ein Testament zu ihren Gunsten aufzusetzen. Ist das nicht aussagekräftig genug?« Skeptische dunkle Augen blickten uns an.

»Das muss Sie schmerzen«, sagte ich, »dass Ihr Vater wildfremden Menschen alles vererbt und er die leiblichen Kinder in seinem Testament nicht bedenkt.«

»Er war einsam nach dem Tod unserer Mutter.« Ruth Krieger zog mit einer Hand ihren Schal vom Hals. »Und dann der Schlaganfall. Und wir waren nicht vor Ort. Das haben diese Leute ausgenutzt.«

»Wie war Ihr Verhältnis zu Ihrem Vater?«

Ruth Krieger blickte hilfesuchend zu ihrem Bruder, aber der sah nur auf seine Finger, auf den silbernen Ring.

»Ich habe meinen Vater geliebt«, sagte sie mit weicher Stimme. »Ich war die Jüngste. Er hat mich verwöhnt. Bei Franka und Johannes war er noch strenger.« Sie strich eine Locke aus ihrem runden Gesicht. »Aber ich glaube, er war enttäuscht von mir.« Sie schluckte. »Er hätte sich gewünscht, dass ich die Kunden betreue … ich wollte das nicht … ich habe mich für ganz andere Dinge interessiert. Das hat er nie verstanden.«

»Sie haben Ernährungswissenschaften studiert«, erinnerte ich mich.

»Ja.« Sie fuhr sich mit der Hand durch die vom Wind zerzausten Locken. »Ich habe mehr Sinn darin gesehen, den Menschen zu einem gesunden Leben zu verhelfen als zu bunten Fliesen fürs Bad oder zu Wasserhähnen, die von Designern entworfen sind.«

»Was genau machen Sie beruflich?«, fragte ich.

»Ernährungsberatung.« Ein Lächeln ging über ihr Gesicht. »Das habe ich immer gewollt.«

»Wen beraten Sie denn so?«, wollte Weber wissen.

»Alle, die beraten werden wollen und bereit sind, dafür zu zahlen. Manchmal schicken mir auch die Krankenkassen Patienten.«

»Sie sind selbständig?«, erkundigte ich mich.

Sie nickte. »Selbständige Ernährungsberaterin.«

»Was für Menschen behandeln Sie?« Ich war neugierig.

»Jugendliche, die alles in sich hineinstopfen, weil sie sich von ihren Eltern nicht akzeptiert fühlen …« Ihre Stimme klang warm, einfühlsam. »Mädchen mit Essstörungen, Bulimie, Diätjunkies. Die jede Rundung an ihrem Körper hassen …«

Sie hatte die Rundungen an ihrem Körper zugelassen. Hieß

das, dass sie eine glückliche Kindheit hatte, ein glückliches Kind gewesen war? Oder war das nur Fassade?

»Kann man durch eine Beratung etwas ändern? Wird das alles nicht viel früher angelegt?«

»Wenn die Menschen sich wirklich ändern wollen, können sie das auch, egal, in welchem Alter. Wenn sie Angst vor der Veränderung haben, klappt es nicht.«

»Ihrem Vater hat Ihre Berufswahl nicht gefallen.«

»Nein. Er hätte uns alle am liebsten weiter um sich gehabt. In seinem Geschäft. Ich hätte die Kunden betreuen sollen. Meine Schwester …« Ich folgte ihrem Blick. Franka Krieger stand an der Theke und überreichte dem Wirt eine Scheckkarte. »… sollte verkaufen. Und mein Bruder hätte das Technische machen sollen, Weiterentwicklung der Produkte, Anleitung und Kontrolle der Handwerker.«

Ihr Bruder räusperte sich und ergriff das Wort: »Er hat nie verstanden, dass ich Musik studiert habe und nach der Lehre nicht bei ihm eingestiegen bin.«

»Und warum sind Sie nicht bei ihm eingestiegen?«, mischte sich Weber ein.

»Ein Jahr lang hab ich's probiert.« Johannes Krieger griff in eine Tasche seines schwarzen Jacketts und holte eine Schachtel Zigaretten heraus. »Es ist einfach nicht gutgegangen. Ich frage mich selber oft, warum das nicht ging.« Er schob sich eine Filterzigarette zwischen die Lippen.

»Und?«, fragte ich. »Zu welchem Schluss sind Sie gekommen?«

»Vielleicht ging es nicht …«, er überlegte, runzelte die Stirn, »weil …«

Ich wartete.

»Weil …«

»Ja?«

»Weil ein Sohn seinen Vater nicht als Chef haben will.« Er sah mir in die Augen. »Weil ich Lieder komponieren wollte und keine Badezimmer einrichten. Weil ich nicht in Bonn bleiben wollte. Weil ich nach Hamburg wollte, weil mich die weite Welt gelockt hat.« Die Flamme seines Feuerzeugs brachte das Ende der Zigarette zum Glühen. »Es gibt immer mehr als eine Antwort.«

»Haben Sie Ihren Vater geliebt?«, fragte ich.

»Das ist auch so eine Frage.« Er zog an seiner Zigarette. »Kann man einen Vater lieben, der nie Zeit für einen hat, weil das Geschäft ihn fordert? Vierundzwanzig Stunden am Tag.« Er sah uns durch die Rauchwolke an. »Er hat uns nichts zugetraut.« Die Stimme des Sohns klang bitter. »Sonst hätte er uns machen lassen, was wir wollten.«

Die gleiche Bitterkeit, die ich schon in der Stimme seiner Schwester Franka kennengelernt hatte. Ich sah zur Theke. Sie stand immer noch am Tresen, sprach mit dem Wirt, beglich die Zeche. Eine klassische Rolle, dachte ich, die älteste Tochter kümmert sich um alles.

»Vater hat es gut gemeint.« Ruth Krieger strich ihren dunklen Strickrock glatt. »Uns auf seine Art geliebt, da bin ich mir sicher.«

»Obwohl er Sie in seinem Testament nicht bedacht hat?«

Sie sah ihren Bruder an. Als ob sie sich Hilfe von ihm bei der Beantwortung der Frage erhoffte. Der Bruder blieb stumm. Sie überlegte.

»Sind Sie sicher, dass er das Testament geschrieben hat?«, fragte sie schließlich. »Dass es keine Fälschung ist?«

»Das prüfen Spezialisten«, versicherte ich ihr. »Wenn es gefälscht ist, werden die das herausfinden. Aber was machen Sie, wenn es keine Fälschung ist?«

»Dagegen klagen, was denn sonst?«, ertönte es hinter mir. Franka Krieger war zurück, obwohl wir sie nicht gerufen hatten. Sie wollte uns ihre Geschwister nicht mehr allein überlassen.

»Uns steht ein Pflichtteil zu«, mischte sie sich ein. »Jedem von uns. Allen dreien. Das ist geltendes Gesetz.«

»Rechtsstreitigkeiten sind langwierig«, sagte ich. »Es kann dauern, bis Sie vom Erbe Ihres Vaters etwas sehen.«

»Wir haben alle drei einen Beruf, der uns versorgt.« Ihre Stimme klang ungeduldig. »Sie müssen doch herausgefunden haben, dass keiner von uns für das Überleben auf das Geld aus dem Erbe angewiesen ist. Wir haben alle drei einen ordentlichen Beruf, eine Ausbildung.«

»Im Gegensatz zu Herrn Sonntag?«, warf mein Kollege ein. »Darauf wollten Sie doch hinaus, oder nicht?«

»Er hat Tiefkühlkost ausgefahren, auf eigene Rechnung. Bis er unseren Vater dazu gebracht hat, Geld in seinen Partyservice zu stecken.« Die Verachtung in ihrer Stimme war unüberhörbar. »Ich weiß gar nicht, ob er eine Schule abgeschlossen hat.« Das war für sie bestimmt das Schlimmste. Die Vorstellung, dass es Leute ohne Schulabschluss, ohne Studium, ohne Berufsausbildung zu etwas bringen konnten.

»Was mein Vater ihnen zu Lebzeiten gegeben hat, reichte ihnen nicht.« Der Sohn von Werner Krieger drückte seine Zigarette im Aschenbecher aus. »Sie wollten mehr. Da haben sie ihn umgebracht.«

»Dass die sich getraut haben, heute zur Beerdigung zu kommen, ist ein Skandal«, empörte Franka Krieger sich.

»Wir hätten es Ihnen verbieten sollen.«

»Die Diskussion hatten wir schon.« Ruth Krieger schüttelte ihre zerzausten Locken. »Das hätte die Trauerfeier gesprengt. Und wir hätten uns von Vater nicht in Würde verabschieden können.«

»Wir haben das ordentlich durchgezogen.« Der Bruder suchte den Blick der beiden Schwestern. »Alles andere wäre stillos gewesen.«

»Verstehen Sie mich bitte nicht falsch«, begann ich vorsichtig. »Aber könnten Sie mir sagen, wo Sie in der Mordnacht waren? Was Sie in der Nacht vom elften auf den zwölften Oktober gemacht haben? Von Ihrer Schwester weiß ich, dass sie bis in die Nacht gelesen hat. Ein Luxus, den sie sich nur in den Schulferien leistet. Wie war das bei Ihnen? Wo waren Sie?«

Johannes Krieger zupfte an dem silbernen Ring, der in seinem rechten Ohrläppchen saß. »Ich war zu Hause, allein. Und habe ein Lied für ein neues Album komponiert.«

»Und Sie, Frau Krieger?«, wandte ich mich an die Frau mit

dem Engelsgesicht und den wilden Locken, Ruth Krieger. »Wo waren Sie in der Nacht vom elften auf den zwölften Oktober?«

In ihren Augen stauten sich Tränen, die jeden Moment hervorzubrechen drohten. »Ich war allein, ich habe mich auf ein Seminar vorbereitet, für magersüchtige Mädchen.«

»Was machen Sie eigentlich, um den Sonntags einzuheizen?«, empörte Franka Krieger sich mit lauter Stimme. »Oder lassen Sie die laufen und nerven nur uns mit Ihren Fragen?«

»Wir nerven alle, die der Tote kannte«, antwortete ich. »Alle, die ein Interesse an seinem Tod haben könnten.«

»Hören Sie auf, bitte.« Ruth Krieger zog die Enden ihres Ponchos übereinander, als würde sie frieren. »Du auch, Franka.«

Die plötzliche Ruhe war gespenstisch. Nur fern im Hintergrund hörte man das Klappern von Geschirr, von Bestecken.

»Ich kann das alles nicht mehr hören«, flüsterte Ruth Krieger. »Können Sie das nicht verstehen?« Keiner wagte zu reden. »Mein Vater ist tot. Erstochen.« In ihren Augen glitzerten die Tränen. Eine brach vor und rollte langsam über ihre Wange. »So einen Tod hat unser Vater nicht verdient. So einen Tod hat niemand verdient.«

Die älteste Tochter ließ sich das Abschiedswort nicht nehmen: »Finden Sie endlich seinen Mörder. Damit das hier bald ein Ende hat.«

Ich tauschte einen Blick mit meinem Kollegen. In meiner Zeit bei der Polizei hatte ich mehr als einen Menschen zusammenbrechen sehen. Ich wusste, wann ein letzter Tropfen das Fass zum Überlaufen brachte. Wann ein Staudamm brach. Ruth Krieger stand kurz davor. Belüg dich nicht selber, Beate, tönte es in meinem Kopf. Du hast keine Angst, dass der Staudamm bei Ruth Krieger bricht. Es ist dein Staudamm, um den du zitterst. Dass der ganze Müll, mit dem du ihn abgedichtet hast, die Vernunft und all das falsche Verständnis, plötzlich morsch wird und bricht. Dass du dasitzt im Meer der Tränen und nur noch ein unglückliches Kind bist. Ein Kind, das trauert, weil es seinen Vater verloren hat.

67

Liebe Edith,

nachdem ich heute Jonas im Kindergarten abgeliefert habe, bin ich mit dem Wohnmobil in ein Möbelcenter gefahren und habe mir Betten angeguckt. Ich bin noch unschlüssig, ob ich mir wirklich so ein Seniorenbett mit allem Schnickschnack kaufen soll oder lieber ein einfaches normales. Auf ein paar Betten habe ich Probe gesessen – und auch gelegen. Mit einem Bett ist es ja wie mit allen Sachen im Leben. Man kann sich für oder gegen sie nicht im Kopf entscheiden. Man muss sie ausprobieren. Es ist angenehm, sich nicht so tief fallen zu lassen wie bei den normalen Betten, das muss ich sagen. Und mit einer Fernbedienung das Kopf- und Fußteil rauf und runter zu stellen, ist einfach praktisch. Obwohl mir die Vorstellung nicht gefällt, dass ein elektrisch betriebener Motor in meinem Bett sitzt. Ich habe ja noch ein bisschen Zeit. Erst einmal muss der Umbau abgeschlossen sein, ehe ich ein neues Bett kaufe.

Heute Abend passe ich auf die Kinder auf. Für zwei bis drei Stunden. Peter und Usch haben mir erzählt, dass sie, bevor die Kinder kamen, öfter zusammen ins Kino gegangen sind. Und dass sie seit der Geburt von Jonas nicht einmal im Kino waren. Ich habe ihnen einen Gutschein geschenkt. Für ein Kino, in dem zur gleichen Zeit neun Filme gespielt werden. Ich denke doch, dass da einer dabei ist, der den beiden gefällt. Sie haben sich jedenfalls gefreut, als ich ihnen den Gutschein gegeben habe.

Das ist auch so eine Sache, die Dir niemand erzählt. Wie wenig Zeit zwei Menschen füreinander haben, sobald die Kinder da sind. Ich hatte früher oft das Gefühl, dass die Kinder zwischen uns standen. Dass es uns kaum mehr gab, nur noch die Kinder. Vielleicht ist das auch ein Grund, warum ich keinen richtigen Draht zu den Kindern gefunden habe. Ihn nicht wirklich gesucht habe. Vielleicht habe ich ihnen übelgenommen, wie sie unser Zusammenleben verändert haben.

Gerade ist die Haustür zugeschlagen. Ich muss los, Edith. Kinder hüten. Opa Werner ist gefragt. Auf seine alten Tage. Die wich-

tigste Mission seit Menschengedenken wartet auf mich. Schleifen üben. Damit Jonas endlich im Kindergarten zeigen kann, dass er zu den Großen gehört. Zu denen, die sich die Schuhe selber zubinden können. Mit einer ordentlichen Schleife.

68

»Warum muss das eigentlich sein, sone Beerdigung?«, fragte Weber mit düsterem Blick, als wir auf dem Weg zu unserem nächsten Termin der Rheinbrücke entgegenfuhren. Alfons Richter, der ehemalige Partner von Werner Krieger, wohnte in einem Altenheim in Bonn-Beuel, auf der anderen Rheinseite.

Mein Kollege blickte auf die Wellen des Flusses, den wir überquerten, und kaute weiter an einem Knochen, den er nicht fallen lassen konnte. Das verriet mir der Ausdruck in seinem Gesicht. Wenn man sich so gut kennt wie Weber und ich, ist es schwer, dem anderen etwas vorzumachen.

Ich folgte mit meinem Blick einem Frachter, auf dessen Deck ein Kleinwagen und ein Kinderwagen standen. Dahinter wehte Wäsche auf einer Leine. Was für ein Leben war das wohl, mit einem Lastkahn über den Rhein zu schippern? Manchmal finde ich es schade, dass man nicht parallel ein paar Leben führen kann. Eigentlich würde es schon reichen, einfach mal im eigenen Leben innezuhalten. Nicht nur von einem Termin zum nächsten zu hetzen, eine kleine Pause einzubauen. Was würde ich jetzt mit ein paar freien Minuten machen? Die Wellen glitzerten verführerisch im Sonnenlicht. Am Rheinufer sitzen und den vorbeifahrenden Schiffen zuschauen. Vielleicht einen Stein über die Oberfläche des Wassers hüpfen lassen.

»Hey, redest du nicht mehr mit deinem Partner?«, fuhr Weber mich an.

»Entschuldige.« Ich lenkte meinen Blick von den Hemden, die auf der Wäscheleine des Frachtschiffs flatterten, auf den

Mann an meiner Seite, der die Enden seines Schnauzbarts platt drückte. »Ich war gerade woanders. Was hast du gesagt?«

»Ich will so eine Scheißbeerdigung nicht«, muffelte er. »Keine Gummibrötchen mit Mett, keinen blöden Pfarrer, der dummes Zeug schwätzt. Den haben wir ja Gott sei Dank nicht mitgekriegt. Ich will keine blöden Verwandten, Nachbarn und den ganzen Scheiß.«

»Brauchst du doch nicht«, beruhigte ich ihn. »Du kannst es ganz anders machen. Ist 'n freies Land.«

»Frei«, schnaubte er. »Das glaubst du doch selber nicht.«

»Na ja, relativ«, schränkte ich ein. »Verglichen mit Ländern, wo du nicht zum Einkaufen gehen kannst, ohne von Soldaten oder Verbrechern abgeschlachtet zu werden. Da gibt's dann keine Beerdigung. Da erledigen die Geier das mit der Entsorgung.«

»Ist die Friedhofsnummer hier im Land Pflicht?«, fragte er mit düsterem Blick. »Muss man den ganzen Kram machen?«

»Ich bin keine Expertin.« Die Nachmittagssonne tauchte das Flussufer in samtiges Licht. »Aber einen Pfarrer brauchst du nicht. Die Grabrede kann irgendwer machen. Auch ein Grab ist nicht Pflicht. Du kannst deine Asche auf einem anonymen Feld verstreuen lassen. Und ich weiß positiv, dass du deine Asche ins Meer kippen lassen kannst, wenn du das so bestimmst.«

»Woher weißt du das?« Er bedachte mich mit einem misstrauischen Seitenblick.

»Meine Mutter will eine Seebestattung. Seit ich denken kann. Dann muss das auch erlaubt sein. Was Unerlaubtes plant sie nicht.«

»Bestattung im Meer? Was findet sie daran?«

Ich zuckte mit den Schultern. »Keine Ahnung. Ich habe den Verdacht, dass sie mir nicht zutraut, das Unkraut auf ihrem Grab zu hacken.«

»Auch komisch«, Weber folgte meinen Gedanken, »dass Menschen sich um das Unkraut auf dem Grab Sorgen machen und nicht darüber, dass die Würmer sich durch die Holzwände des Sargs bohren und sie auffressen.«

»Tun sie bestimmt. Aber sie reden nicht darüber. Das gehört sich nicht.«

»Meine Eltern haben noch nie darüber geredet, wie sie beerdigt werden wollen«, sinnierte Weber. »Man sollte denken, dass das mit Ende siebzig ein Thema ist.«

»Deshalb verdrängen sie's«, vermutete ich. »Je älter sie werden, desto weniger reden sie drüber. Es ist die große Bedrohung, der sie entgegengehen, da halten sie's wie die drei Affen. Nix hören, nix sehen, nix reden.«

»Ich will nicht auf 'nem Friedhof landen. Ich will keine Feier mit Popen, mit Verwandten. Ich will einfach nur meine Ruhe.«

»Die hast du«, bemerkte ich. »Auch wenn die Kinder auf deinem Grab tanzen, stören wird dich das dann nicht mehr, denke ich.«

»Seebegräbnis.« Weber zupfte mit neuer Energie an seinem Schnurrbart. »Das ist nicht schlecht.«

»Schreib auf, was du willst, und leg es Inga unters Kopfkissen. Nur, was schriftlich geregelt ist, zählt. Wer weiß, ob Werner Krieger wollte, dass seine Kinder die Beerdigung in die Hände nehmen. Vielleicht wäre es ihm lieber gewesen, wenn die Sonntags das gemanagt hätten.«

»Ob die das auch so durchgezogen hätten?« Mein Kollege blickte mich neugierig an.

»Was meinst du?«, fragte ich zurück.

»Schwer zu sagen, eigentlich wissen wir von denen nichts.«

»Nichts stimmt nicht«, korrigierte ich. »Wir wissen, dass sie auf eine Anzeige geschrieben haben, in der ein Opa sich eine Familie gewünscht hat.«

»Die sind auch verrückt.« Die Worte kamen aus Webers Innerstem. »Sympathischer als die Kinder sind die mir nicht.«

»Wir müssen niemanden lieben, wir müssen nur herausfinden, ob sie einen Mord begangen haben.«

»Ich kann mir nicht vorstellen, dass Eltern, die zwei Kinder haben, einen umbringen.« Weber zwirbelte seinen Schnurrbart. »Du hast doch Verantwortung für deine Kinder. Du bringst niemanden um. Du gehst nicht das Risiko ein, in den Knast zu kommen und deine Kinder alleine zu lassen.«

»Wir haben mehr als einen Mörder hinter Gitter gebracht, der einmal im Monat von seinen lieben Kleinen in frischgewaschenen Hosen und Kleidchen im Knast Besuch bekommt«, widersprach ich.

»Das sind Ausnahmen. Genauso viele haben uns schluchzend ihre Knarre überreicht, wenn wir sie an ihre Kinder erinnert haben.«

»Was Kinder angeht, bist du der Fachmann«, räumte ich ein. »Aber was ist, wenn du für die Kinder mordest, damit sie eine bessere Zukunft haben? Damit sie erben können, das wäre doch denkbar, oder?«

»Das ist ein Grund.« Weber seufzte. »So düster, wie die Zukunftsaussichten für die Kurzen heute sind. Wie wir es drehen und wenden, überall Schakale, die vom Tod Werner Kriegers profitiert haben könnten.«

»Man lebt gefährlich, wenn man Knete hat«, fasste ich zusammen. »Und noch gefährlicher, wenn man Knete zu vererben hat.«

»Wir haben eine Lebensversicherung abgeschlossen, falls mir was passiert, damit Inga und die Zwillinge abgesichert sind.«

»Gefährlich.« Ich wiegte meinen Kopf. »Damit lockt man die Schakale an.«

»Wohl ist mir dabei auch nicht«, brummte Weber ehrlich.

»Kündigen«, riet ich ihm. »Kündige das Scheißding und fahr davon in Urlaub mit Inga – ohne die Kinder.«

»Eigentlich komisch, was man so alles macht und tut und plant. Für später.« Weber seufzte aus tiefstem Herzen. »Besser geht es einem damit nicht.«

Das ist mein Stichwort, dachte ich. Jetzt oder nie. Trau dich. Du hast nur dieses eine Leben. Die Minuten, die du jetzt lebst, kommen nicht mehr zurück.

»Festhalten«, warnte ich. »Wir machen 'ne Biege.«

Ich drehte das Lenkrad, Weber hielt sich an den Haltegriffen fest. Die Reifen kreischten, als ich die Spur wechselte und drehte.

»Eh«, rief er. »Was machst du? Bist du verrückt?«

»Wir fahren an den Rhein zurück.«

»Ich denke, wir wollten uns Werner Kriegers Partner krallen. Mit ihm reden.«

»Das können wir immer noch. Der läuft uns nicht weg. Der ist sein Leben lang in Bonn geblieben. Der fährt heute nicht weg.«

»Hey, wo willst du denn hin?«, jaulte er, als ich von der Straße in einen kleinen Weg bog.

»An den Rhein«, teilte ich ihm mit.

»Und was willst du da?«

»Schiffe gucken.« Mit grimmiger Entschlossenheit lenkte ich den Wagen über eine Straße, deren Pflaster hier und da aufgerissen und mit Sand bedeckt war. »Hast du gemerkt, was für ein Licht das ist? Das will ich sehen, ehe es vorüber ist.«

Wir waren am Fluss. Die Uferstraße führte uns an Häusern vorbei, vor denen Kanus aufgebaut lagen. Mehr als ein Ruderklub hatte hier sein Vereinsheim. Der Bodenbelag wechselte, wir holperten über einen Weg aus Sand und Steinen weiter, zwischen den Pappeln sahen wir den Fluss. Ein breites Band, auf dem die Sonne spielte. Ich stellte den Wagen an der Seite des Uferwegs ab.

»Komm«, forderte ich meinen Kollegen auf. »Da unten sieht's gut aus.« Ein Schiffsanleger, der auf Pontons im Fluss schwamm, lockte sonnenbeschienen.

»Du bist verrückt«, jammerte mein Kollege. »Wir sollten schon längst bei diesem Alfred im Altersheim sein.«

Ich warf die Autotür zu und lief auf einem steinigen Weg zum Anleger hinunter, sprang auf das Holz. Der Boden unter meinen Füßen schaukelte. Ich lief bis zum Ende, wo eine rot-weiße Kette gespannt war, setzte mich, ließ die Beine gen Wasser baumeln und sah über den Rhein. Die Sonne ließ das Wasser glitzern. Wie hatte ich mir das gewünscht. Jetzt hatte ich es einfach getan. Das Leben bestand nicht nur aus Büros und Amtsfluren, aus Papieren, die man lesen und verfassen musste, aus Menschen, die Menschen umbrachten, aus Leichen. Das Leben hatte noch ganz andere Dinge zu bieten, die man im Büro beim Jonglieren mit Papieren und Projekten und Verdächtigen und Vorgesetzten verpasste.

Ich sog gierig auf, was ich sah. Die Wassertropfen, die von den Rudern eines Achters aufgewirbelt wurden. Die Spur der Schwäne im Wasser, die einer Landzunge entgegenpaddelten. Die Federn der Möwen, die mit ausgebreiteten Schwingen durch das flache Wasser staksten. Ich legte meinen Oberkörper zurück, lag da auf der Mole und schloss die Augen. Ließ mich auf dem Holz sacht schaukeln, genoss das Kreischen der Vögel, das Klatschen der Wellen.

»Unglaublich.« Mein Kollege setzte sich neben mich. »Diese Aussicht, dieses Licht.«

Ich öffnete die Augen. Die Sonne blendete. Ich hielt eine Hand als Schutzschild über die Augen, schaute in den Himmel. Wolkenberge trieben auseinander, fanden sich in immer neuen Formen zusammen.

»Wie wär's, Weber«, murmelte ich mit halb geschlossenen Augen, auf deren Lidern das Licht Funken sprühte, »wenn wir einmal täglich aussteigen aus allem Scheiß und einfach nur fünf Minuten in den Himmel schauen? So schwer ist das doch eigentlich gar nicht.«

69

Liebe Edith,

Usch hat mir gesagt, dass sie froh ist, dass ich mich so um Jonas kümmere. Damit sie Zeit für Lily hat. Lily schläft viel und ist ein liebes Kind, aber Usch läßt sie nicht aus dem Blick. Das muss die Natur so eingerichtet haben, dass eine Mutter so voll und ganz auf die Kleinsten reagiert. Mit all ihren Sinnen auf das Kind, das sie am meisten braucht, eingestellt ist.

Wenn ich denke, dass Du das auch alles für unsere Kinder gemacht hast, was Usch für Jonas und Lili macht, dann werde ich ganz ehrfürchtig. Wie viel Energie Du aufgebracht hast. Wie allein Du damit warst. Wie wenig ich Dir geholfen habe. Ich habe nicht nur nicht geholfen, ich habe Dir das Leben schwergemacht.

Ich wollte immer, dass alles aufgeräumt ist. Wenn ich einmal früher als geplant nach Hause gekommen bin und Deine Nähmaschine auf dem Wohnzimmertisch stand, habe ich losgeschimpft. Richtig laut geworden bin ich da. Du durftest nicht nähen oder Strümpfe stopfen oder kochen, wenn ich nach Hause kam. Das musstest Du alles machen, bevor ich da war. Ich wollte meine Ruhe. Ich wollte, dass Du ganz für mich da warst. Mein Gott, was für ein Haustyrann ich war.

Peter ist da ganz anders als ich. Wenn er nach Hause kommt und Usch stichelt an einer Patchworkdecke – das ist ihr Hobby –, dann gibt er ihr einen Kuss. Und wenn er großen Hunger hat, geht er in die Küche und schmiert sich selbst ein Butterbrot. Dann merkt Usch, dass sie die Zeit vergessen hat, und legt die Decke weg.

Abends, wenn die Kinder im Bett sind, sitze ich mit Peter und Usch am Wohnzimmertisch, und wir besprechen gemeinsam, wie alles weitergeht. Die Kostenvoranschläge für den Umbau sind schon angefordert von den Handwerkern. Ich wusste von Anfang an, was ich will. Und Peter und Usch sind mit allem einverstanden. Aber es ist schön und auch richtig, mit ihnen alles durchzusprechen. Sie haben gestaunt, wie gut ich mich fachlich auskenne. Metallträger, die für einen Sturz eingesetzt werden, sind Neuland für sie. Die beiden wussten auch nicht, dass es Duschen ohne Duschwannen gibt. Dass man den Boden dafür einrichten kann mit der entsprechenden Neigung und Abdichtung. Wenn es vorwärtsgeht wie geplant, werde ich schon bald einziehen können.

Alfons Richter, der ehemalige Partner von Werner Krieger, wohnte in bester Lage, direkt am Rhein. Es sah aus wie ein Seniorenwohnheim der gehobenen Klasse. Über eine breite Rampe liefen wir zum Eingang. Auf Stufen hatten sie verzichtet. Unter dem schützenden Dach standen ein halbes Dutzend Rollstühle für Spazierfahrten bereit.

Die Eingangshalle wirkte einfach und fröhlich. Das lag am frischen Grün des Teppichbodens, an den hellen Ahornmöbeln und an den himmelblauen Gardinen, die die hohen Glasfenster einrahmten, durch die man auf den Fluss blickte. Ein Lastkahn voller Container zog gerade vorbei. Die Sonne brach sich auf den Wellen.

Wir wandten uns ab von der schönen Aussicht und steuerten die Rezeption an, wo uns ein junger Mann in weißem Hemd und schwarzer Weste nach unseren Wünschen fragte.

Er telefonierte den Herrn herbei, mit dem wir uns verabredet hatten. Ich blickte auf eine eindrucksvolle Reihe von Haken, an den meisten von ihnen hingen Schlüssel. Es sah alles genauso aus wie in einem gut geführten Hotel.

Silberne Türen öffneten sich. Der Aufzug. Zwei Männer in weißen Uniformen schoben ein Krankenbett heraus. Ich sah ein bleiches Gesicht zwischen weißen Laken, Schläuche, einen Beutel mit Flüssigkeit. Das war kein normales Hotel. Das war die letzte Station für alte Menschen. Der Mann, der uns entgegentrat, sah aus, als wäre er noch Jahrzehnte davon entfernt. Ein aufrechter Gang, wache Augen, ein blütenweißes Hemd und eine dunkelblaue Wolljacke, deren Goldknöpfe glänzten. Mit einem festen Händedruck begrüßte er uns.

»Kommen Sie, wir gehen in den Wintergarten, da haben wir unsere Ruhe.«

Wir folgten ihm zu einem verglasten Gang, der uns in einen anderen Gebäudeteil brachte. Eine weißhaarige Frau an einem Stock kam uns in Begleitung einer jungen Frau in Schwesterntracht entgegen. Der Herr neben uns grüßte sie freundlich. Sie grüßte lächelnd zurück. Plötzlich hatte ich diesen Geruch nach Desinfektionsmitteln und Krankenhaus in der Nase. Einen Geruch, der mich an alle Toten erinnerte, die ich je gesehen hatte. An Werner Krieger, der tot auf einer Kirchenbank gesessen hatte.

»Nehmen Sie Platz.« Unser Begleiter wies auf Rattanmöbel, die neben einer Palme standen.

Ich setzte mich in weiche Polster, die unter mir nachgaben.

»Ist das nicht eine wunderbare Aussicht?«, fragte er stolz.

»Wunderbar«, bestätigte ich.

Einen Moment lang saßen wir da zu dritt und genossen den Blick auf den Fluss. Die Wolkenberge, die über den Himmel trieben. Die Wellen, auf denen Sonnenflecken tanzten. Die hohen Pappeln am anderen Ufer. Ein Motorboot schoss vorbei und ließ eine Spur aufgewühlter Wellen hinter sich zurück.

»Stimmt es, dass Werner ermordet worden ist?«, fragte er.

Ich nickte. »Deshalb sind wir hier. Wir suchen seinen Mörder. Vielleicht können Sie uns dabei helfen.«

»Wieso kommen Sie gerade auf mich?«

»Sie müssen ihn sehr gut gekannt haben«, antwortete ich. »Wenn man so lange zusammengearbeitet hat.«

»Er war mein bester Freund.« Er blickte auf den Rhein. Ein weißer Ausflugsdampfer zog vorbei. »Ich hätte nie gedacht, dass er vor mir geht. Und dann auch noch so.«

»Was meinen Sie damit?«

»Das hat er nicht verdient.«

»Erzählen Sie uns, was Werner Krieger für ein Mensch war.«

»Er war so voll Leben. So optimistisch.« Er sah uns aus hellen grauen Augen an. »Werner hatte vor nichts Angst. Noch nicht einmal vor dem Alter. Darum habe ich ihn immer beneidet.«

»Können Sie uns das etwas näher erklären?«, bat ich ihn.

»Gucken Sie mich an.« Er zog sich mit den Armen an den Lehnen des Rattansessels hoch. »Ich bin ein ängstlicher alter Mann.«

»Wie meinen Sie das?« Weber zupfte ratlos an seinem Bart.

»Ich lebe hier. Und wissen Sie, wieso?« Er ließ sich in die

Kissen zurückfallen. »Weil ich mir selbst nicht mehr traue. Weil ich süchtig nach Sicherheit bin.« Er streckte seinen Arm aus und langte an die Wand. »Ich bin süchtig nach kleinen roten Knöpfen.«

Erst jetzt bemerkte ich, dass in der Wand ein roter Knopf saß, der dezent von einer durchsichtigen Gardine kaschiert wurde.

»Ich bilde mir ein, wenn ich meinen Finger auf so einen roten Knopf legen kann, kann mir nichts passieren.«

»Ein Notrufknopf«, folgerte ich. »Es ist doch nur klug, wenn man im Alter Vorkehrungen trifft.«

»Werner wusste, dass es keine Sicherheiten gibt. Spätestens seit er Edith verloren hat. Als er eingeschlafen ist neben ihr im Bett. Am Morgen lag sie tot neben ihm.«

»Er hatte dann ja auch selbst noch einen Schlaganfall«, sagte ich. »Nach dem Tod seiner Frau.«

»Aber er hat sich wieder zurückgekämpft. Das war typisch für Werner. Dass er nie aufgegeben hat.«

»Wie war sein Verhältnis zu den Kindern?«, fragte ich.

»Oje. Die Kinder.« Der Mann neben mir sah auf den Fluss. Jetzt fuhr ein breites Ruderboot vorbei. Ein Mann stach mit seinen Rudern rhythmisch ins Wasser.

»Wie stand er zu seinen Kindern?«, hakte ich nach.

»Sie haben ihr Leben gelebt, ohne sich um die Eltern zu kümmern. Werner hat sie nur ›seine egoistische Brut‹ genannt.«

»Egoistische Brut.« Weber verzog das Gesicht. Er nickte: »Da ist was dran.«

»Als er den Schlaganfall hatte und keiner ihn besuchen kam, hat er sie endgültig abgehakt. Da war der Fall für ihn klar.«

»Wussten Sie, dass er sich per Anzeige eine neue Familie gesucht hat?«

»Das hat er mir erzählt.« Alfons Richter legte seine Hände in den Schoß. »Typisch Werner. Wenn seine Familie es nicht bringt, sucht er sich eine neue. Noch mit über siebzig.«

»Haben Sie ihn nicht gewarnt?«, wollte ich wissen. »Alle Brücken hinter sich abzubrechen und zu Leuten zu ziehen, die man nicht kennt …«

»Werner war nicht dumm, das müssen Sie nicht glauben. Er ist in der Firma nie übers Ohr gehauen worden. Er war ein alter Fuchs.«

»Er wusste, was er tat. Meinen Sie das?«, fragte ich nach.

»Oh ja.« Er nickte bedächtig. »Er hat sie sich bestimmt genau angeguckt, bevor er sie ausgesucht hat. Er hatte ja mehr als ein Angebot.«

»Warum hat er sich gerade diese Familie ausgesucht?«, fragte ich. »Mit zwei so kleinen Kindern?«

Der Mann in seinem Sessel wurde lebhaft. »In seinem Büro gab es eine Schale mit Bonbons für die Kleinen. Immer wenn Kunden mit Kindern kamen, hatte er Süßigkeiten für sie parat. Er war zwar ein strenger Vater, aber ich glaube, im Grunde mochte er alle Kleinen.«

»Was glauben Sie, wer ihn umgebracht haben könnte?«, schaltete Weber sich ein.

»Halten Sie mich bloß nicht für verrückt ...«

»Ja?« Weber sah ihn neugierig an.

»Ich kann mir nicht vorstellen, dass irgendetwas mit Werner passiert ist, was er nicht selbst eingefädelt hat.«

»Sie glauben, er hätte seinen eigenen Tod veranlasst? In Auftrag gegeben?«

»Wie passt das zu dem, was Sie vorhin gesagt haben, dass er so ein optimistischer und positiver Mensch gewesen ist?«, fragte ich.

Er sah uns an, runzelte die Stirn. »Da haben Sie auch wieder recht. Aber ...« Er zögerte. »Ich kann mir Werner nicht als Opfer vorstellen. Er war immer so stark, hat alles selbst bestimmt.«

»Können Sie sich vorstellen, dass ihn jemand so gehasst hat, dass er ihn umbrachte?«, insistierte ich.

»Nein.« Er schüttelte entschieden den Kopf. »Er konnte zwar manchmal aufbrausen und sich aufregen. Aber dann hatte er auch meist recht. Und jeder hat das eingesehen.«

»Mit so einem Verhalten kann man sensible Menschen verletzen.«

»Es sind schon mal Tränen geflossen, bei dem einen oder anderen Lehrling. Aber nur im ersten Jahr. Dann kannten sie ihn, und es war gut.«

»Er war Ihr bester Freund. Haben Sie sich auch manchmal mit ihm gestritten? Bei seinem Temperament wäre das normal, oder?«

»Bei mir hat er das nicht gemacht.« Er lächelte in sich hinein. »Wenn er losbollerte, bin ich einfach aus dem Zimmer gegangen.«

»Sie waren Partner im Geschäft. Da hatten Sie doch bestimmt mal eine andere Meinung als er in einer Sache?«

Er nickte. »Das ist manchmal vorgekommen. Dann haben wir diskutiert und immer eine Lösung gefunden.«

»Leben Sie alleine hier?«, erkundigte ich mich. »Oder mit Ihrer Frau?«

»Ich habe nie geheiratet.« Er lächelte. »Ich bin mit Edith befreundet gewesen ...«

»Werner Kriegers Frau?« Mein Kollege wunderte sich.

Er nickte. »Aber dann hat Edith sich für Werner entschieden. Eine Frau wie Edith habe ich nicht mehr getroffen, da bin ich lieber allein geblieben.«

»Das ist ja interessant«, staunte ich. »Waren Sie nicht eifersüchtig auf Werner Krieger, weil er Ihnen die Freundin weggenommen hat?«

»Eifersüchtig?« Er schüttelte den Kopf. »Ich konnte Edith verstehen. Er war der bessere Mann, nicht ich.«

»Der bessere Mann inwiefern?«

»Edith war ein bisschen wie ich. Sie war vorsichtig und hat immer das Für und Wider einer Sache gesehen. Im Handeln eher zögerlich ...«

»Werner Krieger war das Gegenteil«, folgerte ich. »Ein Mann der Tat.«

»Sie hat ihn bewundert dafür, dass er sich so schnell entscheiden konnte. Und die Kraft hatte, alles, was er wollte, auch zu tun.«

»Wo waren Sie in der Nacht vom elften auf den zwölften Oktober?«, fragte ich.

71

Liebe Edith,

Lily krabbelt schon über den Teppich und brabbelt Worte, die wir nicht raten können. An so einem kleinen Menschen sieht man am deutlichsten, wie die Zeit vergeht. Von einem Tag auf den anderen wächst sie und überrascht uns alle mit etwas, was sie neu kann. Wie eine kleine Krabbe bewegt sie sich in ihren Windelpaketen vorwärts, als ob ihre Arme und Beine Scheren wären. Ich glaube, Usch macht sich Sorgen. Gestern nach dem Frühstück habe ich sie mit einem Buch aus der Bücherei erwischt. ›Die Entwicklung des Kindes. Worauf ich als Mutter achten muss.‹ Ich denke nicht, dass wir uns um Lily Sorgen machen müssen. Sie ist quietschvergnügt und neugierig. Aber heute liest du ja überall, was wer in welchem Alter machen darf und was nicht. Das fängt schon so früh an. Wenn ein kleiner Mensch sich nicht so wie die anderen vorwärts bewegt. Jonas ist eifersüchtig auf die kleine Schwester. Ich vermute, das ist normal. Usch hat das gemerkt. Neulich hat sie beide zusammen in den Arm genommen. Lily und Jonas. Das hättest Du sehen müssen, Edith. In einem Arm hat sie Lily gehalten. Mit dem anderen hat sie Jonas, der auf ihrem Schoß saß, umfasst, und dann hat sie mit beiden geschaukelt. Nach links und nach rechts. Und wenn sie nach links geschaukelt ist, hat das Kind im linken Arm ein Küsschen gekriegt, das war Lily, und wenn sie nach rechts geschaukelt ist, bekam Jonas ein Küsschen. Hast Du so etwas auch mit unseren Kindern gemacht, habe ich mich gefragt. Aber es waren ja drei. Wie kann das gehen, wenn eine Mutter nur zwei Arme hat?

Jonas hat das jedenfalls gutgetan, auf Uschs Schoß zu sitzen und mit seiner kleinen Schwester zu schaukeln. Er wirft ihr keine Stofftiere mehr in den Weg, wenn sie auf dem Teppich herumkrabbelt. Trotzdem fühlt er natürlich, dass Usch sich mehr um Lily kümmert als um ihn. Und er reklamiert mich für sich. Als hätte er Angst, ich könnte Lily mehr Aufmerksamkeit geben als ihm. ›Du bist mein Opa‹, sagt er zu mir mehr als einmal pro Tag. Und ich antworte brav: ›Ich bin dein Opa, Jonas.‹ An Jonas sehe ich, wie empfindlich die Kinderseelen sind. Und ich schäme mich. Wie streng ich oft zu den Kindern war.

Morgen werde ich Peter bitten, das Schaukelpferd vom Boden zu holen. Ich werde es abbeizen und neu streichen. Dabei kann Jonas mir helfen. Er ist für ein Schaukelpferd vielleicht schon zu groß. Ich weiß nicht, in welchem Alter Kinder Schaukelpferde mögen. Aber Jonas wird es mir schon sagen. Das Wichtigste ist ja auch, dass ich etwas gemeinsam mit ihm mache, dass er seinen Opa für sich hat. Ich denke, dann wird er die Konkurrenz seiner kleinen Schwester besser verkraften. Usch bemüht sich, so gut sie kann, Jonas nicht zu eifersüchtig werden zu lassen. Sie schickt mich mit Jonas raus zum Spielen, wenn sie Lily die Brust gibt. Jetzt merke ich erst einmal, wie abhängig die Menschen von ein bisschen Zuwendung sind. Jonas ist ein ganz normaler kleiner Junge. Aber ich glaube, wenn ich nicht da wäre und wenn Usch nicht so aufmerksam wäre, dann bekäme Jonas Probleme. Woher ich das weiß? Die Stofftiere, die er nach Lily geworfen hat, der Ausdruck in seinem Gesicht dabei, haben es mir gezeigt.

Vielleicht sind wir alle nur Tiere, die einander zerfetzen können, wenn wir nicht das bekommen, was wir brauchen. Bei Lily und Jonas kann ich sehen, dass es nur ein schmaler Grat ist, der Ordnung von Chaos trennt. Nur die Liebe kann uns vom Chaos fernhalten.

72

Weber saß schweigend neben mir auf dem Beifahrersitz. Ich hielt das Steuer und konzentrierte mich auf den Verkehr. Der Lastwagen vor mir kam aus Polen. Die Kollegen von der Autobahnpolizei kassierten bei ihren Kontrollen jeden zweiten Lastwagen aus Osteuropa. Ließen ihn zur nächsten Werkstatt abschleppen und gaben ihn erst wieder frei, wenn er halbwegs fit für den Verkehr gemacht worden war. Ich sah in den Rückspiegel und setzte zum Überholen an. Auch wenn ich wusste, dass alles Leben mit Risiko behaftet war, wollte ich nicht auf der Autobahn sterben. Erst recht nicht, weil mir die alten Reifen eines LKWs um die Ohren flogen, die ein polnischer oder ukrainischer Spediteur nicht erneuert hatte, weil er das Geld dafür nicht hatte. Der Wettbewerb im Speditionsgewerbe war gnadenlos. Jeder unterbot den anderen mit Dumpingpreisen. Die Segnungen der Globalisierung, für die der Bürger im schlimmsten Fall mit dem Tode zahlte. Mir war wohler, als ich den Laster hinter mir ließ.

Alles Leben war Risiko. Der Tod kam oft unerwartet. Trotzdem hatte es Sinn, die Risiken, die man beeinflussen konnte, so niedrig wie möglich zu halten. Es gab einem das Gefühl, sein Leben im Griff zu haben. So musste es Werner Krieger gegangen sein, dachte ich. Genau so einer musste er gewesen sein. Einer, der dachte, er hätte alles unter Kontrolle. Er könnte die Risiken, die er einging, gut einschätzen. Er hatte sich getäuscht. Mit sechs Stichen in der Brust war er gestorben. Sein Plan von einem neuen Leben war gründlich danebengegangen. Ob ihm das in den letzten Minuten seines Lebens noch klar geworden war? Wie lange hatte sein Sterben gedauert? Fleischers Bericht verriet darüber nichts hundertprozentig Verlässliches. Hundert Prozent Gewissheit gibt es im wirklichen Leben nicht. Es gibt immer eine Grenze. Dinge, die wir nie erfahren. Obwohl wir heute in der Kriminaltechnik so weit sind wie noch nie zuvor. Trotz der modernsten und raffiniertesten Verfahren wird es immer Dinge geben, die wir nicht messen und analysieren können, die das Leben und das Sterben eines Menschen zum letzten großen Geheimnis machen. Dieses Geheimnis spornt unsere Neugier an. Wir wollen es lösen, um dem Geheimnis des eigenen Lebens auf die Spur zu kommen. Eine mächtige Motivation.

Neben mir hing mein Kollege mit geschlossenen Augen in den Gurten, den Mund leicht geöffnet, begann er sanft und regelmäßig zu schnarchen. Früher saß er kerzengerade neben mir auf dem Sitz, wenn ich den Wagen steuerte. Heute war er so entspannt, dass er einschlief.

Weber neben mir war der schnarchende Beweis, dass es im

Leben vorwärtsging. Dass Menschen lernen konnten, einander zu vertrauen. Vielleicht lieferte er mit seinem Schnarchen aber auch nur den Beweis, dass der Mensch viel zu arglos und zu vertrauensselig für dieses Leben ist.

Rote Lichter leuchteten vor mir auf. Ich setzte den Fuß auf das Bremspedal. Verdammt. Panik überflutete mich. Warum trat der Typ vor mir von einer Minute zur anderen auf die Bremse? Gedanken überschlugen sich in meinem Kopf. War mein Wagen überhaupt fahrtüchtig? Wann war ich das letzte Mal in der Werkstatt? Hatte ich die Bremsbeläge erneuern lassen? Hielten die das aus? Schaffte ich es, rechtzeitig zu stoppen? Mit einem unsanften Ruck und laut quietschenden Reifen kam ich zum Stehen. Meine Knie zitterten. Das war gerade nochmal gutgegangen.

»Bist du verrückt?«, schrie mein Kollege mich an.

»Meinst du, das mache ich zum Spaß?«, donnerte ich zurück. »Der hat von einer Sekunde auf die andere 'ne Vollbremsung gemacht, der Idiot. Dem erzähl ich was.«

Ich stemmte die Tür auf. »'ne Vollbremsung auf der Autobahn. Der hat sie doch nicht mehr.«

Die Autotür fiel mit lautem Knall zu. Ein Blick auf meine Stoßstange, die knapp vor der des Mercedes saß, reichte, um meine Knie erneut zum Zittern zu bringen. Ich lehnte mich an den Golf. Die Mercedes-Stoßstange sah makellos wie im Werbeprospekt aus. So was nannte man Glück.

Als meine Knie nicht mehr zitterten, versuchte ich herauszufinden, was da passiert war. Die Leitplanken entlang lief ich nach vorne. Der Fahrer des Mercedes hatte weniger Glück gehabt als ich. Er hatte nicht rechtzeitig stoppen können. Die Schnauze seines Wagens hing im Hinterteil eines Kombis.

Ein Mann stand mit wackligen Knien neben einer geöffneten Autotür. Der Fahrer des Kombis.

»Alles okay?«, rief ich ihm zu. »Haben Sie schon die Rettung alarmiert?«

Er schüttelte den Kopf.

»Sind Sie verletzt?«, fragte ich.

Er schüttelte den Kopf.

»Können Sie reden?«

Er bewegte die Lippen, aber es dauerte, bis aus den Bewegungen seines Mundes Worte wurden, die ich verstand.

»Da hinten«, er zeigte auf das Hinterteil seines Kombis, in dem jetzt die Schnauze des Mercedes saß, »sitzt sonst immer ...«, seine Stimme hielt nicht durch, wurde zu einem Krächzen, »... meine Tochter.«

»Ihre Tochter hatte einen Schutzengel. Einen, der richtig gut aufgepasst hat.«

Er nickte, das Gesicht kreidebleich.

Mit schnellen Schritten lief ich zum Wagen zurück. »Weber, stell ein Warndreieck auf und alarmier die Kollegen.« Ich zog das Handy aus der Tasche meiner Jacke und warf es ihm auf den Schoß.

»Und du?«

»Ich schau mal, wie ich die Leute aus dem Mercedes ins Freie krieg.«

»Pass auf, Bea«, warnte er mich. »Wenn Benzin ausgelaufen ist, lass es.«

»Wenn Benzin läuft, mach ich nichts.«

An der Stelle, wo das Vorderteil des Mercedes sich in das rote Blech des Kombis katapultiert hatte, ließ ich mich auf die Knie fallen und suchte auf dem Asphalt nach verdächtigen feuchten Spuren. Nichts, ich schwang mich auf das Chassis des Kombis, quetschte mich an dem Blech des Mercedes vorbei, kletterte auf das Dach. Auf allen vieren robbte ich weiter nach vorne. Ich schob meinen Kopf vor und versuchte durch eine zersplitterte Scheibe in den Mercedes zu gucken.

Ich war umsonst hergekommen. Für den Fahrer des Mercedes kam jede Hilfe zu spät. Eine hässliche Blutspur lief von der Schläfe die Wange hinunter, färbte den Kragen des Hemds rot. Die starren Augen verrieten mir, dass der Todeskampf hinter ihm lag.

»Alles okay, Bea?« Die besorgte Stimme meines Kollegen.

»Mit mir schon.« Ich sprang vom Dach des Mercedes. »Für den Fahrer kommt jede Hilfe zu spät.«

In der Ferne tönten die Sirenen des Rettungswagens.

»Scheiße aber auch«, fluchte mein Kollege. »Warum muss uns das ausgerechnet heute passieren.«

»Haben Sie was sehen können?« Der Fahrer des Kombis blickte mich mit ängstlichen Augen an. Das Gesicht nach wie vor kreidebleich.

»Es sieht nicht gut aus.« Die Sirenen des Rettungswagens waren jetzt ganz nah.

Der Blick des Mannes klebte an dem zerbeulten Blech seines Wagens. »Da saß heute Morgen noch meine Tochter.« Er redete. War wieder bei Stimme. »Ich fass das nicht.«

73

Liebe Edith,

ich kann es kaum glauben. Heute bin ich eingezogen. Während ich dies schreibe, sitze ich wieder an Deinem Sekretär. Peter hat die Möbel vom Dachboden getragen, und wir haben sie gemeinsam aufgestellt. Dein Sekretär steht an der Wand neben dem Fenster. Wenn ich mich ein wenig schräg setze, kann ich durch die Glastüren in den Garten sehen. Usch wollte mir Gardinen nähen. Aber ich will keine Gardinen. Die würde ich sowieso nur zur Seite schieben. Ich habe Rollläden, das reicht. Ich möchte ja sehen, was draußen im Garten los ist. Ich hatte schon Besuch. Ein Eichhörnchen ist über die Terrasse gelaufen und eine kleine schwarzweiße Katze. Usch meint, sie gehört einem der Nachbarn. Ganz neugierig war sie und hat durch die Glasscheibe zu mir ins Zimmer geschaut. Mit ein bisschen Dosenmilch kann ich sie bestimmt locken, mich öfter zu besuchen. Usch sagt, dass Katzen frische Milch nicht vertragen. Heute schlafe ich das erste Mal in meinem neuen Zuhause. In meinem neuen Bett. Sie haben es tatsächlich zum vereinbarten Termin geliefert: heute. Punkt fünfzehn Uhr. So etwas ist man ja gar nicht mehr gewohnt, dass die Dinge so wie vereinbart abgewickelt werden. Ich habe mich für ein hohes Bett entschieden, ›altengerecht‹ nennt man so was offiziell. Warum soll ich mir das Leben nicht so bequem wie möglich machen. Ich habe mir ein gutes gekauft mit Elektromotor und Fernbedienung und ordentlichen Matratzen. Das habe ich mir gegönnt. Warum soll ich das Geld auf der Bank verrotten lassen? Besser, ich habe noch etwas davon. Ich bin gespannt wie ein Flitzebogen auf die erste Nacht.

Der Umbau hat gut geklappt. Natürlich gab es die eine oder andere Katastrophe. Der Architekt hatte den Metallträger für die Terrassentür falsch berechnet, die Fliesenleger wollten die Bodenfliesen an die Wand kleben im Bad, die Fußleisten saßen krumm und schief auf der Wand. Aber ich weiß ja, was alles passieren kann. Ich habe nicht umsonst ein Leben lang im Handwerk gearbeitet. Man darf Handwerker nicht allein lassen, man muss neben ihnen stehen, alles kontrollieren, sich von ihnen sagen lassen, was sie als nächsten Schritt vorhaben.

Du kannst Dir sicher vorstellen, dass ich die letzten Wochen alle Hände voll zu tun hatte. Wenn ich abends zum Schlafen in mein Wohnmobil stieg, war ich so geschafft, dass ich fast im Stehen eingeschlafen bin. Aber der Anbau ist schön geworden, das muss ich sagen. Die Türen sind breit genug, um zur Not auch mit einem Rollstuhl durchzukommen. Das Bad ist ausgelegt mit rutschfesten Fliesen. Da kann ich ruhig mal mit nassen Füßen rumlaufen, ohne gleich das Schlimmste zu riskieren. Und es hat ein Fenster. Küche und Bad müssen ein Fenster haben zum Lüften, egal wie klein sie sind. Ich brauche ja eigentlich keine Küche, weil ich immer mit Peter und Usch und Jonas esse, aber ich habe sie trotzdem einbauen lassen. Für den Kaffee zwischendurch ist das etwas luxuriös. Du siehst, ich werde richtig leichtsinnig. Seit ich aus Bonn weg bin, habe ich schon einen Batzen Geld ausgegeben. Es macht Spaß. Wir beide waren ja immer zu sparsam. Ich sage nur ›Wohnmobil‹ oder ›Kanada‹. Das ist mir eine Warnung.

Verglichen mit unserem Haus ist mein neues Heim klitzeklein, aber verglichen mit dem Wohnmobil ist es riesig. Ich habe ein großes luftiges Zimmer, von dem ich noch einmal mit einer offenen Zwischenwand den Schlafplatz abgeteilt habe.

Alles riecht noch frisch. Nach Farbe. Heute Nachmittag habe ich die Türen und Fenster sperrangelweit aufgemacht. Die Luft, die hereingekommen ist, roch schon herbstlich. Man sieht natürlich im Garten, dass der Herbst da ist. Die Rosen sind verblüht, und die Blätter der Bäume beginnen sich zu verfärben. Es ist unglaublich, wie schnell der Sommer vergangen ist. Ich werde mir ein Glasdach über die Terrasse machen lassen, dann kann ich den Sommer verlängern und noch bis November draußen sitzen. Mein Leben mit Peter und Usch und Jonas und Lily macht mich so glücklich, dass ich manchmal denke, das kann es gar nicht geben. Dieses Glück habe ich nicht verdient. Es wird einer kommen und es mir aus der Hand nehmen.

Was hast Du immer gemacht in solchen Fällen? Dreimal auf Holz geklopft, über die Schulter gepustet, in der Kirche Kerzen aufgestellt. So hast Du versucht, Dir die Unterstützung von Mächten, die größer sind als wir, zu erbitten.

74

Wir saßen im Auto und verfolgten durch die Scheibe den Fortgang der Aufräumarbeiten. Der Notarzt hatte bestätigt, was ich vermutet hatte. Für den Fahrer des Mercedes war jede Hilfe zu spät gekommen. Der Arzt vermutete, dass der Mann an einem Herzinfarkt gestorben war. Einfach so. An seinem Steuer. Jetzt waren die Profis für Blechschäden am Werk. Ein Kran beförderte die beiden verkeilten Fahrzeuge auf einen Abschleppwagen.

»Unfälle sind auch nicht besser als Morde«, sinnierte Weber. »Genauso grausam, genauso tödlich.«

»Appetitlicher als Morde sind Unfälle nicht«, bestätigte ich.

»Ich würde gern mal was machen, wo ich keine Leichen zu sehen kriege.«

Mit einem Ruck fielen die Autos auf den Abschleppwagen. Hingen da, abgesichert durch starke Eisenketten, die in einer Riesenkralle zusammenliefen, die der Kran festhielt.

»Beruflich, meine ich.«

»Lass dich versetzen«, riet ich. »Zu Diebstahl oder Betrug. Da gibt's kaum Leichen, wenn überhaupt.«

»Dann denken alle, ich hätte einen an der Kappe.« Er zwirbelte seinen Bart. »Ich meine, alle wollen zu Mord, das ist für jeden Bullen das Größte.«

»Lass sie denken, was sie wollen. Wenn du es leid bist, dann verabschiede dich.«

»Geht dir das nicht auch manchmal so?« Er sah mich fragend an.

»Ich könnte jedes Mal kotzen, wenn ich 'ne Leiche sehe, das weißt du doch.«

Der Abschleppwagen setzte zurück. Die Eisenketten, an denen die Autos hingen, schwangen hin und her.

»Trotzdem ist Mord dein Ding, oder nicht?«

Ich überlegte. Dann schüttelte ich den Kopf.

»Nein, Mord ist es nicht. Ich bin neugierig, was Menschen machen, wie sie ticken. Wie sie sich in extremen Situationen verhalten. Auf die Toten kann ich gut verzichten.«

»Wie Menschen ticken, kannst du dir auch bei Diebstahl und Betrug begucken oder bei den Vermissten.«

»Da geht's nicht um genug. Nur Knete. Das ist langweilig.«

»Bei den Vermissten geht's nicht um Knete.«

»Bist du sicher? Ich will nicht wissen, wie viele sich wegen Schulden absetzen.«

»Wir könnten so schön zusammen zu Diebstahl oder Betrug gehen. Zu den Vermissten würde ich mich auch noch breitschlagen lassen, wenn du mitkämst.«

»Es gibt eine Abteilung, die mich reizen würde«, überlegte ich laut.«

»Was für eine?«

Ein Kollege in Uniform winkte den Abschleppwagen nach rechts auf die freie Fahrbahn.

»Jetzt sag bloß nicht Verkehr!«

»Das wäre das Letzte«, knurrte ich. »Blech interessiert mich nicht.«

»Das ist nicht nur Blech. Du kannst auch im Hubschrauber über der Autobahn schweben. Ist das nichts?«

»Der luftige große Überblick. Sehr reizvoll«, gab ich zu. »Aber nur, wenn ich was anderes als verstopfte Autobahnkreuze zu sehen krieg.«

»Sag schon, was du dir vorstellen könntest.«

»Ich könnte mir vorstellen, in die Fortbildung zu gehen. Mit den Kollegen zu arbeiten. Mir ihre Probleme anzusehen und ihnen zu helfen, damit sie in unserm Scheißverein nicht untergehen. Das interessiert doch kein Schwein, wer in unserem Laden kaputt gemacht wird, weil er einen beschissenen Vorgesetzten hat oder die falschen Kollegen.«

»Du willst Kuschelkurse machen?« Er sah mich mit großen Augen an.

»Nenn es, wie du willst. Aber ich war zwei Tage auf 'ner Fortbildung, und das auch nur, weil Froböse mich zwangsverschickt hat. Du konntest oder wolltest nicht. Erinnerst du dich?«

»Entspannungstechniken? Meinst du das? Da musste ich auf die Zwillinge aufpassen, weil Inga die Woche Nachtdienst hatte.«

»Genau, und da habe ich so ein Zeug gelernt, von dem ich gedacht habe, es wäre Schwachsinn: Selbstsuggestion.«

»Selbst... was?«

»Suggestion. Sich selbst was vormachen, vorreden.«

Der uniformierte Kollege gab uns das Zeichen zum Weiterfahren. Ich startete den Wagen.

»Vorreden?« Weber schüttelte ratlos den Kopf. »Wie meinst du das?«

»Man kommt sich blöd vor, wenn man's macht, aber es funktioniert.«

Ich genoss das flotte Fahren auf der freien Strecke.

»Ich habe Probleme mit Leichen, ihrem Anblick, ihrem Geruch, das weißt du ja.«

»Aber du hast nur ein einziges Mal gekotzt«, erinnerte er sich. »Bei dem Typ mit den Schweineohren, das war ja auch 'ne harte Nummer.«

»Alle haben es gesehen, alle haben noch tagelang Witze darüber gemacht.«

»Aber das hast du doch locker weggesteckt.«

»Locker nicht, aber ich hab's weggesteckt. Jetzt stell dir mal vor, dass hätte 'ne junge Kollegin durchgemacht.«

Er strich über seinen Bart. »Ich weiß, was du meinst.«

»Also jetzt bei Werner Krieger, da hatte ich kein Problem mehr damit. Kein Kotzgefühl, nichts.«

»Und da hat dir der Kuschelkurs bei geholfen?«

»Ich habe mir immer wieder vorgesagt: ›Alles riecht gut‹, und es hat funktioniert. Ich hatte die ganze Zeit über Weihrauch in der Nase.«

»Es war eine frische Leiche. Die hat nicht gestunken. Und du warst in einer Kirche. Da ist es normal, dass es nach Weihrauch riecht oder nicht?«

»Nicht in einer evangelischen Kirche«, klärte ich ihn auf. »Die nehmen keinen Weihrauch.«

»Du meinst also, das hat alles nur durch das Aufsagen von ›Alles riecht gut‹ geklappt.«

»Es ist die einzige logische Schlussfolgerung, und sie hat mich schwer beeindruckt.«

»Und jetzt willst du mit ›Alles riecht gut‹ die Kollegen glücklich machen. Die Sache hat nur einen Haken.« Mein Kollege grinste. »Spezialisier dich in deinen Kuschelkursen auf Frauen. Die riechen besser. Die Kollegen kommen zu dir im Sportzeug, mit ihren stinkenden Socken.«

»Weber«, maunzte ich ungnädig.

»Also ich gehe zu Betrug, und du machst Kuschelkurse. Und wer löst unseren Fall?«

»Wir haben noch eine hochmotivierte Mitarbeiterin im Team, die davon träumt, zum ersten Mal in ihrem Leben einen Mord aufzuklären. Die müssen wir einfach stärker mit einbinden.«

»Kannst du nicht einmal ernst sein, Beate?«

»Ich bin ernst. Petra hat mindestens so viel Lebenserfahrung wie wir. Wir werden mit ihr noch einmal alles ordentlich durchsprechen.«

75

Liebe Edith,

vor ein paar Tagen ist ein Brief von Franka gekommen. Sie will sich mit mir treffen, mit mir reden. Es geht um Johannes. Für Franka ging es immer nur um Johannes, wenn sie mit mir reden wollte. ›Ob ich wüsste, was ich ihm antue, wenn ich ihm kein Geld mehr schicke‹, fragt sie mich. Das kommt mir alles so unwirklich vor. Wie aus einem fremden Leben. Johannes ist vierzig. Was kann man einem Menschen mit vierzig ›antun‹, wenn man ihm keinen monatlichen Wechsel mehr schickt? Ich werde mich mit ihr treffen und ihr meinen Standpunkt klarmachen. Nach vierzig Jahren, in denen ich mich finanziell um meinen Sohn gekümmert habe, darf ich doch wohl endlich damit Schluss machen. Oder heißt, Kinder zu haben heute, dass man von der Geburt bis zur Beerdigung für sie zuständig ist?

Du siehst, auch wenn ich Fuß gefasst habe in meinem neuen Leben, kann ich dem alten nicht entkommen. Ich könnte mich natürlich weigern, Franka zu treffen. Aber das bringe ich nicht übers Herz. Sie ist schließlich meine Tochter. Auch wenn sie nicht da war für mich, als ich sie gebraucht hätte. Und ich ihr einen Abschiedsbrief geschrieben habe in meiner Enttäuschung und in meinem Schmerz darüber, dass ich mich auf meine leiblichen Kinder nicht verlassen kann. Aber selbst ich bin nicht so hartherzig, dass ich nicht mit ihnen rede, wenn sie mich darum bitten.

Peter und Usch wissen ja nicht, dass ich Kinder habe. Ich habe es ihnen nicht erzählt. Ich wollte keine zusätzlichen Komplikationen. Es ist einfacher für sie, denke ich, einen Opa in ihrer Familie aufzunehmen, der allein ist und keine Kinder hat. Wenn ich ihnen sagen würde, dass ich selbst Kinder habe, gäbe es Erklärungsbedarf. Vielleicht sagen sie mir dann, kümmere dich um deine eigenen Kinder, alter Mann. Was willst du bei uns? Davor habe ich Angst. Deshalb habe ich ihnen nichts von Johannes, Ruth und Franka erzählt.

Wie werden sie darauf reagieren, wenn sie es erfahren? Werden sie mich für einen Betrüger halten, der sie unter Vorspie-

gelung falscher Tatsachen hinters Licht geführt hat? Ich mag gar nicht daran denken. Drück mir die Daumen, Edith, dass sie mich für das halten, was ich gerne wäre. Ich denke, meine Aufgabe als Opa mache ich nicht schlecht. Jonas kann inzwischen sogar Schleifen binden. Und wie stolz er darauf ist. Ich werde ihm auch in Zukunft noch das ein oder andere beibringen. Es macht mir Spaß, und Jonas will lernen. Ich denke, wir sind ein gutes Team, Jonas und ich.

76

Ich hatte die Nacht über unruhig geschlafen. Mehr als einmal war ich durchgeschwitzt aufgewacht. Im Traum hatte ich einiges durchgestanden. Ich war in einen polnischen Laster gerast, Metallteile waren mir um die Ohren geflogen, Flammen neben mir aufgelodert, Sirenen des Rettungswagens hatten in meinen Ohren geheult. Einen anderen Teil meiner Nacht hatte ich in einem Krankenbett verbracht, fest verschnürt unter weißen Laken. Einem Krankenbett, das in luftiger Höhe an mächtigen Ketten hing und über einem Fluss schaukelte, in dem Krokodile ihre langen Köpfe durch die Wellen schoben. Ich hatte aufgebahrt in einem Sarg gelegen, umringt von Menschen, die um mich trauerten. Das Gesicht meiner Mutter hatte ich erkannt, das von Anna. Weber war da, Petra. Froböse. Und alle hatten sie Erde auf mich geworfen. Unaufhörlich rieselte Erde auf mein Gesicht. Bis es dunkel wurde und ich keine Luft mehr bekam.

Ich brauchte keinen Psychologen, der mir sagte, dass der gestrige Tag mit der Beerdigung und dem Unfall nicht spurlos an mir vorübergegangen war.

Was ich jetzt brauchte, war eine siedend heiße Dusche. Das und eine Portion extra starken Kaffee würden die Geister der Nacht vertreiben und mich fit für einen Tag im Präsidium machen. Die intakte Stoßstange meines alten Golfs erinnerte mich daran, dass ich ein Glückskind war, dass der Unfall auf der Autobahn auch ganz anders hätte ausgehen können. Dass eine Nacht mit schlimmen Träumen ein Preis war, den ich gern zahlte. Der Preis dafür, dass ich selbst unverletzt aus der Sache herausgekommen war.

Auf der Fahrt ins Präsidium stellte sich unverhofft ein seltsames Glücksgefühl ein. Ich freute mich, dass ich Fensterputzer sah, die die Scheiben eines Modegeschäfts mit ihrem Gummischieber von Wassertropfen befreiten. Kinder, die mit bunten Ranzen auf dem Weg zur Schule waren. Menschen, die an der Haltestelle auf ihren Bus zur Arbeit warteten. Sie alle zeigten mir, dass ich Grund zur Freude hatte. Freude darüber, dass ich genau wie sie am Leben war.

Beschwingt öffnete ich die Tür zu unserem Büro. Was für ein vertrautes Bild. Weber, der die Füße in einer Schreibtischschublade abgelegt hatte. Petra, die auf unserem Besucherstuhl saß. Die langen Beine übereinandergeschlagen. Mit roten Stiefeletten, die ich bisher noch nicht an ihren Füßen gesehen hatte. Was für ein munterer Anblick, ein roter Schuh, der in der Luft hin und her schaukelte.

»Einen wunderschönen guten Morgen«, begrüßte ich meine Kollegen.

»Morgen, Bea«, grüßte Petra zurück. »Weber erzählt mir gerade von eurem Unfall. Ihr habt ja echt Glück gehabt.«

Ich las Besorgnis in ihrem Blick.

»Unkraut vergeht nicht«, lächelte ich.

»Warum bin ich heute nicht zu Hause geblieben?«, fragte Weber uns mit düsterem Blick. »Jeder Arzt hätte mich krankgeschrieben. Für eine Woche mindestens.« Er lehnte sich in seinem Schreibtischstuhl zurück. »Ich bin verrückt.«

»Weber, wir brauchen dich.« Ich setzte mich auf meinen Stuhl an den Schreibtisch. »Ohne dich kriegen wir den Fall nie von der Platte.«

»Hat sich die Fahrt nach Bonn denn gelohnt?«, fragte Petra. »Was habt ihr rausgekriegt?«

»Gelohnt?« Ich überlegte. »Weber, sag du was dazu …«, forderte ich meinen Kollegen auf.

»Ein Schuss in den Ofen, wenn du mich fragst.«

»Wohl wahr«, seufzte ich.

»Habt ihr denn nichts Neues erfahren? Nichts, was einen Anhaltspunkt für einen Verdacht ergibt?« Sie blickte ungläubig von mir zu Weber und wieder zurück. »Gar nichts kann doch nicht sein?«

»Du hättest mitkommen sollen, Petra, ehrlich. Das war 'ne ganz normale Beerdigung. Alle haben nur nette Sachen über Werner Krieger gesagt, selbst sein alter Partner. Werner Krieger hat ihm die Freundin geklaut, er hat nie selbst geheiratet, und trotzdem erzählt er nur Gutes über ihn.«

»Der lügt doch«, empörte Petra sich. »Wenn der nie selbst geheiratet hat, dann knackt der heute noch daran, dass der ihm seine Frau weggenommen hat.«

»Du hättest ihn sehen sollen. Das war ein freundlicher alter Mann in einem Altenheim. Einer, der mit sich selbst im Reinen ist, seine Ruhe haben will.«

»Wollt ihr wissen, was ich glaube?« Petra musterte uns aus zusammengekniffenen Augen. »Ich glaube, dass ihr eure Ruhe haben wollt. Dass ihr den Fall nicht mit dem richtigen Biss angeht.«

Ich beobachtete, wie die Erregung Petra rote Flecken auf die Wangen malte. Sie war noch nicht fertig.

»Guck dir an, wie Weber auf seinem Stuhl hängt und nur noch vom Krankfeiern redet, und du bist auch nicht besser.«

»Petra«, sagte ich. »Da ist was dran. Du bist eine gute Kriminalistin. Du solltest dein Fach-Abi machen und studieren.«

»Eh, wovon redet ihr da?«

»Halt den Mund, Weber. Du weißt, dass Petra recht mit dem hat, was sie sagt.«

Weber zog die Füße aus der Schublade, setzte sie auf den Boden, richtete seine Rückenlehne auf.

»Ich überlege, ob ich nicht zu Diebstahl gehe oder Betrug. Ich bin die Überstunden und die Toten leid. Jetzt weißt du's.«

»Weber.« Petra sah ihn fassungslos an.

»Man sollte so eine Arbeit nicht jahrelang machen. Das

schlaucht zu sehr. Das hält keiner aus«, sagte ich. »Die Überstunden, die Albträume, den ganzen Scheiß.«

»Jetzt fängst du auch noch an, Bea ...«

»Du hast damit angefangen, Petra. Nicht wir.«

»Und wie geht das jetzt weiter?« Ihre Finger umfassten die Schreibtischkante, als suchten sie einen Halt.

»Wie schon?«, fragte ich. »Wir lösen diesen Scheißfall. So wie wir schon zig Fälle gelöst haben, daran ändert sich nichts.«

»Das ist ja mal ein Wort.« Ihre Stimme klang erleichtert.

»Und, wie sah's hier aus, Frau Kriminalassistentin? Hat sich in den vierundzwanzig Stunden, in denen wir weg waren, was getan?«

»Ich weiß ja nicht, ob das was bringt ...« Petra hielt ein Päckchen hoch, das in ein braunes Kuvert eingewickelt war. »Das hat Usch Sonntag für dich abgegeben. Ich soll es dir persönlich übergeben.«

»Zeig her.« Ich nahm ihr das Päckchen aus der Hand. »Weißt du, was das ist?«

»Sie hat gesagt, es wären Briefe. Die sie in Werner Kriegers Wohnung gefunden hat.«

»Was hat die in seiner Wohnung verloren? Wir haben ein Siegel auf die Tür geklebt.« Ich runzelte die Stirn.

»Sie war vorher da«, erklärte Petra. »Als Werner Krieger nicht nach Hause gekommen ist, hat sie sich Sorgen gemacht und in der Wohnung gesucht, ob sie irgendetwas findet, wo er sein könnte«, berichtete Petra. »So hat sie mir das erzählt.«

»Sie hat bei ihm rumgeschnüffelt.« Weber verzog missbilligend das Gesicht.

»Deshalb hat sie die Briefe auch jetzt erst gebracht«, erklärte Petra. »Es war ihr peinlich zu erklären, wie sie drangekommen ist. Sie wollte sie lesen, weil sie dachte, da würde sie einen Hinweis finden, wo Werner Krieger sein könnte. Aber dann hat sie es nicht übers Herz gebracht, die geschlossenen Umschläge aufzureißen.«

Ich öffnete den braunen Umschlag und kippte ihn auf meinem Schreibtisch aus. Weiße längliche Briefumschläge fielen heraus.

Ich griff mir einen. Er war sauber und ordentlich beschriftet. ›Kurklinik Tannenhof‹, las ich, ›dritter Februar.‹

Ich zog aus meiner Schreibtischschublade einen kleinen Dolch, den mir die Kollegen zum Geburtstag vermacht hatten, und schlitzte damit vorsichtig den Umschlag auf. Ich fasste in ihn hinein und holte zwei Blätter weißes Papier heraus, klappte sie auseinander und las laut: »Liebe Edith.« An diesem Punkt stoppte ich. »Edith«, fragte ich. »Ist das nicht der Name seiner verstorbenen Frau?«

»Das ist ja komisch.« Petra biss auf ihren Fingernagel. »Er hat Briefe an seine Frau geschrieben, obwohl sie längst tot war?«

»Durchgeknallt.« Weber lehnte sich in seinem Stuhl zurück. »Die sind alle durchgeknallt. Ich werde heute noch meinen Versetzungsantrag zu Diebstahl stellen. Ich halte diese Knallbirnen nicht mehr aus. Lieber ein paar clevere Safeknacker und Autoschieber. Menschen, die wissen, was sie tun.«

Ich ignorierte den Gefühlsausbruch meines Kollegen und las mich ein. Eine Weile war es still im Raum. Petra und Weber verfolgten neugierig, was ich tat.

»So durchgeknallt ist das nun auch wieder nicht.« Ich faltete die Blätter und steckte den Brief in den Umschlag zurück. »Er schreibt ihr aus der Klinik, weil er sonst niemanden hat, mit dem er reden kann.«

»Da gibt's Schwestern, Ärzte, Pfleger, Psychos«, zählte Weber auf. »Die sind geil drauf, dass ein Patient ihnen sein Herz ausschüttet. Erzähl mir nichts, der ist verrückt.«

Petra verfolgte unseren kleinen Schlagabtausch mit Interesse.

»Ich finde das nicht verrückt«, beharrte ich. »Jedenfalls nicht knüppelverrückt. Manche schreiben Tagebuch, andere an ihren geliebten Superstar, andere an den lieben Gott. Warum soll er nicht an seine Frau schreiben, auch wenn sie nicht mehr lebt? Zwiesprache mit ihr halten?«

»Frau Sonntag fand's jedenfalls wichtig für die Ermittlungen. Sie wollte, dass du sie kriegst ...«, stellte Petra klar.

»Und wenn die Sonntag die Briefe selbst geschrieben hat«, warf Weber ein. »Was dann?«

»Unwahrscheinlich. Die Zeit hat sie nicht, bei zwei kleinen Kindern. Die Schrift sieht so aus wie die vom Testament«, erinnerte ich mich. »Und die ist ja laut Expertenmeinung von Werner Krieger.«

»Was sollen wir jetzt mit den Briefen machen?« Weber zupfte an seinem Bart.

»Ich werde sie lesen«, verkündete ich. »Dafür müsst ihr mir den Rücken freihalten und mich in Ruhe lassen.«

»Wir dürfen wieder die Drecksarbeit machen«, maulte mein Kollege.

»Weber, wenn du die Briefe haben willst: gerne. Du musst es nur laut und deutlich sagen.«

»Schon gut.« Er winkte ab. »Auf die Ergüsse dieses Verrückten bin ich nicht wild.«

»Wie geht's jetzt weiter?«, fragte Petra.

»Steine kloppen, Kleinarbeit«, gab ich die neue Losung für den Fall aus. »Wir brauchen Fakten. Als Erstes will ich wissen, wie für jeden unserer Verdächtigen die finanzielle Situation aussieht. Parallel dazu prüft ihr bei jedem Einzelnen, ob er zur Tatzeit hier in der Stadt gesehen wurde. Ihr konzentriert euch auf die Verdächtigen, die wir bisher haben. Und die wären – am besten, ihr schreibt mit: das Ehepaar Sonntag, bei dem Werner Krieger gelebt hat, seine Kinder und der alte Partner. Pack mer's. Über uns und unsere Probleme reden wir erst wieder, wenn wir den Fall gelöst haben.«

»Du solltest zum Militär«, grinste mein Kollege. »Die suchen so was wie dich, Einpeitscher und Schleifer.«

»Zu viel Lockerheit vertragt ihr ja nicht.« Ich schickte Petra einen strengen Blick. »Jetzt kriegt ihr die starke Hand, beschwert euch nicht. Apropos, Petra. Was hast du über den Spazierstock herausgekriegt?«

»So ein Ding ist im städtischen Fundbüro abgegeben worden.«

»Wo, wann, von wem wurde es gefunden?«, feuerte ich die wichtigsten Fragen ab. Auf die naheliegende Frage, warum sie bisher noch nichts davon erwähnt hatte, verzichtete ich. Die

Harmonie unter den Kollegen war ein zu wertvolles Gut, als dass man es durch Kleinlichkeit gefährden sollte.

»Abgegeben hat es ein Typ, der die City-Klos wartet«, berichtete Petra. »Die Leute vom Fundbüro kennen ihn.«

»Was verdammt nochmal sind City-Klos«, stöhnte Weber.

»Das sind formschöne kleine Häuschen, die überall auf den Bordsteigen herumstehen. Jeder, der mit offenen Augen durch die Stadt geht, sieht sie.«

»Meinst du die Dinger, wo sich die Junkies ihren Schuss setzen?«, fragte Weber nach. »Die aus Aluminium oder Stahl?«

»Genau die«, bestätigte ich. »Ein Exportschlager deutscher Wertarbeit.«

»Hast du mit dem Typen gesprochen, der den Spazierstock abgegeben hat?«, fragte ich Petra.

»Nein.« Sie schüttelte den Kopf. »Die arbeiten im Schichtdienst rund um die Uhr. Wer Spätschicht hatte, kriegt einen zusätzlichen freien Tag. Der war gestern.«

»Häng dich an ihn«, befahl ich. »Schnapp ihn dir und frag ihn, ob er vielleicht auch von dem Verbleib eines kleinen Hörgeräts etwas weiß. Ich seile mich ab und lese. Wenn ich zurückkomme, will ich von euch was hören.«

»Du bist ja schlimmer als Froböse«, empörte sich Petra. »Wir sind nicht deine Kulis, wir sind Kollegen.«

Ich sammelte die Briefe von meinem Schreibtisch und stopfte sie in den braunen Umschlag. »Ihr werdet das ganz prima hinkriegen. Und vergesst nicht, die Sache mit dem richtigen Biss anzugehen.« Bevor mich irgendwelche Wurfgeschosse verletzen konnten, war ich zur Tür hinaus. Ich gratulierte mir, dass ich meinen Vorsätzen treu geblieben war, jeden Tag eine kleine Auszeit zu nehmen. So schwer war das wirklich nicht.

77

Liebe Edith,

letzte Nacht habe ich geträumt, ich säße in einem holzgetäfelten Saal, einem Gerichtssaal. Vor mir Frauen in schwarzen Talaren, die alle wie Frau Heimer aussahen. Mit diesem griesgrämigen Zug um den Mund, den sie manchmal haben kann. Du kennst sie ja. Eine Frau ist aufgestanden und hat den Urteilsspruch verkündet. Sie haben mich zu lebenslänglicher Haft verurteilt. Ich bin hinausgelaufen aus dem Saal, wollte aus dem Gebäude fliehen, bin durch lange Korridore gerannt. Und am Ende von jedem langen Gang stand ich keuchend und hilflos vor einer Wand.

Was will mir der Traum sagen, Edith? Dass ich mir keine Hoffnung machen soll? Dass es Vergeben für mich nicht mehr gibt? Egal, wie ich mich noch anstrenge, was ich noch tue für Peter und Usch, Jonas und Lily?

Dass der große Buchhalter, der mit seinem Buch über allem schwebt, der alles aufgezeichnet hat – jedes Vergehen von mir, jede Schwäche –, mir nicht vergibt? Dass ich mir keine Hoffnung auf Rettung machen kann? Dass es eine zweite Chance nicht mehr gibt? Dass wir nur eine einzige haben und dass es, wenn wir sie nicht nutzen, keine Rettung für uns gibt?

Der Traum macht mir Angst, Edith. Wie furchtbar wäre das. Wenn all die fehlgeleiteten und unsicheren Menschen nur eine einzige Chance bekämen?

Das kann nicht sein, Edith. Das darf nicht sein. Das wäre schlimm. Es muss die Möglichkeit geben, alte Fehler wiedergutzumachen. Zu lernen.

Nur so hat das Leben Sinn. Alles andere wäre unfair und ungerecht.

78

Der Turm, der vor mir aufragte, hatte seine rote Manschette verloren, auf der die Werbebotschaft einer Kleiderfirma geprangt hatte. Niemand wollte mehr mit einem Turm werben, von dem ein Mann mit einem Gummiseil in den Tod gesprungen war. Die Plattform, von der er gehüpft war, war nach wie vor an den Turm geschraubt. Wie ein Galgen, der auf neue Opfer wartete.

Unglaublich, dass ich bei meinem letzten Fall dort oben herumgeturnt war. In dieser Höhe. Alles war gut ausgegangen. Ich hatte einen Selbstmord verhindert und in dieser lichten Höhe das letzte Puzzlesteinchen zum Verstehen des Falls gefunden.

Am Himmel türmten sich eindrucksvolle Wolkengebirge, die von Sekunde zu Sekunde ihre Form änderten. Der Weg, auf dem ich lief, war vollgeweht mit bunten Blättern. Bei jedem Schritt, den ich machte, raschelte das Laub unter meinen Füßen. Auf dem großen Teich am Eingang des Parks planschten Enten.

Die Terrasse des Ausflugslokals war nicht in Betrieb. Die Stühle waren zu Türmen zusammengestellt, mit eisernen Ketten gesichert. Wenn die Sonne durch die Wolken brach, konnte man sich vorstellen, dass die Stühle in diesem Jahr nochmal zum Einsatz kamen. Sobald sie verschwand, wirkten die Stuhltürme wie die Zeugen einer vergangenen Jahreszeit, zum Überwintern geparkt. Ich lief Richtung Fahrstuhl und ließ mich von einer Frau in dunkelblauer Livree, die nichts wahrnahm außer den silbernen Aufzugknöpfen, nach oben fahren.

Das Café war lange geschlossen gewesen, jetzt war es wieder eröffnet. Ich hatte mir schon lange vorgenommen, einmal reinzuschauen. Endlich hatte ich es geschafft.

Ich nahm an einem Tisch am Fenster Platz. An diesem Vormittag war ich der einzige Gast. Eine Kellnerin begrüßte mich und brachte mir die Karte. Ich überflog, was im Angebot war, und bestellte ein Kännchen Kaffee und ein Mineralwasser. Ich sah durch die Panoramascheibe nach draußen. Dies war der

Ausblick, der mich hierhergelockt hatte. Da unten lag meine Stadt. Weit und grün. Die großen Straßen wie Flüsse, auf denen der Verkehr wogte. Ich suchte nach Orientierungspunkten, die ich kannte. Das Präsidium. Wie unscheinbar und klein es aussah in unmittelbarer Nähe des Stadions. Und wie oft es mir und meinen Kollegen wie der Nabel der Welt vorkam.

Es tat gut, ein wenig Abstand zu bekommen. Ich holte die Briefe aus meiner Tasche, dachte an das Gesicht eines weißhaarigen alten Mannes, von dem ich so Unterschiedliches gehört hatte. Für die Kinder war er ein Tyrann, unter dem sie in ihrer Jugend gelitten hatten. Für seinen Partner ein bewunderter Freund, ein erfolgreicher Macher. Für seine neue Familie war er der freundliche und hilfsbereite Opa, ein Vaterersatz. Was für ein Mensch würde zu mir aus den Briefen sprechen?

Ich begann die Briefumschläge dem Datum nach zu sortieren, nahm den ersten in die Hand. Zu dumm, meinen Minidolch hatte ich im Präsidium vergessen. Ich kramte in meiner Handtasche, fand das Nageletui, das Beckmann mir verehrt hatte, zog die Feile heraus, setzte sie auf das Papier und schlitzte den Umschlag sorgfältig auf. Ich faltete den Brief auseinander.

›*Liebe Edith*‹, las ich, ›*wenn ich die Gardine zur Seite schiebe – und das tue ich jeden Morgen als Erstes –, gucke ich hinunter in den Park in eine weiße Winterlandschaft ...*‹

Ein eigenartiges Gefühl überflutete mich. Als wäre Werner Krieger gar nicht tot. Als wäre er quicklebendig und würde zu mir sprechen. Säße mit mir am Tisch. Ich las weiter. Da war sie, die Erklärung, warum er diese Briefe an eine Tote geschrieben hatte. Er war allein, ohne Beistand in einem Klinikzimmer gestrandet. Ein einsamer alter Mann, der den Schock des Schlaganfalls allein verarbeiten musste. Werner Krieger war nicht verrückt gewesen, er hatte sich etwas einfallen lassen. Sich selbst durch die Briefe aus seiner Einsamkeit gerettet.

Nach dem dritten Brief machte ich eine Pause. Sah nach draußen und sah doch nichts, weil ich mit Werner Kriegers Sicht der Dinge befasst war. Für ihn hatte es des Schocks durch den Schlaganfall bedurft, um über sich und sein Leben nachzudenken. Ein kranker Mann, meilenweit entfernt von dem mächtigen Tyrannen, den seine Tochter in ihm gesehen hatte. Man ahnte den Egomanen, das wurde in den Briefen deutlich. Aber ein Egomane, den die Krankheit zum Nachdenken gebracht hatte. Darüber, dass sein Verhalten für seine Frau, seine Kinder nicht immer erfreulich gewesen war.

Ich schlitzte mit meiner Nagelfeile den nächsten Briefumschlag auf. Erst wenn ich alle Briefe kannte, konnte ich mir ein Urteil über den Schreiber erlauben.

»Möchten Sie vielleicht etwas essen?« Die Bedienung sah mich hoffnungsfroh an.

Ich legte den Brief, in dem ich gerade gelesen hatte, beiseite. »Was können Sie empfehlen?«, fragte ich.

»Waffeln mit heißen Kirschen und Sahne, das ist unsere Spezialität.«

»Gerne.« Vielleicht war es irgendwie passend, dass ich bei der Lektüre von Werner Kriegers Briefen das Gleiche wie bei seiner Beerdigung aß.

Die dampfenden Waffeln, die die Kellnerin mir ein paar Minuten später servierte, brachten die Erinnerungen an das Friedhofscafé in Bonn zurück. Sie erinnerten mich an die Kinder des Toten. Wie schwierig musste es für sie gewesen sein, mit einem Vater klarzukommen, der solche Ansprüche an sie stellte. Der wollte, dass sie seinen Betrieb übernahmen, obwohl die Kinder ganz andere Interessen hatten. Zum ersten Mal kam mir der Gedanke, dass es nicht das Schlimmste war, wenn einem der Vater mit acht Jahren abhandengekommen war. Ein Vater, der nicht wegging, immer da war und seine Kinder in festgelegte Richtungen manövrieren wollte, war vermutlich eine härtere Nummer. In diesem Moment war ich froh, dass mir die erspart worden war.

Die Waffeln konnten mit denen in Bonn nicht mithalten. Die Kirschen waren kalt, die Sahne kam aus der Sprühdose. Ich aß, weil ich inzwischen Hunger hatte.

Die Aussicht aus dem Fenster hatte sich verändert. Im Rhythmus von Minuten drehte die Plattform des Cafés sich um den

Turm. Unter mir sah ich jetzt den Norden, dahinter die Anfänge des Münsterlands. Dorthin würde ich gehen, wenn ich Ernst machte und mich in Richtung Fortbildung orientieren wollte. ›Kuschelkurse‹, wie Weber das abfällig nannte.

Ich kehrte zu Werner Kriegers Briefen zurück. Wenn ich wirklich Kurse für die Kolleginnen und Kollegen machen wollte, sollte ich es schaffen, aufgrund der Briefe von Werner Krieger ein psychologisches Profil zu erstellen. Ein Profil, das uns verriet, wer er war, und verraten würde, wer ihn so hasste, dass er ihn mit sechs Messerstichen ins Jenseits befördert hatte.

Ich ratschte ein weiteres Mal mit meiner Feile durch Papier und zog eng beschriebene Blätter aus dem nächsten Umschlag. Klappte sie auf. Wie unterschiedlich das Schriftbild von Brief zu Brief aussah. Wenn man genau hinschaute. Alleine das A. In den vorigen Briefen waren seine Rundungen immer geschlossen worden. Diesmal hingen die A's halb offen auf der Linie, als ob der Schreiber nicht die Kraft gehabt hätte, sie zu schließen. Der Aufenthalt in der Klinik musste für Werner Krieger stimmungsmäßig ein Wechselbad der Gefühle gewesen sein.

»Möchten Sie noch etwas trinken?« Die Frage der Kellnerin rief mich aus einer anderen Welt in die Gegenwart zurück.

»Einen Kaffee«, antwortete ich automatisch.

Ich sah auf die große Uhr über dem Kuchenbüfett. Hatten die Torten dort schon gestanden, als ich bei der ersten Drehung hier vorbeigekommen war? Nein. Das wäre mir aufgefallen. Die Schwarzwälder Kirschtorte, der Käsekuchen und die Donauwellen mussten angeliefert worden sein, als ich in die Briefe vertieft war.

Fast drei Stunden saß ich schon hier und las. Drei Briefe hatte ich noch vor mir. Ich tauchte wieder in die Welt eines alten Mannes ein, der so jung im Kopf geblieben war, dass er das Leben anders leben wollte als die meisten. Der sich für die letzten Jahre seines Lebens einen ganz neuen Plan ausgedacht hatte. Einen Plan, der gründlich danebengegangen war.

Ich steckte den letzten Brief von Werner Krieger in seinen Umschlag zurück. Was für ein mutiger und einsamer alter

Mann. Wie jung er sich noch gefühlt hatte. Trotz der Gehhilfe und des Stocks, trotz der Pillen, die er täglich nehmen musste. Mit der mentalen Energie eines Zwanzigjährigen hatte er sich in ein neues Leben gestürzt. Jetzt konnte ich nachvollziehen, warum er so hart zu seinen Kindern gewesen war. Warum er sie in seinem Testament nicht bedacht hatte. Warum er sich eine neue Familie gesucht hatte.

Aber war er wirklich der clevere Geschäftsmann, für den er sich gehalten hatte? Der Fuchs, den niemand austricksen konnte? War die Familie, die er sich ausgesucht hatte, so nett, freundlich und harmlos, wie er das eingeschätzt hatte? Oder hatten sie ihn eingewickelt? War sein Todesurteil in dem Moment besiegelt, als er sein Testament zugunsten der neuen Kinder aufgesetzt hatte? Usch Sonntag hatte sich nicht gescheut, in Werner Kriegers Wohnung herumzuschnüffeln. Vielleicht war sie ja so freundlich und hatte ihre Fingerabdrücke auf dem Testament hinterlassen. Was bewies das schon? Dass sie das Testament gelesen, nicht, dass sie ihn umgebracht hatte. Ich seufzte. Bisher kannten wir nicht einmal den Tatort, und die Tatwaffe hatten wir auch noch nicht gefunden.

Die neue Familie oder die eigenen Kinder. Darauf lief es wohl hinaus. Kinder, die nicht mit ansehen wollten, dass ihr Vater sein Vermögen schon zu Lebzeiten verschleuderte, die um ihr Erbe fürchteten. Werner Krieger war ja richtig auf Einkaufstour gegangen. Das Wohnmobil, das Haus der Sonntags, der Umbau der Garage. Spätestens nach dem Besuch der jüngsten Tochter wussten die Geschwister von seinen Plänen.

Einen Verdächtigen konnte ich von der Liste streichen. Immerhin. Sein Partner, Alfons Richter, besaß für die beiden fraglichen Tage ein hieb- und stichfestes Alibi. Zusammen mit seiner Schwester und seinem Schwager war er in Riga gewesen. Auf den Spuren seiner Großeltern. Am Ende unseres Besuchs hatte er uns auf sein Zimmer gebeten, um uns die Reiseunterlagen zu zeigen.

Blieben die bekannten Verdächtigen: Franka, Johannes und Ruth Krieger und Usch und Peter Sonntag. Die Menschen, denen Werner Krieger am nächsten gestanden hatte. Wie in mehr als neunzig Prozent aller Tötungsdelikte. Es ist immer wieder ein beunruhigender Gedanke, dass die Menschen, die uns am nächsten stehen, am ehesten zu unseren Mördern werden können. Enttäuschte Liebe, die in Hass umschlägt, setzt mörderische Impulse frei.

Werner Krieger hatte seinen eigenen Kindern einiges zugemutet, ich erinnerte mich noch gut an die Bitterkeit in der Stimme der Lehrerin. Seine älteste Tochter hatte ihm bis heute nicht verziehen. Aber war diese enttäuschte Liebe ein Grund, den Vater umzubringen?

Wie verletzt wäre ich, wenn meine Mutter sich von mir lossagte und dafür eine junge Frau als Tochter annehmen würde? Ist das nicht das Schlimmste, was einem Menschen passieren kann? Von den eigenen Eltern abgelehnt zu werden? Reicht das nicht als Motiv, wenn man finanzielle Motive einmal außer Acht lässt? Oder ließen sich in diesem Fall die Motive nicht klar auseinanderhalten, weil alles miteinander verbunden war? Dass Werner Krieger seine Kinder nicht als Erben eingesetzt hatte, wies sowohl auf finanzielle als auch auf emotionale Dimensionen hin.

Was bedeutete das für unsere Ermittlungen? Unendliche Kleinarbeit: Rekonstruktion und Nachweis des Aufenthaltsortes von mindestens fünf Personen über den Zeitraum von vierundzwanzig bis achtundvierzig Stunden. Gab es eine Abkürzung? Konnte ich das Verfahren irgendwie beschleunigen, damit wir schneller ans Ziel kamen?

Ich sah nach draußen, auf die Häuser unter mir, die wie Teile einer Spielzeugstadt aussahen. Du darfst dich nicht in den Details verzetteln, ermahnte ich mich. Du musst das ganze große Bild sehen. Wenn du Zeit und Arbeit sparen willst, gibt's nur eine Möglichkeit. Du musst dir einen Plan machen, wie du sie knacken kannst. Deiner Intuition trauen, nach all den Berufsjahren. Dann brauchst du nur noch eine kleine Falle zu basteln, in der sich der Täter fängt. So einfach ist das, wenn du an dich glaubst. Aus psychologischer Sicht weißt du alles über die Beteiligten. Zieh deine Schlüsse. Wenn du damit auf den Bauch fällst, bleibst du da, wo du jetzt bist. Dann gibt es für dich noch einiges zu lernen. Und die Kuschelkurse müssen warten.

Pack's an. Was hast du schon zu verlieren?

Ich sah nach draußen. Ein Sonnenstrahl brach durch die Wolken. Woher kommt deine verdammte Angst, einen Fehler zu machen? Warum muss bei dir immer alles hundertzwanzigprozentig sein?

Die Welt ist keine Scheibe. Du stürzt nicht ab, weil du einen Fehler gemacht hast. Die Welt dreht sich weiter, und du bist mit dabei. Der Fehler von gestern kann die Chance von morgen sein.

79

Die Tür von Petras Büro stand offen. Das war ungewöhnlich. Ich folgte der Einladung.

»Wir haben den Tatort«, empfing sie mich. »Was sagst du dazu?« Stolz hielt sie beide Daumen hoch.

»Klasse, Petra.« Ich ließ mich auf den Stuhl vor ihrem Schreibtisch fallen. »Erzähl.«

»Ich hab mit dem Typen gesprochen, der den Stock gefunden hat. Von der Wartungsfirma. Als er die Schicht angefangen hat, hab ich ihn mir geschnappt.«

»Super«, lobte ich.

»Warte, bis du alles weißt.« Ihre Augen funkelten. »Der Typ, das war ein ganz Netter. Total süß. Und sooo hilfsbereit. Der ist mit mir direkt zu dem Klo gefahren, wo er den Stock gefunden hat.«

»Der hat sich gefreut, dass mal was passiert ist während der Arbeit. Immer nur Klos putzen ist ja nicht der Bringer.«

»Klos putzen … Wie du dir das vorstellst. Der muss nicht nur Klos putzen, er ist auch für die Technik zuständig. Wenn da mal was nicht klappt. Die werden nicht umsonst klasse bezahlt von ihrem Chef.«

»Er hat dir das Klo gezeigt«, brachte ich sie auf das Thema zurück. »Welches? Wo stand das?«

»Kaiserstraße, Ecke Robert Koch.«

»Eine belebte Gegend«, sinnierte ich. »Kneipen und Geschäfte.«

Petra folgte ihren eigenen Gedanken. »Ich war zum ersten Mal in so einem Klo. Super Dinger sind das. Alles sauber, weiß, richtig schick. Und jede Menge Platz. Und gestunken, so wie sonst auf 'nem Klo, hat's auch nicht.«

»Wie ging's weiter?«, fragte ich.

»Ich habe sofort Weber Bescheid gegeben, und der ist mit der Kriminaltechnik angerückt. Ich bin dann gleich hierher zurück.«

»Super. Und? Was haben die gefunden?«

»Blutspuren. Unglaublich, wo das Klo andauernd gereinigt wird.«

»Die moderne Technik. Nicht die Sonne, das Blaulicht bringt es an den Tag. Hast du gefragt, ob er auch ein Hörgerät gefunden hat?«

»Er sagt, ein kaputtes Hörgerät hätte er die Tage mal in der Hand gehabt und gleich weggeworfen. Er hat keine Ahnung mehr, in welchem Klo er es gefunden hat.«

»Wär ja auch zu schön gewesen«, seufzte ich.

»Was stand in den Briefen? Irgendwas Neues?«

Ich nickte. »In den Briefen steht, warum er seine Kinder enterbt hat. Sie haben ihn nach dem Schlaganfall allein gelassen. Woche für Woche hat er in der Klinik auf sie gewartet, aber sie sind nicht gekommen.«

»Traurig so was. Findest du nicht?«

»Ja und nein.« Ich zögerte. »Er hat seine Kinder nicht gerade mit Samthandschuhen angefasst. Er wollte immer nur, dass sie so spurten, wie er sich das vorstellte.«

»Trotzdem kümmerst du dich, wenn mit deinen Eltern was Schlimmes ist, oder?«

»Wo wohnen deine Eltern, Petra?«

Sie sah mich verwirrt an. »Zwei Straßen weiter. Das ist praktisch. Man geht sich aus dem Weg. Aber wenn einer den anderen braucht, hat man's nicht weit.«

»Dann geht das leicht mit dem Kümmern«, sagte ich. »Aber seine Kinder leben alle weiter weg. Alle drei ledig und mit dem eigenen Leben beschäftigt.«

»Eltern sind Eltern.« Petra verzog das Gesicht. »Auch wenn ich dicken Streit mit meiner Mama oder meinem Papa hätte, wenn die mich brauchen, bin ich da.«

»Würdest du das auch sagen, wenn dein Vater dich jede Woche einmal verprügelt hätte und deine Mutter dir seit dem Kindergarten vorgebetet hätte, dass du eine faule, nichtsnutzige Schlampe bist, die es im Leben nie zu was bringen wird?«

»Wer macht denn so was?« Sie runzelte die Brauen. »Das sind, wenn überhaupt, Ausnahmen. Das ist doch nicht normal. Hat er das gemacht, seine Kinder verprügelt?«

Ich zuckte die Achseln. »In den Briefen erzählt er davon, dass er seinem Sohn mal vor versammelten Freunden eine Ohrfeige verpasst hat. Und dass ihm das heute leidtut.«

»Da siehst du's«, drehte Petra auf. »Es tut ihm leid. Das allein sagt doch schon, dass er kein Monster von Vater war.«

»Wenn er das zugibt, kann es gut sein, dass das nur die Spitze vom Eisberg war. Dass wir die richtig harten Sachen noch gar nicht kennen.«

»Aber es tut ihm leid. Das hast du selbst gesagt.«

»Es war sein Traum, sich mit den Kindern zu versöhnen, sie um Verzeihung zu bitten. Er hatte keine Chance. Sie sind nicht gekommen. Und er war zu stolz, um sie extra einzuladen.«

»Jemand, der sich entschuldigen will, verdient immer eine zweite Chance.«

»Davon hat er geträumt. Genau das wollte er. Alles noch einmal und besser machen als beim ersten Mal.«

Petra griff nach einem Papiertaschentuch. »Und das haben ihm seine Kinder nicht gestattet.« Sie schnäuzte sich. »Traurig.«

»Ich sehe das anders. Jemand, der ein Leben lang nur sich gekannt hat, darf sich nicht wundern, wenn er im Alter dafür die Quittung kriegt. Ich hab mal gehört, dass einer gesagt hat: ›Warum soll ich dem Mann den Arsch abputzen, der meinen immer verprügelt hat?‹ Da ist was dran.«

»Aber er war doch einsichtig und wollte sich bei den Kindern entschuldigen, das hast du doch gesagt.«

»Wollte er, aber dann konnte er wieder nicht über seinen Schatten springen. Er war zu stolz, den ersten Schritt zur Versöhnung zu gehen. Lieber hat er sich eine neue Familie besorgt.«

»Und du meinst, dass er sich bei denen vertan hat? Dass die es nur auf sein Geld abgesehen haben?«

Ich zuckte hilflos die Achseln. »Solange wir es nicht wissen, können wir nur raten. Vielleicht haben die sich auch verkalkuliert und ihn und seine Motive falsch eingeschätzt.«

»Der Kleine?« Petra warf ihr Taschentuch in den Papierkorb. »Glaubst du, da wäre was mit dem Kleinen gewesen? Er hätte sich an ihm vergriffen?«

»Sein alter Partner hat erzählt, dass er Kinder mochte. Für Kunden mit Kindern stand immer eine Bonbonschale auf seinem Schreibtisch.«

»Vielleicht war das ja ein lieber Onkel? Da kriegt man ja 'ne Gänsehaut. Und fragt sich, warum man überhaupt Mitleid mit dem Typen hatte.«

»So geht's mir auch«, seufzte ich. »Die reinste Achterbahn. Du liest, was er an seine verstorbene Frau schreibt, aus Einsamkeit, weil er niemanden sonst hat, und im nächsten Halbsatz rutscht ihm was raus, wofür du ihn vors Schienbein treten könntest. Hast du was über die Finanzen der Beteiligten rausgekriegt?«

»Wann denn?« Sie warf mir einen vorwurfsvollen Blick zu.

»Jetzt oder nie«, gab ich die Losung aus. »Sage mir, was du mit deinem Geld anstellst, und ich sage dir, wer du bist.«

»Und du«, maulte Petra. »Machst du auch was? Oder kloppst du nur Sprüche und treibst uns an?«

80

Wir hatten uns das Viertel fair aufgeteilt, Weber graste den südlichen Teil ab, ich den nördlichen. Um halb sieben hatten wir uns in der Eisdiele verabredet. Ich war schon fünf Minuten vor der Zeit da und nahm Platz an einem der drei Tische, die noch in Betrieb waren. Den Rest des Lokals trennte eine rote Kordel ab, an der ein Zettel baumelte: ›Liebe Gäste, bitte haben Sie Verstendnis dafür, dass wir schon paken. Am ersten Oktober schliesen wir für den Winter.‹

Ob Beckmann vor dem ersten Oktober von seiner Japanreise zurück war? Die Geschäfte schienen munter zu laufen. So munter, dass ihm die Zeit, sich bei mir zu melden, abhandengekommen war.

Weber tauchte am Eingang auf. Ich winkte. Er zog seine Jacke aus und warf sie auf einen leeren Stuhl. »Warum geh ich nicht auf den Bau? Steine kloppen.« Er warf sich auf den Stuhl neben mir.

»Cappuccino, Kaffee, Eiskaffee?«, säuselte ich. »Amarenabecher, Krokantbecher? Spaghettieis mit Erdbeersauce?« In der Hoffnung, dass allein die Nennung dieser Köstlichkeiten ihn wieder mit dem Leben versöhnten.

»Ich brauche einen Ramazotti«, klagte er. »Zum Verdauen.«

»Geht in Ordnung.« Ich lief zur Theke.

Der Chef des Eiscafés unterbrach nur widerwillig die wichtige Aufgabe, mit der er beschäftigt war: das Einfüllen von Löffeln mit langem Stiel in einen stählernen Behälter.

Ich gab die Bestellung auf. Für mich einen Cappuccino mit geschlagener Milch, für Weber den Schnaps zur Verdauung.

Der Chef nickte. Und widmete sich weiter seinen Löffeln.

»Es dauert noch«, informierte ich meinen Kollegen. »Und? Wie war's bei dir?«

»Ein Wunder, dass dieses Land noch nicht völlig im Chaos versinkt.« Er zupfte an seinem Bart. »Nur Aushilfskräfte und Ausländer halten es noch am Laufen. Hier drei Stunden, da ein halber Tag. Glaub nicht, dass du so leicht die findest, die am elften abends Dienst geschoben haben.«

»Und wenn es Illegale sind, stehen wir ganz auf dem Schlauch. War bei mir nicht anders. Bis auf die Qualitätsläden, die Büdchen. Da war es etwas durchsichtiger.«

»Weißt du, was mir ein Surinamer oder Sri-Lanker lächelnd gesagt hat, als ich ihm die Fotos gezeigt habe? ›Sorry, Menschen auf Foto sehen aus wie viele deutsche Menschen.‹ Stell dir vor, wir hätten einen Chinesen im Gebiet gehabt. ›Solly, alle Plattnasen sehen wie auf Foto aus.‹«

»Niemand hat einen von unseren Leuten gesehen?«

Er schüttelte den Kopf. »Keiner von denen, mit denen ich gesprochen habe.«

»Ich hatte eine Kioskbesitzerin, die sicher war, sie hätte alle drei Krieger-Kinder mit ihrem Vater in eine Pizzeria gehen sehen.«

»Ist doch was.« Weber nippte an seinem Ramazotti, der tatsächlich inzwischen angeliefert worden war.

»Der Pferdefuß an der Sache ist, dass sie dicke Brillengläser trägt. Also vergiss es. Warst du in der Pizzeria?«, fragte ich. »Die liegt in deinem Gebiet. ›Da Angelo‹.«

Weber blätterte seine Notizen durch. »Der Chef hat sich an dem Abend durch seinen Sohn vertreten lassen. Die Aushilfskellnerin ist erst morgen wieder da.«

»Ich hasse das«, fluchte ich. »Diesen Kleinscheiß. Und du weißt im Vorhinein schon, wenn einer von denen meint, sich zu erinnern, ist es so wacklig, dass jeder Aushilfsanwalt es zum Einstürzen bringt.«

»Ein Mann in der Lotto-Toto-Stelle, Türke der zweiten Generation oder dritten, was weiß ich, meint, kurz vor Feierabend das Ehepaar Sonntag in der Straße gesehen zu haben.«

»Das hat noch gefehlt«, seufzte ich. »Jetzt sind alle im Spiel.«

Weber vernichtete den Rest seines Ramazottis.

»In seinem vorletzten Brief schreibt Werner Krieger, dass sich Franka mit ihm treffen will. Um sich auszusprechen.«

»Vielleicht haben sie eine kleine Familienkonferenz daraus gemacht.«

»Könnte stimmen«, pflichtete ich ihm bei. »Franka rückt mit Verstärkung an, Peter und Usch Sonntag lesen die Briefe und hängen sich auch noch dran.«

»Und für Werner Krieger ist in einem City-Klo Endstation. Weil einer von denen ihn umgebracht hat.«

»So sieht's aus. Aber wer hat ihn erstochen?«

»Was für ein Fall«, stöhnte Weber auf. »Alle fünf in der Nähe des Tatorts. Ich sehe schon, wie der Staatsanwalt sämtliche Indizien und Zeugenaussagen zusammenfaltet. Und alles wie das Hornberger Schießen ausgeht.«

»Wir könnten den Fall von innen her knacken.« Ich trank den Rest meines Cappuccinos. »Wenn du mitziehst, könnte es klappen.«

»Wie hast du dir das vorgestellt?« Weber blinzelte mich misstrauisch an.

»Bluffen, provozieren, Fallen stellen. In der Hoffnung, dass ihre Nerven das nicht aushalten und der Täter zusammenbricht.«

»Profis sind es ja nicht. Einen Versuch ist es wert.«

»Es kann aber auch in die Hose gehen«, warnte ich. »Und dann hängen wir vielleicht mit einer Dienstaufsichtsbeschwerde in der Uhr ...«

»Mir doch egal.« Weber beförderte seine Füße auf einen leeren Stuhl. »Dann komme ich vielleicht ein paar Wochen früher zu Diebstahl. Aber wenn du einen auf Fortbildung machen willst ...«

»No risk, no fun.« Ich winkte den Chef des Etablissements herbei. »Zwei Ramazotti.«

»Mach keinen Scheiß, Beate.« Webers Stimme klang besorgt. »Wenn du ein Verfahren kriegst, wird aus deinen Plänen garantiert nichts. Froböse wird die Gelegenheit nutzen, dich ganz rauszukegeln.«

»Vor dem habe ich keine Angst.«

»Großmaul.«

»Prego.« Der schwarzlockige Chef stellte mit einer schwungvollen Armbewegung die Absacker vor uns auf den Tisch.

»Grazie«, bedankte ich mich.

»Ist dir das wirklich egal, ob du den Job riskierst, Bea?« Mein Kollege sah mich besorgt an.

»Nein«, antwortete ich ehrlich. »Aber Beckmann hat ein Geschäftsprojekt mit Potenzial. Da steige ich mit ein, wenn alle Seile reißen.«

»Was für ein Projekt ist das? Kannst du da nicht einen erfahrenen Mann wie mich gebrauchen?«

»Das ist alles noch in der Vorplanung«, verriet ich ihm. »Aber die Aussichten sind phänomenal.«

»Also ziehen wir die Nummer mit dem Bluff durch, oder?«

»Wir probieren's«, entschied ich.

»Und was hast du vor?«

»Sie irgendwie weichkochen. Wir laden Sie alle zusammen ein. Ins Präsidium. Und dann stellen wir die Kochplatten an.«

»Wie, genau, willst du das machen?«

»Keine Ahnung«, gestand ich. »Aber bisher ist mir immer noch etwas eingefallen.«

81

Was tut man nicht alles, um der Gerechtigkeit zum Durchbruch zu verhelfen. Ich hatte Krankenhausluft geschnuppert, mich hinter den Tisch eines Wohnmobils geklemmt, eine Toilette der neuesten Generation mit meinem Besuch beehrt und für den Erfolg meiner Unternehmung in der Barbarakirche ein Licht aufgestellt.

Anschließend hatte ich die Fotos von der Kamera auf den Laptop geladen und ausgewählt und bearbeitet. Alles mit meinen eigenen Geräten, versteht sich. Eine ordentliche technische Grundausstattung haben uns all die Qualitätsprojekte und -berichte bisher noch nicht beschert. Ich bin kein Fan von dem Techno-Schnickschnack, mit dem einige Kollegen die langweiligsten Vorträge aufzupeppen versuchen. Aber in diesem speziellen Fall war ich froh, dass es die Technik gab.

Am liebsten hätte ich die fünf Menschen, die ich hier ins Präsidium in ein Besprechungszimmer eingeladen hatte, an einen anderen Ort entführt. In die Sterilität der weißen City-Toilette, an deren Wänden die Kollegen die Blutspuren gefunden hatten. In die Kirche, wo Werner Krieger tot auf einer Bank gesessen hatte. In ein enges Wohnmobil, wo er von Freiheit und Abenteuer und einem neuen Leben geträumt hatte. Das ging schlecht. Also hatte ich mir Bilder von diesen Orten ins Präsidium geholt.

Ich stellte den Beamer an und testete, ob das erste Bild gut kam. Die Qualität war astrein, ich musste den Raum nicht komplett verdunkeln, die Vorhänge nicht vollständig zuziehen. Nicht wieder ausschalten, ermahnte ich mich. Kühlen. Ich stellte den Ventilator an. Eine Ersatzbirne hatte ich besorgt, mehr nicht.

Die Tür ging auf. Weber. Zu diesem besonderen Anlass hatte er sich tatsächlich eine Krawatte um den Hals geknotet und sein bestes Jackett angezogen. Schweißperlen, die auf seiner Stirn standen, verrieten seine Anspannung. »Alles im Lack?«

Ich nickte und griff mir den Stapel Karteikarten, den ich vorbereitet hatte, ging Karte für Karte durch.

»Sind die Getränke okay?« Weber wischte sich mit einem Papiertaschentuch die Schweißperlen von der Stirn.

Ich sah auf die Flaschen und Gläser, die auf den Tischen standen. »Wunderbar. Danke.«

»Noch irgendetwas, was ich machen kann?«, fragte er.

»Erinnere Petra nochmal daran, dass sie versprochen hat zu bleiben. Egal, wie lange es dauert.«

Er sah auf die Uhr. »Mach ich schnell noch.« Weber entschwand.

Ich machte mich für die Aufgabe, die vor mir lag, fit.

»Du bluffst gut«, baute ich mich auf. »Du bist die größte Blufferin überhaupt. Deine Freunde nennen dich Poker-Queen. Deine Feinde werfen die Karten weg und flüchten, wenn sie dich sehen.«

Ein Klopfen an der Tür. Die Ersten waren da.

»Kommen Sie bitte herein. Schön, dass Sie gekommen sind.« Ich schüttelte Peter und Usch Sonntag die Hand.

Sein Händedruck war feucht, ihre Hand war eiskalt.

Wie weiter? Verunsichert blieben sie stehen.

»Dort drüben ist die Garderobe.« Ich wies auf den Garderobenständer, der in der Ecke stand.

Eine Frau erschien in der Tür. In einem offenen Trenchcoat, darunter ein graues Kostüm.

»Schön, dass Sie gekommen sind.« Ich warf die Charmemaschine an und tat so, als würde ich sie zu einem VHS-Lichtbildervortrag über die Schönheiten Polynesiens begrüßen. Es funktionierte. Ich schaffte es, sie zu verunsichern. Franka Krieger sah mich verständnislos an.

»Ich hatte ja wohl keine andere Wahl.«

»Guten Tag, schön dass Sie gekommen sind«, begrüßte ich Ruth und Johannes Krieger, die nach ihrer Schwester den Raum betraten. Ein gelbes Stirnband aus Wolle, passend zu ihrem gelb-roten Poncho, hielt die Locken aus Ruth Kriegers Gesicht. Auf ihrer Stirn sah ich, was ich schon auf der Stirn meines Kollegen gesehen hatte, Schweißperlen. Johannes Kriegers Gesicht war bleich. Er trug nach wie vor Schwarz. Eine Farbe, die jeden bleich aussehen lässt. Sein Händedruck war fest.

»Die Garderobe ist da drüben. Das haben Sie vielleicht schon gesehen. Es gibt keine vorbestimmten Plätze. Setzen Sie sich bitte, wohin Sie möchten.«

»Ich setze mich nur ungern mit den Mördern meines Vaters an einen Tisch«, kläffte Franka Krieger laut.

Usch Sonntag zuckte zusammen. Ihr Mann griff nach ihrer Hand.

»Ich würde Sie bitten, solche Anschuldigungen zu lassen«, sagte ich in gleicher Lautstärke und mit fester Stimme. »Hier in diesem Raum. In meiner Gegenwart.«

Weber kam zur Tür herein. Ich nutzte die Gelegenheit. »Einige von Ihnen kennen meinen Kollegen vielleicht noch nicht. Das ist Kriminalhauptkommissar Weber.«

Weber nickte freundlich und setzte sich.

Links saßen die Krieger-Kinder. Auf der rechten Seite das Ehepaar Sonntag. In der Mitte ein Graben. Tief und unüberbrückbar.

»Ich darf Sie noch einmal willkommen heißen und mich bei Ihnen bedanken, dass Sie alle unserer Einladung gefolgt sind. Die Getränke auf den Tischen sind für Sie. Bitte bedienen Sie sich.«

Ich machte eine Pause. Hände griffen über den Tisch. Setzten Flaschenöffner an, gossen Wasser, Cola oder Saft in ein Glas.

»Heißt das, Sie haben neue Erkenntnisse. Haben Sie uns deshalb eingeladen?« Franka Kriegers Stimme. Laut. Quer über den Tisch.

»Das werden Sie gleich erfahren. Ich habe noch nicht angefangen«, rügte ich sie mit einem Lächeln. Ich drückte auf einen Knopf. An der Wand erschien ein Foto von Werner Krieger, wie er auf der Kirchenbank saß.

»So hat man Werner Krieger gefunden.« Ich konzentrierte mich auf die Reaktionen der Anwesenden. Usch Sonntag griff nach der Hand ihres Mannes. Ruth Krieger wandte den Blick ab, so schnell sie konnte. Johannes Krieger starrte auf einen Punkt an der Wand, der neben dem projizierten Bild lag. Franka Krieger lehnte sich im Stuhl zurück, sah auf das Bild und demonstrierte Abgeklärtheit.

»Der Mörder hat ihn tot dort hingesetzt. Warum?« Ich hielt kurz inne. »Wollte er ihn der göttlichen Gerechtigkeit zuführen? Reichte es ihm nicht, ihn erstochen zu haben? War das, was Werner Krieger ihm angetan hatte, so grausam, dass er Gott diesen Menschen vorführen wollte? Herr Sonntag, haben Sie Werner Krieger umgebracht, weil er Ihrem Sohn Jonas mehr als ein Großvater war?«

Usch Sonntag starrte mich mit weit aufgerissenen Augen an. Peter Sonntag saß da mit zusammengekniffenen Lippen.

»Was wollen Sie damit andeuten«, erregte Franka Krieger sich. »Dass mein Vater ein Kinderschänder ist? Das glauben Sie doch selber nicht.«

»Wir wissen, dass Ihr Vater immer Bonbons für die Kleinen auf dem Schreibtisch stehen hatte.«

»So etwas Absurdes habe ich noch nicht gehört.« Johannes Krieger rutschte unruhig auf seinem Stuhl herum.

»Mein Vater mochte kleine Kinder.« Ruth Krieger sah mich mit tränenerfüllten Augen an. »Ist das heute schon verdächtig? Wenn einer einem Kind ein Bonbon schenkt?«

Phase eins hatte geklappt, die Gefühle waren geweckt. Keiner war unbeteiligt geblieben. An dieser Schraube musste ich weiterdrehen.

Ich drückte auf den Knopf. Phase zwei. Die wunderbaren Möglichkeiten der Polizeiarbeit. Die sollten den Täter verunsichern, ihm zeigen, was heute alles möglich ist. Das City-Klo von außen. Im Tageslicht. Wie in einem Werbeprospekt.

Franka Krieger kniff die Augen zusammen, als glaubte sie nicht, was sie da sah. Johannes Krieger sah das Bild nicht. Er rückte mit seinem Stuhl näher an den Tisch. Ruth Krieger kämpfte mit den Tränen. Wirkung von Phase eins oder zwei? Peter und Usch Sonntag hielten sich fest an der Hand, als könnten sie das nur gemeinsam durchstehen.

»Hier ist Werner Krieger getötet worden.« Ich ließ im Sekundentakt ein paar Innenansichten der Toilette vorbeiklicken. »Dieser Ort ist für Werner Krieger zur Todesfalle geworden. Aber der Mörder hat einen Fehler gemacht. Er hat den Spazierstock von Werner Krieger in der Toilette vergessen.«

Ruth Krieger griff nach einem Taschentuch. »Vielleicht hat mein Vater ihn da vergessen.« Sie schnäuzte sich.

»Ihr Vater konnte ohne den Spazierstock nicht laufen.«

»Wie furchtbar«, seufzte Usch Sonntag. »Eine Toilette.«

»Das reicht Ihnen, um Ihre Schlüsse zu ziehen? Ein Spazierstock?« Franka Kriegers Stimme troff vor Sarkasmus. »Ist das nicht ein bisschen wenig?«

»Bestimmt haben Sie gehört, welche Fortschritte die Kriminaltechnik macht, dass uns eine Haarspitze reicht, um die DNA eines Menschen festzustellen. In der Toilette haben die Kollegen Blutspuren gefunden. Trotz der regelmäßigen Reinigungen.«

Mein kleiner Exkurs hatte sie sichtbar beeindruckt.

Usch Sonntag starrte mich gebannt an. Ihr Mann schüttelte

ungläubig den Kopf. Franka Krieger sah auf das Bild an der Wand. Ruth Krieger suchte den Blick ihres Bruders, aber er schaute zu mir.

Phase zwei war abgehakt. Jetzt waren sie hoffentlich überzeugt, dass die Polizeitechnik Wunder vollbringen konnte. Ich lächelte Weber aufmunternd zu. Er litt sichtlich. Traute er mir nicht zu, dass ich wieder mal mit Bluffen im Freistil in Zielnähe kam?

Ich drückte ein weiteres Mal auf den Knopf meines Laptops. Ich musste die Emotionsschraube fester anziehen. Das Bild zeigte einen alten Mann, der mit geschlossenen Augen bleich in einem Krankenhausbett lag, mit einem Infusionstropf über dem Kopf und Schläuchen, die zu den Händen führten, die auf der Bettdecke lagen. Ich ließ das Bild wirken.

»Wer ist das?«, wollte Franka Krieger von mir wissen.

»Der Name tut nichts zur Sache«, blockte ich ab. »Es ist ein Patient im Alter Ihres Vaters, der auf der Intensivstation liegt nach einem Schlaganfall. Da, wo Ihr Vater gelegen hat. Nach seinem Schlaganfall.« Ich schaltete weiter. »Das ist sein Arzt. Und die Menschen, die dort mit ihm im Wartezimmer sitzen, sind von links nach rechts: die Ehefrau des Patienten, sein Sohn, die Schwiegertochter, eine Tochter, der Ehemann, zwei Enkelkinder.«

»Warum zeigen Sie uns die Bilder?« Johannes Krieger trommelte mit seinen Fingern auf den Tisch. »Ich verstehe das nicht.«

»Ihr Vater«, antwortete ich bereitwillig, »war Anfang Januar in der gleichen Situation wie der Mann, den ich Ihnen gezeigt habe. Er war nach dem Schlaganfall im Krankenhaus. Aber er war allein.«

»Wollen Sie uns ein schlechtes Gewissen machen?«, ereiferte sich Franka Krieger. »Ist das seriöse Polizeiarbeit?«

Ich beobachtete aus den Augenwinkeln, wie Weber zusammenzuckte und nach einem Papiertaschentuch griff.

»Ich möchte mit Ihnen gemeinsam das letzte Lebensjahr Ihres Vaters nachvollziehen. Die außergewöhnliche Situation, in der er sich befunden hat. Seine Einsamkeit. Als er im Krankenhaus und in der Klinik war.«

Ruth Krieger meldete sich zu Wort: »Er hat uns nichts erzählt. Weder Franka noch Johannes, noch mir. Wir wussten von nichts. Nur weil ich alle zwei Wochen Frau Heimer angerufen habe, habe ich erfahren, was passiert ist, und die Adresse von der Rehaklinik bekommen.«

Ich gratulierte mir. So viel wie eben hatte sie bisher noch nicht gesagt.

»Sie haben ihm in die Klinik eine Karte geschrieben.«

»Woher wissen Sie das?« Ruth Krieger warf ihren Kopf nach hinten. »Haben Sie meine Karte gefunden?«

Ich schüttelte den Kopf. Mit einer Handbewegung zog ich die Briefe aus der Tasche, die ich neben meinem Stuhl geparkt hatte. »Ihr Vater hat es mir erzählt, in Briefen, die er von der Klinik aus an Ihre Mutter geschrieben hat.«

»Meine Mutter ist tot«, rief Franka Krieger aufgebracht. »Was erzählen Sie da?«

»Ihr Vater fühlte sich so allein gelassen, dass er an seine verstorbene Frau geschrieben hat.«

Ruth Krieger wischte sich mit dem Taschentuch über die Augen. Usch Sonntag umfasste die Hand ihres Mannes so stark, dass die Knöchel sich weiß färbten.

»Jeden Tag in der Klinik hat Werner Krieger darauf gewartet, dass seine Kinder ihn besuchen kommen.«

Mit Ruth Kriegers Fassung war es vorbei. Sie hielt die Hand mit dem Taschentuch vor ihr Gesicht. Ihre Schultern zuckten.

»Er hat Pläne geschmiedet für den Besuch seiner Kinder. Er wollte mit ihnen ins Café gehen, sich mit ihnen aussöhnen, sich entschuldigen dafür, dass er ein schlechter Vater war.«

»Das glaube ich nicht.« Johannes Krieger schüttelte den Kopf. »Sich aussöhnen? Der doch nicht.«

Zum ersten Mal äußerte er verbal Gefühle. Dranbleiben, Beate, coachte ich mich.

»Das hat Ihr Vater geschrieben.« Ich las laut vor: *»›Ich werde den Kindern, wenn ich sie das nächste Mal sehe, sagen, dass ich* *sie liebe, immer geliebt habe, auch wenn ich es ihnen nicht zeigen konnte. Und mir andere Dinge so oft wichtiger waren.‹*«

»Das hat er geschrieben?« Johannes Krieger schob sich mit beiden Händen die Haare aus dem bleichen Gesicht. »Mich meint er damit bestimmt nicht.«

»Bei Ihnen wollte er sich ausdrücklich entschuldigen. Für die Fehler, die er gemacht hat.«

Johannes Krieger sah mich unverwandt an. »Bei mir doch nicht. Er hat mich gehasst.«

Weiter so, Beate, feuerte ich mich an. Ich suchte nach einem passenden Zitat. »Nein, das hat er nicht. Hören Sie, was er geschrieben hat: *›Ich bin nicht stolz darauf, dass ich Johannes mehr als einmal eine Ohrfeige gegeben habe. Ich dachte damals, das muss so sein, das ist meine Aufgabe, damit der Junge lernt, hart zu werden.‹*«

»Er ist nicht stolz darauf.« Er wischte sich durch die Augen. »So ein Arsch.«

Weiter, Beate, trieb ich mich an. Es funktioniert. Jeden Augenblick kracht der Gefühlspanzer. Und du erfährst mehr.

»Sie tun ihm unrecht. Es war ihm Ernst. Er wollte Abbitte leisten. Ihr Vater schreibt: *›Ich kann nur hoffen, dass das große Rechnungsbuch noch offen ist, dass ich dafür sorgen kann, dass die Bilanz besser wird. Dass ich nachholen kann, was ich bisher nicht geschafft habe. Dass ich noch einmal die Chance bekomme, da zu sein, wenn die Kinder mich brauchen. Dass ich die Fehler der Vergangenheit wiedergutmachen kann.‹*«

»Das ist doch nur Geblubber.« Johannes Krieger blickte auf den silbernen Ring an seiner Hand. »Von einem senilen alten Mann.« Er hob den Kopf, sah mich mit festem Blick an. Seine Stimme hatte er voll unter Kontrolle. Aber nicht die Träne, die aus seinem Augenwinkel über die Backe rollte.

Noch eine kleine Drehung der Schraube, und du hast ihn, Beate, redete ich mir Mut zu.

»Ihr Vater war nicht senil. Er war im Vollbesitz seiner geistigen Kräfte. Und fähig zur Selbstkritik. Die ihm bestimmt nicht leichtgefallen ist. Das schreibt Ihr Vater über Sie:

›Vielleicht hätte der Junge ein ganz anderes Selbstbewusstsein entwickelt, wenn ich ihm vertraut hätte. Mich voll und ganz hinter ihn gestellt. Aber das konnte ich nicht damals. Ich habe dieses schüchterne kleine Kerlchen, das mir nicht in die Augen gucken konnte, nicht ausgehalten. Vielleicht weil ich selber einmal so ein schüchternes kleines Kerlchen war, sein Blick hat mich daran erinnert. Mit dreiundsiebzig kann ich mir das eingestehen, aber damals, als Johannes in der schwierigen Phase war, konnte ich das nicht. Und jetzt kann ich die Zeit nicht zurückdrehen.‹«

Ruth Krieger schluchzte laut auf. »Johannes.«

Sie griff mit ihren Armen nach dem Bruder, der neben ihr saß, zog sein Gesicht zu sich, nahm ihn in den Arm. »Er hat dich geliebt.«

Er befreite sich aus ihrer Umarmung. »Wenn er mir das gesagt hätte, wäre alles anders gekommen.«

Franka Krieger reagierte sofort. »Johannes. Du hältst den Mund. Und sagst jetzt kein Wort mehr.«

»Lass das, Franka«, fuhr er sie an. »Ich bin nicht mehr dein kleiner Bruder, den du beschützen musst. Ich weiß, was ich tue. Ich bin erwachsen.«

Weber blickte mich verunsichert an. Ich wartete, wie die Dinge sich weiterentwickelten.

»Ich möchte eine Aussage machen.« Johannes Krieger sah mich an. »Machen wir das hier im Kreis oder bei Ihnen im Büro?«

82

Ein Kollege in Uniform schloss die Zellentür hinter Johannes Krieger. Ich beobachtete, wie er den schweren Schlüsselbund aus dem Schloss zog. Schweigend liefen Weber und ich hinter dem Kollegen den langen Gang entlang. Johannes Krieger würde nicht lange in seiner Verwahrzelle bleiben. Sobald Staatsanwalt und Haftrichter die Sache geprüft hatten, würde er in ein Untersuchungsgefängnis überstellt.

Der Paternoster schaufelte uns aus dem Bauch des Präsidiums nach oben. Weber gähnte. Ich spürte die Anspannung in jedem Muskel meines Körpers.

Wie luftig einem ein ganz normales Büro vorkommt, wenn man gerade eine Verwahrzelle gesehen hat. Geschafft ließ ich mich auf meinen Schreibtischsessel fallen.

Die Aussage von Johannes Krieger lag vor mir auf dem Schreibtisch. Ich starrte auf die Unterschrift, die er unter seine Aussage gesetzt hatte. Die Schrift ähnelte der seines Vaters. Das würde er bestimmt nicht gern hören.

Weber legte seine Füße auf die Schreibtischplatte. Die Aufregung der letzten Stunden forderte ihren Tribut.

»Ich verstehe nicht, wie du das schaffst.« Er gähnte lange und ausgiebig. »Nichts als Luft, aber es funktioniert.«

Ich konnte mich an Johannes Kriegers Unterschrift nicht sattsehen. Der Aufwand hatte sich gelohnt. Ich war mit meinem Bluff durchgekommen.

»Das ist keine Luft«, seufzte ich matt. »Das ist Können.«

Endlich wussten wir, wer Werner Krieger umgebracht hatte. Und wer ihm dabei geholfen hatte, den Toten von der City-Toilette in die Barbarakirche zu schaffen.

»Können? Du hattest nichts. Du hast geblufft.«

»Nichts stimmt nicht. Ich hatte das, was Fleischer und die Kriminaltechnik herausgefunden haben. Und vergiss nicht das Wichtigste. Ich hatte die Briefe.«

»Hast du dir eigentlich vorher einen Plan gemacht?« Mein Kollege sah mich neugierig an. »Wie du vorgehen willst, wie du sie knacken kannst?«

»Plan ist zu viel gesagt. Ich wusste, dass ich an ihre Gefühle kommen musste und dass, wenn ich es richtig packte, mindestens zwei zusammenbrechen und auspacken würden.«

»Wen hattest du da im Auge?«

»Weber, die Frage kannst du selbst beantworten. Nur zu«, spornte ich ihn an.

»Die älteste Tochter ist zu cool, Peter Sonntag kriegt die Zähne nicht auseinander. Seine Frau hält sich ebenfalls zurück. Bleiben Ruth Krieger und ihr Bruder.«

»Ich hatte auf Ruth Krieger getippt und auf Usch Sonntag. Aber dann hat Johannes Krieger Breitseiten gezeigt, und da hab ich nachgesetzt.«

Ich lief zum Fenster und blickte nach draußen. Bäume verloren ihre Blätter, reckten kahle Äste. Ein Taxi fuhr zum Eingang des Präsidiums. Ob die Schwestern Krieger auch in einem Taxi weggefahren waren?

Weber hielt die Augen geschlossen und entspannte. Eine schwarze Spinne schob sich in mein Gesichtsfeld. Sie seilte sich an einem langen Faden nach unten ab.

»Der Kopf des Ganzen ist Franka Krieger«, dachte ich laut. »Die Frau, die ihrem Vater am ähnlichsten ist. Durchsetzungsfähig. Erfolgsorientiert. Sie wollte das Erbe nicht fremden Menschen überlassen.«

»Jetzt ist sie fein raus.« Mein Kollege zwirbelte mit geschlossenen Augen die Enden seines Schnauzbarts. »Der Bruder geht in den Knast, verliert seinen Pflichtteil. Und sie steht da als die perfekte Unschuld. Obwohl sie den Treff mit dem Vater eingefädelt hat.«

»Den Bruder und die Schwester für ein Treffen mit dem Vater zu gewinnen ist nicht verboten. Im Gegenteil, das bringt ihr nur Sympathien als große Schlichterin.«

»Die und schlichten. Das glaubst du nicht wirklich.«

»Nein.« Ich sah auf das schwarze Tierchen, das jetzt bewegungslos an seinem Faden hing. »Sie war die Spinne, die das Netz ausgelegt hat. Ruth und Johannes haben nicht das Zeug dazu. Aber beweis das erst mal.«

»Und wie steht sie jetzt da? Das reine Unschuldslamm.«

»Nicht ganz. Sie hat geholfen, Werner Krieger in die Kirche zu tragen.«

»Da kommt sie mit durch. Die große Schwester, die dem kleinen Bruder geholfen hat.« Weber zupfte an seinem Bart. »Dabei hat sie bestimmt alles eingefädelt.«

»So was ist ja nicht neu für uns, oder? Ist es nicht oft so, dass wir nur die armen Seelen kriegen und die größten Arschlöcher sich mit guten Verteidigern aus der Schlinge ziehen?«

»Vielleicht schafft Johannes Krieger das auch. Mit einem guten Anwalt.«

»Den müssen die Schwestern ihm spendieren. Darauf würde ich aber nicht wetten. Petra hat herausgefunden, dass Franka und Ruth das Geld gut selbst brauchen können«, berichtete ich.

»Warum eine Lehrerin, die ein Gymnasium leitet, mit ihrem Geld nicht auskommt, ist mir ein Rätsel.« Weber schüttelte den Kopf. »Der Sohn kann einem leidtun. Bei so einem Vater. Wie kann man da schwul werden? Man sollte doch meinen, dass sich so einer in den Schoß der Weibchen flüchtet.«

»Weber«, knurrte ich. »Was weißt du von Schwulen? Und von Weibchen? Halt dich zurück.«

»Auf jeden Fall war es ein Totschlag im Affekt.«

»Von ihm bestimmt. Ich glaube ihm, dass er durchgedreht ist, als der Vater ihn als Schwuchtel und Versager beschimpft hat.« Ich betrachtete die Spinne, die in der linken Fensterecke ein eindrucksvolles Netz gesponnen hatte. »Ich wäre zu gern bei dem Treffen in der Pizzeria dabei gewesen. Ich hätte gern mit eigenen Ohren gehört, wie Franka Krieger ihren Vater dazu bringen wollte, dass er seinen leiblichen Kindern schon zu Lebzeiten Schenkungen macht. Aus Angst, dass er sonst alles für die neue Familie verpulvert.«

»Der alte Herr hat sich nicht von seinen Kindern erpressen lassen.« Weber beförderte die Beine vom Schreibtisch zurück auf den Boden. »Hätte ich auch nicht.«

Ich seufzte. »Wenn er getan hätte, was sie von ihm verlangten, würde er noch leben. So sind sie mit ihm frustriert aus dem Lokal gelaufen. Und der alte Mann brauchte plötzlich ein Klo. Das City-Klo. Und das war's dann für ihn. Er hat es nicht mehr lebend verlassen.«

»Als er rauskam, haben die Kinder ihn zurück ins Klo gedrängt und ihn noch einmal in die Zange genommen. Und er hat sich nicht bedrohen lassen und ihnen gesagt, was er von ihnen hielt.«

»Exakt«, bestätigte ich. »Und als Johannes Krieger gehört hat, was der Vater zu ihm gesagt hat, ›Versager‹ und ›schwule Memme‹, da sind bei ihm die Sicherungen durchgebrannt, und er hat zugestochen.«

»Mit dem Messer, das jeder vorsichtige Schwule aus der Großstadt in der Manteltasche hat.«

»Hoffentlich findet er einen fähigen Anwalt. Der für ihn mildernde Umstände durchkriegt«, sagte ich. »Bei der Vorgeschichte. Mit seinem Vater.«

Mein Handy klingelte. Mit der Sirene der Polizei, die Beckmann aufgespielt hatte.

»Das sind bestimmt deine Eltern«, warnte ich meinen Kollegen. »Aus Mechernich.«

»Ich bin nicht da.« Zur Unterstreichung seiner Aussage tauchte mein Kollege ab unter den Schreibtisch. Unglaublich, wie schnell und sportlich er das hinkriegte. Welche Talente die Menschen entwickeln, wenn die Situation sie fordert. Ich sah nur noch einen dunklen Haarschopf. Mehr nicht.

»Beate Stein«, meldete ich mich. »Was macht Mechernich?«

»Bea, bist du das?« Eine Stimme, von der ich seit Tagen entwöhnt war. Beckmann.

»Hallo, mein Süßer, wie geht's?«, übte ich mich in aufbauendem Small Talk.

Weber verabschiedete sich so schnell, wie er abgetaucht war, wieder von seinem Versteck unter dem Schreibtisch. Erst erschien sein Kopf, dann der Oberkörper, danach der Rest. Er ließ sich zurück auf seinen Schreibtischsessel fallen. Der Sessel quietschte unter seinem Gewicht.

»Was ist denn bei dir los?«

»Weber macht ein paar Turnübungen, mehr nicht. Und du? Was machst du Schönes?«

»Turnen geht nicht«, sagte Beckmann. »Ich bin im Krankenhaus.«

»Du Glückskind«, gurrte ich. »Dralle Krankenpflegeschülerinnen mit nichts als Slip und BH unter dem Kittel. Und wo ist das Krankenhaus? In Tokio? Oder Yokohama?«

»In Frankfurt. Sie haben mich direkt vom Flughafen hierhin verfrachtet.«

»Und?«, erkundigte ich mich. »Was ist es? Gummiallergie vom Testen der künstlichen Damen?«

»Schnüffelst du in meinen Sachen herum?«

»Dazu hab ich die Energie nicht«, verkündete ich. »Die Dinge purzeln mir entgegen. Was fehlt dir?«

»Zuerst mal du. Und dann ein paar heile Knochen.«

»Was ist passiert?«

Weber spitzte neugierig die Ohren.

»Die Japaner haben mich wissen lassen, dass sie ihre Produkte selbst vermarkten wollen.«

»Schlaue Jungens«, sagte ich anerkennend.

»Wo bleibt dein Mitleid?«, fuhr mein Liebster mich an. »Mein rechter Arm ist in Gips. Und das linke Bein.«

»Mein Mitleid hält sich in Grenzen. Der Markt ist auch bei uns in der Hand von Leuten, die nicht mit sich spaßen lassen. So was sollte man wissen.«

»Kommst du mich wenigstens besuchen und holst mich hier raus?«

»Jederzeit! Wenn nötig, schieße ich für dich mit einer Dienstpistole die Bahn frei.«

»Frankfurt«, sagte er, »Uniklinik. Station 34.«

»Ich eile, ich düse«, versprach ich. »Du kannst dich auf mich verlassen.«

»Komm schnell, ich brenn darauf, dir zu erzählen, was für neue Ideen ich habe ...«

»Plastikfrauen waren nicht schlecht, was ist es jetzt?«

»Plastikhauben von Autos, die du über normale Kleinwagen schraubst. Mit einem Griff machst du aus deinem Golf einen Porsche. Ist das nichts?«

»Genial, und welche Mafia bricht dir da die Knochen, weil du ihnen in die Quere kommst?«

»Keine«, tönte er. »Die Idee hatte bisher nur ich.«

»Halte dich tapfer, mein Genie, ich komme und rette dich.« Ich beendete die Verbindung.

»Plastikfrauen, das war die große Geschäftsidee, mit der Beckmann sich retten wollte?« Weber zupfte an seinem Bart. »Ist es das, was ich vermute?«

»Der sichere Weg zu Ruhm und Reichtum: Sex.«

»Und du fandest das okay? Ausgerechnet du?«

»Jung sein beginnt im Kopf. Es bedeutet, offen sein, offen für Neues«, verkündete ich. »Und aufpassen, dass man dabei nicht wie Werner Krieger endet.«

»Plastikfrauen.« Weber schüttelte ungläubig den Kopf.

»Plastikfrauen sind längst passé«, sagte ich. »Es leben die Plastikchassis.«

»Und du lässt dich auf diesen Firlefanz ein? Ich werde die Frauen nie verstehen«, seufzte mein Kollege aus tiefster Seele.

»Du brauchst sie nicht zu verstehen. Du musst sie nur tun und machen lassen.«

»Was soll das jetzt wieder?« Weber beobachtete, wie ich den Schreibtisch abschloss. »Du setzt dich ab? Nach Frankfurt?« Sein Gesicht verdüsterte sich. »Und wann kommst du zurück?«

»Keine Pläne«, blockte ich ab. »Werner Krieger hat auch einen Plan gemacht. Du weißt, was dabei herausgekommen ist. Als Nächstes fahre ich nach Frankfurt. Alles Weitere findet sich.« Ich warf meine Jacke über und schnappte mir meine Tasche. »Und du, melde dich schleunigst bei deinen Eltern. Ehe du dir bei der nächsten Flucht vor ihnen das Genick brichst.«

Ich war schon aus der Tür, als ich meinen Kollegen laut fluchen hörte.

Mit weiten Schritten lief ich über den Flur. Wie leichtfüßig ich mir heute vorkam. Ich hatte den Drachen wieder einmal besiegt. Ihm all die nachwachsenden Köpfe abgeschlagen. Alle Fragen waren geklärt, bis auf eine. Die einzige, die übrig geblieben war. Ob Franka Krieger nicht viel stärker, als wir das ahnten, in das Verbrechen verstrickt war.

Ich schob den Gedanken beiseite. Wir hatten den Mörder. Johannes Krieger hatte seinen Vater ohne jeden Zweifel erstochen. Aus Gründen, die gut nachzuvollziehen waren.

Der Paternoster beförderte mich ächzend nach unten. Ich würde sein Ächzen vermissen, wenn das Präsidium nicht mehr mein Arbeitsplatz war. Woher nimmst du die Traute, die Zuversicht, dass alles so klappt, wie du es gern hättest?, fragte ich mich, als ich im Erdgeschoss den Paternoster verließ.

Weil es Zeit ist zu wechseln – und weil ich die Fahrkarte für den Job in der Hand habe. Einen nackten Mann, der mit einer Schweinemaske vor dem Maul über Fliesen kroch. Im Tausch gegen dieses Foto würde mich Froböse in jeden Job wegloben. So einfach ist das Leben, dachte ich.

Epilog

Die blonde Frau im Trenchcoat kletterte die Stufen hoch und lief über die Verbindungsschwelle in den rechten Wagen des Zugs. Rauchschwaden hingen in der Luft, das Bistro. Männer standen mit einem Bier in der Hand um einen Tisch. Reisende saßen neben ihrem Gepäck an den Tischen. Sie steuerte den einzigen freien Tisch an, lud ihre Tasche auf dem Polster ab, hängte den Mantel auf einen Haken, setzte sich.

Mit der Speisekarte fegte sie die Krümel von der Plastikplatte. Ein weißes Tischtuch gab es nur im Speisewagen. Aber da durfte man nicht rauchen. Bei dem Kellner, der vorbeikam, gab sie eine Bestellung auf. Sie zog eine Zigarettenspitze aus der Tasche und setzte eine Zigarette ein. Nichts schmeckte so gut wie der erste Zug. Sie lehnte sich zurück und genoss den Tabakduft. Man musste dankbar sein, dass das Rauchen in den Zügen noch nicht ganz verboten war. Der Kellner brachte, was sie bestellt hatte. Er drehte den Korken aus der kleinen Flasche und goss den Champagner ins Glas.

Johannes saß im Knast. Wenn das kein Grund zum Feiern war. Jetzt waren andere für ihn zuständig. Jetzt konnte er sie nicht mehr mit seinen nächtlichen Anrufen terrorisieren. Es war endlich vorbei. Welche Erleichterung. Nach all den Jahren. Alles hatte genau so geklappt, wie sie es sich vorgenommen hatte. Im Großen und Ganzen. Nur schade, dass ihr Vater nie erfahren hatte, wie clever das alles von ihr geplant war.

Sie genoss den Moment des Triumphs. Nahm den ersten Schluck Champagner aus ihrem Glas. Wunderbar kühl, angenehm trocken lag er auf ihrer Zunge. Wie dilettantisch der Plan ihres Vaters im Vergleich zu ihrem gewesen war. Wie einfältig. Warum hatte sie ihn je bewundert? Es gab keinen Grund. Was für eine Farce, dass er sich im Alter seinen Gefühlen ergab. Eine zweite Chance. Noch einmal alles neu und besser machen. Vielleicht hatte er schon an einem Verlust der Hirnmasse gelitten. Das würde es erklären. Die Anfänge von Demenz. Hatte er wirklich geglaubt, sie würde tatenlos zusehen, wie er ihr Erbteil verjubelte? Mit diesen fremden Leuten. Er wusste, was für ein Gerechtigkeitsfan seine älteste Tochter war.

Der Schaffner riss sie aus ihren Gedanken. Sie löste bei ihm ihre Fahrkarte. Der Fahrschein ratterte aus seinem Gerät. Sie zahlte und stopfte das Wechselgeld, ohne nachzuzählen, in ihr Portemonnaie zurück. Finanziell war der zu erwartende Pflichtteil wohl eher mager. Aber er würde reichen, um ihren Dispo-Kredit auszugleichen. Etwas mehr würde es wohl sein. Sie gratulierte sich. Weil sie die Notbremse gezogen hatte, ehe gar nichts mehr da war. Vielleicht ließ sich ja noch mehr rausholen. Mit einem guten Anwalt. Darum würde sie sich als Nächstes kümmern. Keinen Cent würde sie diesen Leuten kampflos überlassen.

Jetzt galt es erst einmal zu feiern, dass ihr Plan und nicht der ihres Vaters aufgegangen war. Johannes saß im Knast. Sie beobachtete die Perlen, die in ihrem Glas nach oben stiegen. Es würde aufwärtsgehen, jetzt, wo sie Johannes, diesen Klotz an ihrem Bein, losgeworden war.

Wie alt war sie gewesen, als sie begonnen hatte, Johannes zu beschützen? Es kam ihr vor, als hätte sie schon auf ihn aufgepasst, als er noch ein Baby war. Als hätte sie schon damals alle Antennen ausgefahren, als wäre sie in der Nähe des Bettchens geblieben, in dem er schlief, in der Nähe des Laufstalls, in dem er herumkrabbelte. Damit ihr Vater nicht allein mit dem Kleinen war. Hatte ihr Vater schon dem Baby etwas angetan? Hatte er seinen Sohn gehasst, seit er auf der Welt war? Möglich wäre es, dass er von dessen Geburt an neidisch auf den Jungen gewesen war, der die Brüste der Mutter aussaugte, ihre volle Aufmerksamkeit beanspruchte. So sehr, dass für den Vater wenig übrig geblieben war. Zu wenig vielleicht.

Die ersten Prügel, an die sie sich erinnerte, bekam er mit acht. Als Johannes nachts das Bett vollgepinkelt hatte. Völlig außer sich hatte der Alte den Kleinen verprügelt, mit zornroten Wangen. Sie hatte versucht, sich an ihn zu hängen, ihm in den Arm zu fallen. ›Nicht, Papi. Nicht. Tu ihm nicht weh‹, hatte sie geweint. Er hatte sie abgeschüttelt wie eine lästige Zecke. Sie war gegen die Wand geknallt. An die Schmerzen erinnerte sie sich nicht. Nur an ein Gefühl von Ohnmacht. Von da an hatte sie nie mehr geweint. Jedenfalls nicht, wenn ein anderer Mensch in ihrer Nähe war.

Gefühle, Bitten, Tränen brachten nichts, und wenn sie nichts brachten, sollte man sie, so schnell es ging, vergessen. Das hatte sie damals gelernt. Um das Gefühl von Ohnmacht in Schach zu halten, brauchte man Kontrolle. Kontrolle über sich selbst und über die eigenen Gefühle. Wenn man sich selbst im Griff hatte, konnte einem niemand mehr etwas anhaben. Sie nahm einen Schluck und genoss den Geschmack des Champagners in ihrem Mund. Man musste von sich selbst alles und von den anderen nichts erwarten.

Sie hatte ihre Ohnmacht überwunden. Gelernt, wie man Macht über sein Leben erlangt. Sie hatte einen Job, der ihr erlaubte, Champagner zu trinken, in einer großzügigen Wohnung zu leben, in den besten Hotels abzusteigen. Nur eines hatte sie in ihrem Leben nicht gelernt: Vertrauen zu anderen Menschen zu entwickeln. Daran war bisher noch jede ihrer Beziehungen gescheitert. Sollte sie das bedauern? Wohl kaum.

Sie sah auf einen jungen Mann, der einen Laptop aufklappte. Wie sollte man einem Fremden trauen, wenn das Vertrauen in den eigenen Vater zerstört worden war? Wenn der Vater nicht aufhörte, den kleinen Bruder zu schlagen, obwohl man weinte und ihn inständig darum bat. Sie würde niemandem mehr trauen.

Als Ruth bei ihr angerufen und erzählt hatte, welche Pläne der Alte für sich verfolgte, hatte sie eine Nacht lang wach gelegen und nachgedacht. Im Morgengrauen hatte sie entschieden, den Alten mit dieser Nummer nicht durchkommen zu lassen. Es war einfach nicht fair, das Geld, das auch ihre Mutter mit erwirtschaftet hatte, an wildfremde Menschen fallen zu lassen.

Er machte es sich wieder einmal zu einfach. Anstatt mit seinen eigenen Kindern zu reden, mit ihnen Frieden zu machen, kaufte er sich neue. Den eigenen Kindern versetzte er einen Fußtritt. Das hatte das Fass bei ihr zum Überlaufen gebracht. Von diesem Zeitpunkt an hatte sie an einem Plan gearbeitet, wie sie den Alten stoppen konnte. Und für den Fall, dass er nicht einsichtig war, hatte sie einen zweiten Plan in der Hinterhand. Einen, bei dem Johannes eine tragende Rolle zukam. In einer schlaflosen Nacht war ihr die Idee gekommen, wie sie beide in einem Streich loswerden konnte. Den Alten und Johannes.

Sie steckte eine neue Zigarette in den silbernen Halter.

Als Johannes zusammengeschlagen wurde, zweihundert Meter entfernt von der Schwulenbar, wo er sich seine Liebhaber besorgte, hatte sie ihm geraten, sich so gegen Übergriffe zu schützen, wie es alle Schwulen tun, die sie kannte: mit einem Messer. Am besten einem Steak- oder Pizzamesser, das sowohl unauffällig als auch spitz und scharf war. Sie wusste, dass ihr Bruder alles tat, was sie sagte. Wie leid sie diesen selbstgerechten Jammerlappen war. Der sich heute noch unter ihre Röcke verkroch, wenn er nicht weiterwusste. Sie hatte ihn all die Jahre hindurch beschützt, vor dem Alten, der ihn immer als Ersten auf dem Kieker hatte. Ihn mit seinen groben Pranken mehr als einmal krankenhausreif geschlagen hätte, wenn sie sich nicht, sobald sie größer war, dazwischengeworfen hätte. Um die Schläge zu kassieren, die für ihren Bruder bestimmt waren. Dem Alten hatte es keinen Spaß gemacht, wenn sie die Schläge für Johannes abfing. Er hatte schnell aufgehört. Jedes Mal. Johannes hatte es nicht leicht gehabt mit so einem Vater. Wer wusste das besser als sie? Aber war das ein Grund, dass er sich seither bemitleidete und nie selbst auf die Beine kam? Jahrzehnte später?

Als der Alte ihm den monatlichen Wechsel gesperrt hatte, war er durchgedreht und hatte Tabletten geschluckt. Noch nicht einmal einen Selbstmord konnte er ordentlich durchziehen. Und sie musste sich freischaufeln in der Schule und nach Hamburg fahren, sich darum kümmern, dass seine Krankenkasse die Kosten für die Psychotherapie übernahm. Seine Miete hatte sie auch bezahlt. Bis heute. Kein Wunder, dass sie ihren Dispo überzogen hatte.

Wie leid sie die Rolle der großen Schwester war. Immer für alle ansprechbar. Für alle da.

Ruth war der gleiche hoffnungslose Fall wie Johannes. Selbstmitleid und schwache Nerven. Wenn sie noch an den Abend dachte, wo sie sich zu dritt den Alten vorgeknöpft hatten. Was hatte sie für eine Überzeugungsarbeit am Telefon geleistet, damit die beiden angereist kamen und sie ihm zu dritt einheizen konnten. Stunden hatte sie das gekostet.

Sie hatte gewusst, dass es nicht leicht werden würde, den Alten unter Druck zu setzen. Dass sie alle Geschütze auffahren musste, um ihn zu einer Schenkung zu Lebzeiten zu überreden: Johannes mit seinem Selbstmordversuch, Ruth und die Finanzprobleme ihrer Praxis. Eine Chance von fünfzig Prozent hatte sie sich ausgerechnet. Mehr nicht. Trotzdem war es einen Versuch wert gewesen. Und sie hatte ja noch einen Plan in der Hinterhand. Für den Fall, dass der Alte hart blieb, kam Johannes zum Einsatz.

Sie wusste, dass Johannes explodieren würde, wenn der Vater ihn noch einmal beleidigte. Zu oft hatte der Alte ihn gedemütigt. Heutzutage würde er sich das nicht mehr bieten lassen.

Johannes hatte ihr erzählt, wie gut es ihm tat, ihren Rat befolgt zu haben und immer ein Messer bei sich zu tragen. Es gebe ihm ein ganz anderes Gefühl der Sicherheit.

Falls der Alte sich weigerte, griff der zweite Plan, der auch die Entsorgung von Johannes vorsah. Das hatte sie von Anfang an so geplant. Er war ihre Geheimwaffe, die sie einsetzen würde, wenn nichts anderes Wirkung zeigte. Wenn er machte, was sie von ihm erwartete, würde er in den Knast gehen. Sich selbst entsorgen. Ein genialer Plan. Den sie erfolgreich durchgezogen hatte.

Sie beobachtete, wie ein Mann, dessen dunkle Haare die ersten weißen Strähnen durchzogen, am Nachbartisch Platz nahm und eine Zeitung vor sich ausbreitete.

Der Alte hatte seine Chance verspielt. Beim Treffen in der Pizzeria. Sie hatte versucht, ihm klarzumachen, wie wenig fair es war, ihr Erbe mit fremden Menschen aufzubrauchen. Ihre Mutter hatte schließlich mit zum Wohlstand beigetragen. Edith hätte gewollt, dass ihre Kinder sie beerbten. Und keine fremden Leute.

Der Alte hatte sich geweigert, jedem seiner Kinder zweihunderttausend zu Lebzeiten per Schenkung zu vermachen. Er wollte ihnen gar nichts geben. Das war sein Todesurteil.

Sie hob das Glas und trank.

Nach dem Essen hatten sie die Pizzeria verlassen, Ruth, Johannes und sie, den Alten in ihrer Mitte. Sie waren mit ihm ein paar Meter gelaufen. Auf diesen paar Metern hatte er Angst bekommen. Seine Hand hatte gezittert. Diese Altmännerhand mit ihren braunen Pigmentflecken. Zitternd hatte sie auf dem Knauf seines Stocks gelegen. Das hatte sie genau gesehen. In diesem Augenblick war ihm aufgegangen, dass seine Kinder sich heute nicht mehr alles von ihrem Vater bieten ließen. Anders als früher. Und dann musste er plötzlich aufs Klo. Und war in dem Toilettenhaus verschwunden, das auf dem Gehsteig stand.

Zu dritt hatten sie davor auf ihn gewartet. Ihr war sofort klar gewesen, dass dies der ideale Ort war. Für das, was sie geplant hatte, falls es zu keiner gütlichen Einigung kam. Und sie hatte gleich gewusst, wie es einzufädeln war. Die Menschen mit ihren Gefühlen waren wie Schießbudenfiguren, denen die Zielpunkte mit runden Scheiben aufgezeichnet waren.

In wenigen Minuten hatte sie Ruth und Johannes überzeugt, dass es sich lohnte, einen letzten Versuch zu starten. Den Alten da drin noch einmal in die Mangel zu nehmen. Ruth hatte hysterisch geschluchzt, und sie musste ihr eine Ohrfeige geben, damit sie wieder herunterkam.

Als die Türen auseinanderglitten und der Alte erschien, war sie ihm mit Ruth und Johannes an ihrer Seite entgegengetreten. Zu dritt hatten sie ihn in die Toilette zurückgedrängt. Sein Stock fiel auf den Boden. Sie setzten den Alten auf den Toilettentopf.

Und dann hatte sie ihm gesagt, dass er kein Mann sei, den man auf Kinder loslassen dürfte, erst recht nicht auf kleine Jungen. Weil er jeden Jungen zu einem harten Mann prügeln wollte. Und das Ergebnis davon war, dass so ein Junge nur noch Jungen lieben konnte, wie Johannes. Dass das die Frucht seiner Erziehung war. Sie hatte damit gedroht, den Eltern seines geliebten Jonas zu erzählen, was er seinem eigenen Sohn angetan hatte, wie er mit ihm umgesprungen war. Und sollte das nicht reichen, hatte sie angedroht, sie würde den Kleinen höchstpersönlich darüber aufklären, wer sein geliebter Opa in Wirklichkeit war. Ein Sadist, der ein Experte im Quälen des eigenen Sohns gewesen war. Das alles könnte er verhindern, wenn er vernünftig würde, hatte sie zu ihm gesagt. Wenn er seinen eigenen Kindern schon zu Lebzeiten eine Schenkung machte. Da war der Alte ausgerastet und hatte einen Kübel von Beschimpfungen über seine Kinder ausgekippt.

Sie hatte vorher gewusst, dass er so reagieren würde, in alte Muster zurückfallen. Sie hatte zwar gehofft, er wäre vernünftiger geworden mit den Jahren. Das Gegenteil war der Fall. Er war so, wie sie ihn in seinen schlimmsten Momenten in Erinnerung hatte. Er schimpfte Johannes eine ›schwule Schwuchtel‹, einen ›Versager‹, der nicht wert war, seinen Namen zu tragen.

Sie hatte erwartet, dass Johannes das Messer aus seiner Tasche zog, aber der hatte ihn nur wie gelähmt mit traurigen Kinderaugen angestarrt. So, wie er es früher immer gemacht hatte. In diesem Moment hatte sie gebangt um ihren Ersatzplan. Aber dann hatte sich der Alte an den silbernen Haltegriffen, die neben der Toilette angebracht waren, hochgestemmt und die Brust herausgestreckt. »Du Feigling, du schwule Memme. Ich habe keine Angst vor dir.« Und er hatte Johannes mit einem verächtlichen Lächeln bedacht.

Da hatte Johannes das Messer aus der Tasche gezogen und es dem Alten unter die Nase gehalten. Aber auch davon hatte der sich nicht beeindrucken lassen. »Stich zu«, hatte er gelächelt. »Wenn du dich traust.«

Johannes hatte kurz gezögert, dann war er ausgeflippt, hatte nicht einmal, sondern viermal zugestochen. Kurz darauf hing er über dem Waschbecken und reiherte sich die Seele aus dem Hals. Das Messer hatte er einfach fallen lassen. Ruth riss Papierhandtücher aus dem Behälter, kniete sich auf den Boden und legte das Papier auf die Blutspritzer.

Sie hob das Messer auf. Und als Johannes ihr den Rücken zukehrte und die letzten Reste aus seinem Magen in das Waschbecken beförderte und Ruth das Blut von der Wand wischte, nutzte sie aus, dass keiner sie sehen konnte, jagte das Messer dem Alten noch einmal ins Herz. Und noch einmal. Damit sie sicher sein konnte, dass er ordentlich erledigt war.

Anschließend hatte sie das Messer in dem Waschbecken, das Johannes endlich freigab, sorgfältig abgewaschen. Danach hatte sie es wieder ihrem Bruder in die Hand gedrückt.

Ruth war mit Verzögerung ausgeflippt. Als sie zu dritt wieder draußen waren und darauf warteten, dass die Türen der Toilette sich wieder schlossen. Sie hatten dagestanden und darauf gewartet, aber die Türen blieben offen. Gut beleuchtet lag der Alte da auf dem Toilettentopf, wie auf dem Präsentierteller. Für jeden sichtbar, der vorbeispazierte.

Das konnte Ruth nicht aushalten. Dafür waren ihre Nerven nicht stark genug. Sie war selbst einen Moment geschockt, dass die Türen nicht zugingen. Es musste einen Mechanismus am Boden geben, der registrierte, dass die Toilette noch belegt war. Ruth war völlig außer sich. Johannes hatte sie schnell in ihren Wagen verfrachtet, damit sie aus dem Weg war.

Sie nahm einen Schluck Champagner, goss sich nach.

Dann hatte sie zusammen mit Johannes den Alten aus der Toilette in Ruths Wagen rausgetragen. Ihn auf den Rücksitz gepackt, auf eine hässliche Decke voll von Hundehaaren. Dabei hatte Ruth gar keinen Hund. Einer der vielen Männer, die sie immer ausnutzten, musste einen Hund besitzen.

Diese Nacht würde sie so schnell nicht vergessen. Johannes, der unter Schock stand und unaufhörlich jammerte: »Was hab ich getan? Was haben wir getan?« Und Ruth, die wie ein Schlosshund heulte.

Sie hatte versucht, die Ruhe zu bewahren. Und es war ihr gelungen. Das hatte sie schließlich gelernt bei dem Alten. Ihre Gefühle unter Kontrolle zu halten.

Aber sie wollte nicht noch einmal so eine Nacht erleben. Zwei Nervenbündel, die zu allem fähig waren. Auf dem Rücksitz eine Leiche, die noch nicht entsorgt war. Neben dem Alten hinten im Wagen Ruth, die jaulte: »Ich bin an allem schuld. Wenn ich euch nichts erzählt hätte von seinen Plänen, lebte er noch.«

Sie zog an ihrer Zigarettenspitze, genoss den Tabakgeschmack auf der Zunge.

Aber dann hatte sie auch das in den Griff gekriegt. In dieser chaotischen Situation mit ihren Geschwistern, die ausflippten. Plötzlich hatte sie gewusst, wie sie sie beruhigen und die Leiche loswerden konnte.

Sie hatte Johannes und Ruth an die Beerdigung ihrer Mutter erinnert. An das Ave Maria in der Kirche. Daran, wie der Alte der Mutter das Leben schwergemacht hatte. Wie sie jede Minute hatte für ihn da sein müssen. Wie er ihr jedes Mal, wenn sie mit einem von ihnen am Telefon sprach und er nicht ihre ungeteilte Aufmerksamkeit bekam, Stress gemacht hatte. Wie sie nicht mehr zu ihrem geliebten Klavierspielen gekommen war, weil der Alte sie im Geschäft mit einspannte. Wie sehnsüchtig sie das Klavier mit den Fingern berührt hatte, jedes Mal, wenn sie daran vorbeikam.

Die Erinnerung an die Mutter hatte ihre Geschwister beruhigt. Es hatte ihnen noch einmal vor Augen geführt, was für ein egoistisches Scheusal der Alte gewesen war. Dass er seine gerechte Strafe bekommen hatte. Für das, was er ihnen allen angetan hatte. Dass ihre Mutter das verstehen würde und verzeihen. Dass ihre Mutter sie von jeder Schuld freisprechen würde.

Sie sog den Rauch genüsslich ein.

Sie hatte eine Autorität aufgefahren, die ihnen verzieh. Das hatte funktioniert. Johannes und Ruth waren Kinder geblieben, bis heute. Nur deshalb hatte es geklappt.

Ruth war eingeschlafen. Den Kopf nach hinten gebeugt, hatte sie auf der hinteren Sitzbank im Wagen gesessen und geschnarcht. Sich nicht mehr daran gestört, dass gleich neben ihr der tote Vater saß.

Sie hatte sich ans Steuer gesetzt, Johannes auf dem Beifahrersitz, hinten die schlafende Ruth neben dem toten Vater. So waren sie durch die nächtlichen Straßen der Stadt gefahren. Auf der Suche nach einer Kirche. Um der Mutter die Tat in würdigem Rahmen zu beichten und um ihr Verzeihen zu bitten. Ruth und Johannes brauchten das, einen Ort, um ihre Schuld abzuladen. Sie waren nicht stark genug, um damit allein fertig zu werden.

Im Dunkeln waren sie und Johannes mit Feuerzeugen in der Hand losgezogen, um die Öffnungszeiten an Kirchentüren zu lesen. Und sie hatten eine Kirche gefunden, die morgens um neun aufmachte. Mitten in der Stadt.

In einer Seitenstraße in der Nähe der Kirche hatten sie das Auto abgestellt und gewartet. Als es hell wurde, hatte Johannes Kaffee in Pappbechern besorgt und belegte Brötchen. Und alle drei hatten sie mit Hunger gegessen. Vom Auto aus hatten sie die Menschen beobachtet, die schnellen Schritts durch die Fußgängerzone zur Arbeit eilten. Und dann hatten sie eine Pfarrerin gesehen im Talar, die die Kirche aufschloss und sich danach wieder entfernte.

Ruth hatte darauf bestanden, das Gesicht des Alten mit Sagrotan von Blutspuren zu reinigen. Ruth führte die erstaunlichsten Sachen im Kofferraum ihres Wagens spazieren. Einen Kartoffelsack, in dem die Knollen zu keimen begonnen hatten, alte Zeitungen, leere Flaschen, einen Karton, auf dem eine Schneidemaschine abgebildet war, einen Kanister mit Benzin, einen Beutel Hundefutter und eine Flasche Sagrotan.

Als der Alte wieder frisch aussah, war ihnen aufgefallen, dass sie ihn nicht einfach so transportieren konnten. Er war steif geworden. Wie sollten sie ihn so in die Kirche bringen? Wo so viele Leute vorbeikamen. In unmittelbarer Nähe der Fußgängerzone. Mitten in der Stadt. Man konnte keinen Toten, bei dem die Leichenstarre schon die Sitzhaltung fixiert hatte, unauffällig am hellen Morgen herumtragen.

Wenn sie nicht auffallen wollten, mussten sie ihn sitzend

wegschaffen. Sie schärfte Ruth und Johannes ein, im Wagen zu bleiben und auf ihre Rückkehr zu warten. Sie war mit schnellen Schritten durch die Fußgängerzone gelaufen, auf der Suche nach einem Sanitärfachgeschäft, wo sie mit Scheckkarte einen Rollstuhl hätte kaufen können. Das war gefährlich genug, das war ihr klar. Anhand des Kaufs könnte man sie zurückverfolgen. Aber dann hatte sie einen Wegweiser zu einem Seniorenzentrum gesehen und war durch einen Kirchhof mit Pflastersteinen zu einem Gebäude gelangt, dessen Eingang eine Rampe besaß. Diese Rampe war sie hochgelaufen. Ihr Instinkt hatte sie richtig geleitet. Verwaist standen da mehrere Rollstühle und warteten darauf, genutzt zu werden. Die Gelegenheit war günstig. Außer ihr gab es niemanden in der Halle. Der Platz hinter der Infotheke war leer. Sie brauchte sich nur einen Rollstuhl zu schnappen und mit ihm die Rampe herunterzufahren. Niemand hielt sie auf.

Sie schob den Stuhl durch die Fußgängerzone bis zu Ruths Wagen.

Johannes und Ruth staunten nicht schlecht, als sie zurück war. Es war ein Kinderspiel, den Alten vom Rücksitz in den Rollstuhl zu befördern und mit ihm in die Kirche zu rollen. Während Johannes und sie ihn aus dem Stuhl in eine Kirchenbank setzten, hatte Ruth vor einem Seitenaltar ein Teelicht angezündet. Aber auch Johannes hatte sich hingekniet, und sie hatte das Gleiche getan.

Als sie aus der Kirche kamen, hatten sie sich schnell getrennt. Ruth war in ihrem Auto zurück nach München gefahren. Johannes war per Anhalter zurück nach Hamburg getrampt.

Sie hatte den Rollstuhl zu dem Altenheim gebracht, ihn am Fuß der Rampe hingestellt und war durch die Fußgängerzone zum Bahnhof gelaufen. Dort war sie in den nächsten Zug Richtung Berlin gestiegen.

Und jetzt saß sie wieder im Zug-Bistro und konnte endlich genießen, dass alles gut gelaufen war. Das Beste von allem war, dass Johannes jetzt wohl ein paar Jahre aus dem Verkehr gezogen war. Sie sich keine Sorgen mehr um ihn zu machen brauchte. Dort, wo er war, stand er unter Bewachung. Sie frohlockte.

Keine Wochenenden mehr, an denen sie für den kleinen Bruder nach Hamburg jetten musste.

Eins hatte sie überrascht. Trotz allem. Es hatte ihrem Plan nicht geschadet. Im Gegenteil. Aber sie hätte geschworen, dass Ruth bei der Befragung durch die Kommissarin zusammenbrechen würde und alles ausplappern. Die hatte ja mächtig auf die Tränendrüse gedrückt. Dass Johannes von sich aus gestehen würde, kam auch für sie überraschend. Es war das erste Mal, dass er von sich aus Verantwortung übernommen hatte.

Hoffentlich kriegte Ruth auch bald die Kurve. Und nervte sie nicht mehr mit Klientinnen, die nicht zahlen wollten, und Liebhabern, die sie ausnutzten. Wenn Ruth weiter das hilflose Seelchen spielte, musste sie sich was einfallen lassen.

Wie sicher sie war, dass ihr etwas einfallen würde. Dass sie jede Situation kontrollieren konnte, das Richtige machen. Menschen waren für sie nicht mehr undurchschaubar. Sie waren durchsichtig wie Glas. Sie konnte sie wie Schachfiguren hin und her schieben, manipulieren. Nachdem sie Kosten und Nutzen der Aktion vorausberechnet hatte. ›Kosten und Nutzen müssen in einem vertretbaren Verhältnis zueinander stehen‹, hörte sie ihren Vater inmitten von seinem Fliesenlager sagen. Hatte sie von ihm mehr gelernt, als sie lernen wollte? Ein beunruhigender Gedanke.

Sie sah durch das Zugfenster nach draußen. Abgeerntete Felder, vereinzelt ein Bauernhof, umringt von mächtigen Bäumen, die den Hof vor dem Wind schützten.

Sie wollte nie wieder jemanden schützen, beschützen. Um nichts in der Welt wollte sie mehr die ältere Schwester sein, die alles richtete. Von nun an würde ein neues Leben für sie beginnen. Ab heute begann ihre Freiheit. Sie freute sich darauf.

Pressestimmen zu ›Perfekte Pläne‹

»Und das schöne für den Leser dabei ist, dass sie in ihrem Krimi ›Perfekte Pläne‹ nicht nur auf Verbrechen und vordergründige Spannung setzt, sondern ein richtiges Thema anpackt. (...) Amüsant und mit wunderbarem Humor wird der alltägliche Wahnsinn geschildert. Ein Krimi, der angenehmerweise mit nur einem Mord auskommt, dafür neben Spannung auch Hintergrund und überraschende Erkenntnisse vermittelt.«
Ruhr Nachrichten, 7. 3. 2007

»Warum in die Ferne schweifen, wenn auch deutsche Krimiautoren einiges an Spannung zu bieten haben? Sabine Deitmer etwa hat mit ihrer Kommissarin Beate Stein eine Figur erschaffen, mit der sich viele identifizieren können. Ähnlich wie die Schwedin Liza Marklund reichert auch Deitmer jeden ihrer Fälle mit aktuellem Diskussionsstoff an, in ihrem neuen Krimi ›Perfekte Pläne‹ ist es das Thema der alternden Gesellschaft.«
dpa, März 2007

»Sabine Deitmer hat mit ›Perfekte Pläne‹ nicht nur einen weiteren Kriminalroman geschrieben. Das neunte Buch der 59-jährigen Wahl-Dortmunderin greift ein Tabu-Thema auf: das Altern. Wie sie dabei Krimi-Elemente mit Sozialkritik mischt, davor müssen sämtliche Hüte gezogen werden. Eine Autorin der Sonderklasse.«
Westdeutsche Allgemeine Zeitung, 1. 6. 2007